权威·前沿·原创

皮书系列为

“十二五”“十三五”“十四五”时期国家重点出版物出版专项规划项目

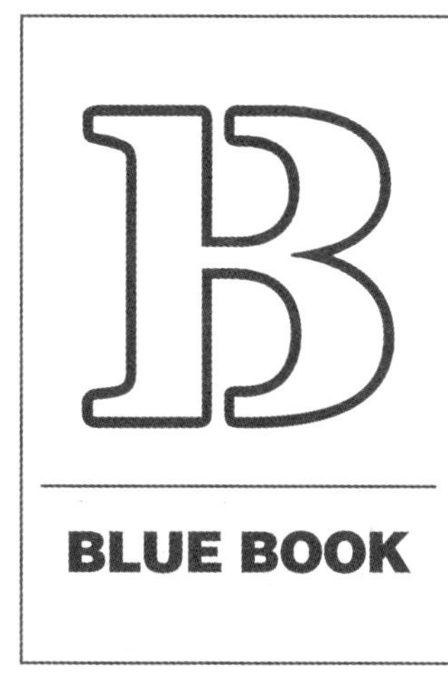

智库成果出版与传播平台

中国网络文艺发展报告（2022~2023）

ANNUAL REPORT ON NETWORK ARTS DEVELOPMENT OF CHINA (2022-2023)

主　　编／中国文联网络文艺传播中心

社会科学文献出版社
SOCIAL SCIENCES ACADEMIC PRESS (CHINA)

图书在版编目(CIP)数据

中国网络文艺发展报告．2022-2023 / 中国文联网络文艺传播中心主编．--北京：社会科学文献出版社，2024.3

（网络文艺蓝皮书）

ISBN 978-7-5228-3269-2

Ⅰ．①中…　Ⅱ．①中…　Ⅲ．①文艺-网络传播-研究报告-中国-2022-2023　Ⅳ．①I0-39

中国国家版本馆 CIP 数据核字（2024）第 033087 号

网络文艺蓝皮书

中国网络文艺发展报告（2022~2023）

主　　编 / 中国文联网络文艺传播中心

出 版 人 / 冀祥德
责任编辑 / 易　卉
责任印制 / 王京美

出　　版 / 社会科学文献出版社
　　　　　地址：北京市北三环中路甲 29 号院华龙大厦　邮编：100029
　　　　　网址：www.ssap.com.cn
发　　行 / 社会科学文献出版社（010）59367028
印　　装 / 天津千鹤文化传播有限公司

规　　格 / 开　本：787mm×1092mm　1/16
　　　　　印　张：17.25　字　数：256 千字
版　　次 / 2024 年 3 月第 1 版　2024 年 3 月第 1 次印刷
书　　号 / ISBN 978-7-5228-3269-2
定　　价 / 128.00 元

读者服务电话：4008918866

“网络文艺蓝皮书”编委会

编者的话

网络文艺伴随着时代的铿锵足音登上历史舞台，用充满能动性实践的新兴文艺形式，不断增强人们的精神力量，丰盈人们的精神家园。网络文学、网络音乐、网络剧、网络电影、网络综艺、网络演出、网络动漫、网络游戏等新兴文艺类型繁荣有序发展，主动回应时代召唤，用优质内容服务人民，强烈体现出对家国情怀、复兴梦想、崛起奋斗的坚定追求，以及对生命价值、爱情幸福、生活审美的活跃表达，鲜活诠释具有强烈中国化、时代感的现代生活新图景，用心用情用功创作推出彰显鲜明时代特征的优秀作品，展现出中国网络文艺的独特创造和精神价值。

今天，随着跨文化交流与传播的日益频繁，鲜活、新颖的网络文艺日益展现出新兴文艺形态的优势和新锐力量，以独特的“网生”气质、旺盛的市场活力，闯出一条守正创新的大道，让中华文化深层韵味触及更多人的内心。相知无远近，万里尚为邻。越来越多的各国年轻人通过互联网深入沟通、增进了解，越来越多的人通过网络文化产品解码中国发展的奇迹，感知中国道路的基因，镜鉴中国发展的经验。

作为新兴数字经济的重要组成部分，网络文艺的创新创造力持续释放，多层次、立体化的“融合”在大数据、云计算、5G、生成式人工智能等的持续赋能下迅速发展，新形态、新业态不断涌现，在丰富和拓展网络视听服务，拉动消费、扩大内需、促进就业，构建新发展格局等方面作出新贡献。

《中国网络文艺发展报告（2022～2023）》（以下简称《报告》）是中国文联网络文艺传播中心主持撰写的第三部“网络文艺蓝皮书”。《报告》

在第一、二部蓝皮书的基础上，进一步立足网络文艺实践，以创作生产为中心，力求把握重点、强化要点、突出创新点，尽可能准确地描述、揭示网络文艺双年度发展的总体特征和网络文艺各典型形态的显著特点。同时，为进一步解决当下网络文艺的相关学术研究、理论探讨相对碎片化的问题，本报告加强并拓展了理论研究的深度和广度，希求对网络文艺进行全业态、体系化的本体性研究和系统认识。简要说来，《报告》主要包括“总报告”“网络文艺形态篇”“专题研究篇”三部分，其中，“总报告”对2022年以来网络文艺在创作生产、社会责任、政策法规与传播、影响、管理等方面的情况进行概述，重点说明其年度发展的突出特征；“网络文艺形态篇”贴近当前网络文艺实践，运用艺术学、美学、传播学等多学科方法，对网络文学等多种典型网络文艺形态在创作、传播等方面的状况和特点进行概括、总结；“专题研究篇”则着重从网络文艺的本体与特征、网络文艺的传播形态、网络文艺的审美形态等进行系统性的学术研究。

作为由互联网新技术与文化艺术相互作用而衍生的一门新的文艺形态、文艺样式，网络文艺已经成为新时代中国特色社会主义文艺的重要组成部分，并且在内容生产、传播方式、生成业态、人员构成等各方面呈现出蓬勃发展的态势和趋向。“网络文艺蓝皮书”连续6年对网络文艺的创作生产及其关联的技术、艺术、产业、文化、社会和政策方向、受众需求、市场环境等进行探究，希望更深入地掌握这一新兴艺术形态的艺术规律与审美特质，促进其高质量发展。

新时代新征程，深入学习贯彻习近平文化思想，坚定文化自信、勇于担当使命，有力推动网络文艺健康发展，对推动文化繁荣、建设文化强国、建设中华民族现代文明、共同努力创造属于我们这个时代的新文化，具有特殊的积极意义和重大价值。我们期待以“网络文艺蓝皮书”为一个小小的锚点，推动网络文艺切实担负起新的文化使命，奋力展现新气象新作为。

中国文联网络文艺传播中心
2023年12月

目 录

Ⅰ 总报告

Ⅱ 网络文艺形态篇

Ⅲ　专题研究篇

皮书数据库阅读**使用指南**

总 报 告

General Report

B.1
2022年以来中国网络文艺发展概况与趋向

赵丽瑾*

摘　要： 网络文艺在国家文艺政策的规范引导和智能技术的迭代驱动下，继续探索自身的创作规律、产业模式和传播路径，并通过反复实践和批评研究，进一步形成中国网络文艺独特的发展景观，成为讲好中国故事的重要载体、中国文化国际传播的有效手段。2022年以来，网络文艺不断焕新传统文化资源，短视频和直播不仅持续赋能传统文化创造和创新，也对网络文艺其他形态的内容和表现形式、产业和消费结构产生深刻影响。网络文艺在艺术与技术、文化和产业深度融合中创新发展，并进一步彰显出重要价值和影响力。

关键词： 网络文艺　降本增效　技术赋能　文化传播

---

* 赵丽瑾，西北师范大学传媒学院教授、博士生导师，电影学博士，主要研究领域为电影理论与批评、网络文艺。

一 2022年以来网络文艺发展概观

根据第52次《中国互联网络发展状况统计报告》，截至2023年6月，我国网民规模达10.79亿人，手机网民规模达10.76亿人，互联网普及率达76.4%，网民中使用手机上网的比例为99.8%，手机用户规模的扩大大大增加了网络文艺消费的需求。2022年以来，疫情影响之后的网络文艺在降本增效策略下，行业规模谨慎扩张，着重关注内容质量和艺术品质提升，向高质量发展目标迈进。质量和口碑的提升提振了行业信心，内容生产和产业发展的创新持续深入，网络文艺发展整体趋势向好。目前，网络文艺已经成为大众文化生活的主要内容，也是当下我国文艺发展格局中的重要组成部分，并在我国文化国际传播中扮演重要角色。

（一）政策激励驱动网络文艺繁荣发展，互联网环境治理为网络文艺发展营造清朗健康的媒介和产业环境

国家宏观政策的战略部署和行业规范的建立完善，为我国网络文艺创作生产、产业机制、国内外传播、版权保护等做出具体指导，相关政策和制度的建立健全，为我国网络文艺繁荣发展提供有力的保障。

1. 国家政策对网络文艺发展进行宏观引导、战略布局

党的二十大报告指出，繁荣发展文化事业和文化产业，坚持以人民为中心的创作导向，推出更多增强人民精神力量的优秀作品，健全现代公共文化服务体系，实施重大文化产业项目带动战略。这些重要论述为网络文艺的发展指明了方向。在2022年和2023年政府工作报告中，均提到加强和创新互联网内容建设，深化网络生态治理，推动公共文化数字化建设等内容。

2022年8月，中共中央办公厅、国务院办公厅印发《“十四五”文化发展规划》，强调网络文化内容的高质量建设要求，指出要鼓励文化单位和广大网民依托网络平台依法进行文化创作表达，推出更多优秀的高品质网络视听节目，高度重视数字版权保护、网络文艺评论，提出推动文艺评奖向网络

文艺创作延伸等具体举措，为网络文艺发展提供全面的政策引导支持。2022年5月，中共中央办公厅、国务院办公厅印发《关于推进实施国家文化数字化战略的意见》，从“提升文化价值”“打造具有国际影响力的中华文化符号”的国际传播层面，强调培育网络文学、网络视听、网络音乐、网络表演、网络游戏、数字电影、数字动漫、数字出版、线上演播、电子竞技等领域出口竞争优势。2023年，中共中央、国务院印发《数字中国建设整体布局规划》，提出打造自信繁荣的数字文化，大力发展网络文化，加强优质网络文化产品供给，引导各类平台和广大网民创作生产积极健康、向上向善的网络文化产品，深入实施国家文化数字化战略等。

2. 政府相关职能部门不断完善政策监管，为网络文艺高质量发展营造健康环境

（1）细化内容生产和发行监管，引导网络文艺精品化发展

2022年4月11日，国家新闻出版署重新发放国产游戏版号，推动游戏市场在2023年明显上行发展。2022年4月29日，国家广播电视总局办公厅发布《关于国产网络剧片发行许可服务管理有关事项的通知》，标志着网络剧与网络电影进入“网标”管理时代。国家广播电视总局推出多项网络文艺创作扶植激励项目，将国家引导与市场需求相结合，大力加强网络文艺内容的主流化发展。

（2）监管信息服务与保护，规范网络文艺技术应用

随着人工智能对网络文艺影响的深化，相关部门及时出台相关政策规范技术边界。2022年1月4日，国家互联网信息办公室等四部门发布《互联网信息服务算法推荐管理规定》，明确要求向用户提供便捷的关闭算法推荐服务的选项，坚持主流价值导向，积极传播正能量。2023年7月，国家网信办等七部门联合发布《生成式人工智能服务管理暂行办法》，强调科技以人为本，对大数据算法、人工智能、虚拟现实、增强现实等信息技术驱动网络文艺创新进行政策监管。

（3）重拳出击治理网络乱象

2022年“清朗”系列专项行动包括10个方面重点任务，其中整治

MCN 机构信息内容乱象，打击网络直播、短视频领域乱象，整治未成年人网络环境、建立健全防沉迷制度等与网络文艺发展息息相关。2023 年“清朗”系列专项行动持续开展，聚焦“自媒体”乱象等 9 个方面。通过互联网“清朗”系列专项行动，为网络文艺发展创造有利网络环境。

（二）网络文艺创作百花齐放，在持续探索中向高质量发展目标迈进

2022 年至 2023 年两年间，在政策支持与激励下，网络文艺面对挑战与机遇，在艺术、文化、市场和媒介技术等多方面持续探索创新，呈现出丰富复杂、稳中向好的发展景观。

1. 网络文学

网络文学经过二十多年发展，国内市场稳定，海外市场纵深拓展；现实题材创作成热潮，网文 IP 持续释放文化影响力和产业价值，为网络剧、网络动漫等提供内容资源；随着“网生代”作者成为网络文学创作中坚，以及智能技术赋能内容生产，我国网络文学不断探索革新，并成为“讲好中国故事”的重要载体。

2. 网络剧

网络剧市场回暖，口碑提升；长视频平台制片态度更为谨慎，通过头部内容打造、升级会员付费观看模式、推行大剧独播等，多策略、多维度推动网络剧高质量发展；网络剧题材更明确现实关照，通过垂类内容细分，深耕古装和悬疑两大类型；网络剧不仅持续进行视听表达的革新，同时也直接反映出当下观众，特别是青年群体的审美趣味和价值观。面对短视频及其他众多“泛”娱乐平台兴起并抢占用户注意力，网络剧唯有通过升级品质、强化内容优势，才能获得长远发展。

3. 网络电影

2023 年是网络电影发展的第十年，整体规模呈缩减趋势，未像院线电影、网络剧、网络综艺等表现出回暖态势。一方面，网络电影革新，制片水平和能力明显提升，新锐影人注入创新力量，平台采用单片点播付费模式打

破网络电影市场规模限制；另一方面，平台转移战略重心，类型题材的突破有限。政策的不断更新与平台运营的精细化在进一步将网络电影推向 C 端，同时意味着网络电影必须转型，从内容到制作，寻求新的破局之路，逐步向院线电影的标准靠拢。

4. 网络综艺

网络综艺数量缩减，但整体口碑上扬，综 N 代保持明显优势，新综艺加码探索。“超级综艺”时代远去，平台通过垂类细分探索制播创新，推理类、恋爱类、喜剧类和音乐类综艺节目在内容上贴合青年文化生活和审美趣味，在一定意义上，网络综艺是当代互联网年轻用户娱乐、情感和社会交往诉求的一种映射。

5. 网络纪录片

网络纪录片发展打开诸多新模式。随着网络视听快速发展，非虚构媒介作品成为建构和理解日常现实生活的重要路径。视频平台播放及自制纪录片的数量大幅增加，网生自制的扩充，极大地推动了网络纪录片的发展，并在主题、审美、受众等层面形成与传统纪录片不同的“网生”特征，纪录片用户出现明显高学历、年轻化趋势，互联网带来的诸多变化推动国产纪录片创新探索。

6. 短视频

短视频平台发展迅速，文娱行业借助直播与短视频发展网络演出、数字艺术等，打破地域空间限制、激活传统文化资源，促进文娱新业态和新消费模式快速发展。短视频深刻改变了用户对文艺形式的接受和消费习惯。近两年，短视频更新和丰富了文艺作品的宣传营销模式，激发了微短剧、微综艺、短动画等的制作，抖音、B 站和快手等短视频平台进入网络音乐行业，重构行业竞争格局，网络音乐短视频正在成为当下最具普遍性和影响力的“泛”文艺形态。

7. 网络动漫和网络游戏

网络动漫市场稳定，国漫在数量上呈现出明显优势；网络游戏国内市场收入下降、规模缩减，海外市场规模持续增长。AIGC 打开了赋能网络动漫、游戏创新的想象，通过人工智能生成图像、音频、视频等内容，提高动漫和游戏产能及视听表现力，将成为产业发展的重要驱动力。

（三）人工智能、区块链、大数据等关联技术的加快发展，为探索网络文艺的技术赋能与生态发展提供了无限可能

2022 年以来智能技术发展突飞猛进，元宇宙、AIGC、XR（扩展现实）、NFT（数字藏品）、Web3.0 等概念逐渐普及，促进技术与文化艺术深度融合，在数字化发展国家战略背景下，技术革新推动网络文艺创新的边界不断拓展。数智化技术作为基础，不断为网络文艺内容制作和营销传播打开创新思路、提供实现路径。各大网络平台都在积极发力技术创新，自研算法和模型应用于网络文艺创新发展，技术驱动也形成了网络文艺交互性、沉浸性等突出特征。

互联网创新依赖基础设施的建设与技术平台的变革，数字技术基础设施的演进发展助推互联网发展的新范式，正是 5G 等高速无线网络的迭代升级，产生了网络游戏、网络视听、短视频等网络文艺，数字技术基础设施范围不断扩充，也将拓宽网络文艺的发展边界，激发网络文艺的内容活力。

二　2022年以来网络文艺发展的特点与成就

在政策引导、技术赋能下，网络文艺创作题材突破发展初期局限，类型更为丰富，成为传统文化创造性转化和创新性发展中最富成果的实践；网络文艺作品质量提升，作品的文化价值和文化传播力、影响力扩大，艺术形式创新不断突破，产业潜力巨大。网络文艺不仅成为讲好中国故事的重要载体，也成为中国文化海外传播最有影响力的路径之一。

（一）网络文艺内容质量明显提升，用户满意度提高，产业生态趋向良性发展

在降本增效的环境下，平台聚力制作头腰部产品，结合媒介和技术条件，突破网络文艺发展中形成的桎梏，革新艺术观念，突破既有类型、题材的局

限，吸纳中华优秀传统文化创造性转化和创新性发展，提升内容质量品质，探索有效的营销模式，扩大产业规模，通过政策引导和行业规范不断优化网络文艺健康生态。网络文艺用户的满意度提高，好评度明显提升。网络文学作为当下文学版图的重要组成部分获得认可，与优秀作品产出并持续输出 IP 价值有关；网络剧出现多个爆款剧集，以 2023 年的《狂飙》为代表，剧集从网络向电视台发行成为常态；优质网络综艺节目也开始反哺传统视听节目；年轻化、高学历成为纪录片用户的新特征，部分原因是视频平台传播并参与制作高质量网络纪录片。各类网络文艺作品通过成熟类型垂类内容细分创新，避免同质化，在更精准满足市场和观众诉求方面比传统文艺更具优势。

（二）网络文艺的现实题材创作形成热潮并持续深化探索，现实题材作品产出增速快、质量高，向头部集中

长时间以来，网络文学开拓“架空世界”的建构，在奇幻、玄幻、修仙、魔幻和穿越题材上有所创新，网剧、网络电影、短视频等通过 IP 转化，将网文的同类题材创作继续推广，加之互联网的虚拟属性所形成的创作观念和消费诉求，网络文艺疏离现实，观众、读者沉浸于虚构的网络和文艺幻象中。

创作者群体和网络用户的多样化和年轻化，特别是青年作者和读者、观众对现实社会压力的感知，以及网络文艺在青年用户中的社交属性的凸显，促使 2022 年以来现实题材网络文艺创作的复兴。不仅网文、网剧有大量高质量现实题材创作，恋爱类、音乐类等网络综艺，网络纪录片等也从不同角度，以青年观众更喜闻乐见的方式关照现实，并有积极的价值观输出。2022 年以来，以独特的文化观察视角、艺术创作手法和互联网媒介思维关照现实已经成为网络文艺创作的普遍特征和发展趋势，现实关照精神渗透于网络文艺创作中，网络文艺日益承担起时代记录者的重要角色。

（三）传统文化通过网络文艺形态创造性转化、创新性发展，国风美学渐成风潮，尤其受到青年文艺用户青睐

网络文艺以网络思维和视听手段创造性转化传统文化，以中华文明的精

神和智慧点亮当代生活，尤其受到年轻创作者和用户的青睐。2022 年以来的网络古装剧、短视频、网络游戏等助力小众国风热潮“破圈”成为大众的审美偏好，进而构造独特的中国美学、东方美学特征。这种变化与“Z 世代”逐渐成长为网络文艺消费和创作主体相关，是青年一代消费者文化自信的体现。传统文化借助网络剧、短视频、网络直播、网络游戏得到广泛传播，同时也以自身的丰厚底蕴赋能网络文艺创新发展，推动网络文艺在思想深度、价值厚度、审美高度等各方面得到质的提升，进而更广泛、更牢固地抓住青年受众。

（四）新技术及理念启动新一轮网络文艺智能化创新，交互性、沉浸性等成为网络文艺突出特征

2022 年是 AIGC 元年，从 2 月 AI 绘画工具流行，到 11 月对话式语言模型 ChatGPT 发布，生成算法、预训练模型、多模态等 AI 技术促成 AIGC 大爆发。智能生成文本、图像、音频、视频，甚至文字生成图片、文字生成视频等操作，尽管处于初期尝试阶段，然而从 PGC、UGC 到 AIGC，内容生产范式的改变是大趋势，AI 正在加快渗透内容行业。研究显示，CV 领域技术的持续迭代使 AI 赋能动画制作的可行性提升；制作方使用正版视频训练视频领域模型，影视动漫有望充当数据库的角色；制作公司积极探索 AIGC 在网络动漫、网络游戏领域的应用实践，目前智能技术已经对动漫、游戏的产能提升产生重要促进作用。以智能合成的数字人为技术基础的虚拟偶像成为年轻一代粉丝的“新宠”。2022 年 12 月，国家网信办等三部门发布《互联网信息服务深度合成管理规定》，为 AI 内容生成、虚拟人制作等深度合成服务提供明确规定主体责任，可见 AIGC 风潮对内容制作的影响。2022 年火爆并伴随争议之声的元宇宙、Web3.0 等概念更多冲击着网络文艺发展的媒介思路。新的智能技术也正在形成网络文艺不同于传统文艺和其他媒介艺术的突出特征，沉浸性和交互性最为突出。应用 AIGC 生成内容重构网络文艺的交互形式，为创作带来全新可能性，例如互动剧实践、游戏 NPC 智能选项等。

（五）微短剧、微综艺大行其道，短视频深度影响网络文艺表现形式和产业结构

2022 年以来，长剧集依然是网络文艺的重要形态，但是剧集市场作品集数有明显缩短的趋势。在多方利好政策推动下，各大平台纷纷布局微短剧市场，数量和规模呈现快速扩张趋势。微短剧为长中短视频平台都提供了内容创新的可能。网络微综艺也有类似发展趋势，不仅腾讯视频等头部视频平台设置专门板块，百度、小红书等垂类互联网平台也纷纷下海微综艺。在这种趋势下，打造精品、提升内容质量尤其重要。微短化是媒介语境下用户的消费诉求，但是对于其他网络文艺形态来说，也应该进行差异化创作路径探索，在丰富多样性的基础上，进行内容质量提升。

（六）“Z 世代”正在成为网络文艺的创作和消费主体，是助力网络文艺高质量发展的积极因素

网文作者、网络电影导演、网剧和网络纪录片观众年轻化趋势明显，对网络文艺内容品质的追求提高。网络文艺作品对于青年观众而言，不仅是消遣娱乐，而且发挥着提供价值观和情绪价值输出的作用，因此，从某种意义上来说，网络文艺内容特征也是当代网络用户尤其是青年人的精神状态的反映。创作群体的年轻化和多元化，提升了网络文艺各形态类型的丰富性。“90 后”“00 后”成为创作者主体，“网生代”作者以其独特的经验推动内容形式创新，成为网络文艺高质量发展的重要驱动力，为网络文艺的内容注入更多创新性。

（七）平台不断探索内容生产和营销的组织模式，赋能网络文艺制作和传播

2022 年以来，以 PGC 为主的爱奇艺、优酷、腾讯视频、芒果 TV 等长视频平台在制播中加强差异化策略，减少内容的同质化竞争；同时也共同探索平台会员付费观看、大剧独播、单片点播付费等模式，不断根据市场变化

调整制作和营销体系。以 PUGC/UGC 为主的哔哩哔哩、抖音、快手等中短视频平台或阅文等网文平台推出各类激励机制，多平台组织现实题材网文创作培训和竞赛，引导创作；抖音和快手持续激励用户参与非遗、地方曲艺等传统文艺的短视频创作和直播演出。短视频平台入局多个网络文艺领域，包括网文、微短剧、微综艺、游戏等，更新文艺演出方式，重构网络音乐发展格局。付费使用的习惯与网络文艺质量提升和版权保护等形成良性互动关系。

（八）网络文艺出海向纵深发展，影响力辐射全球

2022 年 7 月，商务部等 27 部门发布《关于推进对外文化贸易高质量发展的意见》。党的二十大报告提出全面提升国际传播效能。网络文艺在文化海外传播、提升文化软实力中发挥重要作用。中国网文海外传播从翻译作品实体出版和数字阅读发端，近年来原创模式输出使海外原创作品深受中国网文主题、世界观、写作方式、经典元素等方面设定的影响，许多作品有浓厚“中国风”。海外网文读者和作者对中国文化精神、价值观耳濡目染，并转化为自己的网文创作继续向外传播，体现了中国网文模式输出的重要价值。大量海外翻译网站建立，国内阅读平台海外应用上线。网络文学在历经版权出海、文本出海、生态出海的过程中，打破语言与文化环境的壁垒，走向多语种市场，影响力已辐射全球。

国内短视频巨头推出独立短视频应用“出海”，在文化传播和产业拓展方面成效最为显著，2022 年 TikTok 继续保持强劲的增长势头，收入同比增长 59%，逼近 35 亿美元，快手海外业务也持续深化变现能力，收入环比增长 50.8%。在 2022 年全球娱乐应用畅销榜收入前 10 名单中，TikTok 名列第一，腾讯视频、爱奇艺、QQ 音乐分列第 6、7、9 名。[①] 2022 年中国游戏“出海”增速放缓，但游戏市场相对成熟，有增长动力，在印度、巴西、中

① Mob 研究院：《2023 年短视频行业研究报告》，https：//caifuhao.eastmoney.com/news/20231006151533497483060，最后访问日期：2023 年 6 月 30 日。

东等地的游戏市场份额持续增加。中国自研的手游在海外市场份额持续增长，腾讯、网易游戏、三七互娱、米哈游等游戏发行商制定策略持续“出海”。国产动漫在海外流媒体平台上线的数量也逐渐增多。

（九）优质网络文艺作品为城市发展注入新动能

网络剧、网络综艺和短视频等以不同的角度和艺术、媒介表达方式，展示城市文化形象，经由网络文艺用户在社交平台讨论形成热点和话题、观众打卡点，已经成为城市文旅发展的一种模式。从早前《隐秘的角落》《风起洛阳》等“一部剧带火一座城”开始，自2023年1月14日热播剧《狂飙》首播后，江门在1~8月共接待游客1625.08万人次，旅游收入达157.67亿元，同比分别增长80.7%和128.38%。2023年4月网剧《长月烬明》播出，“五一”假期蚌埠市共接待游客417.6万人次，实现旅游收入14.94亿元。[①]

借助短视频平台为地方旅游引流也见成效。网络平台与地方文旅携手，打造了抖音与大理、快手与甘肃等点对点合作。各地文旅部门纷纷加强运营新媒体平台，如抖音、快手、视频号等，建立自己的官方账号，以提升地方旅游业的品牌形象和知名度。在全国范围内，多地文旅局局长纷纷当起“代言人”，为当地文化旅游和特色产品代言。抖音话题“#文旅局长们卷起来了#”，作品数2100+，累计播放数6.9亿次+。德宏文旅发布《穿越千年！德宏文旅局副局长邀您到德宏，体验不一样的民族风情！》，获赞25万+。[②]

疫情之后，在爆发性增长的文旅消费大潮中，传统旅游、演艺等已经不能完全满足消费者的文化需求，文旅发展开始全面数字化、沉浸式和互动化改造，“短视频+直播”模式助力文旅内容运营进入3.0时代。与此同时，以旅游为主题和内容的节目依旧保持助力趋势，例如2023年上半年旅游类综艺正片有效播放量占比16.3%。以东北为主题的公路旅游类综艺《哈哈

① 新榜研究院：《2023年度文旅内容洞察报告》，https://baijiahao.baidu.com/s?id=1784801767851533611&wfr=spider&for=pc，最后访问日期：2023年12月13日。

② 新榜研究院：《2023年度文旅内容洞察报告》，https://baijiahao.baidu.com/s?id=1784801767851533611&wfr=spider&for=pc，最后访问日期：2023年12月13日。

哈哈哈第 3 季》有效播放量高达 9.4 亿次，《青春环游记第 4 季》以即时性为主题，踏上充满未知与可能性的旅途，有效播放量破亿。

三　2022年以来网络文艺发展趋向

网络文艺发展快、变化多、现象复杂，国家文艺政策和技术发展是网络文艺发展最直接的驱动力，网络文艺发展又涉及文化、艺术、产业、用户等问题，文艺形态与传统文艺既有深刻联系，又存在巨大差异，因此影响其发展的因素是多方面的。2022 年以来，经历疫情影响，在降本增效的行业环境下，网络文艺呈现新的发展趋向。

（一）主流化发展趋向规范

随着我国网络文艺在国内和海外影响力的不断扩大，网络文艺的规范和繁荣发展受到国家高度重视，对网络文艺题材的引导、产业支持和市场发展，以及对其国际传播力的认可等，都推动网络文艺加速主流化。相比过去平台组织和个体自发创作，近年来国家广电总局和各级文联、作协等开展评选网络文艺精品、培训创作者、组织主题创作等活动，引导内容生产。2022 年以来，网络文艺作品的许可和备案制度更加明确，更有利于规范化、高质量创作。网络文艺不断满足人民群众的文化和娱乐需求，网络文学、网络剧、网络动漫、网络游戏等成为国家文化产业发展的重要组成部分和新生力量。网络文艺在我国文化国际传播中发挥的积极有效的作用得到重视，如商务部等 27 个部门印发《关于推进对外文化贸易高质量发展的意见》即强调网络文学“出海”的意义，指出网络文艺应提升文化价值，打造具有国际影响力的中华文化符号。此外，国家网信办多次出台政策规范整治网络乱象等，也保证了网络文艺主流化趋势更加突出。

（二）AIGC 技术赋能趋向深入

在未来的网络文艺发展中技术因素的关键作用毋庸置疑，2022 年人工智能向艺术领域渗透，生成算法、预训练大模型、多模态等 AI 技术累积融合，催生 AIGC 大爆发，AIGC 产业生态加速形成和发展。2023 年以来，AI 正在赋能网络文艺内容制作的各个环节，同时也存在诸多不确定性。前期 AI 可以高效地搜集、整理信息从而初步生成剧本、人物小传等，并可以图片或视频方式对剧本进行预演，从而以较低成本评估剧本。中期 AI 可自动生成虚拟场景，降低布景周期与成本。后期特效方面，AI 可以高效进行场景合成、人脸识别等，剪辑方面，AI 可显著降低剪辑门槛。未来 AIGC 有望塑造数字内容生产与交互新范式，成为未来互联网内容生产的基础设施，AIGC 的应用生态和内容消费市场逐渐繁荣。目前，AI 赋能网络动漫等已作出初步尝试，AIGC 技术赋能网文出海将继续缩短网文翻译及 IP 开发链路，推动多模态联动融合，在全球共创 IP 生态圈的道路上更进一步。IP 改编依旧是网络电影、网络动漫和网络游戏制作的主要类型。智能技术助力 IP 对制作方的依赖程度可能降低，在 AI 赋能下实现内容制作。未来需要专业大模型训练，AIGC 或作为生产力工具推动元宇宙发展，进一步解放人类创造力，革新艺术领域。

（三）直播、短视频赋能趋向创新

2022 年以来，借助直播与短视频，文娱新业态和新消费模式快速发展。短视频和直播平台向互联网基础应用过渡，通过深度赋能，助力包括文娱在内各行业构建新发展格局的动向已经非常明朗。短视频用户数量激增，以数量的绝对优势重构网络内容生产和消费市场形态；网络直播成为焕新传统文化的新形式。短视频塑造了年轻一代对媒介内容微短化的消费偏好，对长剧集、综艺和电影造成较大的市场竞争压力，同时对长篇网络文艺作品叙事等表现手法、制作模式产生深刻影响，剧集集数和时长均有明显缩减。微短文艺作品与用户消费诉求双向碎片化、浅显化，过度娱乐化倾向也更突出。网络文艺用户有强烈的疏解现实压力的娱乐诉求，适度娱乐既能满足大众精神需求，又能促进娱乐产业发展；但是，过度娱乐化的内容特别是部分微短剧回避现实的复杂性和事物发展规律，以爽点堆砌为内容，会导致用户失去体验艺术审美过程的耐心，沉溺于简单粗暴的娱乐快感，排斥深度思考和严肃问题。因此，在微短剧、微综艺创作趋势下，更应该重视有思想深度和艺术内涵、叙事更完整复杂的高质量创作。长篇网络文艺作品和微短作品如何充分发挥各自优长，如何打造高品质微短网络文艺形态，是未来探索的主要方向。

（四）年轻化生产趋向多元

首先，网生代年轻消费者对网络文艺有更强烈的社交、娱乐和情感需要，伴随购买力提高，将成为推动网络文艺市场规模扩大的重要力量。其次，网络文艺创作者明显年轻化，“90后”“95后”网络作家、网络游戏制作者正在成为创作骨干，他们在互联网和智能技术时代成长、接受专业教育与训练，并拥有崭新的媒介经验和视野，更能准确满足青年用户的文艺消费需求。此外，更值得注意的是，网络文艺的年轻化趋向并不意味着创作的单一化。例如，现实题材网文创作和阅读的主要群体是青年；“95后”导演明显丰富和提高了网络电影的制作手段和水准，并改变了网络电影的制作观念；哔哩哔哩青年网络社区的经验影响了平台网生纪录片的拍摄和传播思路；年轻人通过网络直播非遗，以短视频传播国风审美等，丰富了传统文化的创新实践。越来越多的青年人参与网络文艺的内容生产和消费，是网络文艺多元创新的重要力量。

网络文艺形态篇

Typical Forms

B.2 2022年以来网络文学发展报告

赵丽瑾*

摘　要： 2022年以来，网络文学的质量、规模发展稳定。网络文学创作明显转向对现实的关照，与网文作者群体构成的年轻化和多样化相关，也是网络文学日趋主流化发展的标志。网络文学已经成为我国当代文学版图中的有机构成，是“讲述中国故事”并面向世界传播中国文化的重要载体。在网络文艺整体生态中，网络文学依旧是IP转化的重要资源，不断为其他网络文艺创作和产业发展提供支持。多方因素不断推动网络文学生态良性发展。

关键词： 网络文学　现实题材　IP转化　网文出海

2022年以来，网络文艺发展整体格局中，网络文学的发展态势相对稳

---

* 赵丽瑾，西北师范大学传媒学院教授、博士生导师，电影学博士，主要研究领域为电影理论与批评、网络文艺。

健。2022 年市场规模达 389.3 亿元，同比增长 8.8%；网络作家数量超 2278 万人；网络文学用户规模达 4.92 亿人，较 2021 年 12 月减少 925 万，占网民整体的 46.1%；海外网文访问用户规模达 9.01 亿人。① 进入 2023 年，截至 6 月，我国网络文学用户规模达 5.28 亿人，较 2022 年 12 月增长 3592 万人，占网民整体比重达 49.0%。② 网络文学以高质量发展为目标，网文作者构成年轻化、多样化，智能技术发展为网文内容精品化注入创新动力，IP 转化持续释放网络文学的文化和产业价值。网络文学积极关照社会现实，不断拓展海外传播，已经成为推动中国故事走向世界的重要载体。

一　网络文学成为“讲好中国故事”的重要载体

（一）向内，网文现实题材拓展优化

首先，2022 年以来现实题材成为网文创作热点。较之传统文学，网络文学在奇幻、玄幻、修仙、魔幻、穿越等题材上一直有新的开拓，但这类网文写作通常建构与现实完全不同的“架空世界”，长期沉浸于非现实的网文世界，使读者与现实产生强烈疏离感。随着青年作者和读者对现实社会压力的感知，现实题材复兴并稳步发展，根据 7 年来多家网站的综合数据，现实题材网文复合增长率达 37.2%，成为作品数量增速列第二位的热门题材。③ 中国作家协会推出“新时代山乡巨变创作计划”，18 部相关主题作品入选 2022 年 6 月公布的网络文学重点作品名单，有力激发了网络文学现实题材创作。2022 年，由上海市新闻出版局主持、阅文集团主办的第六届“现实题材网络文学征文大赛”的作品数量同比增长 65%。七猫中文网启动“注

① 中国互联网络信息中心：第 51 次《中国互联网络发展状况统计报告》，https：//www.cnnic.net.cn/n4/2023/0303/c88-10757.html，最后访问日期：2023 年 9 月 19 日。

② 中国互联网络信息中心：第 52 次《中国互联网络发展状况统计报告》，https：//www.sohu.com/a/719616029_121713417，最后访问日期：2023 年 9 月 19 日。

③ 《2022 中国网络文学发展研究报告》，https：//mp.pdnews.cn/Pc/ArtInfoApi/article? id = 35022532，最后访问日期：2023 年 5 月 2 日。

目家园，书写时代荣光与梦想”现实题材征文大赛[①]，番茄小说启动“回首峥嵘过往，续写时代华章”现实题材征文活动[②]。中文在线、阅文集团在线讨论、讲授现实题材网文及创作方法。[③]

《2022 现实题材网络文学发展趋势报告》[④] 指出，从 2015 年至 2022 年阅文集团现实题材网络作家人数增长了 4.85 倍，累计已经达 23 万人。其中“90 后”作者投入现实题材创作的占比最高，达 43.5%，“80 后”“70 后”占比分别为 36.1%和 12.5%。阅文平台现实题材读者比例同比增长 100%，累积突破 6000 万人，“Z 世代”读者约占四成，成为现实题材的主要阅读群体。奋斗、职场、乡村、时代和婚姻成为阅文平台现实题材创作排名前五的关键词，反映时代、社会、生活真实的现实题材网文，并未因其严肃性而缺少读者，并且读者呈现年轻化趋势。现实题材网文创作及影视改编，是 2022 年网络文艺现实题材创作热潮中的重要组成。

此外，现实关照精神越来越多地渗透在网文创作中。科幻题材作品及基建文、工业文等热门文类，以古代、近现代和幻想世界为背景，但注入了对现实的思考，通过现代科技、管理理念和工业化大生产改造古代社会和幻想世界，例如《这游戏也太真实了》等。而《吾家阿囡》《绣春光》《我用闲书成圣人》等非遗、国风题材网文，则着重表现中华传统文化魅力，复现国人日常生活场景和审美理想，引发当下青年追捧。网文题材不同，内容各异，但不少作品自觉勾连现实思考，传递现实关照精神，获得读者认可。网络文学已经成为记录当下中国的重要文艺手段。

---

① 七猫中文网：《第三届七猫中文网现实题材征文大赛征稿进行中》，https：//mp.weixin.qq.com/s/xqlvQCW0VQV964y2cjbkKw，最后访问日期：2024 年 2 月 18 日。

② 番茄作家助手：《“回首峥嵘过往，续写时代华章”番茄小说现实题材征文活动来啦》，https：//mp.weixin.qq.com/s/d02u4h7ZUeur2EbdCn8_XQ，最后访问日期：2024 年 2 月 18 日。

③ 阅文集团：《网文里的“烟火气”》，https：//mp.weixin.qq.com/s/isRUvg77ttuRj91pGrZJ3w，最后访问日期：2024 年 2 月 18 日。

④ 上海市新闻出版局、阅文集团：《2022 现实题材网络文学发展趋势报告》，https：//mp.weixin.qq.com/s/LhOMsGWEoEQ3jshT5Rbrgw，最后访问日期：2022 年 11 月 2 日。

（二）向外，网文出海纵深发展

1. 中国网文数量全球“狂飙”

网络文学也是推动中国故事走向世界的重要力量。2022 年 7 月 20 日，商务部等 27 个部门印发《关于推进对外文化贸易高质量发展的意见》，提出要积极培育网络文学的出口竞争优势，提升文化价值，打造具有国际影响力的中华文化符号。2022 年 11 月，中国作家协会启动中国网络文学“Z 世代”国际传播工程，以“网文出海”为契机，进一步提升中国文化国际传播效能。“自 2005 年网络文学开启外文出版授权以来，网文出海历经以数字版权与实体图书出版为主的 1.0 时代、建立海外门户以规模化翻译输出网文的 2.0 时代，以及主打原创模式的 3.0 时代。十余年间，网文模式逐步在海外落地生根，不仅让中国的好故事走向世界，也培育出数以万计的海外创作者。”[①] 2022 年，16 部网络文学作品《赘婿》《赤心巡天》《地球纪元》《第一序列》《大国重工》《大医凌然》《画春光》《大宋的智慧》《贞观大闲人》《神藏》《复兴之路》《纣临》《魔术江湖》《穹顶之上》《大讼师》《掌欢》首次被收录至世界最大的学术图书馆之一——大英图书馆的中文馆藏书目之中。

《2022 中国网文出海趣味报告》显示，中国网文海外访问用户约 1.7 亿，4 年增长 8.5 倍；海外网络作家约 34 万名，年复合增长率超过 130%；海外原创作品约 50 万部，2022 年新增约 13 万部。网文读者遍及全球 200 多个国家和地区，“Z 世代”读者占比 75.3%；中国网文翻译作品上线约 2900 部。[②] 截至 2022 年底，中国原创网络文学作品授权数字出版和实体图书出版数量可观，涉及日、韩、东南亚地区，以及美、英、法、俄等欧美多地，单阅文旗下授权作品已经突破 900 部，如《鬼吹灯·精绝古城》英文版、《庆余年》韩文版等。Sensor Tower 数据表明，2022 年 1 月至 8 月在海外收

---

① 杨晨、何叶：《网络文学，讲好中国故事的有力载体》，《出版广角》2023 年第 13 期。

② 《2022 中国网文出海趣味报告发布：全球用户数量已超 1.7 亿》，新京报：https://baijiahao.baidu.com/s?id=1760167745462748616，最后访问日期：2023 年 3 月 23 日。

入和下载量排名前 10 的中国书籍和漫画应用中，超过 8 款为网文应用。截至 2022 年 12 月 31 日，阅文旗下海外阅读平台 WebNovel 提供了约 2900 部中文译作和约 50 万部当地原创作品。

2. 模式探索促进中国网文出海纵深发展

其一，原创模式输出。中国网文海外传播从翻译作品实体出版和数字阅读发端，近年来原创模式输出使海外原创作品深受中国网文主题、世界观、写作方式、经典元素等方面的设定影响，许多作品有浓厚“中国风”。海外网文读者和作者对中国文化精神、价值观耳濡目染，并转化为自己的网文创作继续向外传播，体现了中国网文模式输出的重要价值。

其二，大量海外翻译网站建立，国内阅读平台海外应用上线。网络文学在历经版权出海、文本出海、生态出海的过程中，打破了语言与文化环境的壁垒，应用出海的布局使网络文学走向多语种市场，网文的影响力已辐射全球。2022 年互联网厂商纷纷入局网文应用出海，北美等英语市场趋向饱和，因此网文应用转向更多国家和地区。各厂商布局多语种颇有成效，星阅科技旗下有主打菲律宾语的 Yugto、西班牙语的 Sueñovela、俄语的 ЧитРом 等应用。大数据显示，为菲律宾语读者打造的网文应用 Yugto 在安卓端图书与工具书 App 畅销榜中排名第二位，月流水预计在 40 万美元左右。网络文学阅读并非单一的电子阅读，还是基于共同价值观的分享社交，因此基于平台应用的社区打造是跨文化交流的重要方式，有助于海外用户深入了解中华文化。2022 年，在起点国际的读者评论中，提及“中国”的相关单词超过 15 万次；道文化、美食、武侠、茶艺、熊猫等成为提及率居前列的中国元素。[①] 2022 年网络文学国内外流行的内容同频共振，海外原创 IP 开发风生水起，开始反哺国内内容生态。

其三，不同语言市场的打开说明网文出海的覆盖范围更广、影响力更大，而技术为网文出海赋能和提供基底。互动式视觉阅读平台 Chapters 已

① 《2022 中国网文出海趣味报告发布：全球用户数量已超 1.7 亿》，新京报：https：//baijiahao. baidu. com/s? id = 1760167745462748616，https：//baijiahao. baidu. com/s? id = 1760167745462748616，最后访问日期：2023 年 3 月 23 日。

经拥有英语、德语、西语、俄语、法语、日语、韩语、波兰语等 13 大语种版本，陆续推出的动画平台 Spotlight、浪漫小说平台 Kiss 等的产品覆盖了多种类型的用户群体，形成了丰富的内容矩阵，同时已上线 UGC 功能，帮助用户创作，提升创作者经济效益。技术是网络文学出海的核心基础。未来，AIGC 技术的赋能将继续缩短网文翻译及 IP 开发链路，推动多模态联动融合，在全球共创 IP 生态圈的道路上更进一步。

二　作者多元化年轻化、智能技术演进促进网络文学高质量发展

（一）“网生代”作者成为网文新变的主要动力

2022 年以来，网文作者呈现明显的年轻化、多元化特征。根据《2022 中国网络文学发展研究报告》，在 2022 年网文作者版图中，“70 后”“80 后”资深作家持续活跃，但以“90 后”为代表的青年网络作家已经成为中坚力量，“00 后”快速补充为新增主力，“银发群体”也在逐步壮大，2022 年阅文平台注册作家中“60 后”累计突破 4 万人，作家群体向老龄化延伸，为网络文学沉淀和转型带来更丰富的可能。同时，网文作者的地域和职业背景多样，遍布全国，涉及 57 个行业，[①] 网文写作成为年度最热门副业。“网生代”作者以其独特的经验推动网文内容形式创新，成为网文高质量发展的重要驱动力。

《2022 中国网络文学发展研究报告》中的数据显示，阅文平台 2022 年新增注册的作家中“00 后”占比达六成，年度作家指数前 500 名的新面孔中，“00 后”占比提升 10%，万订作品[②]数较上年同期增加了三倍。番茄小

① 《2022 中国网络文学发展研究报告》，https：//mp.pdnews.cn/Pc/ArtInfoApi/article? id = 35022532，最后访问日期：2023 年 5 月 2 日。

② 万订作品指网络小说中销售量达到一万份的作品。“万订”是对网络文学作品销量的一种表述方式，表示该作品非常受欢迎，销售情况良好。

说发布的《2022 年原创年度报告》显示，“90 后”在当年入驻该平台的原创作者中占比高达 65%。[①] “90 后”网文作家会说话的肘子的《夜的命名术》，是起点读书首部单月百万月票作品，位居起点读书年度月票榜单第 1 名；卖报小郎君的《灵境行者》，打破全网 24 小时首订纪录，打破起点读书最快 10 万均订纪录；“95 后”网文作家轻泉流响的《不科学御兽》，位居起点读书年度月票榜单前 10，打破起点同题材均订纪录。

网络作家队伍的年轻化开拓了更为丰富的网文类型。以科幻题材网文的兴起为典型，《中国科幻网络文学白皮书（2022）》显示，2022 年起点读书新增科幻题材，起点中文网发布了 42080 部科幻网络文学作品，同比增长近 70%，共计有超过 4.2 万的起点读书作者创作了科幻网络文学作品，其中，首次创作便选择科幻题材的作者有 72%为“00 后”。他们通过不同的创作视角丰富着科幻题材的内容风格，形成了独具中国特色的科幻话语体系，有力推动了科幻文学的本土化和高质量发展。阅文集团于 2022 年初推出针对科幻网文的“启明星奖”与“星光奖”激励活动，科幻新作品数量较 2021 年同比增长超 117.5%。在中国作家协会网络文学中心发布的 2022 年网络文学重点作品扶持选题名单中，科技创新和科幻主题的相关作品入选八部，包括天瑞说符《我们生活在南京》、会说话的肘子《夜的命名术》、横扫天涯《镜面管理局》等作品。各大网站纷纷挖掘“脑洞文”市场，七猫旗下奇妙小说网、纵横旗下脑洞星球上线。在 2022 年起点读书年度月票榜单前 10 中，一半作品有科幻元素。在有“中国科幻最高奖”之称的中国科幻银河奖第 33 届评选中，网文《深海余烬》获最佳科幻网络小说。

“量大质不优”是网络文学发展的“行业焦虑”，近年来网络文学提出“高质量发展”和“提质降速”目标。2022 年以来，作者作为网络文学内容生产的核心要素，其年轻化、多样化的构成，为网文内容精品化起到了重要作用，对于网文长久以来存在的问题，例如题材过度脱离现实、类型化桎

① 番茄小说：《2022 番茄原创年终总结报告》，https：//mp. weixin. qq. com/s/mgMKoh1wAYEkq50cEMnFzg，最后访问日期：2024 年 2 月 18 日。

桎梏等，有所突破创新。一方面，“Z 世代”作者为现实、科幻等主要题材带来了崭新的视野和体验，吸引了更多青年网文用户；另一方面，作者身份多样化丰富了类型和题材，推动“反套路”“去类型化”写作，使网文类型化的边界变得模糊，诸多无法被“类型化”规约的创作大量出现。由于年轻作者和读者的加入，网络文学正在书写“包括严肃文学和通俗文学在内的既有文学所不能容纳的网络文明新经验。如果说类型化时代的网络文学汲取了古今中外流行文化的元素，那么在突破类型化藩篱的同时，网络文学则越来越和网生代（“Z 世代”“M 世代”等）的经验联系在一起。以既有文学所未能表现的新经验为资源，网络文学开始构筑新的时间和空间，勾连新的虚拟和现实的关系，重新书写灵与肉、人与非人的关系”。[①] 例如，2022 年网文出现大量平行时空设置，《开端》《天才基本法》等经由 IP 改编成为网络剧，多来自互联网媒介体验和经验。

（二）技术赋能网文智能化生产

科技赋能网文平台多方面运营，平台借助人工智能等技术升级形成内容生产智能系统。2022 年 4 月，阅文释出其个性化的推荐算法，以大数据算法构建阅文的用户画像标签体系，圈定目标人群并匹配用户感兴趣的作品，进行个性化消息推送与内容分发。此算法目前已应用于阅文旗下的 QQ 阅读、起点读书等 App，数据表明个性化推送应用效果显著，QQ 阅读的阅读指标提升 84%，点击指标提升 35%[②]。中文在线在 2022 年 9 月通过 AIGC 推出新一代文学辅助创作引擎，在自研的创作者写作工具中增加丰富的人工智能辅助写作功能，提升效率的同时，还可优化作家的创作风格与写作习惯。2023 年 7 月，首届“阅文创作大会”公布全新升级后的多项创作扶持举措，并发布国内网络文学行业首个大模型“阅文妙笔”和基于这一大模型的应

① 李玮：《从类型化到“后类型化”——论近年中国网络文学创作的新变（2018—2022）》，《文艺研究》2023 年第 7 期。

② 阅文技术：《个性化消息推送在阅文的实践》，https：//mp. weixin. qq. com/s/khdvejBfm4t5uZVv3zjV2Q，最后访问日期：2024 年 1 月 5 日。

用产品“作家助手妙笔版”，为作家打造包括作家服务、数据运营、技术工具等在内的网文创作“新基建”。“阅文妙笔”逐步打开了人工智能赋能网文和 IP 创作的应用生态。

政策支持和新技术应用改善了用户的阅读体验，利好网络文学发展。自 2014 年以来，“全民阅读”连续第十年被写入政府工作报告。用户移动阅读习惯逐步养成，《2022 年度中国数字阅读报告》显示，2022 年中国数字阅读用户规模达 5.03 亿人[①]，基本与 2021 年持平，行业已进入存量时代。Quest Mobile《2022 中国移动互联网半年大报告》数据显示，2022 年上半年数字阅读的用户月均使用时长达 11.2 小时，使用时长同比增长 13.8%（见图 1）。[②] 数字阅读用户的电子阅读量已达人均 11.9 本，每天阅读时长为 2 小时及以上的用户占比达 60%，电子阅读用户已进入深度阅读阶段。整体而言，数字阅读用户已养成良好的移动阅读习惯。数字阅读市场整体规模达 404.1 亿元人民币，同比下降 2.8%，收入主要来源于付费阅读和广告[③]，进入存量市场的网络文学需要寻找新的增长点。

此外，多平台入局网文行业，2022 年 10 月快手推出快手免费小说 App，2023 年抖音上线小说频道，用户可在抖音 App“我的读书”界面阅读网文。网文不同于传统文学写作，平台对网络文学发展各环节起到至关重要的作用，平台多维度运作为作者赋能，推动内容高质量产出。除智能技术外，平台设置大量的扶持机制激励作者产出。例如，阅文集团举办第七届现实题材网络文学征文大赛，鼓励各行业的网络作家书写时代与个人，中文在线推出面向全球优秀作家的首届全球元宇宙征文大赛并收到 11000 部元宇宙文学作品。平台发起面向网文作者的培训计划，截至 2022 年上半年中文在线的“网大公开课”已完成全阶课招生培训 8400 人次，作家垂直社群突破 50000 人次，累计培训学员超过

① 中国音像与数字出版协会：《2022 年度中国数字阅读报告》，http://www.cadpa.org.cn/3277/202306/41607.html，最后访问日期：2023 年 7 月 12 日。

② Quest Mobile：《2022 中国移动互联网半年大报告》，https://max.book118.com/html/2023/0406/5144142120010134.shtm，最后访问日期：2022 年 9 月 12 日。

③ 易观分析：《中国移动阅读市场年度综合分析 2023》，https://www.163.com/dy/article/I8B9J0JN0511B3FV.html，最后访问日期：2023 年 7 月 29 日。

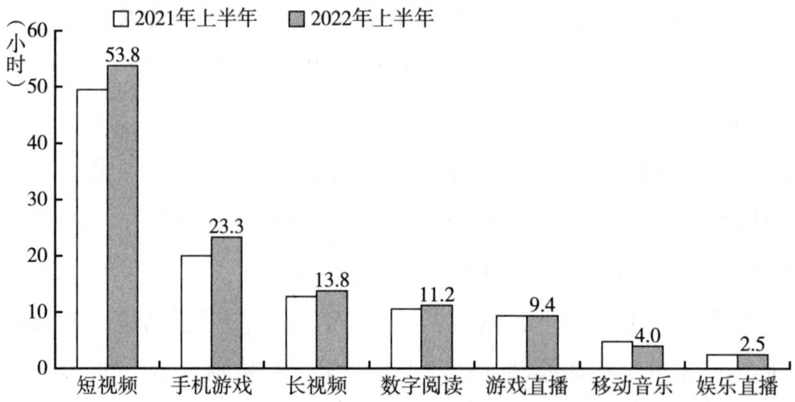

图 1　2021 年上半年和 2022 年上半年泛娱乐领域细分行业月人均使用时长

数据来源：Quest Mobile TRUTH 中国移动互联网数据库，2022 年 6 月。

70000 人次①；纵横小说在 10 月启动“大神训练营”，通过写作大神的经验传授挖掘新星作家，这些培训鼓舞了更多的受众参与到网络文学的创作中。线下机构也通过网文作者培训促进内容质量提升，如网络作家文化传承发展高研班（中国作协网络文学上海研究培训基地第七期高级研修班），网络作家新生代培育行动——“新雨计划”（浙江省作协），“青社学堂”京津冀网络文学青年创作骨干培训班（中国作家协会网络文学中心）。

三　网络文学 IP 持续释放文化影响力和产业价值

2022 年以来网络文学 IP 转化在稳健中持续发展创新。中国经济信息社发布的《新华·文化产业 IP 指数报告》筛选 2021 年 1 月至 2022 年 6 月 30 日的前 50 名中国当代 IP，指出 IP 原生类型为文学的占比 52%，其中超八成为网络文学，网络文学是内容 IP 领域的重要生产源头与生成资源，网络文学的 IP 生产链已形成并持续发展。有声小说、动漫、游戏、剧本杀、短

① 中文在线：《中文在线数字出版集团股份有限公司 2022 年半年度报告》，https：//www.aijingu.com/uploadfiles/pdf/300364/202208/AN202208281577748654.pdf，最后访问日期：2024 年 1 月 5 日。

剧和衍生品等多形式的产业转化正在不断突破原有路径，IP 转化形式更加多元化。付费模式产生的网文精品 IP 孵化率更高，催生的产业价值更大。公开数据显示，腾讯视频 2022 年热度榜单前 10 中，有 60%的电视剧改编自付费网文；优酷 2022 年热度榜单前 10 中，有 50%的电视剧改编自付费网文；爱奇艺的 2022 年热度总榜前 10 中，有 30%的电视剧改编自付费网文。[①] 其中《雪中悍刀行》《苍兰诀》《天才基本法》《与君初相识》等根据网络小说改编的剧集占各大视频平台热度榜单的 50%；超过半数的国产动画番剧改编自网文 IP，不乏精品剧集。

网文 IP 释放巨大产业价值，中国社会科学院文学研究所发布的《2022 中国网络文学发展研究报告》显示，据第三方机构易观数据统计，2022 年，包括出版、游戏、影视、动漫、音乐、音频等细分赛道在内的中国网络文学的 IP 全版权运营市场，整体影响规模超过 2520 亿元。2022 年，阅文集团搭建了 IP 衍生品体系框架，建立专门团队，在消费品、潮流玩具等领域取得进展。预计到 2025 年，网络文学 IP 改编市场价值总量将突破 3000 亿元。根据《2022 中国网络文学发展研究报告》，现实题材成为网络文学改编的主力赛道之一。阅文集团数据显示，在总计七届网络文学征文大赛的获奖作品中，已有超七成的作品授权 IP 开发，有声、出版、影视位列 IP 开发形式前 3 名，《大国重工》《投行之路》等作品已实现影视开发，内容覆盖多个维度。

2022 年以来网文 IP 转化还呈现一些新的特点。IP 转化周期呈现“一短一长”特点，即单个、单次的 IP 开发不断缩短；头部爆款 IP 的系列化开发周期变长。前者如 2022 年度的《开端》《天才基本法》《星汉灿烂·月升沧海》等爆款剧集均是 2019 年后的完结作品，开发周期大大缩短。《星辰变》等网络小说的发表距今超过十年，2022 年其新番动画的总播放量达 40 亿次，成为当之无愧的爆款 IP。

有声听书已成为互联网声音经济的重要组成部分。根据喜马拉雅发布的

---

① 《2022 中国网络文学发展研究报告》，https：//www. cssn. cn/wx/wx_ xlzx/202304/t20230411_ 5619321. shtml，最后访问日期：2023 年 5 月 2 日。

《2023 春日听书数据报告》，截至 2023 年第一季度，喜马拉雅用户人均听书 8.8 本[①]，听书已成为数字阅读的重要方式，网文是用户听书的首要选择。阅文旗下 3000 余部 IP 有声剧上线，其中大部分在连载期间就进入开发流程，《灵境行者》上线 2 个月播放量破亿次，《夜的命名术》上线 5 个月播放量破 2 亿次，在人工智能朗读和个性化选择的技术支撑下，有声听书为网络文学的 IP 提供音频向的多元生态。

网络文学是国漫改编的主要内容。阅文动漫与腾讯动漫的 300 部“网文漫改计划”项目持续推进，截至 2022 年底，阅文已有 230 多部 IP 漫改作品在腾讯动漫上线，包括《大奉打更人》《从红月开始》《全球高武》等优质作品[②]。2022 年 8 月，腾讯视频举办动漫年度发布会，重点发布了百部动画作品，包括 74 部新作和 26 部续作，100 部中有 46 部由网文改编而来。在 2022 年 10 月 30 日哔哩哔哩发布的 49 部动画中，由网文改编的占 19 部。

文学内容的短视频转换开辟网文新业态。2022 年以来，微短剧的盛行为网络文学的 IP 转化提供了更适配的路径，微短剧的轻量化与网文主题内容的轻松化相匹配。中文在线根据旗下四月天平台网文改编的《别跟姐姐撒野》《就想和你谈恋爱》《每天都在拆官配》等作品播放量过亿次，其中《别跟姐姐撒野》全网话题播放量破 20 亿次，排在猫眼全网热度前 5 名。2022 年，掌阅科技的由 IP 改编或原创的《爱在午夜降临前》《我的西装新娘》等多部短剧作品陆续在抖音上线[③]，其中《女人不累》上线一个月左右播放量便突破 7000 万次[④]。微短剧的加码布局使网络文学 IP 的价值进一步累积，网络文学与网络文艺其他形态制作的联系更加紧密。

---

① 喜马拉雅：《2023 春日听书数据报告》，https：//mp. weixin. qq. com/s/DCiPKoXdTHaPF-4Y6Veqzw，最后访问日期：2024 年 2 月 18 日。

② 《2022 中国网络文学发展研究报告》，https：//www. cssn. cn/wx/wx_ xlzx/202304/t20230411_5619321. shtml，最后访问日期：2023 年 5 月 2 日。

③ 掌阅科技：《掌阅科技股份有限公司 2022 年半年度报告》，http：//news. 10jqka. com. cn/20220827/c38033673. shtml，最后访问日期：2024 年 2 月 18 日。

④ 掌阅科技：《掌阅科技股份有限公司 2022 年半年度报告》，http：//news. 10jqka. com. cn/20220827/c38033673. shtml，最后访问日期：2024 年 2 月 18 日。

四 网络文学版权保护成效显著

版权一直是网络文学发展的关键问题。中国版权协会发布的《2021 年中国网络文学版权保护与发展报告》指出，2021 年中国网络文学盗版损失规模为 62 亿元，同比上升 2.8%。“剑网 2022”专项行动以国家力量有效打击网络侵权盗版行为，着力对未经授权通过网站、社交平台、浏览器、搜索引擎传播网络文学作品等侵权行为进行集中整治。2022 年行业及平台针对盗版行为发起集中抵制和治理。5 月 26 日，中国版权协会联合 20 个省市网络作协、522 名网文作家发布《保护网络文学版权联合倡议书》。7 月 6 日，近 50 家重点网络文学平台负责人、全国省级网络文学组织负责人、知名网络作家和评论家共同发起《网络文学行业文明公约》。晋江文学城、阅文集团等多个网络文学平台加大打击盗版力度。

在国家法律、行业与平台的共同治理下，网络文学版权保护取得进展。网文领域首个诉前禁令正式实施，法院责成 UC 浏览器、神马搜索对有关《夜的命名术》的侵权行为采取删除、屏蔽、断链等必要措施，此举被视作网络文学版权治理的里程碑。同时，构建技术系统平台，运用大数据、区块链等技术赋能版权保护。2022 年阅文集团在起点读书 App 正式启用防盗系统，30 天内新增用户中由盗版转化而来的用户比例达 40%。反盗版措施推动了精品付费作品的收入增长。[①] 2022 年阅文集团在线阅读平台新增约 54 万名作者、95 万本小说，新增超过 390 亿字，与反盗版措施相关，并由此吸引了优质内容及读者购买付费产品。起点读书 2022 年 12 月单月活跃用户量同比上涨 80%，全年收入上涨超过 30%。打击盗版对于网络文学产业生态至关重要。

① 阅文集团：《阅文集团公布 2022 年年度业绩》，http：//www.ce.cn/xwzx/gnsz/gdxw/202303/17/t20230317_ 38448507.shtml，最后访问日期：2023 年 4 月 1 日。

B.3

2022年以来网络剧发展报告*

赵丽瑾　王文娟**

摘　要： 网络剧市场回暖、口碑提升，在降本增效的行业政策引导下探索良性发展。平台通过聚力头部内容生产、升级会员付费观看模式、深化“大剧独播”等推进网络剧高质量发展。网络剧创作重视开拓现实题材，古装剧爆款频出，悬疑剧兼具娱乐性与主流价值观表达，通过精准满足受众细分市场和圈层文化需求，凸显区别于电视剧的类型特征、审美趣味和价值观。在短视频冲击下，微短剧爆发式增长，成为各平台内容创新的风口。

关键词： 网络剧　降本增效　微短剧

2022年，国产电视剧数量供给继续下滑，网络剧数量与上年基本持平。行业发展以降本增效为指导，通过成本压缩和业务收缩，提升营销和运营效率，达到提质减量目标。网络剧类型、平台对网络剧的制播策略、对微短剧的布局等，都出现相应调整。2023年上半年开始，国产剧行业生态显著好转，降本增效卓有成效，向高质量发展迈进。在网络文艺整体

---

* 网络剧一般指专为互联网播放制作的一类网络连续剧，优点在于互动性、便捷性，由观众随意即兴点播。与其对应的概念是电视剧，播放媒介主要为电视；网络用语中提及一部电视剧上到了星级卫视，说明电视剧质量高。电视剧的播出逐渐形成了“先网后台”的模式，即部分上星剧集在网络平台抢先首播，电视台播出时间晚于网络视频平台。2022年6月1日起，国家广播电视总局对网络剧片正式发放行政许可，对通过广播电视主管部门内容审核的国产网络剧片，系统内下发的节目上线备案号将被替换为发行许可证号。

** 赵丽瑾，西北师范大学传媒学院教授、博士生导师，电影学博士，主要研究领域为电影理论与批评、网络文艺；王文娟，西北师范大学传媒学院2020级戏剧与影视专业硕士研究生。

格局中，网络剧保持了良好的热度和口碑，但随着短视频及其他泛娱乐平台抢占用户注意力，网络剧需升级品质，强化内容优势，才能获得长远发展。

一　网络剧市场整体回暖、口碑提升，向高质量发展目标迈进

从 2022 年到 2023 年上半年，长视频平台提质增效，国产剧市场明显回暖，高口碑、高质量作品不断涌现，网络剧进入高质量发展阶段。根据云合数据统计，2022 年上新国产连续剧 414 部，同比下降 9%，较 2021 年减少 42 部；其中电视剧 150 部，较 2021 年减少 54 部；网络剧 264 部，较 2021 年增加 12 部（见图 1）；2022 年各视频平台上新剧部数缩减 7%～28%（见图 2）。艺恩数据显示，2023 年上半年各平台共上线国产剧 136 部，同比下降 4.9%，其中网络剧 94 部，同比提高了 4.4 个百分点。[①]

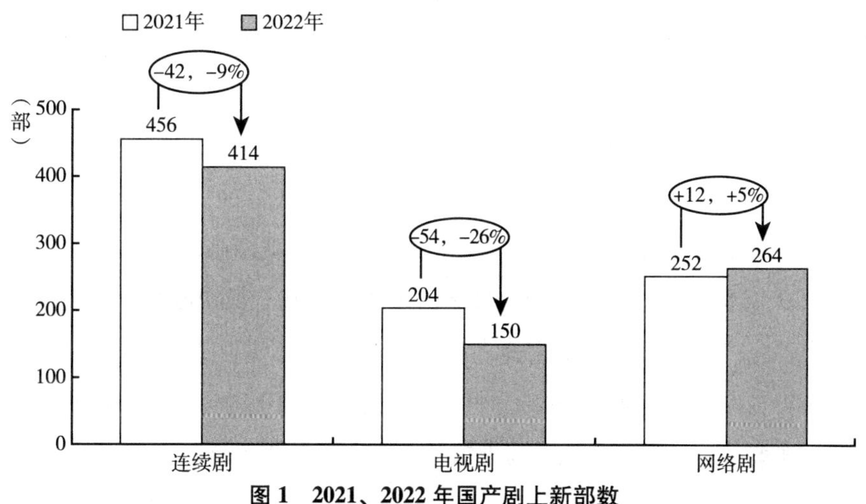

图 1　2021、2022 年国产剧上新部数

① 数据来源：艺恩内容智库-视频系统；数据统计周期：2023 年 1 月 1 日至 2023 年 6 月 23 日。

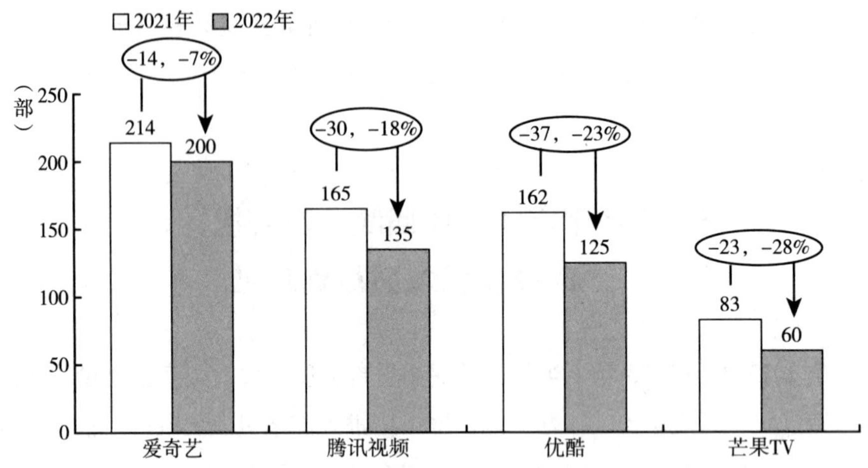

图2　2021、2022年各平台上新剧部数

数据来源：云合·四象分析系统（EVA）。

数据说明：统计范围：2021～2022年上新国产剧集，单集时长20分钟以上；统计时间：截至2022年12月31日。

对比2021年，2022年的热门剧分布更为分散，观众满意度明显提高，观众对献礼档期剧集认可度提高。2022年6月至10月上旬迎来的剧集市场口碑爆发期，是“提质增效”影响在下半年的显现。头部剧集口碑提升明显，豆瓣评分人数达10万+的长剧有22部，其中网络剧有16部。豆瓣评分7分以上的剧集有29部，其中网络剧有10部。网络剧评分获大幅提升，剧集市场品质之争打响，内容品质的提升强力推动网络剧高质量发展。

2023年上半年国产剧市场的整体创作活力不减，长视频平台精耕内容，精细化运营，持续探索网络剧良性发展，行业生态明显改善。网络剧《狂飙》开年热映成为2023年的标志性事件，上半年频频出现豆瓣评分7.5分及以上剧集，题材内容多元，其中《漫长的季节》9.4分、《三体》8.7分、《狂飙》8.5分、《少年歌行》8.3分、《我可能遇到了救星》8.1分、《显微镜下的大明之丝绢案》7.8分，并且出现了上年没有的9分以上爆款，8分以上的作品数量增多，网络剧整体质量持续提升。

2022年2月8日，国家广播电视总局印发《“十四五”中国电视剧发展规划》，引导各电视台、重点网络视听平台积极创作、定制主题电视剧，精心做好展播编排，通过播出调控拉动主题电视剧创作生产，引导互联网平台发挥规模、数据、技术等优势，有序参与电视剧创作生产经营活动，积极推动电视剧市场健康繁荣；4 月 29 日，国家广播电视总局办公厅发布《关于国产网络剧片发行许可服务管理有关事项的通知》，从 6 月 1 日起对网络剧片正式发放行政许可，网络剧正式拥有了属于自己的“网标”；国家广播电视总局分季度进行优秀网络视听作品推选。上述政策对网络剧制作发行进行了有效的规范引导，促进网络剧高质量发展。

二　古装与悬疑为主要类型，垂类内容细分创新

2022 年，爱情、都市、悬疑仍为剧集的热门题材，主旋律现实题材佳作涌现，以《人世间》为代表的国产剧迎来现实题材高光时刻。因适逢党的二十大胜利召开、香港回归祖国 25 周年，献礼剧在数量和质量上都有良好表现。

网络剧在题材类型方面与电视台口味形成区分。根据云合数据《2022 连续剧网播表现及用户分析报告》，2022 年网络剧热播排名前 20 位的类型分布中，古装剧 14 部，悬疑剧 5 部，都市剧 1 部。与 2021 年相比，热门集中在古装剧，都市剧明显减量。其原因在于，头部制作的都市剧上星意愿更强，纯网都市剧以爱情剧为主，难以突破年轻圈层。古装剧反其道而行，因难以获得上星剧机会，制作方式灵活创新，更注意迎合网生观众口味。悬疑剧也因相似情况大量覆盖头部网络剧。古装剧和悬疑剧的沉淀创新，正是网络剧获得良好口碑的关键原因，热门网络剧类型与互联网用户有着深层次连接。2023 年上半年，网络剧类型延续了这一类型发展趋势。

（一）古装剧再受追捧，爆款频出重回“顶流”市场

2022 年度古装剧数量缩减，质量明显提升。古装剧投入成本高，在

2022 年的市场环境下，增加了投资风险，制作数量明显降低，据德塔文披露的数据，古装剧全年播出部数仅为 49 部[①]。艺恩数据发布的《2022 国剧市场洞察》表明，爱奇艺上线古装剧 16 部，数量居首位；其次为腾讯视频和优酷，分别上线 10 部；芒果 TV 上线 7 部[②]。不过，古装剧口碑均值较 2021 年上涨 19.3%，据艺恩数据 2022 年播放指数榜，《卿卿日常》播放指数最高，《苍兰诀》播放指数排年度前 3 名[③]。2023 年的《长风渡》《长月烬明》延续了古装剧的良好口碑和播放指数。在 2022 年评分人数超过 10 万的豆瓣排行前 10 剧集榜单中，网络剧有 6 部，分别是《梦华录》《苍兰诀》《唐朝诡事录》《开端》《星汉灿烂·月升沧海》《猎罪图鉴》，其中古装剧占 4 部。2023 年上半年古装剧市场加速回暖，据艺恩数据统计，上线数量同比提升 33.3%[④]，口碑继续呈上升趋势。

2022 年古装剧内容创新突破，圈层化特征持续强化。高热度古装剧除必备高颜值演员外，故事创新性明显增强，以“平民视角”“不完美主角”“新武侠”“日常”为内容亮点的剧集逐渐取代“虐恋情深”，成为市场新风口。《卿卿日常》在古装偶像类型、爱情题材中融入更接地气的日常叙事，并以女性互助主题和轻松的叙事节奏，迅速点燃剧集话题热度，形成社交传播效果。《梦华录》《星汉灿烂》融入女性独立互助的当代意识，借助偶像明星吸引特定粉丝群体；《风起陇西》《天下长河》以男性受众为主要对象，是历史题材古装剧精品。古装剧的受众圈层分化明显，不少口碑之作都是依靠在特定圈层中的共识而获得好评。2023 年上半年古装剧持续了较好的商业反馈。

---

① 德塔文：《德塔文 2022—2023 年电视剧市场分析白皮书》，https：//mp.weixin.qq.com/s/cCOFh4FH_ GZ-E9NuMsJpEQ，最后访问日期：2024 年 1 月 4 日。

② 艺恩数据：《2022 国剧市场洞察》，http：//v2001.enbase.entgroup.cn/Report/EnReport/Report/File/20230109154935155.pdf，最后访问日期：2024 年 1 月 4 日。

③ 艺恩数据：《2022 国剧市场洞察》，http：//v2001.enbase.entgroup.cn/Report/EnReport/Report/File/20230109154935155.pdf，最后访问日期：2024 年 1 月 4 日。

④ 艺恩数据：《2023H1 国产剧市场及趋势研究报告》，http：//v2001.enbase.entgroup.cn/Report/EnReport/Report/File/20230703171010679.pdf，最后访问日期：2024 年 1 月 4 日。

（二）悬疑剧兼具娱乐性和主流价值观表达，获播出平台青睐

根据艺恩数据《2022 国剧市场洞察》，2022 年悬疑剧中网络剧占比超八成，播放指数前 10 位的悬疑剧好评度均值同比 2021 年提升 17.8%，《回来的女儿》《罚罪》播放指数和媒体热度领先。悬疑剧在数量上缩小了与古装剧的差距，全年需求也更稳定，每月都有作品播出，较上年变化不大。悬疑剧既具备反转叙事的娱乐效果，也可承载反腐反黑的故事内容，传递正向社会价值观，在降本增效的市场环境下，比古装剧市场风险小，因此成为播出平台在娱乐属性产品中的首选类型。《开端》《重生之门》《昆仑神宫》等剧集的内容创新，带动悬疑剧口碑小幅度提升，市场热度有所回升。悬疑剧凭借烧脑设定，融合多种元素的类型创新，产出多部高质量、高口碑作品，《风起陇西》《唐朝诡事录》以悬疑融合古装，《开端》首次以“无限流”网文类型建构时间循环设定，《重生之门》是首部聚焦盗窃的悬疑剧，《猎罪图鉴》展现特殊职业模拟画像师。2022 年悬疑类型垂类内容更丰富，给观众更多“新鲜感”。

2023 年上半年，悬疑剧延续上年热度，悬疑赛道再创新高。《漫长的季节》获得豆瓣高评分 9.4 分，将生活流叙事风格融入悬疑类型，开辟类型创新的新路径。该剧一方面以三条线索推进叙事，在近 20 年的跨度里流畅切换，赋予人物成长和悬疑推进的时间长度；另一方面，以悬疑为切入点，展现了岁月对普通人命运的改变，既有悬疑类型的娱乐性，也体现出叙事艺术的内容深度和思想厚度，在竞争度高的类型赛道，只有内容创新才能获得认可。《尘封十三载》《平原上的摩西》的故事背景均设置为 20 世纪 90 年代，以生活化叙事赢得观众共鸣。《漫长的季节》《平原上的摩西》集数短，单集时长均超 60 分钟，《平原上的摩西》创新推出 6 集迷你剧形式，在艺术层面探索电影质感。三部剧均将生活细节缝合在悬疑的外壳下，用人物的日常状态推动悬疑故事的深入，展现个人在时代大潮中行动和心理情感方面的困境，使悬疑题材获得观众共鸣。

（三）网络剧明确对现实的关照

现实题材是2022年国产剧的主流趋向，《人世间》等电视剧大获成功。网络剧制作也有明确的现实关照，以及对当下观众心理情感需求的关怀。现实题材的网络剧，更倾向于针对垂类题材精准满足受众细分市场和圈层文化需求，例如据云合数据统计，《罚罪》《警察荣誉》分别以24.4亿次、12.5亿次的有效播放数据①，在现实题材国产剧的播放成绩中获得较好的显示度。2023年1月，在国家广播电视总局“重点网络影视剧信息备案系统”中登记且符合重点网络原创视听节目制作相关规定的网络剧共31部661集。到8月，网络剧备案69部1551集，其中现实题材占66.7%，都市题材27部593集，科幻题材5部72集②。

此外，2023年网络剧《三体》开启了国产剧“科幻元年”，软科幻《开端》爆火出圈，科幻题材受到关注。《去有风的地方》《爱情而已》《偷偷藏不住》等大量以女性市场和女性视角为主导的甜剧出现，讲述彼此救赎的爱情故事。在降本增效的市场背景下，在题材类型的选择上，网络剧展现出稳中求新的发展思路。

三　平台多策略、多维度推进网络剧高质量发展

（一）平台专注头部内容制作

根据国家广播电视总局公布的电视剧备案名单，2018年共备案电视剧1231部，2019年备案905部，2020年减少至670部。2021年备案数量降低

① 云合数据：《2022连续剧网播表现及用户分析报告》，https：//www.enlightent.cn/reports.html，最后访问日期：2024年1月4日。

② 《国家广播电视总局办公厅关于2023年1月至3月全国国产网络剧片发行许可情况的通告》，https：//www.nrta.gov.cn/art/2023/4/24/art_113_64078.html，最后访问日期：2024年1月4日。

至498部，较2020年同比下降25.67%。2022年全年共备案电视剧472部，较2021年同比下降5.2%，下降幅度变缓。2023年上半年备案电视剧234部，较上年同期247部略有下降。

在降本增效大方向下，出品方在资金投入与制作选择上态度更为谨慎。据德塔文数据统计，2022年上半年开机的项目有133部，下半年开机的项目仅有96部①，尾部小成本剧收缩，剧集市场越来越转向头部剧之间、腰部剧之间的争夺。2023年上半年开机总量持续降低，很多低质无效的腰尾部项目被取消，平台更专注于在内容品质、热度和商业表现等各方面都有潜力的头部内容。对于投资体量居中、商业回报率不高的项目，则对其创新度有较高要求，以储备和培育口碑。以网络剧的热门类型古装剧为例，头尾部存在较大差距，古装大剧能获得市场关注，古装小剧多沦为"无效播放"，因此制作更集中于头部内容。

（二）会员付费观看模式驱动内容提质

2020年之后，通过提升会员价格等增收方式，以及减少部分内容制作成本等降本方式，长视频平台持续探索商业模式升级。上新剧集出现"回转付费""仅会员观看"模式，会员内容有效播放量持续上涨，2022年全网剧集共含会员集11.6万集，会员内容有效播放1464亿次，同比上涨25%（见图3）；其中电视剧747亿次，同比上涨39%，网络剧717亿次，同比上涨13%。

这一模式需要匹配高质量内容产出，以满足会员付费娱乐诉求，由此驱动长视频平台不断提升原创剧集质量。视频平台进一步延伸会员权益布局，扩充会员内容，非会员权益进一步收窄。除片库仅会员可观看外，新片在跟播期的播出模式也在不断调整，由非会员转免到限时转免，再到会员纯享，非会员的免费窗口期逐步缩短。2022年12月上线的《回来的女儿》为会员

① 德塔文：《德塔文2022—2023年电视剧市场分析白皮书》，https://mp.weixin.qq.com/s/z63rbuiW4qA4vqjVuxbRCQ，最后访问日期：2024年1月4日。

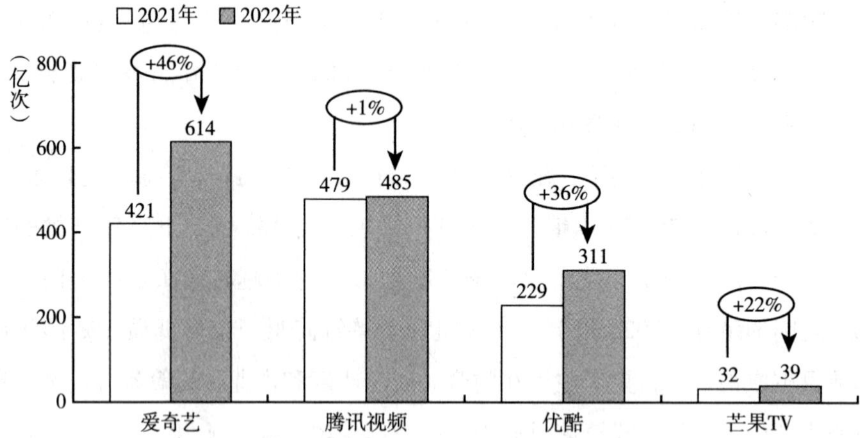

图 3　2022 年主要平台剧集会员内容有效播放量

数据来源：云合·四象分析系统（EVA）。

纯享剧集，非会员不可观看。

经过近十年的探索，长视频网站对网络剧的开发已经有了相对稳定的产能，剧集也逐渐成为长视频赛道的主力军。2022 年平台定制剧热度及口碑均表现出众，平台自制剧口碑表现良好。国产剧市场的优质资源掌控在平台方手中，平台方对内容品质的把控成效更稳固。定制剧受视频平台主导，倾向开发网生观众喜好的悬疑和古装类型。在制作环节，平台对剧本质量要求更高，通过自制剧模式，筛选剧本、导演等，提高对内容质量的把控，依据用户消费习惯运营细分赛道，例如爱奇艺的“迷雾剧场”、优酷的“宠爱剧场”。

数据显示，2023 年上半年，爱奇艺全网剧集会员内容有效播放在各平台中所占比重最高（见图 4），与其推出多部原创爆款剧集有关。据爱奇艺公告，2022 年的热播剧集中自制内容的占比超过 60%，并在热播期贡献了超过 60%的收入①。2022 年第四季度上线了 6 部热播剧集，会员数净增超 1300 万人，付费会员数涨至 1.2 亿人，带动会员播放时长同比增长超 40%，环比增长超 30%，其中，原创内容的会员观看总时长较上年同期翻倍。第

① 爱奇艺行业速递：《龚宇的信念、策略和方法》，https://mp.weixin.qq.com/s/HXep3JJpnP55JdB8Q5YkLQ，最后访问日期：2024 年 1 月 4 日。

四季度会员业务收入 47 亿元，创历史单季收入最高值，同环比增长分别达到 15%和 13%。日均订阅会员数达 1.12 亿人，较第三季度净增 1060 万人，爱奇艺在 2022 年第四季度实现扭亏为盈。

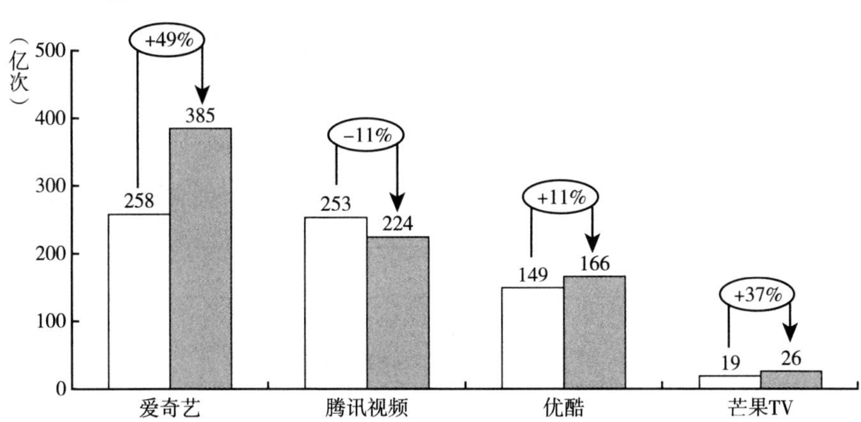

图 4　2023 年上半年主要平台全网剧集会员内容有效播放

2022 年在降本增效环境下，多视频平台反而获得盈利。与互联网资源付费趋势一致，网络剧会员制度进一步发展，付费使用的习惯与网络文艺质量提升和版权保护等形成良性互动关系。视频平台主控剧集品质受到认可，从网络向电视台发行趋于常态。2023 年上半年爱奇艺共有 8 部剧集上星，总发行次数领先。其中《狂飙》为上半年发行次数最多的剧集，首播上星 CCTV8，随后在 CCTV1、北京卫视、东方卫视、广东卫视、山东卫视等卫视多轮播出，并取得亮眼的收视成绩。

（三）“大剧独播”战略持续深入

独播剧是彰显平台实力的重要标志，独播剧占比、播放指数反映了视频平台的实力，因此几大视频平台在独播剧方面竞争激烈。2022 年多平台拼播剧集部数占比进一步下降，上新剧集中，独播剧集部数占比由 66.4%上涨至 68.1%，同比上涨 1.7 个百分点；双平台拼播剧集部数占比为 18.4%，同比上涨4.1个百分点；多平台拼播剧集部数占比为13.5%，同比下降5.8个百分点（见图5）。

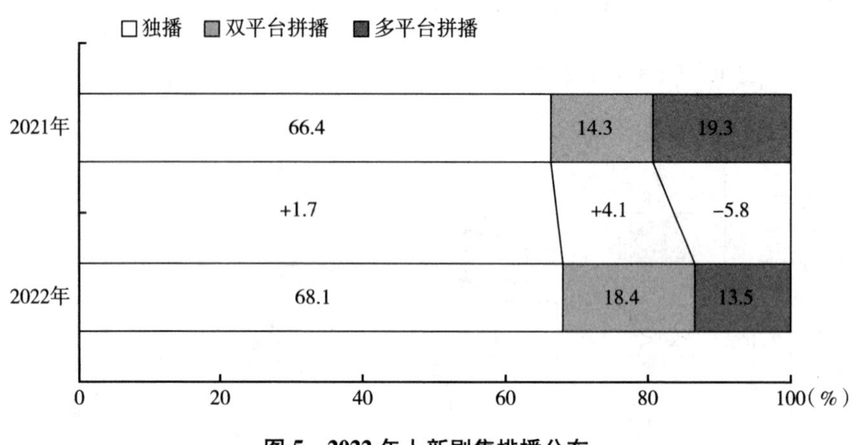

图5　2022年上新剧集排播分布

2022年各平台上新剧集独播占比在40%及以上，其中爱奇艺、腾讯视频、优酷上新剧集独播部数占比分别为46%、40%、58%，同比上涨3~13个百分点；芒果TV独播部数占比为47%，同比下降12个百分点（见图6）。以优酷为例，酷云互动发布的《2022上半年剧集市场分析报告》显

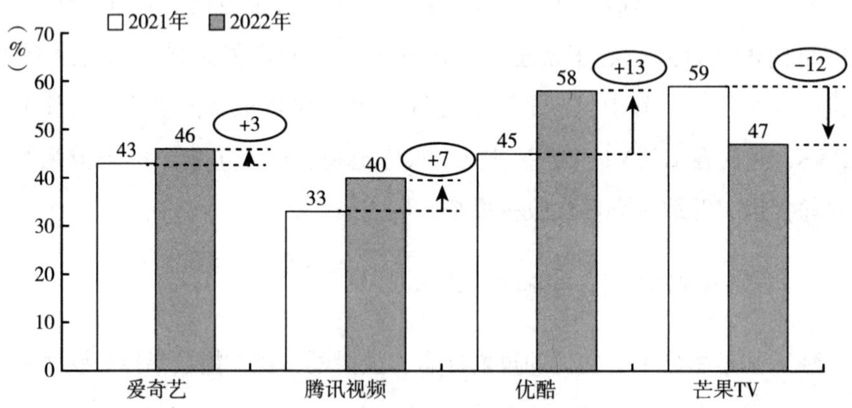

图6　各平台上新剧集独播部数占比

示，优酷上线的39部剧集中有27部为独播，独播率达到69.2%，排名长视频行业之首。阿里巴巴集团2022年第四季度财报显示，优酷日均付费用户同比增长14%，同时通过慎重投资和提升内容创作能力，改善运营效率，实现亏损收紧。可见平台的“大剧独播”策略能够提高效率和精品命中率，实现良性循环。

2023年上半年共上新174部独播国产剧，独播剧的部数占比由76%上涨至83%，同比上涨7个百分点（见图7）。上新剧集中独播剧部数占比进一步上升。2023年以来，优酷、爱奇艺上线的独播剧数量领先，分别是40部和41部。这实际透露出平台对内容的投入再度升级，“大剧独播”战略持续深入。

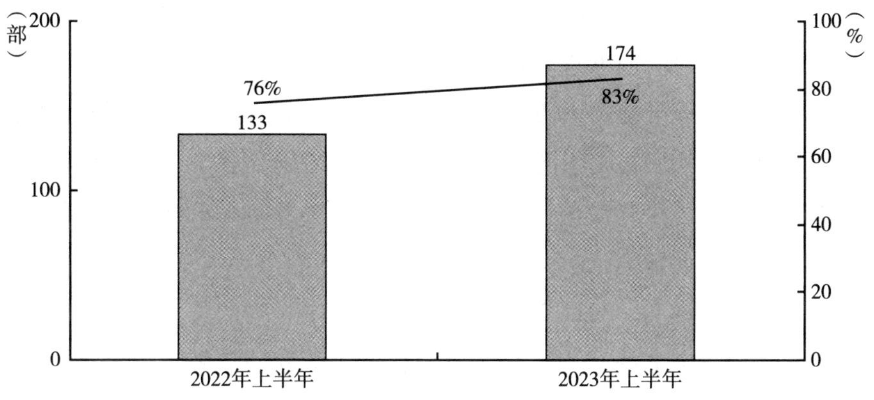

图7　2022年上半年和2023年上半年上新剧集独播部数占比

四　网络剧观众参与新审美趣味和价值观建构

云合数据发布的《2022连续剧网播表现及用户分析报告》显示，2022年爱奇艺、芒果TV、腾讯视频、优酷上新独播剧的观众平均年龄在29.8~31.3岁，女性用户占比在64%~67%。年轻化与女性向是2022年网络剧观众的突出特点，2023年没有太大变化，29岁以下“Z世代”群体占比超八成，且同比有增长态势。上半年国产剧用户相关讨论重点在剧情逻辑、节奏、严谨方面，且用户兴趣标签除影视之外，还包含科普、人文社科、读书分享、校园教育、投资理财等，更为关注品质内容。“Z 世代”成为国产剧的主力观众，用户的审美和知识结构与网络剧的审美和价值观相契合并互相促进，成为网络文艺的突出特点。

（一）网络剧在角色设置、价值观和情绪价值输出方面契合用户观剧需求

首先，用户观剧需要疏解现实焦虑。2022 年“网生代”用户全网热议的话题是“精神内耗”，大众对现实的焦虑情绪需要转化，而古装剧的架空背景和人物故事提供了一种“沉浸式解压”。灯塔研究院《灯塔 2022 年度剧集榜》表明，2022 年网剧榜的前 5 名皆为古装剧，《卿卿日常》以浓郁的喜剧色彩及日常化表演方式，向观众呈现了充满笑料的轻松剧情，获得众多年轻观众的喜爱，开播 7 天便打破爱奇艺热度值破万最快纪录，媒体热度、观看度、好评度均明显高于同题材前 10 均值，在全网掀起了超高的舆情讨论及互动热情，风格轻松愉快的古装爱情剧能够打动寻求情感治愈的年轻人，与时代情绪并行。

其次，映射现实。2022 年以来，热播网剧中人物的行为动机、困境及抉择，在不同程度上是对当下社会环境、现实话题的积极关注。《星汉灿烂 · 月升沧海》涉及大众讨论的原生家庭问题、《苍兰诀》对应两性爱情的争论、《卿卿日常》提出女性互助，这类剧集的价值取向能够与用户建立深层情感联结，表达一种现实启示和态度。

最后，彰显“她时代”女性所独有的生命力，提供情感价值。以古装偶像剧为代表，女性角色塑造强调诠释女性的力量，探讨自我与爱情之间的关系，在角色人设和人物关系处理上符合当下女性价值观，通过追剧“磕 CP”补偿了现实中的情感需要。例如，《嫣语赋》的女主角秋嫣在打破封建束缚的同时激发了展现个人价值的愿望，《与君初相识 · 恰似故人归》中寻求自由的纪云禾所表现出的力量感，《梦华录》中赵盼儿、宋引章、孙三娘之间的女性互救，《星汉灿烂 · 月升沧海》中程少商常常述说的女性独当一

面言辞，《请君》中“女强”设定的于登登等。纵观 2022 年的古偶剧，剧集皆有意塑造女性力量，故事线着重体现女性角色的成长。

在 2022 年的网络剧中，古装爱情类型虽然爆款频出，但豆瓣评分超过 7 分的只有《星汉灿烂·月升沧海》《卿卿日常》《苍兰诀》《梦华录》四部剧，这四部剧集不只是制作精良，更重要的是涉及当下的女性社会话题，契合受众价值理念，这能让作品有更强的破壁力。古装偶像剧的核心是唤起受众的情感共鸣，而大部分古装偶像剧未获得好评的原因在于主角人设的塑造与主角间爱情的发展不合乎真实的逻辑。古偶剧也要立足当下才能获得观众认可。

（二）网络剧传达中国传统文化，形成独特的东方美学，提升用户审美趣味

古装偶像剧曾因内容同质化、品质良莠不齐、演技浮夸受到负面评价，但 2022 年以来古装偶像剧热度和口碑双赢。这类剧集利用中华优秀传统文化元素开拓独具风格的东方美学，从视听风格至造型语言传达出网络剧审美观念的跃升。场景、妆造、道具等创新性转化、视觉化传统文化资源，并巧妙契合剧集主题与叙事。在《沉香如屑·沉香重华》《苍兰诀》架构的仙侠世界中，传统文化元素被外化为独具东方特色的场景。两部剧集都属于帝君与仙子携手守护苍生的故事，奇幻瑰丽的仙侠世界是故事世界观展开的基本要素，在数字技术特效的打造下，仙侠世界的想象空间呈现极具东方特色的韵味。《沉香如屑·沉香重华》中的衍虚天宫特意选取代表东方的青色调，建造的灵感则来自明代水墨画《仿黄鹤山樵山水图》，还在瑶池盛宴中植入敦煌飞天舞的元素；《苍兰诀》以楚文化的“水性思维”为灵感，创造出轻盈浪漫的水云天、苍盐海、云梦泽，“三界”所传达的诗意是不同于以往古装仙侠世界的新特征。而剧情走向的《星汉灿烂·月升沧海》《梦华录》还重现古风生活习惯，营造历史文化的深厚感。《梦华录》中除了随处可见的宋代建筑和家居，还展现了宋代的民间生活与文化，主角赵盼儿的点茶技能使观众充分感受宋朝的斗茶、茶汤文化。以家庭生活为主要叙事内容的

《星汉灿烂·月升沧海》则运用中国传统礼节用语与传统节日习俗来构建生活日常，在主角程少商与凌不疑的元宵节相遇场景中重点描绘了猜谜、灯会等传统风俗。此外，这些古装偶像剧都更加注重服装及妆造与角色及主题的适配性，尤其是《苍兰诀》将 27 位非遗匠人的 32 种非遗工艺融合到人物的服装饰品中，既弘扬了传统技艺，也增加了造型质感。

传统文化赋予古装偶像剧视听与文化基底，同样，古装偶像剧的审美风格引发受众对传统文化的喜爱与认同。《2022 小众文化及兴趣圈层调研》报告表明，国风成为小众文化喜好度最高的第一梯队，并且从性别角度划分的数据反映出女性更青睐国风。[①] 2022 年的网络古装剧促使小众国风热潮“破圈”成为大众审美偏好，进而构造独特的中国化、东方美学特征。借助网络剧，传统文化得到广泛传播，受众审美观念不断进步，借助传统文化全面提升品质是古装偶像剧创作真正的突围之路。

五　微短剧兼具长短视频优势，成为内容创新窗口

2022 年，长剧集依然是网络剧中最重要的形态，剧集市场作品集数持续变短。同时微短剧的发展已经不容忽视。在政策层面，2020 年 12 月 8 日，国家广播电视总局下发《关于网络影视剧中微短剧内容审核有关问题的通知》，微短剧从网络剧中剥离，正式纳入相关部门监管范围。2022 年 6 月，国家广播电视总局规定包括网络微短剧在内的国产重点网络剧上线时，将使用统一的“网标”，对微短剧做了进一步规范。2022 年 12 月 6 日，国家广播电视总局印发了《关于推动短剧创作繁荣发展的意见》，提出 8 项相关意见，对微短剧创作和管理的态度更加明确：第一，坚持正确创作方向；第二，坚持以人民为中心的创作导向；第三，加强现实题材短剧创作；第四，提升短剧创新创造能力；第五，培育壮大短剧创作主体；第六，构建现

① 朴睿 PCG：《2022 小众文化及兴趣圈层调研》，https：//mp. weixin. qq. com/s/FFY12gCyJAiBw6apCgVTHw，最后访问日期：2024 年 2 月 18 日。

代短剧传播格局和市场体系；第七，加强短剧文艺评论；第八，切实履行管理职责。2022 年 11 月 14 日，国家广播电视总局办公厅下发《关于进一步加强网络微短剧管理 实施创作提升计划有关工作的通知》，就进一步加强网络微短剧管理、实施微短剧创作提升计划发布有关要求，对网络微短剧与网络剧、网络电影按照同一标准、同一尺度进行管理。

在多方面利好政策的推动下，各大平台纷纷布局市场，推出激励计划及分账策略，加大资源投入力度，多方面助力微短剧创作者（见表 1）。

表 1　各视频平台的激励计划

平台	激励计划	具体内容	代表剧集
优酷	扶摇计划	启动内容新计划，联动多家优质平台，搭建 IP 开发桥梁	《千金丫环》 《致命主妇》
腾讯视频	火星计划	腾讯系生态流量扶持和 IP 内容库开放权益，多维助力创作者	《拜托了别宠我》 《夜色倾心》
芒果 TV	大芒计划	联合网文平台共同开发优质蓝本，挖掘、孵化、培养专业内容生产，垂类剧场+系列化+主题化	《虚颜》 《念念无明》
抖音	剧有引力计划	低门槛扶持新人，提高收益激励创作者	《爱的年龄差 2》 《二十九》
快手	星芒计划	零门槛壮大创作者体量，多通道稳定收益	《初恋是颗夹心糖》

资料来源：《德塔文 2022—2023 年电视剧市场分析白皮书》，https：//mp. weixin. qq. com/s/xNp_ 8ms-_ _ -rm_ -09AZntw，最后访问日期，2024 年 1 月 4 日。

据德塔文数据统计，2022 年微短剧播出 957 部，较上年的 601 部整体市场规模大幅上涨。长视频平台以优酷、腾讯视频、芒果 TV 播出数量最多，爱奇艺自 2022 年 11 月发布微短剧合作模式后，加大了对短视频市场的布局。短视频平台以抖音和快手为主，抖音 2022 年的播出量为 353 部，较上年大幅增长，其中有由较多网红博主拍摄的片段表演式视频汇集成的微短剧。在类型上，长视频平台微短剧包括都市、古装、奇幻、悬疑、青春等多元类型，抖音、快手更专注于都市剧，还有部分涉及奇幻和青春等题材，这主要与不同平台及制作者的制作条件有关。腾讯视频、芒果 TV、优酷几乎包揽了头部制作。2022 年行业对微短剧加大投入，微短剧显露出对长剧集的冲击，更多演员、制片资源流向微短剧。

内容题材方面，各大平台轮番上阵。2022 年春节期间哔哩哔哩建立“B站小剧场·新春篇”短剧特别栏目，汇集 UP 主进行短剧创作。1 月，爱奇艺推出“小逗剧场”主攻喜剧题材短剧。6 月，抖音短剧计划整合升级，推出 3.0 版“剧有引力计划”。7 月，芒果 TV 推出首个短剧时令片场“今夏片场”，包括疗愈、国风、破迷三个题材方向共 12 部短剧。

据《德塔文 2023 年上半年微短剧市场报告》，2023 年上半年共上新微短剧 481 部，相较 2022 年全年上新的 454 部，微短剧市场供给规模呈现快速扩张趋势。长视频平台在剧集供给市场相对稳定，腾讯视频上新 100 部，优酷上新 72 部，芒果 TV 上新 28 部，爱奇艺上新 7 部，四大主流长视频平台共占 42%的市场供给份额（其中 8 部为多平台播出）。短视频平台的数量优势明显，抖音上新 212 部微短剧，整体占比高达 43%，快手上新 68 部微短剧，两大短视频平台共计占据 58.2%的市场供给数量。2023 年上半年，都市类型上新 319 部，古装类型上新 70 部，奇幻类型上新 28 部，青春类型上新 18 部，悬疑类型上新 16 部，年代类型上新 11 部，科幻与农村类型分别上新 4 部与 2 部。①

微短剧是融合了长短视频特点的新兴视频形式，为长中短视频平台都提供了内容创新的可能。微短剧一般单集在 1～10 分钟不等，叙事结构完整，剧集总时长一般在 30 分钟以上。微短剧具有短视频成本低、制作周期短、娱乐性强的特点，在改编和变现手段方面相对灵活多样；也具有长视频在叙事方面的优势，能够容纳更多更复杂的叙事，通常注重环环相扣，引人入胜。微短剧的特征还包括密集的故事结构，快速的剧情反转甚至层层反转，

---

① 德塔文：《德塔文 2023 年上半年微短剧市场报告》，https：//mp. weixin. qq. com/s/uAH1nkdgRS7nBaKwmeJjRQ，最后访问日期：2024 年 1 月 4 日。统计对象：腾讯视频、优酷、芒果 TV、抖音、快手等视频平台上线 1 天、单集时长 20 分钟以内的微短剧（含抖音、快手个人创作者创作的微短剧）；统计标准：长视频平台 2023 年 1 月 1 日起上新的微短剧，短视频平台景气指数>0.01 的微短剧集方纳入统计，其中取景气指数季度综合表现的前 30 名进行展示；统计周期：2023 年 1 月 1 日至 2023 年 6 月 30 日。

与当下移动互联网短视频叙事逻辑高度契合。短视频平台可将微短剧作为向上游影视制作拓展的内容抓手。对于长视频平台而言，布局 PUGC（专业用户生产内容）和社区化是探索的方向，因此微短剧是长视频平台向下兼容占位的突破口。对于以哔哩哔哩为代表的中视频平台来说，购入微短剧的成本比购买正版影视剧集的更低，而微短剧受众与该平台本身的青年用户定位也较为契合。微短剧的特点使其在几乎所有类型的在线视频平台都有市场。

快手公布的 2022 年全年业绩显示，2022 年每天有超过 2.6 亿人在快手上观看短剧，其中，超过 50%的日活用户日均观看 10 集以上。2022 年全年，快手星芒短剧助力 260 余名创作者打造超过 100 个播放量破亿次的短剧项目，总播放量超 500 亿次。2023 年暑期档快手上线了 50 多部微短剧，其中有 22 部播放量破亿次。

不过，长视频平台的微短剧与短视频平台的微短剧差异渐趋明显，长视频平台制作更加规范，资本和制作优势助力内容质量提升。短视频平台微短剧在市场中保持一定量，但剧集质量是明显短板。短视频平台的头部微短剧主要由专业影视公司制作，平台通过多种激励计划促使 MCN 机构和个人保持创作的活跃度。在市场影响方面，长视频平台占据主要优势，腾讯视频稳居榜首，占有 34%的市场份额。从类型来看，都市类型占有 66.3%[①]，垄断头部市场。悬疑和年代剧量少质优，头部市场类型单一。

部分 MCN 机构发力微短剧。微短剧一般有明显“爽点”，如快意恩仇或奇闻异事，以连续剧形式投放在短视频直播平台上，能满足观众的即时内容需求，也是内容 IP 延展的新路径。抖音和快手平台上的头部 MCN 古麦嘉禾，从 2019 年开始产出多部爆款作品，有“破产姐弟”“城七日记”“名侦探小宇”“他是子豪”等千万粉丝账号，并逐渐走通了商业化路径。古麦嘉禾统计数据显示，如今机构旗下作品（单部微短剧）部均涨粉在 20 万至 50 万。MCN 机构制作的内容也在逐渐向更加专业、优质、多元的方向发展。

① 德塔文：《德塔文 2023 年上半年微短剧市场报告》，https：//mp. weixin. qq. com/s/uAH1nkdgRS7nBaKwmeJjRQ，最后访问日期：2024 年 1 月 4 日。

同时，为了增强主播与用户、平台之间的黏性，已经形成细分领域、垂直化的内容生态。“生活化内容比重上涨，生活日常分享成为主流；知识科普内容连续两年保持高位；国风国潮赛道初露头角，如 OST 传媒元创空间业务部的达人‘朱铁雄’抖音粉丝已达 1700 万。”①

未来，微短剧内容探索既要延续短剧独特的创作逻辑和营销规律，以强情节、快节奏等特质讲好故事，也要坚持以长剧的创作水准，开发高质量剧集，在“短剧思维”与“长剧叙事”中找到有效的平衡点。此外，人工智能赋能内容生成、赋能前期剧本创作初见尝试，由知名编剧徐婷执笔、一览科技人工智能编剧辅助的古装悬疑谍谋短剧《蝶羽游戏》的剧本已完成。

---

① 中国演出行业协会：《中国网络表演（直播与短视频）行业发展报告（2022—2023）》，https：//max. book118. com/html/2023/0613/6045103153005144. shtm，最后访问日期：2024 年 2 月 18 日。

B.4

2022年以来网络电影发展报告

赵丽瑾*

摘　要： 2022年，网络电影进入发放行政许可证时代，整体业态面临变革。网络电影在制作、营销等多维度创新求索的尝试取得一定成效。新锐导演的加入为行业注入创新活力，通过类型融合和丰富制片手段，网络电影制片水平有所提升，但内容深耕和创新仍然有限。单片点播付费的分账模式，打破了网络电影的规模限制，也推动了自主营销体系的建构。

关键词： 网络电影　新锐影人　分账规则

2022年，网络剧片管理从备案登记时代进入发放行政许可证时代，6月1日起，国家广播电视总局对网络剧片正式发放行政许可，《金山上的树叶》成为第一部获得“网标”的网络电影。12月，国家广播电视总局办公厅发布的《关于国产网络剧片发行许可服务管理有关事项的通知》进一步明确了发行许可有关事项。2023年是网络电影发展的第十年，但上半年整体并未像院线电影、网络剧、网络综艺等表现出回暖态势。

* 赵丽瑾，西北师范大学传媒学院教授、博士生导师，电影学博士，主要研究领域为电影理论与批评、网络文艺。

一　网络电影整体业态面临变革

根据国家广播电视总局的公开资料，2022 年取得上线备案号或网络剧片发行许可证的网络电影共 426 部，较 2021 年减少了 38%。2023 年前 5 个月，国家广播电视总局“重点网络影视剧信息备案系统”中取得规划备案的影片数量分别为 37、42、55、58、72 部，而去年同期的数字分别为 127、120、133、144、109 部，每个月都有较大幅度的同比下滑。从播放数据来看，2022 年网络电影上新 388 部，同比减少 30%（见图 1）。线上电影正片有效播放 387 亿次，同比缩减 15%；网络电影正片有效播放 97 亿次，同比缩减 13%,[①] 网络电影在线上电影市场中的占有率相对稳定，但整体市场规模缩水较多。网络电影出品、制作、宣发机构数量持续减少（见表 1）。网络电影在降本增效的行业发展方向下面临变革。

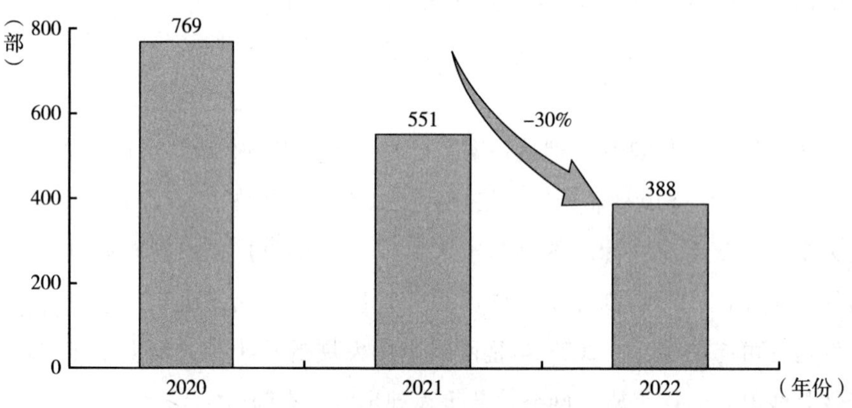

图 1　2020~2022 年网络电影上新量

数据来源：云合数据、爱奇艺。

数据说明：全网网络电影上新量包括爱奇艺、腾讯视频、优酷、芒果 TV、搜狐视频等平台的数据；统计时间：截至 2022 年 12 月 31 日。

① 云合数据：《2022 网络电影年度报告》，https：//mp. weixin. qq. com/s/AWgvRacK65QiaWJDnPStWQ，最后访问日期：2024 年 1 月 4 日。

表1　2020~2022年网络电影出品机构、制作机构、宣发机构情况一览

单位：家

年份	出品机构数量	制作机构数量	宣发机构数量
2020	1773	649	227
2021	1611	521	199
2022	1305	403	159

数据来源：国家广播电视总局数据监管中心。

据灯塔专业版统计，2022年网络电影全网分账票房为72533.9万元，2021年网络电影全网分账票房为71989万元。2022年票房破千万元的网络电影数为43部，而2021年和2020年破千万元的影片数分别是70部和79部。破千万元影片部数减少，分账票房则有一定增加。2022年分账票房榜冠军为《阴阳镇怪谈》，累计分账票房为4097万元，2021年分账票房榜冠军《兴安岭猎人传说》的票房为4449万元，2020年分账票房榜冠军《鬼吹灯之湘西密藏》的票房为5682.7万元。票房下跌的趋势并没有在2023年上半年扭转，截至7月18日，2023年上线的普通分账网络电影中只有14部分账超过千万元，规模还不及2022年的一半或是2021年的1/3。事实上，2023年上半年网络电影市场有头部大作，内容也不乏亮点，但票房表现依旧不理想。2023年春节档甄子丹主演的《天龙八部之乔峰传》以海外登陆院线、内地网络付费点播的模式发行，点播+分账累计近3000万元票房。2023年的《奇门遁甲2》《纸人回魂》《狙击手：逆战》等片质量并不逊色于2020年同类型影片，宣发有增无减，票房表现却明显不如2020年的头部电影强势。其中票房表现最好的《奇门遁甲2》累计票房3105.2万元，而超过2000万元关口的影片只有《狙击之王：暗杀》和《三线轮洄》。

表2　2022年分账票房排名前20的网络电影

序号	片名	分账(万元)	播出平台	上线时间
1	阴阳镇怪谈	4097	爱奇艺、腾讯视频	2022年1月8日
2	大蛇3:龙蛇之战	3421	优酷	2022年1月22日
3	开棺	3380	优酷、腾讯视频	2022年5月2日

续表

序号	片名	分账(万元)	播出平台	上线时间
4	张三丰	3071	爱奇艺	2022 年 1 月 22 日
5	亮剑:决战鬼哭谷	2709	优酷、爱奇艺	2022 年 3 月 3 日
6	恶到必除	2673	优酷、爱奇艺、腾讯视频	2022 年 7 月 28 日
7	东北告别天团	2601	腾讯视频	2022 年 4 月 22 日
8	老九门之青山海棠	2557	爱奇艺	2022 年 2 月 10 日
9	龙云镇怪谈	2527	爱奇艺	2022 年 1 月 20 日
10	猎毒者	2345	爱奇艺	2022 年 1 月 12 日
11	山村狐妻	2321	优酷、爱奇艺、腾讯视频	2022 年 6 月 2 日
12	棺山古墓	2319	爱奇艺、腾讯视频	2022 年 11 月 12 日
13	我不是酒神	2163	优酷、爱奇艺	2022 年 1 月 29 日
14	鬼吹灯之精绝古城	2130	腾讯视频	2022 年 9 月 1 日
15	民间怪谈录之走阴人	2029	腾讯视频	2022 年 8 月 5 日
16	烈探	1961	优酷	2022 年 7 月 8 日
17	阴阳打更人	1855	腾讯视频	2022 年 1 月 19 日
18	狙击英雄	1854	爱奇艺、优酷	2022 年 6 月 30 日
19	新洗冤录	1801	爱奇艺	2022 年 1 月 6 日
20	浩哥爱情故事	1800	爱奇艺、腾讯视频、优酷	2022 年 3 月 11 日

数据来源：云合数据、爱奇艺、市场公开数据。

数据说明：统计范围为 2022 年会员首播模式上新的网络电影；统计时间截至 2022 年 12 月 31 日；爱奇艺平台不含云影院首映模式影片；腾讯视频、优酷平台分账票房根据公开的日榜汇总。

2020 年，全球流媒体消费持续增长。疫情加速了传统院线电影向线上的转移，网络电影也在特殊时期迎来新机遇。《囧妈》和《肥龙过江》相继转网播，《2020 年优酷网络电影数据报告》显示，2020 年网络电影分账票房破千万元的影片有 77 部，规模达 13.51 亿元，较 2019 年暴增 156%。迄今为止，网络电影的票房冠军依然是 2020 年在腾讯视频播出的《鬼吹灯之湘西密藏》，上线后取得了 5682.7 万元的票房成绩。网络电影制片、发行数量和行业机构数据显示，在行业规范不断完善和降本增效的市场环境下，2022 年网络电影整体业态呈缩减趋势。不过，2022 年上新网络电影的部均有效播放为 1582 万次，同比增长 16%（见图 2）；有效播放破千万次的影片在新片中的占比从 2020 年的 19%上升至 46%[①]（见图 3），单片部均有效播放进一步提升。

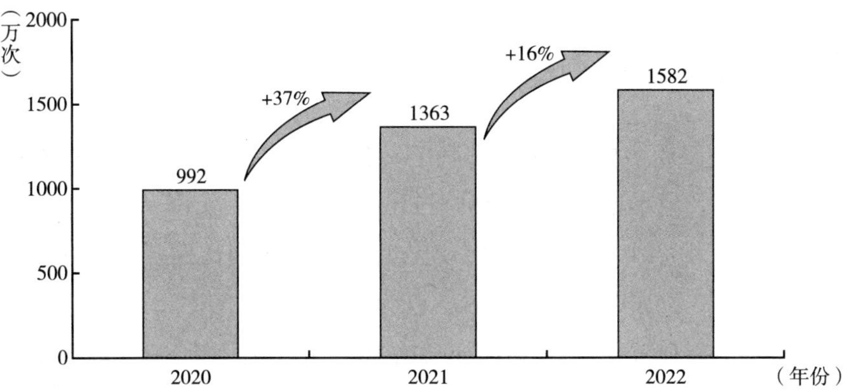

图 2　2020~2022 年上新网络电影部均正片有效播放

数据来源：云合数据、爱奇艺。

数据说明：全网网络电影上新量包括爱奇艺、腾讯视频、优酷、芒果 TV、搜狐视频等平台的数据；统计时间：截至 2022 年 12 月 31 日。

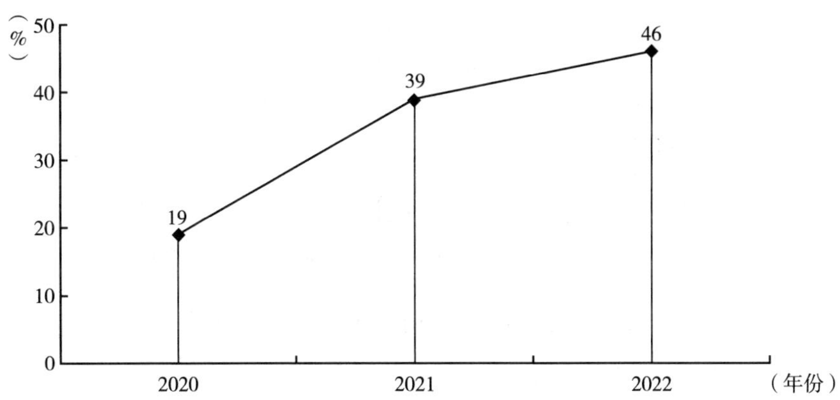

图 3　2020~2022 年正片有效播放破千万次影片在新片中的比例

数据来源：云合数据、爱奇艺。

数据说明：全网网络电影上新量包括爱奇艺、腾讯视频、优酷、芒果 TV、搜狐视频等平台的数据；统计时间：截至 2022 年 12 月 31 日。

① 云合数据：《2022 网络电影年度报告》，https：//mp. weixin. qq. com/s/AWgvRacK65QiaWJDnPStWQ，最后访问日期：2024 年 1 月 4 日。

二　综合制作能力提升，内容质量仍需提高

（一）多方面提升制作能力

2022 年的上新影片中，74%的制作成本超过 600 万元，但在降本增效的大环境下，制片成本过千万元的影片占比为 24%，同比下降 6 个百分点；制片成本为 600 万元到 1000 万元的影片占比为 50%，同比提升 18 个百分点；制片成本在 300 万元以下的影片占比仅为 4%，同比下降 10 个百分点。可见，头部尾部影片减少，中坚力量更加稳固，网络电影综合制作能力稳步提升，有助于网络电影整体制作水准和内容品质的提高（见图 4）。

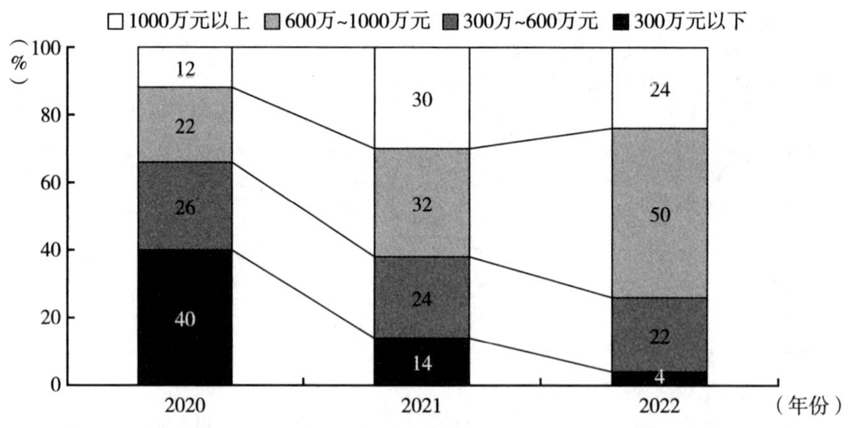

图 4　2020~2022 年网络电影制作成本分布

数据来源：云合数据、爱奇艺。

数据说明：全网网络电影上新量包括爱奇艺、腾讯视频、优酷、芒果 TV、搜狐视频等平台的数据；统计时间：截至 2022 年 12 月 31 日。

2022 年，网络电影的制作方式更加灵活多样，手持摄影、长镜头、无人机、特效、VR 等技术手段应用于制作中，视听效果获得升级。改编自金庸经典武侠小说的《雪山飞狐之塞北宝藏》共 2200 多个镜头，特效镜头占 70%，打造出“迷雾森林”“狼谷”“悬崖冰湖”等多个视觉奇观。

主创团队规格提升，更多知名影视公司参与网络电影制作。坏猴子出品科幻题材影片《明日之后》、唐人影视出品《烈探》等，对提高影片品质有一定保证。爱奇艺“云影院”聚集韩三平、刘震云、邱礼涛、徐昂、叶如芬、宁浩、饶晓志、路阳等一大批实力派电影制作者制作网络电影。近年的《硬汉枪神》《阴阳镇怪谈》《恶到必除》《特级英雄黄继光》等影片精细提升故事、制作、视效等电影层面的内容，体现出网络电影发展的一个新趋势。

（二）类型探索突破，整体仍需提质创新

2022年以来，网络电影在原有类型的基础上尝试多种创新。在年度前30部票房破1500万元的项目中，14部有动作元素，9部有惊悚元素，8部有悬疑元素。冒险、动作、恐怖元素获得市场和观众青睐，与网络电影的受众群体特点有关。腾讯视频分账网络电影年度总结表明，2022年网络电影的用户仍以男性为主，占比为55%，其中55.6%的用户来自三线及以下城市，因此大量男性观众喜爱的类型主导了头部项目。其中，动作类型继续领跑，《盲战》《恶到必除》等影片满足了用户对硬核动作类型的需求；武侠片口碑较好，《目中无人》豆瓣评分7.1分，以精细的视觉设计表达侠义精神。惊悚片成为2022年网络电影吸引观众和保证票房的主要类型，年度分账前三的《阴阳镇怪谈》《大蛇3：龙蛇之战》《开棺》均有惊悚或恐怖元素，分账票房均达到3000万元以上。惊悚片以一些新的表达方式尝试打破固有限制。其一，民俗惊悚片打破类型同质化困境。以《阴阳镇怪谈》为代表，《龙云镇怪谈》《山村狐妻》《民间怪谈录之走阴人》等民俗惊悚片结合民间传说与习俗推进悬疑故事，以特定的文化符号契合观众观影心理，形成了网络电影的中式恐怖奇观。其二，融合刑侦、盗墓、悬疑三种网络电影常见类型，是惊悚片类型融合创新的另一路径，《开棺》等影片做出了尝试。惊悚恐怖电影一直是网络电影的重要类型，同时也存在粗制滥造的问题。2022年惊悚片虽然数量多，创作方式也有所突破，但整体口碑不佳，多部影片的豆瓣评分在5分上下浮动。

网络电影的主旋律题材表现突出。2022 年的《狙击英雄》《勇士连》《冰雪狙击》《烽火地雷战》《特级英雄黄继光》分账破千万元；《特级英雄黄继光》一改网络电影粗制滥造的通病，偏向于高质感战争画面制作和英雄人物刻画，获得网络电影豆瓣年度最高评分 8.1 分。2023 年 8 月，在广电总局重点网络影视剧信息备案系统中登记的网络电影有 74 部，现实题材占比为 78.4%，成为主要的题材类型。

IP 改编依旧是网络电影的主要类型。2022 年的 IP 电影包括《倚天屠龙记之九阳神功》《倚天屠龙记之圣火雄风》，改编自小说《亮剑》的《亮剑：决战鬼哭谷》，腾讯视频鬼吹灯原型打造的《鬼吹灯之精绝古城》《鬼吹灯之南海归墟》，由公版 IP 改编的《张三丰》，由音乐 IP 改编的《依兰爱情故事》，等等。IP 电影的稳定产出与平台激励政策直接相关。2022 年 8 月，优酷推出网络电影 IP 系列内容和营销奖励计划，激励 IP 内容生产；同时，经典 IP 的自制或定制也是网络电影制作的主要形式。

从整体来看，2022 年网络电影的题材类型有创新尝试，但仍显固化，考虑男性观众诉求主导类型和元素的杂糅融合，但内容质量有待提高。网络电影要获得长期发展，还需深耕多元题材。

（三）新锐影人注入创新力量

以 1996 年出生的导演成思毅（《开棺》）为代表，越来越多的年轻商业电影导演将网络电影作为职业生涯的重要起点，胡国瀚（《硬汉枪神》）、崔志佳（《东北告别天团》）、杨秉佳（《目中无人》）、姜晓通（《恶到必除》）、周润泽（《特级英雄黄继光》）等人均为“90 后”新锐导演。在网络电影这个商业片试水池里，年轻导演们输出了创作新理念——网络电影不是院线电影的低配劣配，只是有成本、渠道方面的差异，创作表达上不分优劣。相较于早期纯粹以猎奇、擦边取胜，新锐青年导演、编剧发挥创意和审美上的革新理念，对网络电影秉持更为严肃的制作态度，这在网络电影行业是长期缺失的，由此也带来网络电影质量和口碑的提升。

以 2023 年以来依旧作为头部分账片主要类型的民俗惊悚片、喜剧片、动作枪战片为例，与过去常见的豆瓣评分为 3 分、4 分甚至不开分不同，《东北告别天团 2》《抬头见喜》《纸人回魂》的豆瓣评分均在 6 分以上，其中《纸人回魂》约有 17000 人参与打分，《抬头见喜》约有 13000 人参与打分，基本与一些腰部院线电影的打分人数接近。《纸人回魂》以环形叙事为结构，以诗词连接情节，通过影像色彩、镜头语言等渲染惊悚情绪和氛围，在一定程度上改变了观众对国产网络恐怖片粗制滥造的印象，其在电影的故事叙事、视听语言、演员表演等方面的完成度更高。

《奇门遁甲 2》是 2020 年《奇门遁甲》的全面升级版，其摄影、构图、色彩和场景搭建等基本超越了一部分本土魔幻题材院线电影水准，审美风格统一，色调构图向院线电影看齐，特效份大量足。但是，2023 年典型商业片一边取得明显内容进阶，另一边却在票房市场遇冷，这与同类型网络电影长期泛滥不无关系。由此可见，网络电影行业从早期的“风口”思维转向常规化市场的趋势，网络电影不再是“圈钱”的快路子，而是和整个影视市场一起步入了内容为王的时代。①

新人导演作为网络电影的新锐力量，网络电影市场为其提供了当下最重要的起点；同时，新锐青年导演也为网络电影行业带来审美、技巧的年轻化升级。长期来看，为新人导演提供良好的制作环境，持续内容革新和质量提升，网络电影才有产生质变的可能。

三 分账规则变革，营销体系重新调整

（一）单片点播付费模式（PVOD）打破网络电影市场规模天花板

2022 年爱奇艺、优酷、腾讯视频对网络电影分账规则进行重新调整。1 月，优酷施行“扶摇计划”，腾讯视频发布“创新赛道扶持计划”，针对

---

① 读娱：《2023 开春，网络电影新力量持续“破土萌芽”》，https：//mp. weixin. qq. com/s/WeSJPQ0GiOzj_ 7hfYPPk2Q，最后访问日期：2024 年 1 月 4 日。

性鼓励题材创新。4 月，爱奇艺全面施行网络电影合作新规，以“会员分账有效时长”替代执行多年的“前 6 分钟有效观看”；取消平台定级，所有影片一视同仁；分账单价为独家 1.5 元/小时和非独家 1.05 元/小时；爱奇艺以“云影院”模式获得单片点播付费（PVOD）和会员观看（SVOD）双窗口全生命周期的在线发行收益，影片可在点播付费和会员观看两个窗口期获得分账收益，分账周期更长，收益模式更完整，爱奇艺上线了云影院首映票房数据查询系统。9 月，爱奇艺进一步推出阶段性激励政策，在点播分账期片方分账比例 60% 的基础上，增加 30% 的分账激励，即在扣除渠道费后，点播分账期的片方分账比例提高到 90%，高于院线发行。如此举措意味着平台希望网络电影以 DTC（直接面向观众模式）方式直达观众需求，在增量空间中突破网络电影行业 5000 万元左右的分账票房天花板。

2023 年初，爱奇艺公开云影院首映电影票房榜、单片分账明细及用户画像等数据。5 月，腾讯视频则将原来的“月度分账票房榜”改为“月度盘点”。原来的“分账票房”“有效观影人次”等数据也不再公布，改成“分账评级”和“合作模式”。优酷视频围绕“提升网络电影营销专业性、提高引流能力”的核心课题，以“专业营销公司认证”为开端，逐步建立起网络电影营销标准化体系。

经调整确定的单片点播付费模式，在一定程度上解决了国内网络电影长期面临的市场总量不够大的问题。在过去的纯分账模式下，网络电影市场总盘由视频平台会员总收入决定上限，与院线市场不同，网络电影的票房极限取决于视频平台的会员收入扩张速度，当视频平台会员收入进入存量争夺和每用户平均收入（Average Revenue Per User，ARPU）提升阶段，网络电影在投资量级上很难突破，从收回成本的预期判断，网络电影很难获得数千万元以上成本的电影项目。单片点播付费模式下网络电影和院线电影一样，票房由观众购票而定，没有事先封死的上限，为电影投资方加大制作预算提供了更多空间。

2022 年，《盲战》在云影院点播期收获 1714 万元，会员期收获 2222 万元，总票房近 4000 万元，片方分账达到 3302 万元，以院线市场中制片方与发行方共43%的比例来看，《盲战》制片方收入基本相当于在院线市场约1亿元票房级别。

2023年上半年PVOD模式逆市发力，有8部作品纳入爱奇艺云影院首映片单，除7月上线的《东北警察故事2》外，《王牌替身》《一狱一世界2：劫数难逃》《浴血无名·奔袭》《美术老师的放养班》等也陆续上线爱奇艺平台。《东北警察故事2》的点播期票房已经突破1000万元大关，其中片方分账金额达682.8万元。PVOD模式从网络电影市场的初步尝试，逐渐成为网络电影头部市场重要业态。

（二）利用互联网优势自主营销成为共识

2022年，自主营销已成为网络电影行业的共识，营销成本也稳定增长至合理规模。2022年影片上新量有所降低，但新片相关短视频话题的累计播放量达到1211亿次，同比增长12%。网络电影正在逐步建立起独特的营销方法，“内容种草”成为2022年营销的关键词（“内容种草”是指用户通过短视频等营销投放内容对电影产生观影兴趣，并产生到长视频平台搜索的行为）。可量化的用户搜索行为，在一定程度上反映出营销效果，已成为量化营销效果的重要参考标准。基于大数据的用户思维，进行智能化监测等，使营销效果逐步透明可量化，内外宣推协同的重要性提升。2022年优酷发布营销奖励计划，爱奇艺与抖音达成合作推出二创激励计划；平台协同站外营销动作，同步进行流量承接，通过优化推广物料、打造热议氛围等运营方式，将潜力观众转化为实际消费观众，最大限度留住营销带来的增量用户，以实现营销效果的最大化。

2023年1月13日，曾在爱奇艺云影院上映、豆瓣评分7.1分的武侠动作电影《目中无人》创作团队宣布其续作《目中无人2》将在院线上映，这是网络电影首度反向开发院线续集的全新尝试。随着一些片方积极进行多元发行模式尝试，网络电影利润回收渠道不再单一化，例如《天龙八部之乔峰传》就选择了在大陆市场春节档网络发行、海外市场院线发行的策略。3月，北京市广播电视局联动北京广播电视台，于北京卫视晚间黄金时段开展“永不磨灭的信仰”主题网络电影展播，《勇士连》《狙击英雄》《浴血无名川》《特级英雄黄继光》《排爆手》《幸存者 1937》六部网络电影作品陆续播出，这是网络电影首次登陆卫视黄金档，不仅拓宽了网络电影的发行渠道，还意味着网络电影获得官方主流媒体的认可，对于网络电影进入主流视线具有重要意义。

四 视频平台战略重心转移，2023年网络电影迎接挑战

政策的不断优化与平台运营的精细化进一步将网络电影推向客户端，同时意味着网络电影必须转型，寻求新的破局之路，逐步向院线电影的标准靠拢。

在各项政策的支持下，2022 年网络电影行业不少公司拼劲十足，各平台调整内容制作与发行放映的模式，试图探索平台与网络电影发展的最优解，致力于使网络电影摆脱现状，成为高价值的网生内容。2022 年 1 月，优酷推出“扶摇计划”，“扶摇计划”为网络电影打造优质的系列化内容，主要助力 IP 优质内容的生产。同时，优酷网络电影发布“IP 系列化内容奖励计划”，建立标准化营销体系，提升生产效率。2022 年 7 月，优酷电影推出“超级首映”品牌，从精品内容的视听品质出发，以口碑为标准探索平台发行网络电影的新模式。点播模式则推出多元化优质内容，升级内容制作。2022 年 9 月，在腾讯在线视频金鹅荣誉网络电影发布会上，腾讯提出一方面将以题材评估、类型定位引导、制作资源整合、用户画像反哺、深入营销及资源保障等方式给予创作内容支持；另一方面也对动作、东方幻想、喜剧及创新赛道给予内容激励奖金，力图促进网络电影生态的良性发展，创造更多的新内容。

在创新和探索的同时，网络电影的制作平台和机构数量有所减少，或将重点转向其他领域。高口碑网络电影不再频繁涌现。2023 年 2 月，国家广播电视总局电视剧司开展推动网络电影高质量发展调研，提出网络电影

要丰富题材、讲好故事，加强现实题材创作，用好中华历史文化这个题材宝库，在题材多样性上下功夫。与其他网络文艺形态“提质减量”的发展有别，网络电影该如何守住阵地、迎接挑战，正成为行业发展的重要课题。

B.5
2022年以来网络综艺发展报告

赵丽瑾　王文娟*

摘　要： 网络综艺行业稳中求进、降本增效，且口碑上扬、高分段节目数量增加。综 N 代头部优势明显，新综艺加码探索。成熟类型大胆进行垂类细分开拓，恋爱类综艺和推理类综艺逆势上行，音乐类综艺开拓细分赛道，泛喜剧类节目不断延伸，各平台在内容制作上打破同质化竞争。网络综艺成为当代互联网年轻用户娱乐、情感和社会交往诉求的一种映射。

关键词： 网络综艺　综 N 代优势　微综艺

在行业降本增效的环境下，综艺节目产出数量缩减，平台重点通过垂类细分探索制播创新，在内容生产和节目形式上更加贴合青年文化生活和审美趣味。此外，短视频平台以微综艺加入网综赛道竞争。整体而言，“超级综艺”时代已经远去，在相关政策激励和生态治理下，2022 年至 2023 年上半年网综逐步转型升级并探索新发展路径。

一　综 N 代优势明显，新综艺加码探索

（一）市场供给量持续小幅增加，市场表现缓慢向好

2022 年网络综艺供给量小幅增加，市场规模变化不大，但有效播放量下

* 赵丽瑾，西北师范大学传媒学院教授、博士生导师，电影学博士，主要研究领域为电影理论与批评、网络文艺；王文娟，西北师范大学传媒学院 2020 级戏剧与影视专业硕士研究生。

降，整体处于减速发展状态。据云合数据《2022 年综艺网播表现及用户分析报告》统计，2022 年全网综艺累计正片有效播放 276 亿次，全网综艺大盘同比下滑 14%，其中电视综艺有效播放 121 亿次，同比下滑 17%；网络综艺有效播放 156 亿次，同比下滑 11%。平台方面，除芒果 TV 小幅上涨，其他三大平台综艺有效播放均下滑。全年上新国产季播综艺有效播放 169 亿次，同比缩减 18%，其中电视综艺有效播放 69 亿次，同比缩减 24%；网络综艺有效播放 100 亿次，同比缩减 13%。四大平台上新季播综艺 66~82 部，爱奇艺、腾讯视频、优酷上新季播综艺正片有效播放同比下滑 19%~39%，芒果 TV 同比上涨 37%。上新综艺中，共有 8 部的有效播放破 5 亿次，较 2021 年减少 2 部，网综占了 5 部①。网综市场的表现、热度及受欢迎程度略好于电视综艺，但整体表现不尽如人意，数量少、体量轻、声量小，2022 年被称为网综小年。

2023 年第二季度各平台曾经的王牌 S 级节目开始纷纷回归占位。云合数据《2023 年 H1 综艺网播表现及用户分析报告》显示，2023 年上半年全网综艺正片有效播放共 134 亿次，全网综艺有效播放大盘同比上涨 4%，其中电视综艺有效播放 57 亿次，同比下滑 7%；网络综艺有效播放 77 亿次，同比上涨 15%。爱奇艺、芒果 TV、腾讯视频的全网综艺有效播放均在 40 亿次左右，爱奇艺、芒果 TV 分别同比上涨 11%、54%，腾讯视频同比下滑 22%；优酷综艺有效播放 15 亿次，同比下滑 9%。上半年上新 119 部国产季播综艺（不含衍生、晚会），同比增加 3 部，其中电视综艺上新 48 部，同比增加 10 部；网络综艺上新量缩减，共上新 71 部，同比减少 7 部。在更国产季播综艺（不含衍生、晚会）有效播放共 88 亿次，同比上涨 4%，其中电视综艺有效播放 34 亿次，同比下降 4%；网络综艺有效播放 54 亿次，同比上涨 11%。《哈哈哈哈哈第三季》正片有效播放 9.4 亿次，市场占有率 12.1%，领跑网综市场。

从 2022 年到 2023 年上半年的数据可见，综艺节目整体数量没有大幅变化，在降本增效政策的引导下，网综有效播放量有所增长，市场表现和话题

① 云合数据：《2022 年综艺网播表现及用户分析报告》，https://mp.weixin.qq.com/s/2c9panuPD5W5jRSxDsIVBg，最后访问日期：2024 年 3 月 6 日。

热度渐趋回升。然而，如果对比长视频平台网络剧的市场表现，网络综艺的市场占有率和回暖力度依旧比较有限。

（二）口碑整体上扬，高分段节目数量增加，综 N 代头部优势明显

2022 年至 2023 年上半年综艺节目口碑整体走向上扬，高分段节目数量有所增加。2022 年上新国产综艺的豆瓣评分整体提升，豆瓣部均评分为 7.0 分，较 2021 年上涨 0.4 分，其中高分段部数占比增加，8.0 分以上综艺占比达 27%，较 2021 年上涨 12 个百分点。[①] 2023 年上半年上新国产季播综艺继续保持良好口碑，共 31 部在豆瓣开分，开分占比为 26.1%，其中有 5 部豆瓣评分在 8.0 分以上。网综《种地吧》将农耕作为主题，探索当地文化和传统生活，引发广泛讨论，豆瓣评分人数近 4 万，评分 9.0 分。[②] 网综《大侦探　第八季》《女子推理社》《来活了兄弟》等上榜新综艺豆瓣评分排在前十位。

在逐步回归的网综节目中，综 N 代在市场、制作、观众等多方面都保持优势。艾瑞数据显示，在 2022 年头部网综节目的等级分布中，新综艺在与综 N 代的对比之下，播放量级仍显劣势。相较全新网综节目，已有一定受众基础和影响力的综 N 代节目的播放量等级更高。超三成综 N 代节目达到 S 级，新综艺节目以 C 级小体量试水节目居多，仅有 4.7% 的新综艺达到了 S 级水平（见图 1）。

2023 年上半年延续了这一局面，上半年综 N 代和新综艺数量占比大致稳定在“四六开”，而从播映表现来看，综 N 代播映指数均值涨幅明显更高。在播映指数前 30 位的头部综艺中，网络综艺数量占比仍近六成，但同比缩水了 6 个百分点，然而综 N 代数量占比大涨 20 个百分点，头部优势显著扩大。可见，在网络综艺市场谨慎前行的近两年中，优质综 N 代是稳住市场和观众的关键（见图 2）。

---

① 统计范围为 2022 年上新国产季播综艺，不含衍生综艺、晚会；统计时间为截至 2022 年 12 月 31 日；数据来源为云合 · 四象分析系统（EVA）。

② 统计范围为 2022 年至 2023 年上半年上新国产季播综艺，不含衍生综艺、晚会；统计时间为 2022 年至 2023 年 6 月 30 日；数据来源为云合 · 四象分析系统（EVA）。

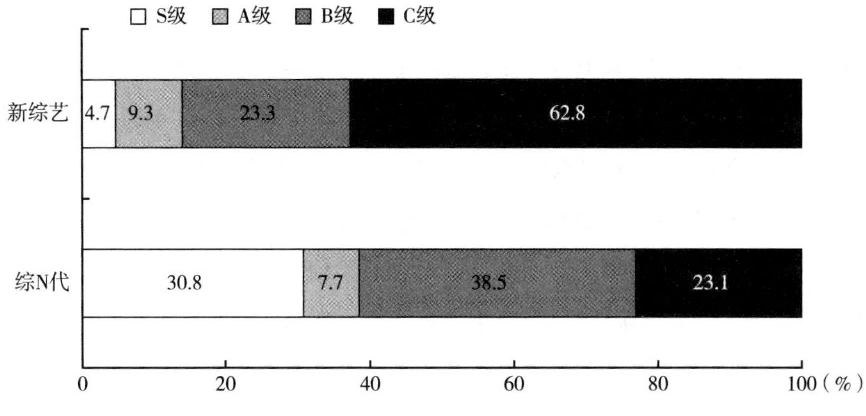

图 1　2022 年中国头部网综节目定级分布

数据来源：艾瑞 Sponsorship Value Creator 赞助效果评估数据库。

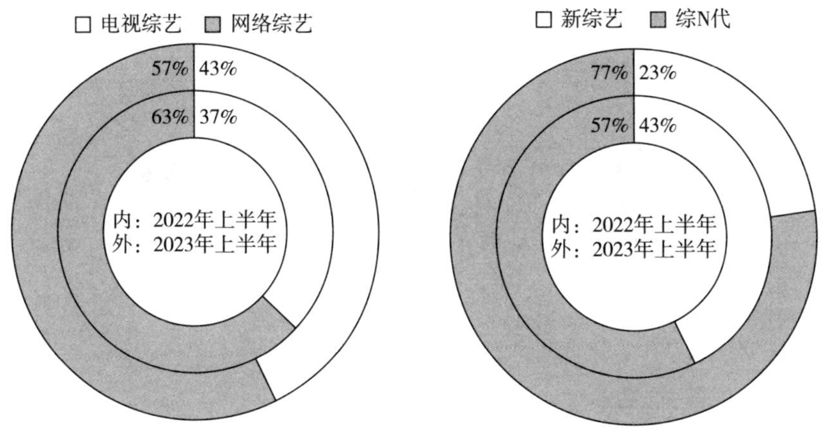

图 2　2022 年上半年和 2023 年上半年头部综艺分布

数据来源：艺恩内容智库：《2023 上半年综艺市场研究报告》，https：//www. docin. com/p-4538501633. html，最后访问日期：2024 年 2 月 21 日。

统计时间：2022 年 1 月 1 日至 2023 年 6 月 30 日。

网络综 N 代节目的优势由多方面因素积累而成，同时也依赖优势稳定网综市场发展。首先，各大视频平台将头部综 N 代作为平台竞争焦点，持续深耕、升级综 N 代赛道，不断增强与用户的情感连接，平台与用户和市场建立了稳固的认同关系。其次，在降本增效的市场环境下，品牌招商数量明显下滑，综 N 代保持了明显优于新综艺的招商能力。艾瑞数据显示，2022 年有 19.2%的综 N 代节目的品牌植入数量在 7 个及以上（见图 3a），而赞助品牌在 7 个及以上的新综艺节目仅占 7.0%[①]（见图 3b）。2023 年上半年有品牌合作的综 N 代数量占比为 57.1%，合作品牌数量占 70.1%，相比新综艺的表现要更加出色。[②] 资金是现阶段制约节目制作和发展的关键因素，保持招商优势，具备充足制作预算是综 N 代持续发展的重要原因之一。根据艾瑞咨询的数据统计，国产网综单个节目植入品牌数均值为 4.1 个，而喜剧类、才艺竞演类、明星竞演类、谈话类综艺节目的招商能力高出均值，处于领先位置。[③] 品牌方对新网综抱观望态度，是新网综发展和破圈的挑战。例如，新综艺《半熟恋人》虽已顺利进入榜单，且热度口碑均在线，但直到节目结束仍没有品牌冠名或广告赞助。进入 2023 年上半年，合作 1~3 个品牌的综艺数量达到 33 个，同比增加 2 倍，说明综艺没有品牌冠名或广告赞助的现象有所改善，综艺赞助市场逐渐回温。

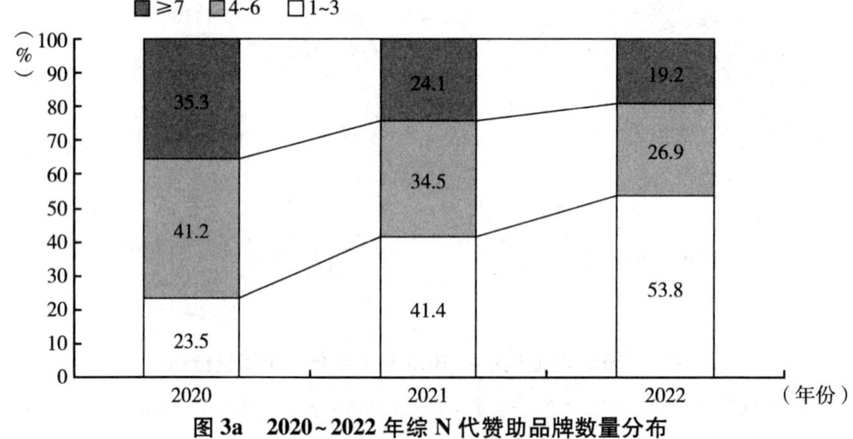

图 3a　2020~2022 年综 N 代赞助品牌数量分布

---

① 艾瑞咨询：《2022 年中国网络综艺商业变现盘点》，https：//www.iresearch.com.cn/Detail/report？id=4150&isfree=0，最后访问日期：2024 年 1 月 4 日。

② 艺恩：《2023H1 综艺营销价值报告》，https：//www.endata.com.cn/Market/reportDetail.html？bid=79b9a2d4-9248-4118-84f9-5cb4e3310c34，最后访问日期：2024 年 1 月 4 日。

③ 艾瑞咨询：《2022 年中国网络综艺商业变现盘点》，https：//www.iresearch.com.cn/Detail/report？id=4150&isfree=0，最后访问日期：2024 年 1 月 4 日。

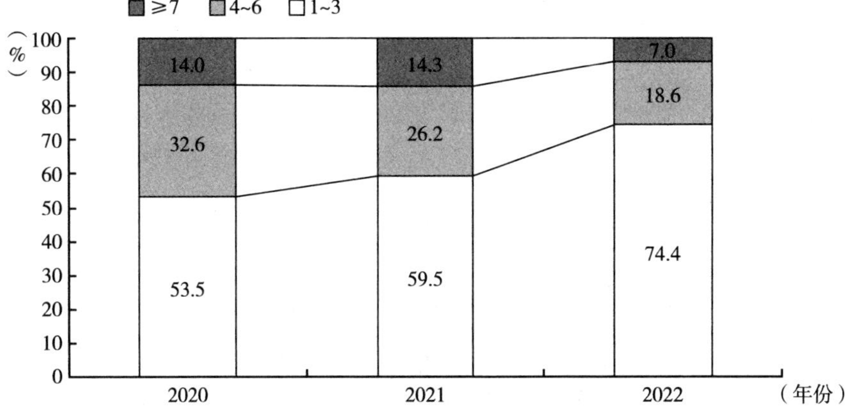

图 3b　2020~2022 年新网综赞助品牌数量分布

数据来源：艾瑞 Sponsorship Value Creator 赞助效果评估数据库。

不过，由于节目形式、元素等同质化及相对保守的创作态度，网络综 N 代也已经表现出衰退的趋向。从热度来看，头部网络综 N 代基本在前两季取得热度高峰，而后逐渐降低。在第五季取得热度高峰的“大侦探”系列，在第六季和第七季也出现热度断崖式下跌（见图 4）。

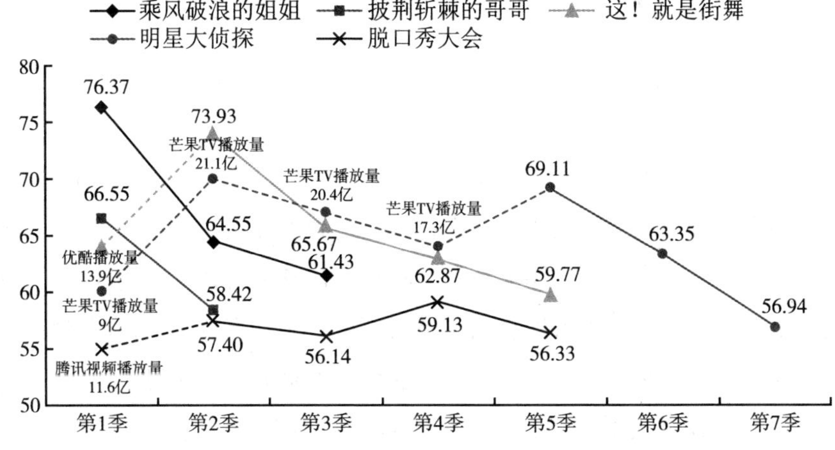

图 4　2022 年头部网络综 N 代往季骨朵热度走势图

数据来源：骨朵网络影视：《2022 年网络综艺产业发展研究白皮书》，https://mp.weixin.qq.com/s/C30qV5pN15CbBHmqOJJS8A，最后访问日期：2024 年 2 月 21 日。

从口碑来看，网络综N代大都保持着较高的口碑起点，而后口碑逐渐下降，即使是综N代中口碑最好的“大侦探”系列，2022年的豆瓣评分也降至历史新低，综N代很难一直保持口碑。由此可见，在政策和市场的新环境下，即使处于优势地位的综N代也不得不面临创新探索难题[①]（见图5）。

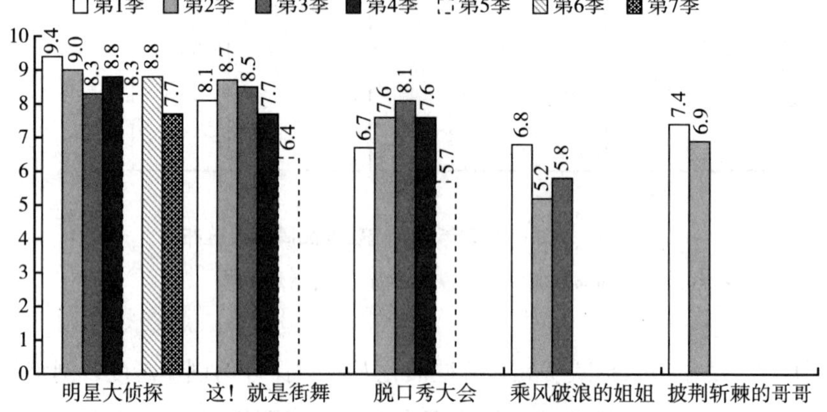

图5　2022年头部网络综N代往季豆瓣口碑统计

数据来源：骨朵网络影视：《2022年网络综艺产业发展研究白皮书》，https：//mp. weixin. qq. com/s/C30qV5pN15CbBHmqOJJS8A，最后访问日期：2024年2月21日。

二　成熟类型垂类细分，契合青年文化诉求

从艾瑞数据可见，2022年中国头部网综节目在内容创新上着重于对成熟类型在垂类细分赛道上的探索。恋爱类综艺和推理类综艺逆势上行，音乐类综艺开拓细分赛道，泛喜剧类节目不断延伸，各平台在内容制作上打破同质化竞争，开启从小众流行到小众圈层的拓展。在一定意义上，网络综艺是对当代互联网年轻用户娱乐、情感和社会交往诉求的一种映射。易观分析发布的《中国在线视频用户观看行为洞察2022》表明，综艺节目的年轻观众

① 骨朵网络影视：《2022年网络综艺产业发展研究白皮书》，https：//mp. weixin. qq. com/s/C30qV5pN15CbBHmqOJJS8A，最后访问日期：2024年1月4日。

占比较高，其中 18～24 岁的用户超过 1/3。2022 年以来，网综制作更加注重对青年文化趣味的表达和满足，是网综垂类细分策略下内容探索的明显特征。

（一）推理类综艺

2022 年推理类综艺依旧高质量输出，在上新综艺中有效播放占比达 12. 0%，2023 年上半年推理类在更综艺有效播放占比为 13. 8%。《大侦探 第八季》《名侦探学院　第六季》《女子推理社》《密室大逃脱　第五季》《漂亮的推理》等推理类综艺持续推出。这与近年推理类综艺的热度和线下剧本杀广受年轻人喜爱有关，二者娱乐特性也较为相似，以悬念为核心元素，同时具有沉浸式、社交性等特点，符合年轻用户的娱乐诉求。

融入经典影视 IP 是推理类综艺丰富内容的路径之一，如联合《家有儿女》《仙剑奇侠传》等广为人知的口碑剧集，以此点燃受众热情，同时结合故事反映社会议题，如对空巢老人、家庭关系等问题的探讨，使节目从推理圈层“破圈”。爱奇艺还通过人工智能等技术自动识别可定位场景，也为观众提供与嘉宾一同推理的细节设置，通过智能设置强化观众的沉浸体验。

连续剧式节目成为推理类综艺新的探索方向，以一条故事主线贯穿整季节目，深化叙事体验。综艺市场也在发掘“她经济”潜力，女性视角作品、女性推理成为推理类综艺的一大创新元素。另外，芒果 TV 极速推理轻综艺《漂亮的推理》以简单直接的问答形式完成推理，也是一种创新尝试。

（二）恋爱类综艺

国内恋爱类综艺（以下简称“恋综”）经过几年摸索，已经形成较为成熟的模式。2022 年，据不完全统计，优酷、爱奇艺、腾讯视频、芒果 TV 以及哔哩哔哩共计推出 18 部恋综。腾讯视频“恋爱三部曲”《心动的信号　第五季》《半熟恋人》《灿烂的前行》从不同侧面展现不同年龄段群体的婚恋观。优酷的《没谈过恋爱的我》《怦然心动 20 岁　第二季》聚焦“Z 世代”群体恋爱观。哔哩哔哩《90 婚介所 2022》继续以女性为主视角切人，探讨正向恋爱关系。2023 年上半年，以《心动的信号　第六季》为首，《半熟恋人　第二季》《怦然心动 20 岁　第三季》等节目继续维持恋综热度。

近两年的恋综从模式上看，依旧以“真人秀+演播室观察”为主，但内容更细分，新综艺占比高达 50%。内容细分主要体现在节目的情感表达更加多元，如《婚前 21 天》聚焦婚前焦虑，《怦然再心动》聚焦离异女性婚恋观。恋综赛道节目数量不断增加，主要与近年情感观和婚恋观的变化有关，节目能够密切关注情感观念变化，推进节目内容形式创新。

真实感和代入感是恋综的两大关键因素，也是吸引品牌赞助的主要原因。优质节目能够呈现年轻人的社交状态，捕捉真实的感情观，精准触达年轻人，产生高度共鸣。恋综能够在网综各赛道竞争中长久维持热度，还与其制造话题引发大面积讨论有关。对于没时间谈恋爱的年轻人而言，“磕 CP”能够代偿性满足情感诉求；节目呈现多种婚恋观、感情观，《半熟恋人》等邀请专家、学者剖析点评，使节目增加了理性和深度的探讨，对年轻观众不失为一种借鉴。恋综洞察当下年轻人的恋爱观，同时也呈现年轻人的社交方式和自我认知方式的变化，引导大众围绕恋爱观展开多维话题探讨。2022 年恋综整体传达出鼓励年轻人勇敢爱的态度，体现了综艺节目的社会价值。但同时应看到，作为多平台多年深耕的赛道，2022 年恋综内容还是缺乏亮眼的创新，形式以及婚恋的切入点基本与往年无异。

（三）音乐类综艺

云合数据《2022 年综艺网播表现及用户分析报告》显示，2022 年上新音乐类综艺的部数与有效播放占比分别为 8.8%、16.1%。新网综《中国说唱巅峰对决》有效播放近 5 亿次，作为在香港回归祖国 25 周年之际推出的献礼综艺，《声生不息》反响不俗。网络音乐类综艺在偶像养成类节目被叫停之后，一直处于探索中，特别是在垂类内容创新，音乐竞演、乐队、说唱、民谣等细分垂类的深耕方面，不仅获得市场和口碑认可，同时也显示出积极的社会意义。

以音乐综艺中的说唱垂类为例。2017 年中国说唱“元年”开启，说唱节目大火，不仅是垂直类综艺探索的成绩，更是潮流青年文化兴起的映射。以大众化综艺带火小众圈层艺术，如今说唱节目本身进一步反哺说唱音乐，“00 后”成为主体并推动这一圈层艺术走向更高格局。网易云音乐《中文说唱音乐报告（2022）》的数据显示，在中文说唱领域，“00 后”音乐人占比已超过 3/4，同时高学历成为行业趋势。近年来，中文说唱歌词中的脏话占比大幅度下降，从 2016 年的 21%降低至 2021 年的 4%。“梦想”成为中文说唱歌词中最热门的议题词语，这种转变是中国本土说唱歌手开始摆脱对原始欧美说唱界模仿的体现。在中文说唱歌曲中，与社会议题相关的说唱音乐比例明显增高，女性、校园霸凌、爱国、抑郁症、保护环境等是出现频率较高的关键话题。根据澎湃有数工作室的报告，对说唱综艺中出现的 766 首歌进行分析，自我激励和人生态度类作品占比最大，分别达到了 46%和 21%；来自五湖四海的说唱歌手在歌曲中致敬自己的城市，越来越多的说唱歌手使用方言。说唱音乐在青年群体中势不可当地流行，说唱综艺可以说是顺势而为。

三　平台深入布局保证基本盘，垂类细分大胆实验新内容

2022 年行业发展降本增效，网络综艺不能再单纯依赖明星，各平台对综艺的投入明显减少。网络综艺不得不探索新的制作策略和变现路径。《2022 中国广告主营销趋势调查》显示，在营销费用的渠道分布上，广告主表示将会继续加大对短视频与直播的营销投入，越来越多的广告主将目标投向短视频。网络综艺不断寻求变现路径，包括会员专享、周边售卖、直播带货、单片付费、综游联动等，广告收入虽处境尴尬，但依然是重中之重。

面对新形势，长视频平台不约而同地给予了小众风潮网综更大的关注度，通过在模式创新、IP 经营等方面发力，试图将垂直赛道的细分领域开拓得更深、更远。目前看来，爱奇艺、优酷、腾讯视频开始倾向于将网综打

造成服务于平台会员的内容产品，以更精细化的内容供给和运营提升会员对平台内容的满意度、忠诚度与信任度，具体策略包括如下三个方面。

第一，垂类赛道继续细分，打破同质化竞争。2022 年，处于成熟赛道的类型综艺不断细化定位，寻找差异化制作路线。其一是网综节目在常态化类型框架下，进行细分垂类组合式创新。一方面，垂类领域再度细分，例如在生活观察类型的情感垂类下细分出初恋成长（《没谈过恋爱的我》）、“Z 世代”婚恋（《90 婚介所 2022》）、人宠情感（《去野吧！毛孩子》）；另一方面，跨类型组合式创新综艺推出，探索网综内容的更多可能性。其二是各大赛道走向细分，跨赛道内容融合借力打力。例如 2023 年演唱会、音乐节排期暴增，音乐类综艺作为热门的内容赛道继续细分，说唱、民谣、港乐、乐队等元素精准对位，以此建立不同圈层群体的归属感。2022 年《分贝在出逃》等创新型音乐类综艺融合了游戏、户外观察等元素，为音乐类综艺赛道创造了更多的可能性。内容细分形成圈层受众细分，有利于吸引目标消费者一致的品牌赞助，获得制作的良性循环。

第二，衍生、分账、品牌定制等形式成就综艺 IP 开发创新。在已有 IP 的市场基础上打造新内容，实现小成本网络综艺制作模式创新探索。在 2022 年豆瓣高分综艺中，衍生综艺《名侦探学院　第六季》(9.1 分)、《密室大逃脱大神版　第四季》(9.1 分)、《欢迎来到蘑菇屋》(8.4 分)，分账综艺《闪亮的日子》(9.2 分)，定制综艺《快乐回来啦》(8.6 分) 等均收获良好的口碑。衍生综艺挖掘优势内容 IP，开辟新市场。在降本增效的大背景下，内容 IP 的衍生开发以小成本试水新制作形式。不少衍生综艺走出了依附原生综艺的初始阶段，从强关联原生综艺走向逐渐独立，分账、品牌定制微综艺已经成为低成本网综的突破尝试。作为《向往的生活　第六季》的衍生节目，《欢迎来到蘑菇屋》意外产生综艺效果，随后诞生了属于这六个人自己的团综——《快乐再出发》，豆瓣评分达 9.6 分，居年度上新豆瓣评分榜榜首，这使得“再就业男团”系列综艺实现了衍生再衍生，不断挖掘并扩大市场价值。

除此以外，《闪亮的日子》等也通过轻体量、长线更新等形式，形成了独特的微短综，让观众从节目中收获陪伴感，更探索了分账综艺新模式。可以说，这一批小制作、小切口的综艺成功跑赢了大制作、大舞台的综艺，部分实现弯道超车，成为降本增效的有力实践。据艾瑞咨询《2022 年中国网络综艺商业变现盘点》，2022 年网综节目 IP 以新综艺为主，占所有网综节目的 62.3%。综 N 代在吸引品牌广告投放时具有压倒性优势。但 2023 年开年以来，艾瑞 SVC 监测了 8 部新开播的网络综艺，其中 5 部新综艺的品牌累计植入频次达 16 次，IP 开发为新网综制作模式的创新探索提供了有效路径。

第三，社交属性影响网综制播，有助于精准定位年轻用户的情感需求。通过开发不同场景，以不同类型、主题的节目为载体，聚焦各类社交关系。例如，《五十公里桃花坞　第二季》探寻在不同社交距离下，当代社会群居生活的多种面貌。游戏类综艺根据“Z 世代”喜好，融入了元宇宙、剧本杀、电竞等新元素。婚恋关系成为年轻人关心的重点，促使恋综发展势头强劲，节目涉及各个年龄层及各类婚恋状态，在全方位观察不同主体的同时，凸显“社交”属性。《半熟恋人》脱离了恋爱的懵懂，展现轻熟男女智性恋爱；《没谈过恋爱的我》则关注到了初恋群体的懵懂与青涩。此外，小红书等社交媒体平台以微短综为营销手段，推出《满满一大碗》《我就要这样生活 露营季》《拜托了万事屋》《放下负担爱自己》等微综艺。2022 年暑期，知乎推出的三部综艺《我的高考笑忘书》《我所向往的职业啊》《荒野会谈》以问答的形式展现知乎特有的知识属性，但过于强烈的社区风格也是知乎自制微综艺未能走进大众视野的原因。

四　长视频平台稳中求进，多平台进军网络微综艺

长视频平台稳中求进，通过不断拓宽题材和垂类范围，提升内容质量和用户及会员黏性。爱奇艺、优酷、腾讯视频、芒果 TV 的网络自制综艺继续发挥优势，立足平台特性，聚焦站内内容布局。在提质增效的市场大环境下，除芒果 TV 外，其他平台上新数量均有所收紧。四平台季播综艺上新数量差距收窄，在 66~82 部（不含衍生、晚会）（见图 6a）。2022 年平台上新季播综艺部数中，芒果 TV 上新同比增加 11 部，其他平台均低于上年。上新季播综艺正片有效播放

整体下滑，芒果 TV 有效播放 42 亿次，同比上升 35%，其余平台均同比下降（见图 6b）。

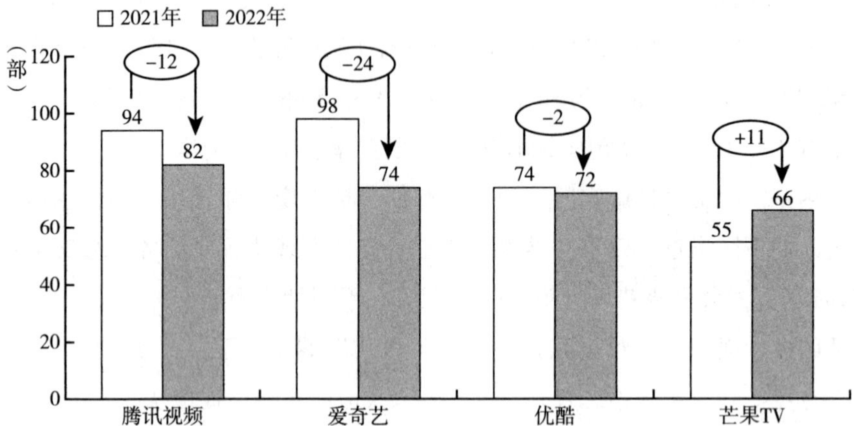

图 6a　2021～2022 年各平台上新季播综艺部数

数据来源：云合·四象分析系统（EVA）。

数据说明：统计范围：2021～2022 年上新季播综艺，不含衍生综艺、晚会；统计时间：截至 2022 年 12 月 31 日。

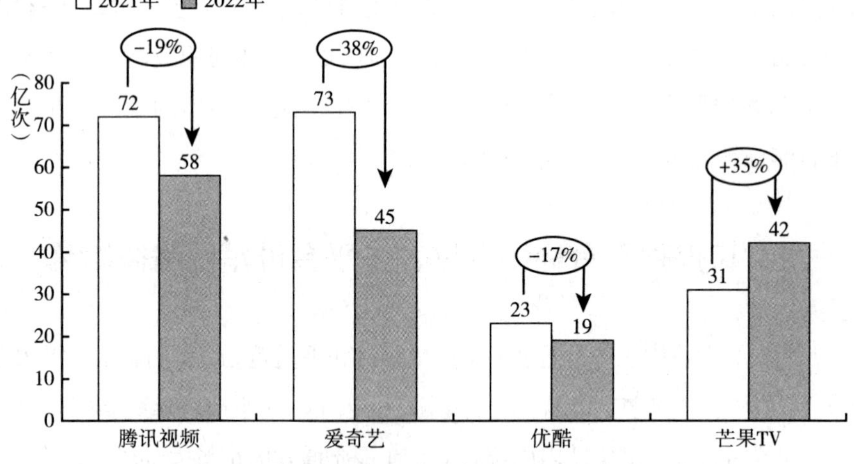

图 6b　2021～2022 年各平台上新季播综艺正片有效播放

数据来源：云合·四象分析系统（EVA）。

数据说明：统计范围：2021～2022 年上新季播综艺，不含衍生综艺、晚会；统计时间：截至 2022 年 12 月 31 日。

2023 年上半年四大主要视频平台综艺数量格局基本稳定，腾讯视频上新总量领先，爱奇艺居第二位，优酷居第三位且数量占比提升了 3.8 个百分点，芒果 TV 居第四位且依旧维持全独播状态。独播综艺方面，上半年各平台独播综艺数量同比均有上涨，但独播综艺的播放指数均值仅优酷一家上涨。综艺市场依旧存在诸多不确定因素。

平台在综艺赛道中继续创新探索，包括微综艺初步试水。抖音、快手等短视频平台，百度、小红书等垂直类互联网平台纷纷下海微综艺。腾讯视频推出的“小鲜综”等板块，更像是内容探索的“试金石”。芒果 TV 的 10 分钟推理节目《YES OR NO》、20 分钟节目《漂亮的推理》，则是植根平台原有推理赛道的尝试。在节目形态和排播方面，2022 年抖音共上线 7 档网综，相对 2021 年有所突破。多类型综艺“串烧”《百川综艺季》《全力以赴的行动派》的站内综合表现较突出。快手在 2022 年共有 7 档网综上线（2021 年共 2 档）。短视频平台发力综艺，更注重与社区的匹配度，注重 OGV（Occupationally Generated Video，专业机构创作视频）内容与 PUGV（Professional User Generated Video，专业用户制作视频）内容相互融合，为社区达人提供上升空间。如哔哩哔哩打造户外闯关综艺《哔哩哔哩向前冲》，汇集站内 UP 主，串联起了主站内容和综艺内容两大板块。目前很多微综艺，风格向纪录片倾斜，将纪录片的形式融入综艺之中。总体来讲，微综艺不能简单地算作“Mini 版的长综艺”，短视频平台能否发挥社交媒体优势，在内容上嫁接多元社会议题，成就短小精悍的高品质综艺，是未来探索的主要方向。

圈层综艺“破圈”成爆款。2023 年，视频平台在继续围绕几大垂直题材多维开拓的同时，也在进一步细分挖掘，在满足更多观众群体娱乐、情感需求的同时，也在努力让圈层综艺绽放出更大的社会意义，承载大众所关心的社会议题，以扎实的价值内核与真挚的情感关怀，触动更多人的内心，从而实现破圈突围。例如《种地吧》在灯塔专业版数据的网综舆情热度 2023 年年榜上高居榜首，播出期间全网热搜话题超 1000 个。微博话题“#用 190 天做一件事#”参与互动阅读量超 400 万次，充分说明“认真做好一件事”的节目主题获得了这届年轻人的集体共鸣。该节目还成功实现了文化输出，“韩版”

《种地吧》于7月底正式开拍。爱奇艺推出的恋综《喜欢你 我也是》第四季提出了“爱情破茧”的概念，鼓励他们勇敢地走出“情感茧房”。

此外，2023年以来，网络综艺凸显了两个发展亮点。第一，综艺与文旅热度共振。上半年云合数据网综有效播放霸屏榜的20部综艺中，户外真人秀占到了8部。上半年强势回归的《哈哈哈哈哈　第三季》《来活了兄弟》《一起撸串吧》《登场了！北京中轴线》等，削弱了以往旅行真人秀中的过度娱乐化倾向，通过嘉宾的深度体验和探索，融入更多文化内涵与专业知识，不仅让地域特色更丰满具体地呈现出来，也通过更潮流年轻的表达，让文化传播润物无声。第二，2023年平台综艺“厂牌化”趋势越发明显。爱奇艺宣布打造“爱桃综”厂牌，优酷也发布“酷酷综”厂牌，包括四大赛道“酷热爱”“酷欢乐”“酷成长”“酷生活”。平台综艺“厂牌化”，有利于平台整合综艺IP，梳理综艺品类，根据内容将综艺分赛道，打造独特的厂牌特色，建立综艺辨识度。

B.6

2022年以来短视频、网络直播发展报告

赵丽瑾*

摘　要： 借助直播与短视频，文娱新业态和新消费模式快速发展。短视频是泛网络文艺形态，也是各类文艺作品宣传营销的有效手段，网络直播有效赋能文艺演出，助力传统文化和地方文化创新传播。TikTok（抖音海外版）已成为海外最受欢迎的社交应用，从内容“出海”到平台“出海”，为中国文化海外传播和创作探索长效模式。在短视频和直播平台高速发展的同时，政府相关部门出台多项政策和规定对其规范治理。

关键词： 短视频　网络直播　TikTok　网络演出

数字技术深刻改变着文娱领域的生产和传播方式。短视频一直被看作“泛”网络文艺形态。2022年以来，文娱行业借助直播与短视频发展网络演出、数字艺术等，打破地域空间限制、激活传统文化资源，促进文娱新业态和新消费模式快速发展。《中国网络表演（直播与短视频）行业发展报告（2022—2023）》指出，在新的发展阶段，直播、短视频平台逐步向互联网基础应用过渡，通过深度赋能，助力包括文娱在内的各行业“构建新发展格局，推动高质量发展”。①

* 赵丽瑾，西北师范大学传媒学院教授、博士生导师，电影学博士，主要研究领域为电影理论与批评、网络文艺。

① 中国演出行业协会：《中国网络表演（直播与短视频）行业发展报告（2022—2023）》，https://mp.weixin.qq.com/s/-MWgh0H1hdXqhZ_AqKvgdQ，最后访问日期：2024年2月18日。

一　短视频、直播平台治理成效明显

短视频用户规模持续增长，截至2022年12月，我国短视频用户规模为10.12亿人，较2021年12月增长7770万人，占网民整体的94.8%；[①] 至2023年6月，短视频用户规模为10.26亿人，较2022年12月增长1454万人，占网民整体的95.2%。[②] 短视频已经成为人们互联网生活和娱乐的重要媒介载体，同时也深刻改变了网络生活和娱乐的思维、形式与内容，微短剧、微综艺成为视频平台竞相争夺的流量风口，短视频和视频平台从竞争走向合作，在共享版权开发的模式下，短视频成为网络文艺最重要的营销模式之一。2022年至2023年上半年的微短剧、微综艺发展在本书前面的内容中已进行分析，本报告着重从短视频作为网络文艺宣传营销手段的角度进行梳理。

近年，中央网信办等部门出台多项政策治理短视频和直播乱象。2022年初，经过为期2个月的“清朗·整治网络直播、短视频领域乱象”专项行动，持续清理违规账号38.39万个，违规短视频节目102.40万条。[③] 一大批“伪正能量”节目、借“网红儿童”牟利账号、“低级红、高级黑”内容得到清理，违规传播未经引进境外视听节目的问题得到有效遏制，互联网电视开展短视频业务得到规范引导。

2023年1月17日，文化和旅游部印发了《文化和旅游部关于规范网络演出剧（节）目经营活动 推动行业健康有序发展的通知》（以下简称《通知》）。《通知》要求，网络演出剧（节）目经营单位提供进口网络演出剧

---

① 中国互联网络信息中心：第51次《中国互联网络发展状况统计报告》，https：//www.cnnic.net.cn/n4/2023/0303/c88-10757.html，最后访问日期：2024年1月4日。

② 中国互联网络信息中心：第52次《中国互联网络发展状况统计报告》，https：//cnnic.cn/n4/2023/0828/c199-10830.html，最后访问日期：2024年1月4日。

③ 人民网：《国家广播电视总局整治短视频：清理违规账号38.39万个、违规短视频节目102.4万条》，http：//ent.people.com.cn/n1/2022/0111/c1012-32328965.html，最后访问日期：2024年1月4日。

（节）目的，应当报文化和旅游部进行内容审查，审查通过后方可向用户提供；提供国产网络演出剧（节）目的，应当在向用户提供之日起30日内，报文化和旅游部备案。

2022年，抖音、快手等短视频、直播平台竞速发展。一方面，短视频与长视频平台从博弈走向合作，深刻影响并创新文艺内容的生产与传播，短视频平台丰富影剧综营销手段，自制微短剧集、综艺切入长视频赛道；另一方面，网络直播为传统文化传承和当代文艺创新打造第二剧场、第二舞台，推动国际传播，多元主体参与“内容共创”。2022年以来，短视频、直播在新消费潮流中迅速发展，正在成为当代文艺发展的创新力量。

二　短视频丰富文艺作品宣传营销手段

短视频应用远超游戏、直播等，单人日使用时长5年持续增长。截至2022年12月，以抖音、快手、微信视频号、哔哩哔哩、小红书、好看视频、微博、央视频等为代表的中头部短视频平台约有15家，其中抖音、快手、微信视频号、哔哩哔哩四家平台的用户渗透率约占行业总量的78%以上，市场规模近3000亿元。①

2022年，多个长视频平台与短视频平台达成影视综二次创作版权的合作，平台围绕版权资源、内容创作等方面展开一系列探索，正版授权合作创新成为行业发展的新趋势。从竞争走向合作，长视频平台可以从短视频平台获得版权费；短视频对长视频内容的剪辑搬运所进行的二次创作，也成为影视剧集和综艺宣传引流的营销手段，既能为上新剧集、综艺带来话题和热度，也能翻红老剧、老电影等，盘活版权资源库，带来更多会员收入。2022年，爱奇艺同意向抖音授权精选内容，并以双方商定的格式编辑成短视频发布。腾讯视频多次向短视频创作者授权多部剧集内容版权，随后与抖音达成

① 赤子基金：《中国娱乐直播行业研究报告》，https：//mp. weixin. qq. com/s/vhYtDuOgvdUxQzhPL5aBSA，最后访问日期：2024年1月4日。

合作。从长久以来的版权纷争到合作共赢，衍生二创和版权保护得到平衡和兼顾，同时也打开了精品化内容的“破圈”传播。

一方面，在合作共赢的产业环境下，伴随影视行业持续回归内容本身，短视频平台的影视剧营销进入新阶段。抖音以短视频物料为抓手，借助抖音平台巨大流量，以“最大范围触达、口碑提升转化、深度绑定受众”全链路完成式种草，重点引流至长视频平台观看。首先，最大范围触达潜在受众。具体以三个层次完成全面触达，结合深耕剧集官方抖音账号和艺人营业，触达艺人及 IP 粉丝；制作精彩二创触达剧情类受众；跨领域联动破圈事件触达路人粉丝。2022 年抖音剧集继续保持自身在跨领域合作的优势，持续打破影视内容与其他行业及人群壁垒，丰富营销维度。抖音结合剧集与时下最流行的“reaction”玩法，联动外国人，制造了“外国人看苍兰诀”“外国人看卿卿日常”等有趣的破圈热点。其次，以官媒联动、幕后创作解析、深挖用户评价观点进行口碑发酵。把每一位用户当作剧评人，深度挖掘用户的观点类内容，放大真实的评价声音。借助抖音的流量分发机制，普通观众的感受评价也可以通过短视频或评论的形式，以点对面地大面积传播扩散。例如《卿卿日常》通过深度挖掘抖音站内用户的评价类二创视频，共发酵了“可惜你不看卿卿日常”“卿卿日常女性群像”“卿卿日常运镜”等 30 个口碑热点，相关视频播放量达 4 亿次。此外，邀请幕后制作人走向前台、解析创作也是进行口碑发酵的有效方式。[①] 再次，深度绑定用户，完成口碑提升转化。抖音通过独家发布物料、陪伴式直播、组建追剧团深度绑定用户，达到口碑发酵，打造追剧氛围，增强用户黏性。陪伴式直播实现角色与角色、角色与观众的互动。更新前看直播，直播结束时引导用户去看更新，由此打造沉浸式追剧，锁定用户追剧热情。例如《卿卿日常》11 位主演在演出期间共直播 12 场，陪用户边吃饭边聊天，累计观看人数 670 万，实时在线人数超过 30 万。抖音追剧团打破了线上和线下营销的界限，通过线下见面互动生产外围内容，

① 云合数据、抖音：《2022 抖音剧集年度报告》，https：//mp. weixin. qq. com/s/jqZAdvge3cCveph0oda0ug，最后访问日期：2024 年 1 月 4 日。

反哺线上热度发酵。例如网络剧《点燃我，温暖你》主演、抖音达人等组成抖音追剧团，活动视频累计播放量破4亿次，累计产出3支百万点赞爆款视频，产生24个热点。

另一方面，长视频平台意识到短视频营销的效果，也研发技术自创宣传营销短视频。优酷应用人工智能生产系统，以计算机视觉、数据挖掘、自然语言处理等多项技术智能生产短视频，包括电影、电视剧、综艺等长视频的精彩看点、高能二创、剧情解说等类型，处理产出的短视频播放量达数十亿次。爱奇艺通过推荐算法技术使App的短视频页面分发效果提升，据爱奇艺数据，短视频推荐系统应用后新视频的新鲜度相对提升12.4%，新视频的消费效果体现在人均播放时长相对提升56.5%。用户观看完短视频跳转至长视频播放界面是二创内容的主要作用，爱奇艺为此高效升级短视频智能标签，标签系统自动在短视频页面生成长视频标签，精细化智能技术赋能短视频，助力影视艺术作品宣发营销。

三　网络直播赋能文艺演出

2020年以来，疫情加速了线上直播的发展。截至2023年6月，我国网络直播用户规模达7.65亿人，占网民整体的71.0%。[①] 直播激活了在线文艺演出，就传统和地方文艺的表演及创作形式开拓了新思路。

2022年网络表演（直播与短视频）行业整体市场营收1992.34亿元，同比增长8%；新增单位1959家，当年具有网络表演（直播与短视频）经营资质的经营性互联网文化单位有6263家，以抖音、快手、微信视频号、YY直播、映客直播、陌陌等为代表的中头部直播平台约有20家。[②] 截至2022年年末，我国网络表演（直播）行业主播账号累计开通超1.5亿个，

① 中国互联网络信息中心：第52次《中国互联网络发展状况统计报告》，https://cnnic.cn/n4/2023/0828/c199-10830.html，最后访问日期：2024年1月4日。

② 中国演出行业协会：《中国网络表演（直播与短视频）行业发展报告（2022—2023）》，https://mp.weixin.qq.com/s/-MWgh0H1hdXqhZ_AqKvgdQ，最后访问日期：2024年1月4日。

同比增长7.1%，活跃账号（一年内有过开播行为）约9500万个，其中月开播时长不低于15小时的账号数量近1000万。2022年全年新增开播账号1032万个。[①] 抖音直播主播数量和看播用户数量较2021年增长20%。[②]

（一）数字赋能数实融合下的演艺探索

2022年12月14日，中共中央、国务院印发了《扩大内需战略规划纲要（2022—2035年）》（以下简称《纲要》），12月15日，国家发展改革委发布《"十四五"扩大内需战略实施方案》（以下简称《方案》）。《纲要》及《方案》均提到打造网络文艺精品内容的重点任务，指出深入发展在线文娱，鼓励传统线下文化娱乐业态线上化，支持打造数字精品内容和新兴数字资源传播平台等。《关于推进实施国家文化数字化战略的意见》在重点任务中提出，"发展数字化文化消费新场景"，"大力发展线上线下一体化、在线在场相结合的数字文化新体验"。疫情加速推进了在线直播文艺演出模式的探索。线上直播文艺演出突破了传统舞台空间限制，为传统的、地方性的、民间性的、小众的艺术提供了第二舞台、第二剧场，赋予其新的创作和传播机遇，同时满足了不同圈层用户的多样文化需求和娱乐需求，通过数字赋能数实融合，营造互动式、沉浸式观看体验。

2022年数字技术在文艺演出产业方面的应用更加成熟，演出场次剧增，演出与直播的融合加速发展，具体有如下表现。

1.直播成为驱动演艺经济发展的新力量

根据《2022年中国演出市场年度报告》，专业文艺表演团体的各类网络演出活动为1.21万场，线上观众人数为57.3亿人次，线上收入达2.43亿元。根据《2022抖音数据报告》，2022年戏曲、乐器、舞蹈、话剧等艺术

---

① 中国演出行业协会：《中国网络表演（直播与短视频）行业发展报告（2022—2023）》，https://mp.weixin.qq.com/s/-MWgh0H1hdXqhZ_AqKvgdQ，最后访问日期：2024年1月4日。

② 《一图读懂丨2023抖音直播行业生态大会核心信息》，https://mp.weixin.qq.com/s/e_l7PIsoi-9zjh9NL2Ru1w，最后访问日期：2024年1月4日。

门类的演艺类直播在抖音开播超过 3200 万场，演出场次同比上涨 95%，平均每场观众超 3900 人次，相当于每天有 9 万场中等规模的演出在抖音直播。在抖音演艺直播热度排行中，按直播观看人次同比增长率排序，前五位分别是音乐剧（增长率 978%）、中国舞（增长率 519%）、话剧（增长率 361%）、喜剧（增长率 257%）、杂技（增长率 225%）。[①] 线下演出恢复后，传统民间艺术依旧保持了稳定的线上直播和收入，演艺类直播打赏收入同比增长 46%，超过 6 万名才艺主播实现月均直播收入过万元。[②]

在快手平台，2022 年戏曲类直播超 248 万场，舞蹈类与歌唱类直播达 7000 万场。越来越多的专业演出机构和艺术家启动直播，国家一级演员在抖音演出超过 2000 场，艺术院团和专业演出机构演出超过 6000 场。舞蹈家杨丽萍与舞蹈博主的“舞韵千年”主题演出、国家京剧院的京剧《风华正茂》、北京人民艺术剧院的话剧《雷雨》、北方昆曲剧院的曲剧《茶馆》等经典文艺演出通过直播触达更多观众，为网络直播注入精品内容。108 位歌手通过抖音“歌手唱作人合作计划”开启日常直播。[③]

2. 网络直播为地方剧团提供演出新途径，为地方戏寻找新观众

剧团是基层文化演出的中坚力量，演出市场和观众的规模数量直接影响地方剧团发展，而网络直播的强传播力和影响力为地方剧团、地方文艺工作者、民间艺人的创作和表演提供了新的思路和舞台。作为 2022 年抖音最受欢迎县级戏曲剧团，@ 怀宁县黄梅戏剧团的直播间获得了 3.6 亿次点赞。潜山市黄梅戏剧团自 2022 年 5 月在抖音开始直播，三个月内直播场次为 80 多场，最高人气场同时在线人数有 6000 多人，剧团为优化直播，购买相关专业设备，调整直播剧目和场次，改善了剧团现状。直播使小剧团脱离无戏可演的状态，获得打赏收入，也让更多人了解和喜爱黄梅戏。

---

① 抖音：《2022 抖音数据报告》，https：//trendinsight. oceanengine. com/arithmetic-report/detail/875，最后访问日期：2024 年 1 月 4 日。

② 中国互联网络信息中心：第 51 次《中国互联网络发展状况统计报告》，https：//www. cnnic. net. cn/n4/2023/0303/c88-10757. html，最后访问日期：2024 年 1 月 4 日。

③ 中国演出行业协会：《中国网络表演（直播与短视频）行业发展报告（2022—2023）》，https：//mp. weixin. qq. com/s/-MWgh0H1hdXqhZ_ AqKvgdQ，最后访问日期：2024 年 1 月 4 日。

3. 短视频平台不断扶持与激励传统文化类直播

2022 年抖音为扶持传统文化类直播，发布了传统文化主播激励计划，"DOU 有好戏计划"为 10 个剧团、1000 名演员打造第二剧场；"DOU 有国乐计划"联合中央民族乐团打造民乐演出第二舞台，并推出"艺播计划-抖音直播院团专项"，打造院团线上演出，助力院团线上经营，探索院团创收形式。在网络直播中，专业化内容愈发受到青睐，平台聚集起一批文艺工作者和爱好者，观众基数也在不断增加。2023 年抖音继续投入平台资源，扶持优质内容，激励主播创作，包括提供丰富的直播玩法、进行精准的流量扶持等。

4. 线上演唱会成为年度关注度最高的网络演出类型

2022 年也是明星线上演唱会的"元年"，西城男孩、崔健、五月天、周杰伦、李健、罗大佑、李宇春、刘德华等众多知名歌手通过微信视频号、抖音、快手等平台举办定制化的网络演出，"怀旧风"成为线上演唱会的流量密码。2022 年 5 月 20、21 日，周杰伦两场演唱会在微信视频号重映，"线上重映"的概念被首次提出，演唱会累计总观看量近 1 亿人次。摇滚歌手崔健在微信视频号上进行了首场线上演唱会，整场直播超过 4600 万人观看，直播间点赞量超过 1.2 亿次。薛之谦演唱会在抖音直播当晚累计观看人数超过 3600 万人，演出播放总量超过 1.7 亿次。①

（二）数字焕新非遗及传承

非遗是直播赋能传统文化的另一重要领域。当前，平台多以"官方培训""平台活动""资源支持""话题推广""品牌变现"等形式助力非遗发展。由文化和旅游部非物质文化遗产司、中央网信办网络传播局主办，中国演出行业协会联合抖音、快手、微信视频号、哔哩哔哩、微博、酷狗等网络平台连续三年承办的"文化进万家——视频直播家乡年"活动，汇聚了来自全国各地与"年文化"相关的非遗项目和特色年俗活动，通过直播、长

① 中国演出行业协会：《中国网络表演（直播与短视频）行业发展报告（2022—2023）》，https://mp.weixin.qq.com/s/-MWgh0H1hdXqhZ_AqKvgdQ，最后访问日期：2024 年 1 月 4 日。

短视频、音频等形式，让精彩年俗非遗在云端展示。有超百位非遗传承人在抖音“奇遇匠心”板块介绍非遗商品制作技艺。YY 直播、KK 直播等平台推出“传承匠心　探索非遗”“旧曲新荟萃　跨界唱百音”传统文化扶持栏目，古琴、粤剧、广彩、扎染、剪纸等非遗技艺通过直播间走进大众视野。2023 年春节、元宵节期间，活动曝光量超 17.63 亿次。

2022 年快手面向非遗创作者推出长期的“新市井匠人扶持计划”等定向扶持措施。年度内快手有超 2000 万场非遗与民间艺术直播，其中手工、编织、曲艺、唢呐四种品类的直播最多，仅戏曲类直播达 248 万场，包括非遗在内的传统文化主播在快手开播平均每天超过 4 万人。截至 2023 年 1 月，快手覆盖非遗项目 1535 项，覆盖率达 98.6%，非遗兴趣用户达 2.06 亿人。《2022 抖音非遗数据报告》也显示，2022 年，在抖音电商，获得收入的非遗传承人数量同比增长 34%，获直播打赏的非遗主播人数同比增长 427%，抖音电商平台上非遗好物销量同比增长 668%。抖音还发起“非遗过年 DOU 来播”活动和“焕新非遗”计划，平台扶持力度不断加大。

在直播赋能下，非遗关注者逐渐年轻化。《2022 抖音热点数据报告》显示的 2022 年抖音十大非遗类热点中，“国潮”“手艺人”等关键词频繁出现，表明关注非遗在抖音已成为一种潮流，非遗的表现形式也日渐年轻化。年轻人喜爱的国风与非遗文化结合，助力非遗文化普及。大量小众非遗技艺、传统文化“破圈”传播，传统手艺结合流行元素获得新的创作和传播效果。@果小菁学戏 20 年没有获得满意上座率，在快手收获超过 347 万戏迷。非遗产业通过电商业态打开销路，改变着非遗传承人的生存状况。非遗泥咕咕传承人@泥巴哥（腾哥）通过快手直播将泥塑销往全国各地，获得年收入 50 余万元，同时带动更多人加入非遗传承。@陈力宝唢呐仅一首《百鸟朝凤》就创造了近 40 万元的销售额，民间艺人有了新的收入方式，也有了更多新的传承人。

四　“出海”助力文化传播，延伸平台差异化竞争

短视频、直播正在成为国际传播话语的新“蓝海”，在国内短视频用户

数量渐趋饱和、行业进入存量市场的环境下，海外市场拓展成为价值传播和流量增长的重要方向。平台逐鹿海外寻求新的增长，同时为文艺传播搭建桥梁。从市场选择来看，拉美、东南亚、中东等新兴市场发展迅速，涵盖直播、短视频的海外社交产品，正成为文化交流传播的新阵地。① 快手海外短剧营销品牌 TeleKwai 在巴西迅速撬动市场，收获关注。

根据 Sensor Tower 2022 年 9 月的分析，TikTok（抖音海外 App）在全球总下载量超过 34 亿次，月活跃用户超过 10 亿，跻身 10 亿月活跃用户数量俱乐部，成为全球用户规模前 5 的社交应用。② 对比 FastData 的统计，截至 2023 年 7 月，TikTok 全球下载量已突破 35 亿次，是继 Facebook 之后下载量突破 30 亿次的应用程序。截至 2023 年，TikTok 拥有超过 16.77 亿用户，其中月活跃用户为 11 亿。美国拥有超过 1.5 亿 TikTok 用户，是全球 TikTok 用户最多的国家，印度尼西亚以 1.13 亿用户位居第二。③ 最新的《2023 年度上半年 TikTok 生态发展白皮书》显示，2023 年第一季度，TikTok 全球下载量为 2.469 亿次，较 2022 年第四季度增长 19.7%。同时，TikTok 目前在全球的渗透率为 16%，对比主流平台用户仍有较大增长空间，头部社交媒体 YouTube、Facebook 均有超过 60%的全球渗透率。2022 年，TikTok 全球总下载量保持在每季度 1.5 亿次，长期位居全球移动应用下载量排行榜第一。相关数据显示，在 TikTok 上，中国传统文化相关的作品越来越受海外用户关注。④

直播、短视频跨越了语言和文化的隔阂，将中国文化和文艺传播到世界舞台，从网文“出海”到短视频“出海”，在讲述中国故事、传播中国声音的文艺创新中开始发挥重要作用。

---

① 中国演出行业协会：《中国网络表演（直播与短视频）行业发展报告（2022—2023）》，https://mp.weixin.qq.com/s/-MWgh0H1hdXqhZ_AqKvgdQ，最后访问日期：2024 年 1 月 4 日。

② FastData 研究院：《2023 年度上半年 TikTok 生态发展白皮书》，https://mp.weixin.qq.com/s/BzqInFKwuU4dpQzNPeV2Vw，最后访问日期：2024 年 1 月 4 日。

③ FastData 研究院：《2023 年度上半年 TikTok 生态发展白皮书》，https://mp.weixin.qq.com/s/BzqInFKwuU4dpQzNPeV2Vw，最后访问日期：2024 年 1 月 4 日。

④ FastData 研究院：《2023 年度上半年 TikTok 生态发展白皮书》，https://mp.weixin.qq.com/s/BzqInFKwuU4dpQzNPeV2Vw，最后访问日期：2024 年 1 月 4 日。

B.7
2022年以来网络纪录片发展报告

赵丽瑾*

摘　要： 在纪录片市场高速发展的背景下，互联网新媒体增强了纪录片的传播力。而视频平台参与纪录片制作则推动形成了网生纪录片特点鲜明的发展景观。网络纪录片的内容更关注年轻用户诉求，各视频平台聚焦不同内容赛道持续深耕，并以“纪实+”制作手法，为纪录片注入创新元素和发展动力。

关键词： 网络纪录片　平台自制　纪实+　年轻化

2022年以来，网络纪录片稳中求进，并在视频平台的持续投入中迎来加速增长。在目前行业降本增效的环境下，纪录片能成为各方持续投入的重点，既代表了平台价值和商业化价值的开发，也因为制作精品纪录片的投入远小于头部剧集和综艺。而随着网络视听快速发展、迭代升级，业态发展从音频、长视频到短视频、中视频、直播，再到元宇宙数实融合，非虚构媒介作品成为建构和理解日常现实生活的重要路径。视频平台播放及自制纪录片的数量大幅增加，网生自制的扩充，极大地推动了网络纪录片的发展，并在主题、审美、受众等层面进一步凸显与传统纪录片不同的“网生”特征，推动国产纪录片创新探索。

* 赵丽瑾，西北师范大学传媒学院教授、博士生导师，电影学博士，主要研究领域为电影理论与批评、网络文艺。

一 纪录片整体口碑提升，高质量作品受欢迎

近年来，纪录片行业在政策引导、产业发展、媒介跃迁和技术飞升的推动下，正朝着高质量发展的方向迈进。2022 年 6 月，国家广播电视总局印发《关于推动新时代纪录片高质量发展的意见》①。2023 年 6 月 6 日，国家广播电视总局发布《国家广播电视总局办公厅关于公示 2022 年度国产纪录片及创作人才扶持项目评选结果的通知》,② 不断加大对纪录片的引导和扶持力度。

2022 年纪录片制作时长超过 9 万个小时，播出时长超过 80 万个小时，主要视频平台上新数量达 1040 部。③ 其中网络纪录片上新总量比上一年有所下降，优酷、腾讯视频、爱奇艺、芒果 TV 四平台全年上线新纪录片 800 部左右，约 6000 集，共计时长 2500 余个小时。同时，出现了多部豆瓣评分在 9.0 分以上的精品纪录片，各平台显然都在加码内容质量提升，《守护解放西 第三季》《风味人间 第四季》《谷爱凌：我，18》《此志无双》等网络纪录片获得良好的播放效果和口碑肯定。

2023 年上半年全网纪录片有效播放达 53 亿次，其中长篇纪录片有效播放 43 亿次，短篇纪录片有效播放 10 亿次。④ 2023 年上半年西瓜视频、哔哩哔哩、优酷全网纪录片正片有效播放均超 10 亿次。其中西瓜视频、哔哩哔哩长篇纪录片有效播放超 10 亿次，优酷短篇纪录片在有效播放排行榜前 20 中占 15 部，有效播放达 7 亿次。

云合数据统计的 2023 年上半年全网长纪录片有效播放榜前 20 中，有 14

---

① 国家广播电视总局：《关于推动新时代纪录片高质量发展的意见》，http：//www.nrta.gov.cn/art/2022/2/10/art_ 113_ 59521.html，最后访问日期：2024 年 1 月 4 日。

② 国家广播电视总局：《国家广播电视总局办公厅关于公示 2022 年度国产纪录片及创作人才扶持项目评选结果的通知》，http：//www.nrta.gov.cn/art/2023/6/6/art_ 113_ 64540.html，最后访问日期：2024 年 1 月 4 日。

③ 艺恩数据：《2022 微博娱乐白皮书——纪录片篇》，https：//maifile.cn/est/a2616926081055/pdf，最后访问日期：2024 年 1 月 4 日。

④ 长纪录片：集均时长 6 分钟及以上。短纪录片：集均时长 6 分钟以下。

部独播纪录片，其中西瓜视频有6部，腾讯视频有5部，哔哩哔哩有2部，优酷有1部。短篇纪录片有效播放榜前20均为独播，其中优酷占15部，爱奇艺3部，腾讯视频、西瓜视频各占1部。短篇纪录片多为搞笑、挑战类卡段合集解说节目。而整体看来，人文类和自然类的网络纪录片上新最多，分别占21%和22%。

在2023年上半年上新长篇纪录片中共6部豆瓣评分在9.0分以上，其中《闪闪的儿科医生》《十三邀 第七季》豆瓣评分达9.5分，分别为哔哩哔哩、腾讯视频自制。此外，哔哩哔哩自制历史文化节目《惟有香如故》评分9.3分，由淘宝和方寸印象出品的《这货哪来的》评分9.1分，评分人数破万，富有网感的网生节目正以其平凡真实打动观众。[①] 近两年，借助网播，纪录片整体市场规模稳健发展，受到年轻观众青睐，高口碑作品不断出现，网生纪录片进一步崛起。

二　长视频平台加码纪录片内容自制，网生纪录片加速探索

2022年，传统电视台制播仍然在纪录片制作方面发挥着重要作用，往年IP继续制作；台网融合、新媒体传播持续尝试；而视频平台参与纪录片内容自制，推动了网生纪录片加速探索，各平台已在不同赛道展开内容深耕。在2023年上半年长篇纪录片有效播放榜前100部中，有33部为电视台出品，占33%，传统电视台依旧为制作主体；网络自制25部，占25%，显露出崛起势头。从长篇纪录片有效播放来看，西瓜视频、哔哩哔哩稳居头部（见图1）。哔哩哔哩倾向于自制和年轻群体受众，腾讯视频紧随其后，深耕美食、访谈赛道。[②]

① 云合数据：《2023年H1纪录片网播表现及用户分析》，https：//maifile.cn/est/a2736926079576/pdf，最后访问日期：2024年1月4日。

② 云合数据：《2023年H1纪录片网播表现及用户分析》，https：//maifile.cn/est/a2736926079576/pdf，最后访问日期：2024年1月4日。

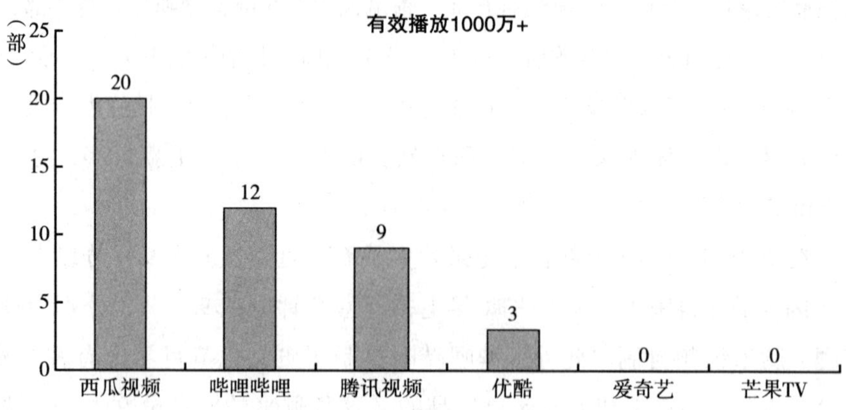

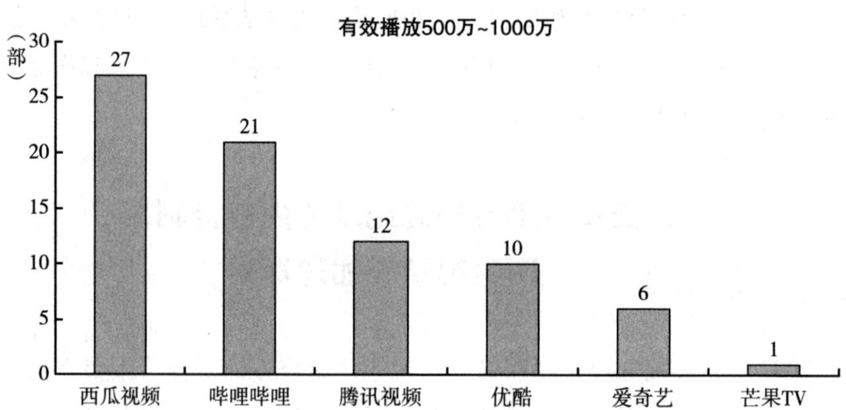

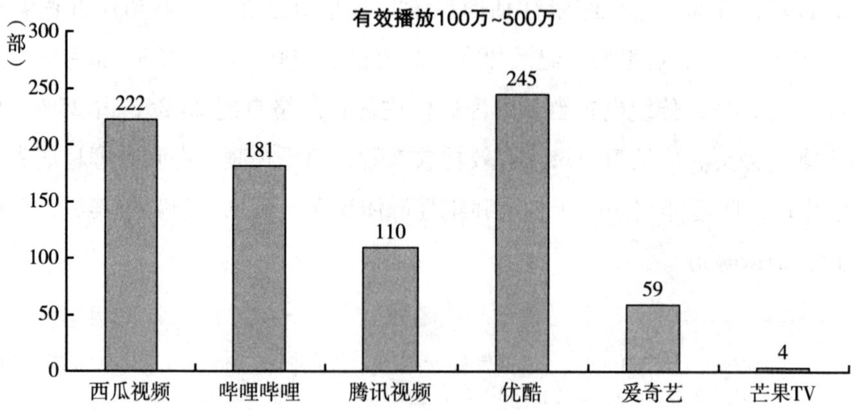

图 1　2023 年上半年长篇纪录片各平台有效播放部数分布

（一）着力打造网生派新纪录片

哔哩哔哩纪录片片库主要由精品自制节目和引入的专业机构优质节目构成，吸引以年轻人为主的观众群体。2023 年上半年，哔哩哔哩有效播放破千万的长篇纪录片共 12 部，豆瓣平均评分为 8.8 分。自制了《闪闪的儿科医生》、《守护解放西》、《人生一串　第三季》等节目，其中《守护解放西》破圈上榜，《闪闪的儿科医生》上线仅 2 个月有效播放达 3871 万次；引进的《中国通史》等版权节目，均由央视、国家地理、历史频道等专业机构出品。纪录片目前是哔哩哔哩第二类专业内容品类，2023 年平台公布“探照灯计划”和“恒星计划”，发掘优质内容和制作人才，同专业机构深度合作。

哔哩哔哩的受众普遍是受教育程度较高的青年用户，在哔哩哔哩热播的纪录片中，独播节目多，内容多样化。平台为鼓励和推动大众对纪录片的关注与了解，在 2022 年 5 月 1 日宣布把每年 5 月第一周定为哔哩哔哩纪录片开放周，观众可免费观看哔哩哔哩纪录片片库中的数千部纪录片作品。哔哩哔哩 2022 年度最受欢迎的纪录片是全面讲述中国古代历史的百集电视专题节目《中国通史》，哔哩哔哩与旗帜传媒联合出品的美食纪录片《人生一串　第三季》排名第二，第三名是由 BBC Studios 自然历史部制作、哔哩哔哩参与联合出品的全球首部通过沉浸式的呈现方式聚焦植物的 4K 纪录片《绿色星球》。《流言终结者》（精选版）、《不止考古·我与三星堆》、《去你家吃饭好吗　第二季》均为平台独播。历史、自然、人文、医疗/科技等内容受到普遍欢迎。

（二）聚力自制，深耕 IP

2023 年上半年，腾讯视频有效播放破千万的长纪录片共 9 部，其中自制节目 8 部，成绩亮眼。如腾讯新闻助力平台自制《她的取景器》《从何说起》《十三邀　第七季》，《她的取景器》有效播放达 4532 万次，位列 2023 年上半年长纪录片有效播放榜前 20 部的第二位。

在2022年腾讯视频排名前十的热播纪录片中，“旅游/美食”为主要内容的占5部。《风味人间　第三季》和《排队小吃　第二季》排在前两位，均为平台自制。《风味人间》由《舌尖上的中国》原班人马打造，经久不衰，衍生出的“风味”IP为提升纪录片商业价值提供启发，也推动中国原创网生纪录片“出海”。《早餐中国》《向着宵夜的方向》持续更新，《我的美食向导》《小酸村》等全新IP蓄势待发。

美食纪录片垂类细分也越来越明显。腾讯视频自制纪录片持续深耕美食赛道，围绕单部作品的成功，平台积极打造相关IP化版图，实现品牌破圈传播，以“风味”IP为基础，组建了“一日之食”IP矩阵，形成品牌特色鲜明的美食方阵。

哔哩哔哩发挥视频社区特点，扩大纪录片制作合作对象范围。哔哩哔哩最早将纪录片内容提升至平台头部站位，也与其最早兴起学习和知识视频有关，由此可见“Z世代”正在推动互联网内容的娱乐化兼知识化。哔哩哔哩联动行业头部纪录片制作公司，比如《人生一串》的旗帜传媒、《守护解放西》的中广天择等，同时深入参与制作。发起“暗室灯计划”，鼓励扶持纪实UP主成长为纪录片创作者，产出了《小城夜食记》等。

优酷则是在人文频道的背景下打造文化IP，《我的时代和我》《他乡的童年》等，分别以文化人物来串讲，人文色彩浓郁，与五洲传播、三多堂、中央新影、探索频道等行业公司形成了较长期的合作。优酷还做了一些实验性的视听探索，比如《古墓派》的互动、《闪耀吧！中华文明》中加入悬疑解密色彩等，均获得一定的讨论热度。

优酷有较为丰富的短篇纪录片储备，同时在短视频页推荐纪录片合集，以信息流+超短时长的形式，拉动短篇纪录片有效播放。在2023年上半年优酷独播正片有效播放破千万的纪录片中，短篇节目占88%。从内容来看，优酷有效播放破千万的短篇纪录片主要为搞笑、挑战、动物、美食类的卡段合集解说节目，片名多含“奇葩”“搞笑”“挑战”等词。2023年上半年爱奇艺长篇纪录片正片有效播放榜的前20部均为国产纪录片，题材涵盖社会纪实、历史文化和美食探秘，电视台出品节目占10部，其中5部为IP续集。网生节目中，《大地餐桌》《海鲜英雄》《小滋味》3 部为爱奇艺自制，集中在美食题材；《风云战国之枭雄》《惟有香如故》分别在腾讯视频、哔哩哔哩播出。芒果 TV 汇集主旋律纪录片，内容涵盖传统文化、乡村振兴等多种角度，引领青春正能量，自制节目《中国》《国道巡航》等荣获国家广播电视总局评选的“优秀国产纪录片”。整体而言，在制播渠道融合的形势下，“网生崛起”“年轻化”“接地气”成为 2023 年国产纪录片发展的关键词，显露出网络纪录片未来的优势。各大视频平台在纪录片赛道的持续加码，进一步激发了纪录片的市场活力，也进一步推动纪录片朝着产业化的方向发展。

三　用户年轻化、高学历特征突出，内容与表现同步转化

艺恩数据《2022 微博娱乐白皮书——纪录片篇》显示，2022 年纪录片用户的年轻化、高学历特征突出，80.6%的年轻用户喜欢看纪录片，54.7%的年轻用户观看纪录片的频次和时间增加。女性占比超六成，与剧综、电影、音乐等内容相比，纪录片女性用户占比更高。与其他娱乐内容相比，“00 后”用户、大学本科及以上学历用户占比更高。①

网络纪录片内容年轻化是明确的发展趋势，以更加真实化的内容打动年轻观众是内容生产的方向。网络纪录片涉及人文社会、历史文化、美食等热门题材，特别是多与当下热点贴合。例如《谷爱凌：我，18》记录了冬奥会年轻的世界冠军谷爱凌的成长历程，也是年轻人的成长故事。

表现手法也相应年轻化。网络纪录片逐渐脱离了以往较为严肃的印象，用更加新颖的形式吸引网生用户。在策划选题、剪辑方式、艺术审美和媒介传播等方面更加日常化。例如，《守护解放西》采用不同于传

① 艺恩数据：《2022 微博娱乐白皮书——纪录片篇》，https：//maifile.cn/est/a2616926081055/pdf，最后访问日期：2024 年 1 月 4 日。

统纪录片的灵动剪辑方式，使笑点与泪点并行，法理与情理同在。《追光者 3：这就是高手》除了正片外，还推出了“高光时刻”与“高手心法”系列短视频，通过长短视频的并发传播和融合创新，吸引年轻观众关注。此外，“悬疑探索+国漫叙事”风格的《闪耀吧！中华文明》，用新数据新工具新方法打造的《青年理工工作者生活研究所》，以及用短片还原古代断案经过、模拟现代破案和法医鉴定过程的《超时空鉴定》等，都在创作手法上尝试了更贴合当下青年观众诉求的表达方式。哔哩哔哩出品的历史类纪录片《惟有香如故》，结合了中国历史上五种有名的香料，在科普香料的同时串联起与之对应的名人故事，完全以电影叙事的方式再现名人的事迹，新颖而有趣。还有腾讯出品的《风云战国之枭雄》，采取了单元拼盘的结构，每一集讲述不同的战国时期名人往事。上述作品的成功反映出受众更喜欢看新颖的解读，更喜欢剧情化的纪录片。

网络纪录片在题材内容上持续深耕，更在节目形态上融合创新，“纪实+”模式逐渐成熟，已成为网络纪录片的一种新兴形态，包括“纪录片+剧情演绎”“纪录片+综艺”“纪录片+互动体验”等。网络纪录片将综艺与纪录片相融合，通过嘉宾走访城市中的文艺爱好者、美食家等，展示城市的内在精神。“纪实+”网络纪录片，题材类型覆盖面广，包括竞技体育、自然、消防、探险等，并不断吸纳剧情片、综艺节目等拍摄手法和视听语言，由此使网络纪录片能够更加生动地呈现故事，增加观众的参与感和互动性。

大量非专业人士如哔哩哔哩 UP 主等在平台扶持下开始尝试纪录片创作，将短视频、Vlog 等网生元素带入，纪录片的表现形式在互联网平台和“网生”用户推动下不断得到创新。相较于传统纪录片，网络纪录片的视角更偏向“微小”，以此观照当下普通人及其生活中细微的情感和事件。

此外，媒介、用户、消费模式不断升级等，给网络纪录片带来诸多创新空间和新鲜元素。媒介技术发展推动纪录片创作样态革新、用户体验升级，数字拍摄与制作、虚拟现实、航拍等技术领域不断革新，为开拓多元的纪录片创作形态、丰富纪录片的视觉效果和用户体验提供了有利条件。如纪录片《这十年·幸福中国》，通过装置艺术、多面屏和 XR（扩展现实）等新技术进行创新呈现，强化与青年群体的互动，实现非虚构内容创新表达的全新探索。

B.8
2022年以来网络音乐发展报告*

赵丽瑾**

摘　要： 网络音乐产业格局呈现为传统音乐平台、新兴音乐平台及短视频平台竞争融合发展。短视频平台入局后，其音乐用户月活数占绝对优势，网络音乐市场竞争呈现“一超两强”格局。“Z 世代”音乐用户正在深刻改变网络音乐的消费形态，内容、场景化、社交和自我表达成为核心诉求。媒介与用户的变化驱动网络音乐内容制作多元创新。

关键词： 网络音乐　音乐消费形态　独立音乐赛道

根据《文化部关于网络音乐发展和管理的若干意见》（2006 年发布并实施）首次对网络音乐的定义，网络音乐是指通过互联网、移动通信网等各种有线和无线方式传播的音乐产品，其主要特点是形成了数字化的音乐产品制作、传播和消费模式。此外还有“数字音乐”“在线音乐”等概念，从音乐制作、存储的物质基础，或传播消费的技术路径着眼，都与互联网媒介技术发展密切相关。近年来，短视频平台入局数字音乐、在线音乐，重构音乐产业格局，重塑音乐娱乐的内容生产和营销模式，与网络文艺其他形态加深了关联互动，因此本报告仍采用“网络音乐”一词，以切合当下的文艺和媒介发展语境。

---

* 本报告参考数据来源涉及数字音乐、在线音乐等，与本报告采用的“网络音乐”在概念、特征等方面有重叠，但在报告表述中保存了原表述。

** 赵丽瑾，西北师范大学传媒学院教授、博士生导师，电影学博士，主要研究领域为电影理论与批评、网络文艺。

一 短视频冲击下新竞争格局形成

FastData极数统计数据显示，2022年我国传统数字音乐市场规模为494.7亿元，同比下降3.4%，行业发展进入平台期，数字音乐平台活跃用户数量连续两年下滑，2022年12月月活用户5.64亿，同比下降6.4%。[①]目前流量最大的传统音乐平台是腾讯音乐娱乐集团旗下的QQ音乐和酷狗音乐平台。传统在线音乐平台用户增长见顶，平台用户周均使用时长连续四年下降，2022年12月仅为90.5分钟，2021年为101.3分钟。[②]

2022年初，国家版权局约谈数字音乐相关企业、各唱片公司、词曲版权公司、数字音乐平台要求数字音乐产业各方协力维护数字音乐版权秩序，构建数字音乐版权良好生态。10月，国家市场监督管理总局依法强化反垄断反不正当竞争监管执法，依法解除广受诟病的网络音乐领域独家版权，音乐市场更加公平、开放，音乐版权进入“非独家”时代，音乐行业的竞争格局正在快速改变，传统数字音乐头部平台格局虽然已经稳定，但仍旧竞争激烈。不过，在政策环境和行业生态更加规范有序的同时，我国数字音乐产业格局面临的更大挑战是以抖音、哔哩哔哩及快手为代表的视频平台因需求驱动进入网络音乐行业，成为传统音乐平台最强劲的竞争对手。

音乐产业链以中端的音乐服务提供平台为核心，按平台使用类型可分为在线音乐平台、音频平台、影视平台、短视频平台、音乐娱乐平台等，音乐服务平台与内容制造端、下游终端用户构成网络音乐产业链。新增数字音乐用户的短视频平台覆盖率超八成，短视频平台已经成为新增用户的首选音乐媒介类型。同时短视频音乐服务平台的用户留存率也高于传统数字音乐平

① Fastdata极数：《2022年中国数字音乐行业洞察报告》，http：//www.ifastdata.com/category/industry-reports/，最后访问日期：2024年1月4日。这一统计数据不包括短视频、中视频及长视频等数字音乐服务平台。

② Fastdata极数：《2022年中国数字音乐行业洞察报告》，http：//www.ifastdata.com/category/industry-reports/，最后访问日期：2024年1月4日。

台。以 2022 年 12 月我国数字音乐服务平台月活排名来看，抖音以 6.47 亿月活量遥遥领先（见图 1）。[①]

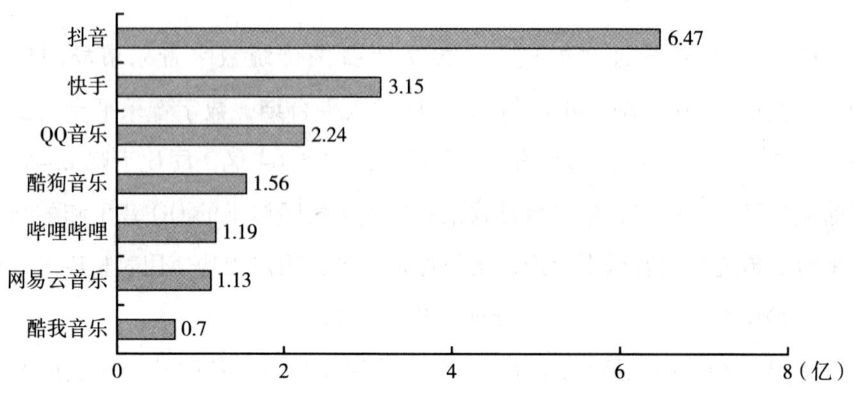

图 1　2022 年 12 月数字音乐服务平台月活排名

注：统计对象包括数字音乐平台、短视频平台等为用户提供音乐服务的平台。

《2023 年全球音乐报告》显示，流媒体业务是 2022 年录制音乐市场规模增长的主要推动力。2022 年全球流媒体收入继续攀升，较 2021 年增长了 11.5%，达 175 亿美元，占全球录制音乐总收入的 67.0%。[②] 多年来，我国持续加大音乐版权保护，同时流媒体的快速发展推动音乐市场扩大，主要音乐平台都获得长足发展。2022 年 6 月，字节跳动上线音乐播放器“汽水音乐”，是面向年轻人的听歌平台，可以同步到抖音。抖音则升级音乐人服务平台为“炙热星河”，以一站式服务争夺音乐人资源。目前的网络音乐产业格局呈现为传统音乐平台、新兴音乐平台及短视频平台竞争融合发展。

《2022 年中国数字音乐行业洞察报告》显示，新增在线音乐用户中，短视频平台覆盖率为 83.7%，其中抖音占 70.3%，位列第一。短视频平台与

① Fastdata 极数：《2022 年中国数字音乐行业洞察报告》，http：//www.ifastdata.com/category/industry-reports/，最后访问日期：2024 年 1 月 4 日。

② 国际唱片业协会：《2023 年全球音乐报告》，https：//mp.weixin.qq.com/s/_grus7uRWRC1_X-B5xTQNg，最后访问日期：2024 年 3 月 6 日。

传统数字音乐平台的功能存在明显不同（见表1）。2022年在线音乐平台流失的用户中，有81.4%选择了短视频，抖音成为用户音乐消费的新中心，也是音乐创作者推广作品及打造个人IP的新的重要平台，快手、哔哩哔哩等视频平台紧随其后。

表1　音乐平台与短视频平台的音乐服务对比分析

类别	音乐平台	短视频平台
内容	·版权覆盖率高 ·音乐创作者入驻率高	·音乐版权持续补强 ·音乐创作者入驻率高 ·二次创作内容量巨大
获取方式	·用户自主搜索为主 ·个性化推荐为辅	·平台个性化推荐为主 ·用户自主搜索为辅
媒介形式	·音乐+乐评	·音乐+视频场景+评论
最佳体验场景	·旅行 ·运动健身 ·驾车	·休闲时间 ·睡前时间 ·上下班通勤时间
代表平台	QQ音乐、酷狗音乐 酷我音乐、网易云音乐	抖音、哔哩哔哩 快手、西瓜视频
综合评价	☆☆☆☆	☆☆☆☆☆

注：根据QQ音乐、酷狗音乐、网易云音乐等音乐平台与快手、抖音、哔哩哔哩等短视频平台公布的内容整理。

在短视频平台的冲击下，在线音乐市场竞争呈现“一超两强”格局。腾讯音乐在版权、数字音乐服务平台（酷狗音乐、酷我音乐、QQ音乐、全民K歌）等方面仍然保持优势，综合竞争力稳居榜首。QQ音乐整合短剧、相声、脱口秀等多种视听类型，酷狗音乐、酷我音乐着眼直播和K歌场景。抖音音乐快速崛起，与网易云音乐一起处于第二梯队。

通过数据对比发现，抖音、快手等短视频平台音乐用户持续增长、音乐创作者大规模入驻、音乐社区不断完善、商业模式更加多元化，成为在线音乐新的增长动能，搅动行业现有格局。短视频平台已经成为音乐原创内容、二次创作内容重要的分发中心，是音乐人入驻的首选平台类型。[①]《2022 年中国数字音乐行业洞察报告》数据显示，2022 年音乐人在各在线音乐平台的入驻率为抖音 83.7%、快手 39.1%、网易云音乐 24.3%、QQ 音乐 21.7%、酷狗音乐 12.7%，这与短视频平台强劲的流量变现能力直接相关。音乐版权进入“非独家”时代之后，更多的平台拥有了参与竞争的能力，特别是短视频平台拥有了改变数字音乐市场的机会。

二 “Z 世代”用户改变网络音乐消费形态

“Z 世代”用户正在成为互联网时代音乐用户最主要的增量来源。2022 年 12 月线上音乐平台数据显示，在新增用户中 52.3%为“00 后”，“90 后”占 20.4%，“10 后”占 17.3%，“80 后”占 7.2%。[②] 数字音乐平台“Z 世代”用户超 90%，内容、场景化、社交和表达是年轻用户对音乐消费的核心诉求，他们看重情绪价值，希望通过娱乐消费获得精神满足及情绪疗愈，对能够产生精神共鸣以及情绪疗愈的歌手和高质量音乐愿意付费。据 QM 数据，截至 2022 年 6 月，“Z 世代”年轻人线上消费能力在 1000 元以上的占 72.2%，消费能力及消费意愿突出。据《“Z 世代”用户音乐消费习惯洞察》，近 70%的受访者是在线音乐平台的付费用户，超过 50%的受访者会为音乐专辑/单曲和会员服务/VIP 付费，可见“Z 世代”用户具备较强的音乐付费意愿。[③] 随着消费能力提升，追求多元、国潮、个性化的理念和社交需求，“Z 世代”将成为音乐产业的重要增长动力。音乐在“00 后”及“10 后”用户的身份建构中有重要作用。相比“80 后”和“90 后”，“00 后”

① 音乐人是指在数字音乐服务平台上发表原创作品或二次创作的音频、视频内容超过 10 次的用户，此处是更加广义的音乐人定义。音乐人入驻率=在该平台上发布音乐内容的用户数/所有在数字音乐服务平台上发表内容的用户数。

② Fastdata 极数：《2022 年中国数字音乐行业洞察报告》，http://www.ifastdata.com/category/industry-reports/，最后访问日期：2024 年 1 月 4 日。

③ 由你音乐研究院：《“Z 世代”用户音乐消费习惯洞察》，https://mp.weixin.qq.com/s/h5l9glmjsSl6PatYK8mQNA，最后访问日期：2024 年 1 月 4 日。

和“10后”认为音乐不仅是娱乐消费，还具有极强的象征价值，是展示自由、独立和个性等精神价值的标签。

短视频平台比传统在线音乐平台更能全面满足年轻用户的音乐消费诉求。用户在短视频平台的音乐消费体验和音乐平台有所不同，从原来的“听”到“听+看+表达/社交”的方式、音乐的内容及呈现、音乐人的类型和表达等，短视频平台带给用户的音乐体验不仅更加丰富，而且更有带入感、参与感，既是音乐消费也是圈层社交。①

网络音乐在线音乐产品不断更新，多功能满足用户需求，如优化音质、社交化、推出播客、线上K歌，以丰富形式激发用户付费意愿；音乐制作课程、线上线下演唱会、演出门票及泛音乐周边出售、音乐NFT等衍生业态的发展也为变现渠道的开拓创造了条件。此外，腾讯音乐、网易云音乐等头部企业布局音乐全产业链，加强产业纵深，开拓版权运营、音乐社交、泛娱乐、UGC（用户生产内容）等多元化变现渠道，挖掘“Z世代”用户付费意愿。根据艾瑞咨询的调查，更多“00后”用户表现出了对线上演出的喜爱，同时，64.6%的受访者表示在线音乐演出已成为其休闲娱乐的重要方式。未来，随着直播、短视频、综艺等多管齐下，音乐流媒体的新内容探索及业态拓展将推动行业多元发展。网络音乐用户的音乐消费习惯正在互动中发生深刻变革。短视频平台音乐产出能力强，内容类型广泛，更切合青年用户多元化价值认同及自我表达需要。“Z世代”逐渐成为短视频生态内音乐人的主力。2022年7月，抖音注册音乐人中，近四成是24岁以下的年轻人，30岁以下的占比达到67.3%。②“Z世代”音乐用户逐渐成为内容生产者，将从更深层面改变网络音乐的发展。

① Fastdata极数：《2022年中国数字音乐行业洞察报告》，http：//www.ifastdata.com/category/industry-reports/，最后访问日期：2024年1月4日。

② DT财经、抖音：《2022抖音音乐生态报告》，https：//mp.weixin.qq.com/s/nd7DqOwmYvifnTnx26J-hw，最后访问日期：2024年1月4日。

三 音乐分众和媒介分化加速网络音乐创新实践

2023年3月，国际唱片业协会发布的《2023年全球音乐报告》显示，2022年全球录制音乐市场增长了9.0%，总收入为262亿美元。其中中国录制音乐收入增长28.4%，首次成为全球前五大市场之一。华语音乐库在2020~2021年高速扩容，不过随着宣发平台生态的变化，通过歌曲数量赢得流量的做法逐渐失效，在多重因素影响下，新歌出现"提质减量"转向，2022年华语新歌总量比2021年下降11%，市场仍有难以消化的超百万增量内容，每年有近10万首新歌没被收听过。不过，头部破千万歌曲池的规模稳定增长，但在播放破亿的歌曲池中，新歌占比下降6.3个百分点，发布两年以上的老歌的占比提升9.8个百分点，怀旧之风盛行。头部新歌的平均热度周期为57.3天，比2021年提升5.6天，短周期歌曲变少，长周期歌曲变多，头部新歌正在"挤掉水分"，头部新歌的达峰时间也有所推迟，比2021年迟了11.7天。[①] 上述变化也显示出提质减量成效，网络音乐市场正朝更稳健的方向发展。

不同于以往的大众化流行曲风，随着内容垂类发展，网络音乐的主流歌曲内容更加个性化，市场更为细分，越来越多的歌手开始打造个人IP特色。这一变化与音乐用户的细分有关，乐迷、粉丝、ACG/国风音乐圈的出现是分众化的原因，是互联网时代的圈层文化和网络社群大量出现的结果。在2022年年度热播排行榜1000首歌曲中，年龄段偏好歌曲占40.6%，较2021年增长4.3个百分点；全龄化歌曲占11.7%，比2021年下降4.0个百分点。[②]

随着近年来音乐制作模式的多元化，差异化的音乐制作导向和内容宣推方法逐渐形成。针对不同性质的音乐制作模式，形成主流歌手、独立音乐、

---

① 腾讯音乐研究院：《2022华语数字音乐年度白皮书》，https://research.tencent.com/report?id=5gwK，最后访问日期：2024年1月4日。

② 是否为年龄段偏好由腾讯音乐研究院通过分析每首歌曲的听众年龄画像进行判断。年龄段偏好歌曲：歌曲在唯一年龄段TGI>150，尤其受到某年龄段人群偏好影响；全龄化歌曲：歌曲所有年龄段TGI均在70~130，听众均匀分布，接近大盘。

新型制作和IP歌曲赛道。其中，独立音乐赛道凸显了互联网对音乐制作、用户和产业的影响。尽管并不由唱片公司打造，但厂牌、社团、工作室、独立音乐人等制作方式兴起，独立音乐人并非单纯个体。在分众市场走势下，独立音乐赛道主要受垂类音乐综艺、音乐平台、短视频等线上渠道的带动。随着音乐综艺节目的兴起，一批小众独立音乐实现“破圈”，年度内通过企划合辑、IP歌曲打造，独立音乐出圈已成趋势。

在降本增效的行业发展趋势下，热播歌曲的“精品化”成为新的发展要求，头部IP音乐制作方通过积累优质资源、整合营销等方式进行精品内容打造。2022年，在多种因素影响下，老歌播放份额较上年上涨8.1个百分点、播放过亿的老歌词曲增长15%，大量用户参与其中，也反映出用户对优质音乐内容的需求。①

此外，在技术层面，虚拟歌手借助软件合成的音源库和超写实虚拟形象，输出大量音域宽广、真人很难演绎的歌曲，智能技术正在深度注入音乐内容生产和消费。总之，在音乐分众和媒介分化趋势加速的背景下，如何通过更加有效的资源整合，帮助内容突破原生渠道，如何与全行业一同建立更加完善的工业化体系，从生产到宣发全链路助力行业新人发展，进而实现行业良性循环，是网络音乐从业者正在思考和实践变革的主要课题。

① 腾讯音乐研究院：《2022华语数字音乐年度白皮书》，https：//research.tencent.com/report?id=5gwK，最后访问日期：2024年1月4日。

B.9
2022年以来网络动漫发展报告

赵丽瑾*

摘　要： 网络动漫内容市场整体处于平稳发展状态。平台各有侧重，分赛道发力内容布局，依赖平台和制作公司稳定的产能，国漫占有数量优势，并不断探索 IP 内容新生态。基于技术发展和市场需求，3D 动画主导国内动漫市场，对我国动漫产业而言具有弯道超车的战略意义。国漫“出海”承担文化和产业海外拓展的积极作用。

关键词： 网络动漫　动漫平台　3D 动画　IP 新生态　动漫出海

2022 年以来，网络动漫借助中华优秀传统文化资源深耕内容，探索新技术提升产能，持续发展海外市场。随着“Z 世代”等逐渐成为文娱市场的消费主力，互联网头部视频平台不断加大制作力度，动漫产业潜能得以释放，我国网络动漫在多方因素推动下进一步朝着精品化方向发展。

一　市场规模稳定，国漫数量优势明显

近两年来，网络动漫内容市场整体处于平稳发展状态。2022 年前 8 个月，共计 163 部网络动画完成备案。2023 年前 7 个月就有 221 部、总计

---

* 赵丽瑾，西北师范大学传媒学院教授、博士生导师，电影学博士，主要研究领域为电影理论与批评、网络文艺。

2300 集网络动画完成备案，比上年同期备案数量有较大增加。国产动画市场正在稳定发力，持续输出大量作品。

根据云合数据统计，2023 年 1~6 月长视频动漫累计有效播放 453 亿次；全网长视频动漫在上半年两个季度的正片有效播放相对均衡，第一季度为 224 亿次、第二季度为 229 亿次；全网长视频动漫有效播放榜前 20 累计有效播放 163.4 亿次，占整体流量的 36%（见表 1）；国漫的正片有效播放为 320 亿次，占整体流量的 70%；日漫有效播放 121 亿次，占比为 27%。国漫不仅市场份额比重占绝对优势，口碑也不断提高，《画江湖之不良人第六季》（9.5 分）、《狐妖小红娘》（8.9 分）、《镖人动画版》（8.9 分）等 11 部国漫豆瓣评分破 8.0 分。

表 1　2023 年 1~6 月全网长视频动漫有效播放前 20

排名	名称	正片有效播放/亿次	上映时长	已播集数	播放平台
1	斗罗大陆	29.6	5 年+	264	腾讯视频
2	完美世界	14.7	2 年+	117	腾讯视频
3	斗破苍穹年番	13.0	335 天	50	腾讯视频
4	名侦探柯南	12.5	5 年+	1146	爱奇艺、哔哩哔哩、腾讯视频、优酷
5	吞噬星空	9.1	2 年+	85	腾讯视频
6	神印王座	8.2	1 年+	61	腾讯视频
7	航海王	7.9	5 年+	1066	爱奇艺
8	武神主宰	7.5	3 年+	345	腾讯视频
9	妖神记	7.3	5 年+	325	爱奇艺、哔哩哔哩、腾讯视频、优酷
10	一念永恒	6.2	2 年+	104	腾讯视频
11	万界仙踪	5.5	5 年+	388	爱奇艺、哔哩哔哩、腾讯视频、优酷
12	灵剑尊	5.2	4 年+	396	腾讯视频
13	炼气十万年	5.2	133 天	41	腾讯视频
14	无上神帝	4.8	3 年+	287	腾讯视频
15	逆天至尊	4.8	1 年+	210	腾讯视频

续表

排名	名称	正片有效播放/亿次	上映时长	已播集数	播放平台
16	蜡笔小新第 2 季	4.6	5 年+	873	爱奇艺、哔哩哔哩、腾讯视频、优酷
17	独步逍遥	4.5	3 年+	325	腾讯视频
18	火影忍者	4.5	5 年+	720	优酷
19	星辰变第 5 季	4.3	187 天	18	腾讯视频
20	万界独尊	4.0	2 年+	142	腾讯视频

数据来源：云合 · 四象分析系统（EVA）。

统计范围：单集时长 6 分钟及以上的动漫；统计时间：2023 年 1 月 1 日至 2023 年 6 月 30 日；正片有效播放：综合有效点击与受众观看时长，去除异常点击量，并排除花絮、预告片、特辑等的干扰，真实反映影视剧的市场表现及受欢迎程度。网播全端覆盖 PC 端、移动端及 OTT 端。

2023 年 1~6 月上新动漫 203 部，累计有效播放 44 亿次，其中上新国漫共 166 部、3356 集，累计有效播放 40 亿次，占上新动漫流量的 91%。在更动漫 416 部，累计有效播放 196 亿次（含上半年上新番剧及跨年番），其中在更国漫共 312 部、6992 集，累计有效播放 147 亿次，占在更动漫流量的 75%。①

根据云合数据《2023 上半年长视频平台动漫网播分析》，国漫的优势既是平台和影视公司产能平稳增长的结果，也与“Z 世代”用户对传统文化的消费趣味有关。在更国漫流量主要集中于头部作品《斗罗大陆》《斗破苍穹年番》《完美世界》等周更大 IP 年番；中腰部季番/新番《画江湖之不良人第六季》《星辰变第 5 季》《炼气十万年》《武神主宰》等多集高频更新番剧贡献了一定流量。同时，《斗罗大陆》等热门 IP 改编依旧是网络动漫内容的主要来源，流量也主要分布于这一类成熟 IP 的续集。

二　头部平台分赛道布局，深度参与出品

从头部视频平台网播格局来看，腾讯视频全面布局，哔哩哔哩 2D 动画

① 云合数据：《2023 上半年长视频平台动漫网播分析》，https://mp.weixin.qq.com/s/m5bwisMJqXZL1AaYAgELxQ，最后访问日期：2024 年 1 月 4 日。数据覆盖爱奇艺、哔哩哔哩、腾讯视频、优酷四个视频平台的全部动漫，不含儿童向动画，单集时长 6 分钟及以上。

优势明显，优酷、爱奇艺则是3D和动态漫[①]齐头并进，平台分赛道发力内容布局，各有侧重（见图1）。

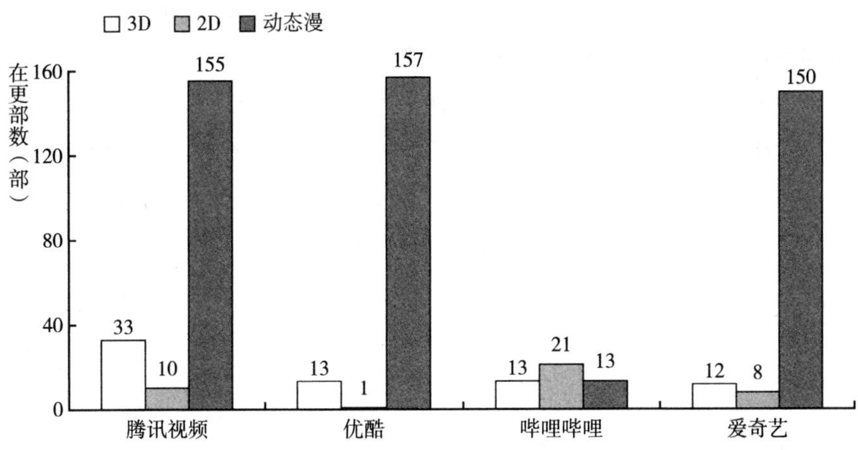

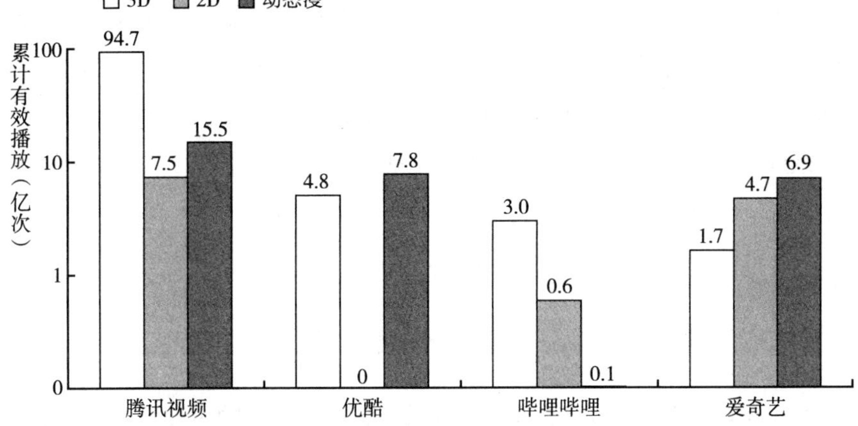

图1　2023年上半年视频平台在更国漫网播格局

数据来源：云合·四象分析系统（EVA）。

统计范围：2023年上半年在更国漫，单集时长6分钟及以上，不含剧场版、卡段解说；统计时间：2023年1月1日至2023年6月30日。

① 动态漫，指将传统静态漫画经过技术处理之后，转变为一种具有动态效果的动画作品。

（一）腾讯视频主导头部市场，持续深耕大 IP

云合数据《2023 上半年长视频平台动漫网播分析》显示，2023 年上半年腾讯视频备案动画共 81 部，涉及“镖人”“狐妖”“斗罗”等 41 个 IP。上半年在更 3D+2D 国漫共 43 部，其中参与出品的共 38 部，占总部数达 88%。其中小说改编 29 部，以《斗罗大陆》《斗破苍穹》《完美世界》《吞噬星空》等系列“大 IP+玄幻+男频类型”为主，有效播放 89 亿次。以《一人之下》《武庚纪》等题材多元的系列漫画改编为主，包含玄幻、武侠、热血、搞笑、恋爱等类型的动漫共 10 部，有效播放 9 亿次。原创网络动漫共 3 部，其中体育二维动画《左手上篮》由心魂动漫和企鹅影视联合出品，为填补体育类型网络动漫空白做出尝试，探索了“行业跨界共创”的可能性，形成多元运营模式。平台上半年上新动画 13 部，其中第二季度上新 9 部，包括《斗罗大陆 2 绝世唐门》《狐妖小红娘 无暮篇》《镖人》《全职法师 6》等热门 IP 系列。腾讯视频主导头部市场，得益于大 IP 累计的商业价值和粉丝用户，“玄幻 IP 改编”仍是国漫未来发展趋势。

2023 年下半年以来，腾讯保持其优势，7 月备案 14 部，其中 6 部为大热 IP；8 月备案 11 部。在 8 月 8 日至 13 日的“2023 腾讯视频动漫大赏”上，腾讯视频发布了最新的动画片单，包含 111 部动画作品。

（二）哔哩哔哩占领2D 和原创国漫数量高地

2023 年哔哩哔哩的 2D 在更国漫有 21 部，以 53%的占比居四平台之首，漫画改编、原创动漫及游戏改编国漫部数均为四平台之首。原创 6 部，《伍六七之暗影宿命》为经典“伍六七”系列续作，短篇动画合集《中国奇谭》破圈引发共鸣。漫改 10 部，2D 动漫类型多元化，涵盖古风恋爱（《两不疑第二季》）、玄幻搞笑（《我家大师兄有点靠谱》）、萌系治愈（《有兽焉》）等；3D 国漫改编自大热 IP 小说的《三体》《赘婿》获热议，漫改类《火凤燎原》创新诠释三国历史英雄，口碑反馈好。动态漫较少，上半年仅 13 部。

作为国内最大的“二次元”受众聚集地，哔哩哔哩为原创网络动漫的发展提供了良好环境，受众接受程度、二创能力等加速“二次元”文化的中国本土化再造与传播。2023 年 1 月 1 日，哔哩哔哩首播的中式奇幻动画短片集《中国奇谭》由上海美术电影制片厂制作。作品根植于中国传统文化，通过八位风格迥异的导演分别讲述独立故事，融汇了传统神话、民间志怪、当代趣味、青年审美等，是一次多元呈现方式与传统文化交互共生的创作尝试。

（三）优酷双剧场运营，深耕3D 国漫

2023 年上半年，优酷共有 14 部在更国漫，其中 3D 有 13 部，2D 拼播 1 部。共上线 7 部新作，第一、二季度分别为 3 部和 4 部。2022 年优酷推出“国风剧场+开挂剧场”垂直分区双剧场模式，“国风剧场”主要上播传统热血武侠风动漫，如《少年白马醉春风》等；“开挂剧场”则围绕升级开挂爽漫风格类型，上播《师兄啊师兄》《百炼成神》等。优酷在更动态漫共 157 部，在“轻漫加更”模式下，又进行了更精细的“男频热门”和“女频精选”区分。优酷的双剧场运营提供了精细垂类探索范式，更精准地满足受众文娱诉求。

（四）爱奇艺专注小说 IP 改编

2023 年上半年，爱奇艺共有 20 部在更国漫，小说改编近 90%，有效播放主要来自小说改编类动漫。玄幻恋爱国漫《苍兰诀》，受暑期同名热播剧影响，集均有效播放量居爱奇艺首位。改编自唐家三少同名玄幻小说的《神澜奇域无双珠》、飞哥带路同名小说的《万界至尊》的更新集均有效播放分列平台第二、三位。原创国漫《赤焰锦衣卫》、独播漫改《今天开始闪耀登场》也广受好评。2023 年，爱奇艺布局年番赛道，上半年末推出首部年番国漫《大主宰年番》。另有 150 部在更动态漫，多围绕“爽文”“重生”“逆袭”等题材展开，以男频爽文为主。

三　3D 动画主导网络动漫市场

伴随技术创新，我国 3D 动漫的工业化日渐成熟，产能优势持续扩大，

已主导国漫头部市场；低成本动态漫量产化，高频更新极大地满足了平台需求，成为中腰部动漫内容的有力支撑。据云合数据统计，2023 年上半年，3D/2D 精品化内容主导 80%的流量市场。3D 动画技术更为成熟，依托小说 IP 探索精品制作，年番拥有固定的受众基本盘，保持了长线热度，因此 3D 国漫的产能和市场优势持续放大。2023 年上半年的在更国漫中含 3D 内容的有 70 部、有效播放累计 104 亿次，部均有效播放也高达 1.5 亿次；在更国漫中含 2D 内容的仅有 36 部、有效播放 13 亿次，部均有效播放为 0.4 亿次，相对制作周期长、成本高，产能有限但制作精良。在更国漫中共 206 部动态漫，累计有效播放 30 亿次，部均有效播放为 0.1 亿次，成本低、量化生产，可满足市场多元化观看需求（见图 2）。

国内 3D 动画技术制作能力迭代发展，技术体系的日益成熟为用户带来

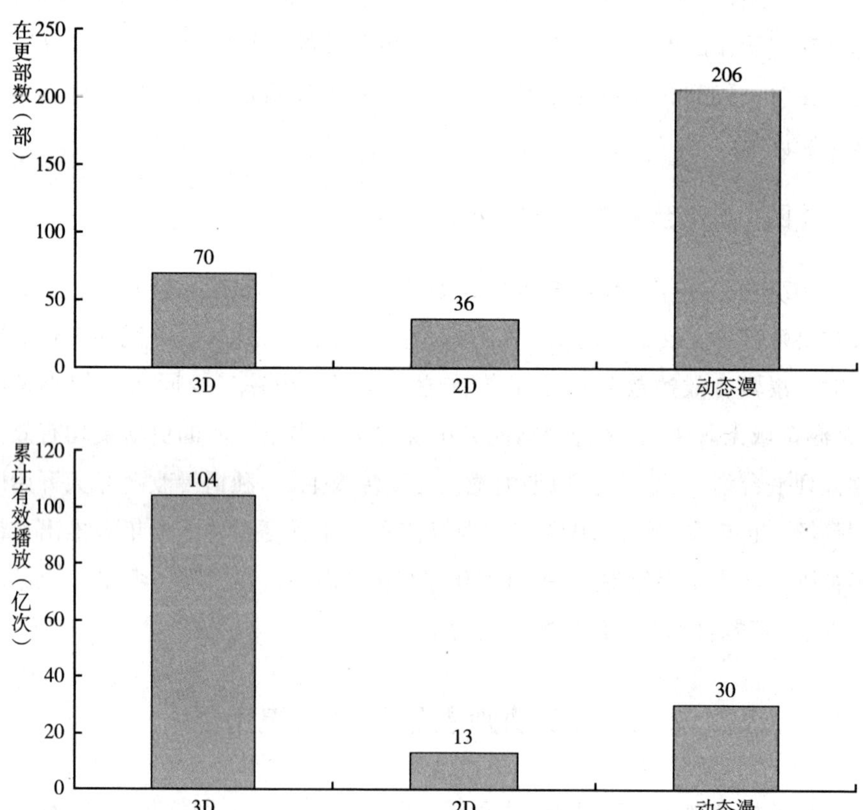

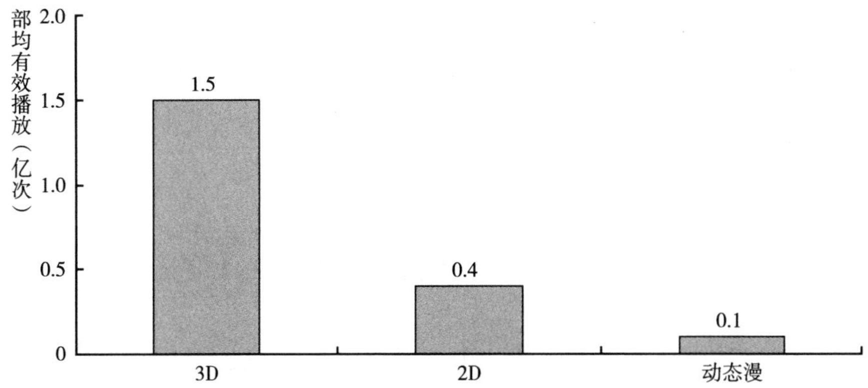

图 2　2023 年上半年在更国漫部数和有效播放

数据来源：云合·四象分析系统（EVA）。

数据说明：统计范围为 2023 年上半年在更国漫，单集时长 6 分钟及以上，不含剧场版、卡段解说；统计时间为 2023 年 1 月 1 日至 2023 年 6 月 30 日。

更突出的视听感受，行业向 3D 动画倾斜，平台抢占 3D 动画市场的趋势明显。在技术原因之外，3D 动漫主导动漫市场也是市场的选择，包括动画电影和网络动画剧集在内的 3D 动画，对于国漫产业和市场而言，具有弯道超车的战略意义。相较日漫市场，国产 2D 动画有明显劣势，市场发展条件有限，虽然也出现过《一人之下》《狐妖小红娘》等优秀作品，但 2D 动画特别依赖的专业制作者原画师在国内人数有限，限制了整体产能。近年来，国产 3D 动漫既有《斗罗大陆》《完美世界》《遮天》《斗破苍穹》等改编自玄幻小说 IP 的作品，同时也有在内容上融合中华传统文化的原创作品。《画江湖之不良人第六季》在腾讯独播，在抖音登上热搜，在豆瓣获得 9.6 分高分。该作品立足唐末五代十国的历史宏大构建讲述江湖故事，通过极具东方韵味的人物塑造、服饰设计、场景安排等，展现了中华上下五千年的文化。该作品还将侠义文化与网络玄幻动漫融合，衍生出新的侠义文化内涵。《画江湖之不良人第六季》还以亮眼的出海成绩将中国传统文化精神传播到海外。玄机科技、原力公司、异画开天等众多制作公司也在不断探索 3D 动漫。因此，3D 动漫主导市场，对我国动漫发展在产业、文化等多个方面具有重要意义。

2D 动画着重探索差异化创新。例如，同是玄幻题材，2D 动画会更倾向于日常化表达和搞笑风格。2D 动画还倾向于向短而精的方向进行探索，集均 5 分钟以内的动漫超六成。3D 与 2D 动画的差异化市场探索，也更加丰富了动漫市场，更好地满足了用户的不同文娱诉求。

四　AIGC 技术趋势下国漫 IP 新生态的探索

据云合数据《2023 上半年长视频平台动漫网播分析》统计，2023 年上半年在更的 70 部 3D 国漫中，小说改编的有 57 部，漫画改编的有 7 部。在更 2D 国漫 36 部中，漫画改编的有 19 部，小说改编的有 5 部，游戏改编的有 4 部。IP 改编是国漫内容生产的主要方式。传统网络文学/漫画 IP 改编动漫一般遵循“数字阅读—实体书出版—作品动画化或影视化”模式。

近年来，随着 IP 类型不断扩容，IP 商业化模式不断丰富，各大平台均致力于打通 IP 产业链，构筑“国漫 IP 新生态”，积极布局 IP 孵化矩阵，发展探寻多元化的形式，让 IP 品牌符号化并进入逐步完善的产业链之中，深度挖掘 IP 的商业价值和文化价值，助推国漫转型。根据 Quest Mobile《2022 Z 世代洞察报告》发布的数据，截至 2022 年 6 月，“Z 世代”线上活跃用户规模达 3.42 亿。在有关“Z 世代”IP 兴趣的调查中，国创动漫类 IP 以 81%排名 5 个 IP 赛道受欢迎程度榜首（见图 3）。网络动漫 IP 伴随“Z 世代”成长，“Z 世代”对 IP 有极强的情感联结，随着“Z 世代”消费能力释放，IP 通过与“Z 世代”的圈层共振，商业价值进一步激发。二次文化是“Z 世代”自我表达、社交互动和娱乐消费的重要部分，也是网络动漫的重要内容。

短视频平台以虚拟直播等形式，探索动漫 IP 开发新模式。虚拟直播作为动漫行业与直播形式的交叉，已经成为继娱乐直播、游戏直播、电商直播之后的第四种直播形态，为动漫 IP 的推广和变现带来了新的可能性。2022 年，快手推出 V-star 虚拟人计划，目标是打造新动漫 IP 的“开发场”、培育动漫 IP 的“宣发场”、探索动漫 IP 的经营场。传统的动漫 IP 开发路径需要高额投资、长时间制作周期，通常以长篇漫画、小说、影视剧改编为主，也

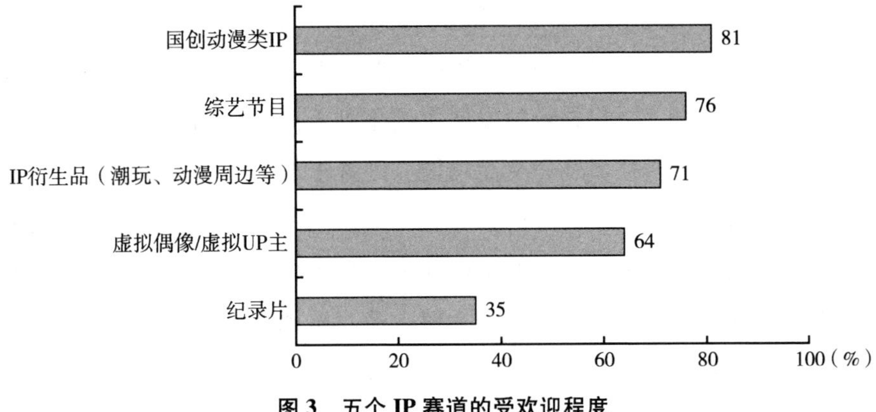

图 3　五个 IP 赛道的受欢迎程度

数据来源：根据艺恩数据《2022 年 Z 世代 IP 兴趣报告》整理绘制，https：//mp. weixin. qq. com/s/4RaE2jm8rOODRHwspgyXRA。

意味着对动漫爱好者而言是有创作门槛的。短视频平台为创作者提供了一种新的 IP 孵化路径，成本更低、风险更小，为更多创作者参与动漫创作提供了可能。

2023 年，快手升级了“晨曦短动画计划”，现金分账的 CPM（Cost Per Mile，指向每千人展现广告所需要的成本）直接提高到了 2022 年的两倍，以激励优秀的短动画创作者和内容生产。通过虚拟直播实现 0 到 1 开发的 IP 已经大量出现。在快手虚拟直播赛道，2023 年 6 月入驻快手的“李好鸭”，短短 2 个多月粉丝量超过 200 万，并数次登上快手直播榜前 3 位。“晨曦短动画计划”不断吸纳独立动画人、漫画公司、短视频公司以及长番动画公司等不同领域、不同背景的创作者，丰富平台创作的内容形态，也为动漫 IP 的发展带来了更多的可能性，在过去两年培养了大量的独家 IP 内容，更多年轻人在短视频平台“追番”。

新的 IP 孵化路径与人工智能内容生成（AIGC）技术发展的未来趋势相关。传媒产业 2023 年的重大变化之一是新的内容供给范式 AIGC 出现。Web3. 0/元宇宙时代的内容快速增长，依靠专业生成内容（PGC）/用户生产内容（UGC）的供给有限，低成本高效率的 AIGC 将成为新的重要供给方式之一，当前 ChatGPT、AI 绘画的突出表现已经打开了人们对人工智能生产内容的想象空间。在行业降本增效的大趋势下，一方面 AIGC 会带动内容消费升级的需求，另一方面 AIGC 带来了生产成本的下降与效率的提升。对用户而言，下一代技术的发展主线是创造高质量的沉浸式内容，甚至是带来多感官的时空体验和交互功能。内容形态的升级又意味着另一种意义上创作门槛的巨大提升，而 AIGC 正在改变内容生产方式。AIGC 已经具备文字、图片甚至视频内容的生成能力，在生成创意、内容创作等方面对创作效率的提升作用非常显著。虚拟直播、短视频创作者参与动画制作等 IP 孵化新路径，与 AIGC 技术驱动相关，在这个意义上，国漫 IP 具有更大的探索空间。

五　网络动漫“出海”影响持续扩大

雷报数据显示，截至 2023 年 2 月，中国动画 TikTok 话题播放量破亿次的共计 11 个动画 IP，播放量超过 1000 万次的共计 30 个。[①] 从出品公司看，腾讯视频和哔哩哔哩最多，分别参与出品了 9 个和 8 个动画 IP。来自腾讯视频的有《一人之下》《斗罗大陆》等；来自哔哩哔哩的有《仙王的日常生活》《天官赐福》《时光代理人》《中国奇谭》等。政府部门通过减税、减息、补贴等形式，鼓励动漫产业积极“出海”。

近年来，随着互联网视频平台快速发展，2020 年国产动画剧集《刺客伍六七》上线 Netflix 后，越来越多的国产动画作品也逐渐上线国外互联网视频平台，“出海”影响力不断扩大。2022 年，快看 App 海外版“KK Comics”、字节跳动旗下漫画 App“Fizzo Toon”相继上线，开启漫画平台出海新尝试。较之最初的单部作品和版权出海，近几年国内积极推进各平台参与国际动漫市场的往来交互，使得中国动漫产业日渐与国际化内容平台接轨，为中国动漫走向海外探索了新道路。通过以影视、游戏为代表的“华

① BBI、雷报：《2023 中国动漫出海前瞻报告》，https：//baijiahao. baidu. com/s? id=1758595004326101373，最后访问日期：2024 年 1 月 4 日。

流”[1] 作品，带动提升中国动漫的 IP 国际知名度，也为助推中国动漫的规模化“出海”带来更多的可能性。

除上述五个方面之外，2023 年国漫制作公司的产能更加集中，厂牌效应逐渐形成。另外在短视频影响下，短动漫与微短剧、微综艺等一样，成为网络动漫的新创作趋向，单集时长在 7~11 分钟，一周双更的短动漫极大程度上满足了用户的新观看需求。

① “华流”是指以中华文化为内核的文化潮流。

B.10
2022年以来网络游戏发展报告

赵丽瑾　党文星*

摘　要： 我国网络游戏市场经历了从发展速度减缓到逐渐回暖的过程。2022年网络游戏在市场收入下降、规模缩减的情况下承压反弹，2023年随着游戏版号发放重启，2023年产出数量趋于稳定。互联网驱动游戏内容生产传播模式持续创新，AI等智能技术赋能产业发展，游戏“出海”增加产能并输出文化影响。

关键词： 网络游戏　版号重启　自研游戏　云游戏

在行业红利消失及外部因素的影响下，中国游戏行业发展有所减缓，而热门新游陆续上线，带动行业短期内回暖；游戏厂商加速“出海”，以海外市场实现增量；元宇宙、AIGC等人工智能技术推动产业革新。截至2023年6月，我国网络游戏用户规模达5.50亿人，较2022年12月网络游戏用户增长2806万人，占网民整体的51.0%。[①] 网络游戏用户更为年轻，对于当下年轻人来说，网络游戏不仅是休闲和娱乐方式，也是社交手段，网络游戏在未来文娱市场有独特的社会意义。游戏作为复合型的文化内容产品，既有突出的科技属性，也有天然的文化属性，近年来我国网络游戏在科技和文化属性维度的发展有突出进展。

---

* 赵丽瑾，西北师范大学传媒学院教授、博士生导师，电影学博士，主要研究领域为电影理论与批评、网络文艺等；党文星，西北师范大学传媒学院2020级戏剧与影视专业硕士研究生。

① 中国互联网络信息中心：第52次《中国互联网络发展状况统计报告》，https：//cnnic.cn/n4/2023/0828/c199-10830.html，最后访问日期：2024年1月4日。

一　游戏产业发展在监管趋严中逐步回暖

（一）游戏产业承压回弹，市场形势逐渐向好

2022 年以来，全球游戏产业处于逐渐回暖状态。受版号供给不足和宏观经济波动引起的消费需求变化的影响，2022 年我国游戏市场规模为 2658.84 亿元，同比减少 306.29 亿元，下降 10.33%，[①]全球游戏用户规模约为 32 亿人，中国游戏用户规模约占全球玩家的 1/5，由总用户 6.66 亿人的峰值回落至 6.64 亿人，同比下降 0.33%（见图 1）。[②] 截至 2022 年 6 月、

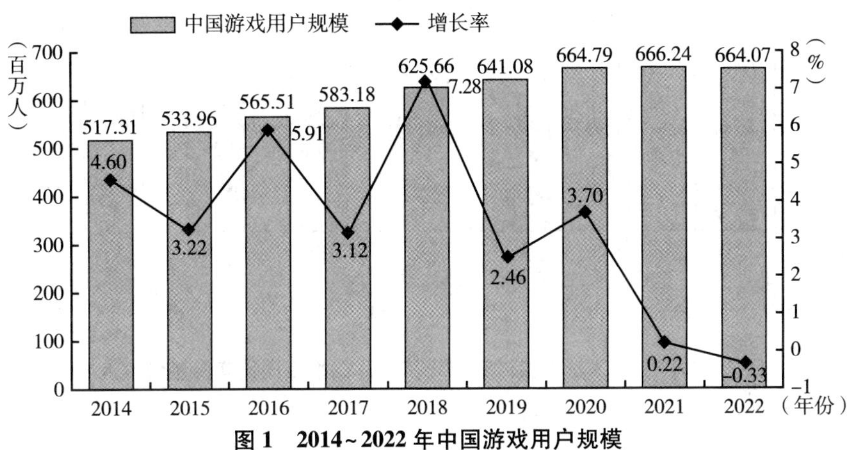

图 1　2014~2022 年中国游戏用户规模

数据来源：由伽马数据《2022 年中国游戏产业报告》整理绘制。

① 中国音数协游戏工委、中国游戏产业研究院、伽马数据：《2022 年中国游戏产业报告》，http：//www.cadpa.org.cn/3271/202302/41574.html，最后访问日期：2024 年 1 月 4 日。

② 德邦证券：《游戏行业深度：多重周期共振向上，展望全年维度的双击》，https：//pdf.dfcfw.com/pdf/H3_ AP202305191586964189_ 1.pdf？1684514074000.pdf，最后访问日期：2024 年 1 月 4 日。中国音数协游戏工委、中国游戏产业研究院、伽马数据：《2022 年中国游戏产业报告》，http：//www.cadpa.org.cn/3271/202302/41574.html，最后访问日期：2024 年 1 月 4 日。

12月和2023年6月，我国网络游戏用户规模分别为5.52亿人、5.22亿人和5.50亿人。[①] 因国际形势复杂，全球游戏市场普遍下行，加之新冠疫情影响，我国游戏行业面临投融资受阻、企业生产研发受限的困境。

2023年，我国游戏市场实际销售收入第一季度为675.09亿元，第二季度为767.54亿元，上半年总计1442.63亿元，同比下降2.39%（见图2），环比表现为正向增长（见图3）。7月继续保持增长势头，规模为286.10亿元，环比上升3.34%，同比上升37.49%。[②] 游戏用户规模也保持增长（见图4）。

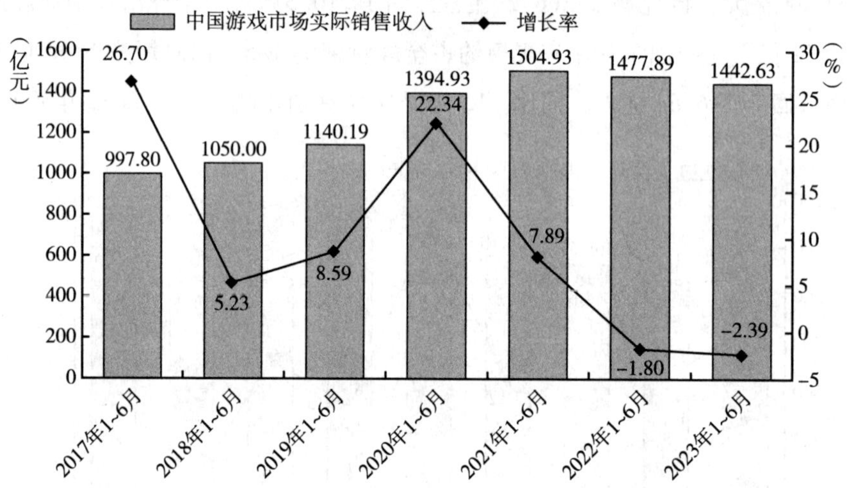

图2　2017~2023年中国游戏市场第一、二季度同比实际销售收入

数据来源：根据伽马数据整理绘制。

从细分市场来看，移动游戏是市场主力。2022年移动游戏实际销售收入为1930.58亿元，市场收入占比72.61%，占比在减少，低于2021年移动游戏所占比重（76.06%），也低于2022年上半年相应比重（74.75%）[③]。

① 中国互联网络信息中心：第52次《中国互联网络发展状况统计报告》，https：//cnnic.cn/n4/2023/0828/c199-10830.html，最后访问日期：2024年1月4日。

② 中国音数协游戏工委、伽马数据：《2023年1—6月中国游戏产业报告》，https：//mp.weixin.qq.com/s/0lYvZkTBY4KmLW3JE-XeWQ，最后访问日期：2024年1月4日。

③ 中国音数协游戏工委、中国游戏产业研究院、伽马数据：《2022年中国游戏产业报告》，http：//www.cadpa.org.cn/3271/202302/41574.html，最后访问日期：2024年1月4日。

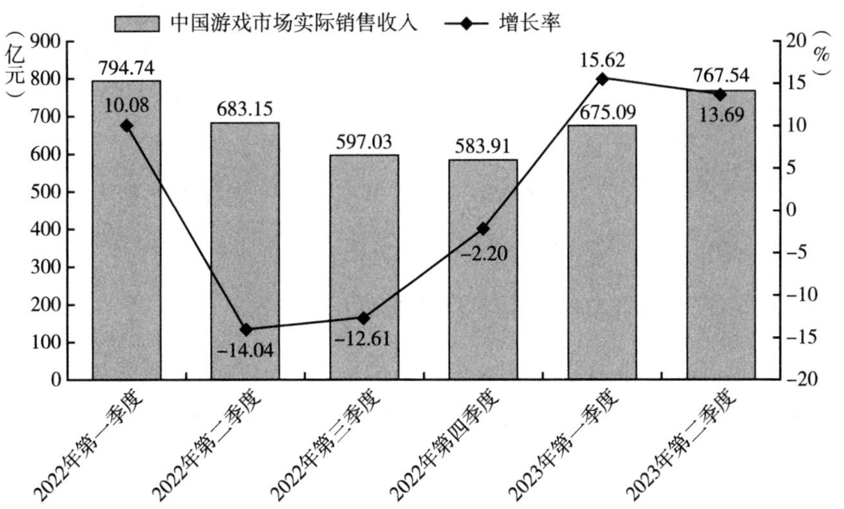

图 3　2022～2023 年年上半年中国游戏市场实际销售收入

数据来源：根据伽马数据整理绘制。

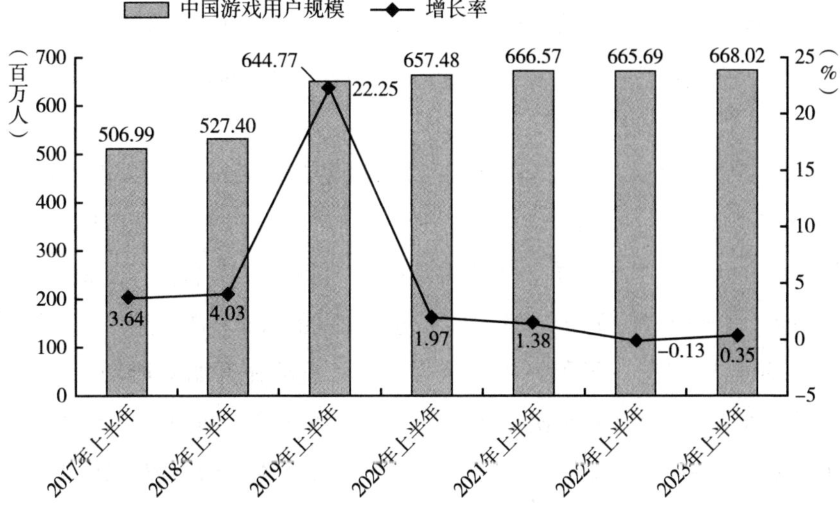

图 4　2017～2023 年历年上半年中国游戏用户规模

数据来源：根据伽马数据整理绘制。

2023 年 1~6 月，移动游戏市场规模为 1067.04 亿元，市场份额有所回升，占比达 73.9%。[①] 移动游戏第一、二季度规模分别为 486.94 亿元、580.11 亿元。2022 年，在我国游戏市场用户规模、总体收入普遍下降的情况下，客户端游戏实际销售收入 3 年持续增长，同比增长 4.38%，市场占比为 23.08%。2023 年，客户端游戏第一、二季度实际销售收入分别为 165.26 亿元、329.43 亿元，市场占比达 43.3%且持续上升。

（二）游戏版号发放重启，产出数量稳定增长

2023 年以来，我国游戏市场有明显的上行发展趋势，版号发放是最直接的驱动因素。对我国游戏市场而言，版号影响增量、消费影响存量，两者共同决定用户数量、单用户付费，最终体现在全市场的总收入变化。当前对游戏行业的监管，主要通过中宣部、文化和旅游部、工信部及国家网信办四部门进行，游戏审批从“五证”过渡到“三证”时代。

游戏版号即游戏出版备案，是当前我国游戏行业准入的核心许可文件。2021 年 8 月至 2022 年 3 月，游戏版号停发，主要目的为配合法律、政策要求，加强对未成年人保护的监管、审查力度。2021 年 8 月 30 日，国家新闻出版署下发《关于进一步严格管理切实防止未成年人沉迷网络游戏的通知》，严格限制未成年人的游戏时长。2022 年 11 月，中国音数协游戏工委、中国游戏产业研究院联合伽马数据共同发布了《2022 中国游戏产业未成年人保护进展报告》，其中数据显示超七成未成年人每周游戏时长在 3 小时以内，未成年人游戏沉迷问题已得到基本解决。游戏企业防沉迷系统（实名认证、适龄提醒、监管平台、人脸识别、青少年模式）覆盖九成以上未成年游戏用户。

2022 年 12 月起，国产游戏版号的发放数量环比开始有所增长（4~11 月，月平均 64 款；12 月至次年 2 月，月平均 89 款），回到本轮版号停发前水平（21 年 5~7 月，月平均 86 款）。[②] 自 2022 年 4 月版号发放重启，2022

---

① 伽马数据：《2023 年 1—3 月游戏产业报告》，https：//baijiahao. baidu. com/s? id = 1764512824755892734&wfr = spider&for = pc，最后访问日期：2024 年 1 月 4 日。

② 德邦证券：《游戏行业深度：多重周期共振向上，展望全年维度的双击》，https：//pdf. dfcfw. com/pdf/H3_ AP202305191586964189_ 1. pdf? 1684514074000. pdf，最后访问日期：2024 年 1 月 4 日。

年国家新闻出版署共发放512个版号。2023年上半年，国家新闻出版署已累计发放国产游戏版号521个，超过2022年全年获批数量，游戏版号整体发放数量趋于稳定，近6个月版号发放数量均在85个以上（见图5）。游戏版号发放的重启和稳定增长，对提升网络游戏行业市场预期，促进网络游戏企业营收增长，起到了积极的作用。2023年第一季度，腾讯本土市场游戏收入同比增长6.0%，网易游戏及相关增值服务净收入同比增长7.6%。①

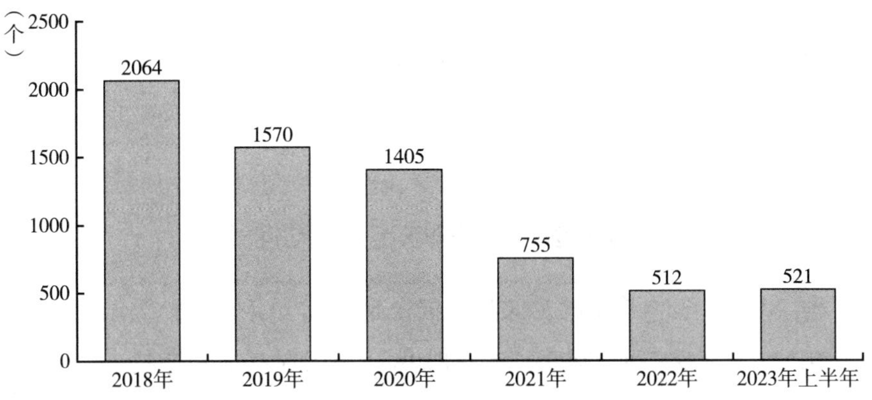

图5　2018年至2023年上半年国内发放游戏版号的数量

数据来源：国家新闻出版署、库润数据，由东兴证券研究所整理绘制。东兴证券：《传媒互联网行业2023年中期策略：投资风格偏向科技成长，下半年关注游戏、ARVR、互联网三大主线》，https://pdf.dfcfw.com/pdf/H3_AP202307061592063506_1.pdf?1688649863000.pdf，最后访问日期：2024年1月4日。

二　研发生产持续创新

（一）自研游戏向游戏市场营收主体成长

根据伽马数据，2022年，我国自主研发网络游戏市场实际销售收入为

① 中国互联网络信息中心：第52次《中国互联网络发展状况统计报告》，https://cnnic.cn/n4/2023/0828/c199-10830.html，最后访问日期：2024年1月4日。

2223.77亿元。[①] 在缺少爆款新品的情况下，自主研发游戏的实际销售收入主要由一些长线运营的头部产品带动。上线时间较长、处于稳定期的游戏产品的收入通常会有所下降，但近两年来，我国网络游戏企业的研发、运营能力不断提高，自主研发游戏已经成为我国游戏市场的营收主体，代理国外游戏对营收贡献逐年降低。

面对国内游戏市场流量红利消失、规模增速放缓、游戏用户规模趋于稳定的大环境，我国自主研发网络游戏借助抖音、快手等平台打开发展渠道，引导自研游戏进一步转型。诸多头部自研游戏厂商如米哈游、莉莉丝等公司，选择绕开传统的“游戏制作—游戏发行—分发渠道—游戏用户”渠道，直达用户，打通游戏内外，致力于谋求代理和自研业务双边发展。

（二）手游多类型并进，端游需求出现新动向

当前国内手游市场中的头部品类依次是RPG（角色扮演类游戏，包括MMORPG、ARPG、回合制RPG）、MOBA（多人在线战术竞技类游戏，例如王者荣耀、英雄联盟手游等）、FPS/TPS（第一人称/第三人称射击类游戏）和SLG（策略类游戏）；第二梯队则是卡牌类、棋牌类、放置类、自走棋等偏休闲的品类[②]（见图6）。

《2023年1—6月中国游戏产业报告》显示，在2023年1~6月收入排名前100位的移动游戏中，多人在线战术竞技类（MOBA）占16.72%；射击类占16.37%；角色扮演类占13.57%；三者合计占46.66%，其中角色扮演类的收入占比出现明显下滑（见图7）[③]。

---

① 伽马数据：《2022—2023中国游戏企业研发竞争力报告》，https：//mp.weixin.qq.com/s/m3pwsbVj90klzxlJ51s0Xw，最后访问日期：2024年1月4日。

② 德邦证券：《游戏行业深度：多重周期共振向上，展望全年维度的双击》，https：//pdf.dfcfw.com/pdf/H3_ AP202305191586964189_ 1.pdf？1684514074000.pdf，最后访问日期：2024年1月4日。

③ 中国音数协游戏工委、伽马数据：《2023年1—6月中国游戏产业报告》，https：//mp.weixin.qq.com/s/0lYvZkTBY4KmLW3JE-XeWQ，最后访问日期：2024年1月4日。

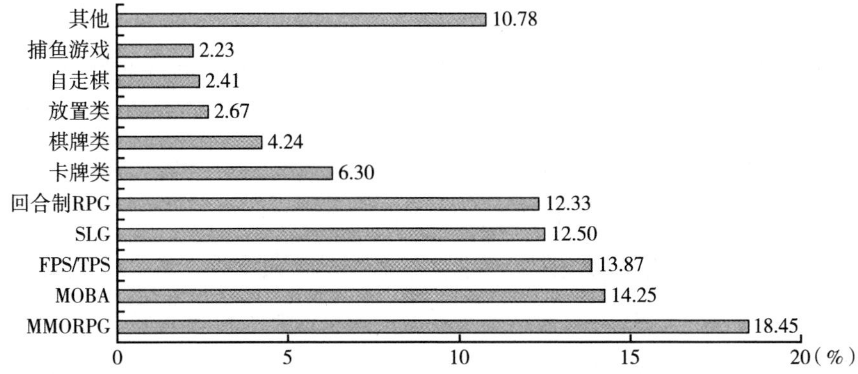

图 6　2022 年上半年收入排名前 100 的手游类型占比

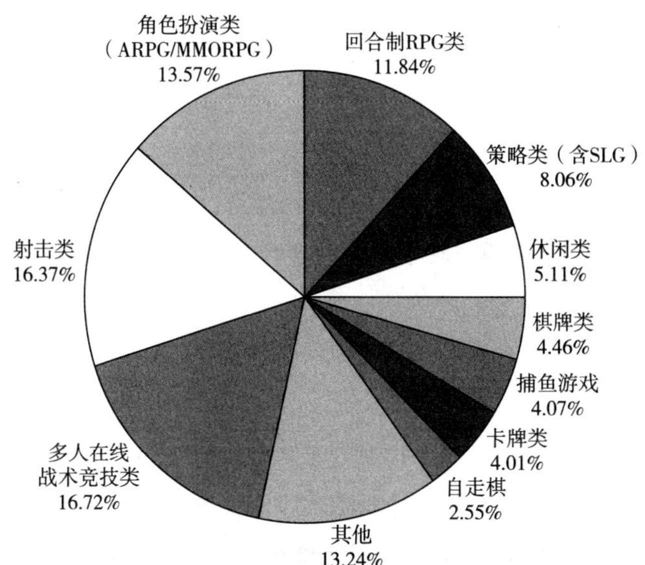

图 7　2023 年上半年收入排名前 100 的移动游戏类型占比

我国游戏类型呈多元化分布。三大头部类型多人在线战术竞技类（如《王者荣耀》《英雄联盟》《荒野行动》等）、射击类（如《和平精英》《使命召唤》等）、角色扮演类（如《原神》《地下城与勇士》等）拥有黏性更高的用户群体，并以此获取发展新动能。同时，近年来休闲类、策略类游戏的崛起也为中小游戏研发提供了方向，相对低的开发成本以及弱供给高需求的用户群体也为其带来机遇。

伽马数据调研结果显示，有 74%的受访者认为企业将重新重视 PC 游戏市场。国内 PC 游戏和主机游戏市场份额的提升，说明了中国核心游戏用户对游戏品质要求的提升。同时，2022 年中国客户端游戏市场实际销售收入为 613.73 亿元，同比增长 4.38%，连续两年实现增长。①

从产品角度来看，多家游戏企业的端游产品流水出现了提升。盛趣游戏旗下的《最终幻想 14》《冒险岛》《彩虹岛》《热血传奇》等多款经典产品在 2023 年春节期间流水同比增长，腾讯 2022 年端游收入同比增长 4%，网易财报披露《梦幻西游》电脑版和《永劫无间》等产品所带来的端游收入贡献增加。

从供给端看，2016 年之后鲜有国产端游上线，最近一款好评相对较高的端游为 2021 年上线的《永劫无间》。以 2022 年全年游戏审批版号情况来看，共有 468 款游戏通过审批获得了版号，其中手游共有 441 款，端游仅有 34 款，手游几乎占据过审游戏的 94%，而端游仅占 7%左右。由此可见，目前主流游戏公司的研发重点在手游上，端游供给数量极少，有较大的研发和市场空间。

（三）电竞产业与游戏产业共生赋能

2022 年，受疫情的冲击，我国电子竞技产业收入为 1445.03 亿元，同比下降 14.01%。② 2023 年以来电竞游戏收入稳中有升。2023 年 1~6 月，中国电竞游戏收入为 644.76 亿元，同比增长 1.20%，且主要的电竞产品中，射击类仍居榜首，占比为 26.8%；多人在线战术竞技类次之，占比为 14.6%；体育竞技类占比为 9.8%。③ 同时在政府和各行业企业的组织与积

① 伽马数据：《2022—2023 中国游戏企业研发竞争力报告》，https：//mp.weixin.qq.com/s/m3pwsbVj90klzxlJ51s0Xw，最后访问日期：2024 年 1 月 4 日。

② 中国音数协电竞工委、伽马数据：《2022 年中国电子竞技产业报告》，https：//mp.weixin.qq.com/s/G9nHU168a6orTVZzu_ kqUA，最后访问日期：2024 年 1 月 4 日。

③ 中国音数协电竞工委、伽马数据：《2023 年 1—6 月中国电竞产业报告》，https：//mp.weixin.qq.com/s/rRxdOQbnk9SaBqnmoXLdFA，最后访问日期：2024 年 1 月 4 日。

极响应下，我国电竞行业制度更加规范，各类赛事平台也更加开放，不断提高国际影响力。基于此，电竞产业与游戏产业共生赋能，积极发挥优势加快产业泛娱矩阵排布，与众多新兴科技与短视频平台接轨，持续健康发展。

（四）云游戏持续升温，核心技术有望再次突破

云游戏拥有低终端性能要求、免下载游玩、跨端游戏等众多优势，市场规模保持着高速增长趋势。在元宇宙概念及数字经济的驱动下，云游戏核心技术有望再次突破，全球云游戏产业市场规模和用户规模持续高速增长，中国市场方面表现尤为亮眼。根据中国信息通信研究院数据，2022 年中国云游戏市场收入为 63.5 亿元，同比增长 56.4%，预计至 2025 年将增长至 205.1 亿元，2022 年至 2025 年年均复合增速为 47.8%；2022 年云游戏月活用户规模为 8410 万，同比增长 35.2%，预计 2025 年将达到 1.87 亿[①]。手游是目前最热门的云游戏产品，模拟经营类最受用户欢迎，实现即点即玩，降低了用户的游戏成本。对咪咕快游等云游戏平台的数据统计显示，《原神》《迷你世界》《崩坏 3》等云游戏产品拥有庞大的用户数量。从游戏品类看，云游戏用户更偏好角色扮演类、模拟经营类和策略类游戏（见表 1、表 2）。[②]

表 1　2022 年中国云游戏热门产品榜单

排名	产品名称
1	原神
2	迷你世界
3	崩坏 3

① 浦银国际证券：《中国游戏行业："冷却期"与"热风口"》，https://pdf.dfcfw.com/pdf/H3_AP202309131598375692_1.pdf?1694627591000.pdf，最后访问日期：2024 年 1 月 4 日。

② 艾瑞咨询：《2022 年中国云游戏行业研究报告》，https://www.iresearch.com.cn/Detail/report?id=4093&isfree=0，最后访问日期：2024 年 1 月 4 日。

续表

排名	产品名称
4	明日方舟
5	英魂之刃
6	保卫萝卜 4
7	汤姆猫跑酷
8	球球大作战
9	最终幻想 15
10	航海王热血航线

资料来源：根据咪咕快游等云游戏平台的热门产品综合整理，数据时间维度为 2022 年 1~8 月，由艾瑞研究院整理绘制。

表 2　2022 年中国云游戏热门品类榜单

排名	品类名称
1	角色扮演
2	模拟经营
3	策略
4	动作
5	体育
6	射击
7	冒险
8	休闲益智
9	解谜
10	棋牌

资料来源：根据咪咕快游等云游戏平台的热门产品综合整理，数据时间维度为 2022 年 1~8 月，由艾瑞研究院整理绘制。

（五）直播“种草”助力网络游戏营销

截至 2023 年 6 月，游戏直播用户规模为 2.98 亿人，较 2022 年 12 月增长 3188 万人，占网民整体的 27.6%。[①] 游戏直播已经成为互联网用户常见的

① 中国互联网络信息中心：第 52 次《中国互联网络发展状况统计报告》，https：//cnnic.cn/n4/2023/0828/c199-10830.html，最后访问日期：2024 年 1 月 4 日。

线上休闲娱乐方式，随着游戏分类不断细化，直播的方式也更加多样，且在传统游戏直播平台之外，以抖音、快手为代表的短视频平台借势进行商业布局。国内游戏内容的多元化、传播运营平台的移动化，共同加速游戏直播行业发展，“游戏版权方+游戏直播平台+直播内容生产方”的产业模式愈发成熟。已有超六成用户通过短视频平台直播营销下载过游戏，在短视频平台观看过直播的游戏用户超95%，且62.2%的受访用户被直播展示的游戏内容吸引而下载游戏，游戏直播占游戏市场份额的逾三成，年均增速超过10%，且仍处于快速增长期。①

此外，小游戏凭借无须下载、即点即玩、体验轻便等特点，逐渐走向繁荣。微信小游戏在2021年实现了超30%的商业增长，连续三年保持可观的增速，且移动端游戏与小游戏的用户差异近年也在逐渐缩小。伽马数据的调研结果显示，小游戏中中重度游戏元素为签到、日常任务、升级系统，分别占比59.7%、57.8%、48.7%。②《羊了个羊》引发亿级数量的用户关注，以微信小游戏为代表的小游戏已成为网络游戏行业的新空间、新机会。

三　AI赋能游戏制作及产业变革

游戏是包括文本、图像、声音、视频、3D交互等的复杂的娱乐形式，具有相对较高的制作准入门槛及成本。AIGC在游戏领域的应用，可以丰富游戏内容，提高玩家参与程度，并通过人工智能生成图像、音频、视频等内容，提高游戏产能和表现力，升级玩家体验。AIGC打开了赋能游戏创新的想象，例如对NPC智能交互及场景搭建的升级，通过优化可玩性，进一步提升用户付费频次及付费深度，实现潜在增收。“人工智能辅助+人类加工”的模式已经逐渐应用于游戏制作流程。2023年，网易《逆水寒》手游官方宣布实装国内首个“游戏GPT”。与市面上大多类“ChatGPT”产品定位于

① 伽马数据：《2023中国移动游戏广告营销报告》，https：//mp.weixin.qq.com/s/F70FItm9_J8a9EtvKYWEsA，最后访问日期：2024年1月4日。

② 伽马数据：《2023中国移动游戏广告营销报告》，https：//mp.weixin.qq.com/s/F70FItm9_J8a9EtvKYWEsA，最后访问日期：2024年1月4日。

对话服务、搜索协助等不同，“逆水寒 GPT”定位为首个能在具体情境中应用、与游戏机制深度融合、用来丰富游戏虚拟世界的、完全由人工智能驱动的高智能 NPC 系统，更早时网易雷火事业群在游戏开发过程中已开始采用人工智能技术。当前国内外游戏企业积极探索 AINPC 技术，2023 年 4 月，国内超参数科技公司发布《活的长安城》游戏 Demo，在长安城里，NPC 们看起来“独立自主”，有自己的身份、经历，会唠嗑、恋爱、处理日常事务，这依赖于具有构建一整套 NPC 生态能力的 GAEA 技术系统。

整体而言，一方面，人工智能技术的进步可以快速降低游戏制作成本，例如借助人工智能工具完成游戏文案制作、提高游戏子系统编程效率、游戏配音、3D 生成等工作；另一方面，人工智能可以支撑新型游戏玩法，例如以玩家为主导生成文本和图片内容、AINPC（非玩家角色）、AI 陪玩、程序化生成复杂可交互场景等[①]（见图 8）。

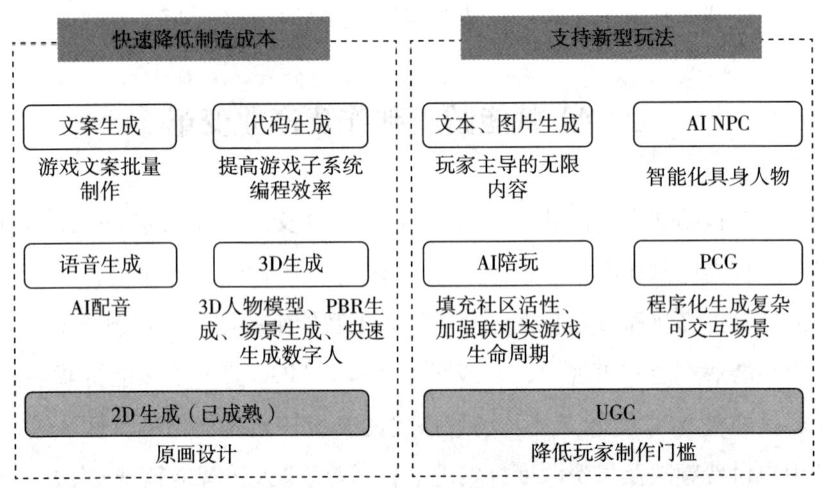

图 8　人工智能技术赋能网络游戏

资料来源：数据源自阿里巴巴元镜实验室，由东兴证券研究所整理绘制。

① 东兴证券：《传媒互联网行业 2023 年中期策略：投资风格偏向科技成长，下半年关注游戏、ARVR、互联网三大主线》，https：//pdf. dfcfw. com/pdf/H3_AP202307061592063506_1. pdf? 1688649863000. pdf，最后访问日期：2024 年 1 月 4 日。

目前上市游戏公司的平均研发费用率约为15%，如果在游戏文案、2D美术、语言翻译等领域全面引入人工智能工具，预计游戏公司的外包成本将能实现大幅降低，游戏公司人均产出效率会显著提升。腾讯正积极投资用于游戏开发的AI工具链，如MiniMax等生成式人工智能初创企业已获腾讯投资；完美世界游戏公司在游戏设计中也更多采用Stable Diffusion等生成式人工智能工具进行渲染、构图。

2023年ChatGPT爆火出圈，底层技术层层迭代，是史上增长最快的消费级应用，未来有望被引进游戏开发全流程，在游戏领域AIGC技术深度融合之下，游戏的沉浸感、参与度和交互性将大大提升，同时也将激发策划灵感，激发创作潜能，并降低开发成本，提高开发效率。游戏生态面对巨大变革，元宇宙概念游戏与B端商家合作成为趋势。

四　游戏“出海”增速放慢但潜力强劲

随着海外移动游戏市场逐渐成熟、市场竞争愈发激烈、国际贸易壁垒趋强，中国游戏“出海”的增速从2021年开始放缓，2022年受到经济大环境的冲击，“出海”收入下滑3.7%①，并且宏观环境的负面影响在短期内仍会存在。

2023年国内移动游戏稳健复苏。一方面，受前两年的版号政策影响，游戏企业研发游戏产品时更加注重产品质量，各家前期研发的精品游戏陆续上线，有望驱动国内游戏市场稳健复苏，第二季度多款新上线游戏表现优异。另一方面，国内游戏市场受未成年人防沉迷保护以及版号暂停等监管政策影响，游戏企业加强海外市场拓展，其中大部分游戏企业的游戏立项会考虑“出海”发行，部分游戏企业实现海外市场本土化研发。在国内游戏企

① 中国音数协游戏工委：《2022年中国游戏出海情况报告》，http：//new. cgigc. com. cn/details. html? id=08db1082-4564-45b1-8817-61fbc1c280ff&tp=news，最后访问日期：2024年1月4日。

业集体“出海”的大潮流下，国内游戏在海外市场的占有率有望进一步提升。根据伽马数据，2022 年国内游戏企业的“出海”市场规模达到 173.5 亿美元，国内游戏在海外市场占有率约为 30.1%。2023 年第一季度，国内游戏企业“出海”市场规模为 38.8 亿美元，表现稳定①（见图 9）。

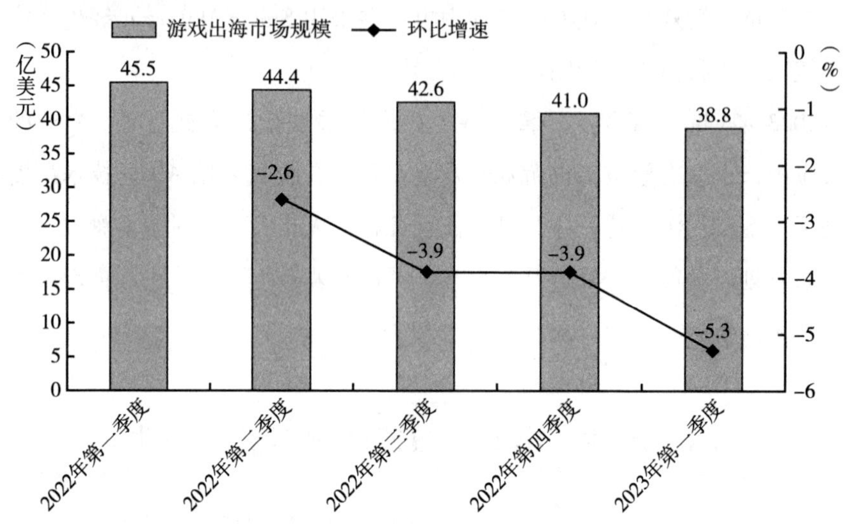

图 9　2022 年第一季度至 2023 年第一季度游戏出海市场规模

数据来源：伽马数据，东兴证券研究所整理绘制。

根据伽马数据，在北美、东亚、东南亚、欧洲等市场，2022 年中国游戏发行商流水在排行榜前 100 名产品中的占比均超过 35%，在美国、日本等头部海外市场占比已经超过 40%（见图 10）。海外市场较为流行消除、SLG、博彩、卡牌、MMO、射击等品类。目前中国“出海”游戏商在 SLG、卡牌和射击品类已经逐步建立竞争优势。②

① 东兴证券：《传媒互联网行业 2023 年中期策略：投资风格偏向科技成长，下半年关注游戏、ARVR、互联网三大主线》，https：//pdf. dfcfw. com/pdf/H3＿AP202307061592063506＿1. pdf？1688649863000. pdf，最后访问日期：2024 年 1 月 4 日。

② 东兴证券：《传媒互联网行业 2023 年中期策略：投资风格偏向科技成长，下半年关注游戏、ARVR、互联网三大主线》，https：//pdf. dfcfw. com/pdf/H3＿AP202307061592063506＿1. pdf？1688649863000. pdf，最后访问日期：2024 年 1 月 4 日。

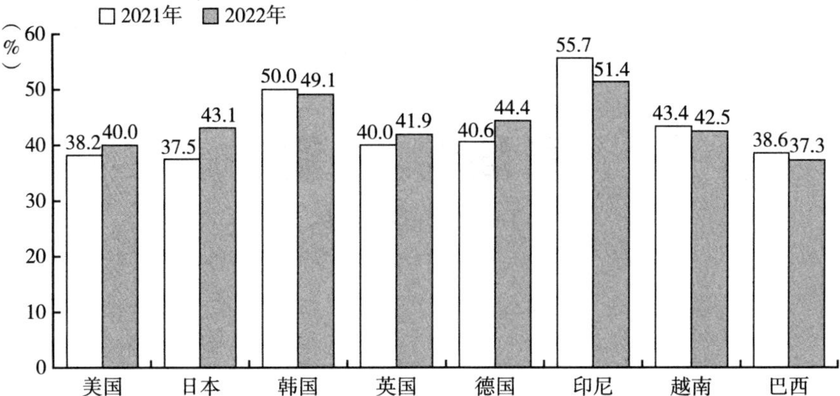

图 10　2022 年海外重点市场中国游戏发行商流水 TOP100 产品占比

专题研究篇

Topical Reports

B.11

网络文艺的本体与特征研究

向勇　朱平　杜慧珍*

摘　要： 在过去20多年中，中国网络文艺的发展完成了从质疑、否定到合法性体认的历史过程。在这一进程中以支撑技术与平台为代表的技术体系的变革，促使学界不断解答着网络文艺为何、为什么存在、是否存在以及如何存在等本体问题，并伴之在学理逻辑内调整着对理论形态、审美表征、价值取向以及话语体系的认知。随着十年技术迭变加速，移动互联网向后移动互联网迈进，助推着网络文艺层出新意，演化轨迹呈现应用新技术的样貌，有关研究也随之更新。

关键词： 网络文艺　媒介变革　文艺体制

* 向勇，北京大学艺术学院教授、博士生导师，北京大学文化产业研究院院长，国家“万人计划”哲学社会科学领军人才，主要研究方向为艺术管理、审美经济和文化产业的理论研究与文化实践；朱平，浙江大学博士后，西安美术学院美术史论系副教授，主要研究方向为创意产业与艺术管理；杜慧珍，北京大学博雅博士后，主要研究方向为美术馆学、艺术批评与艺术传播。

一　网络文艺的概念与演变

网络文艺随着技术革新成为生长性景观时，概念也就成为学界对该艺术门类认知的起点。规范性、普适性的网络文艺的概念来自习近平总书记在2014年文艺工作座谈会上的讲话，总书记指出“互联网技术和新媒体改变了文艺形态，催生了一大批新的文艺类型，也带来文艺观念和文艺实践的深刻变化。由于文字数码化、书籍图像化、阅读网络化等发展，文艺乃至社会文化面临着重大变革”①。这次讲话为网络文艺的发展提出了提纲挈领的意见。2021年第十三届全国人大四次会议通过《中华人民共和国国民经济和社会发展第十四个五年规划和2035年远景目标纲要》，在“社会主义文化繁荣发展工程”中将“网络文艺创作传播”列入“文艺精品创作”重大项目。2022年8月印发的《“十四五”文化发展规划》再次强调要鼓励引导网络文化创作生产，“推出更多优秀的网络文学、综艺、影视、动漫、音乐、体育、游戏产品和数字出版产品、服务，推出更多高品质的短视频、网络剧、网络纪录片等网络视听节目，发展积极健康的网络文化。实施网络精品出版、网络音乐产业扶持计划。加强各类网络文化创作生产平台建设，鼓励对网络原创作品进行多层次开发，引导和规范网络直播等健康发展。加强和创新网络文艺评论，推动文艺评奖向网络文艺创作延伸。”② 随着这些措施与政策的出台，网络文艺的重要性不言而喻，与此同时，在互联网媒介特质及其带来的革命性影响下，网络文艺生产、传播、接受、再生产以及美学特质正在发生着剧烈的、赓续的变化。对此，有关研究和认知也做出了及时、有效的更新与阐释，网络文艺的概念、范畴与类别也在不断丰富中。

---

① 参见中共中央办公厅、国务院办公厅《习近平在文艺工作座谈会上的讲话》，中国政府网，https：//www.gov.cn/xinwen/2015-10/14/content_2946979.htm? eqid=bb9d75fc0000f7b100000006647bd801，最后访问日期：2024年2月18日。

② 中共中央办公厅、国务院办公厅：《“十四五”文化发展规划》，中国政府网，http：//www.gov.cn/zhengce/2022-08/16/content_5705612.htm。

（一）网络文艺的概念界定与基本范畴

首先，从发生场域来看，网络文艺是基于数字技术营造的无远弗届的虚拟空间与文化环境来创作的新型艺术形态。在这一背景下，互联网以及新媒体的特性是创作时的底色与支撑，因此网络文艺的特质中内置了新媒介技术的法则，即数字化呈现、模块化、多变性、跨码性以及自动化。具体来说，表现为四个方面。一是网络文艺是将计算机和文艺"合成"在一起，从而带来了一种全新的计算机文艺，把文艺的意义和计算机的意义结合起来，既包括人类文艺再现世界的传统方式，也包括计算机呈现世界的独特手段。二是数字化呈现，网络文艺本质上是以数字的形式呈现的，但并非对传统文艺的网络化移植，而是基于网络媒介技术创作的新型文艺类型。这也决定了网络文艺与传统文艺二者之间并非同根同源。三是模块化，该原则决定了网络文艺是经由一种碎片化、个人化以及离散式的创作方式实现意义的构合，来完成主体的话语实践。但个体话语系统的背后还隐匿着集体性质的欲望表达、价值冲动以及意识形态，也就是有研究者指出的"在线感觉结构"①。四是网络文艺是一种面对大众的文艺样式，具有后工业社会文化的特征，将个性看得比共性重要，强调个体情感的满足，也即享受性的经验快感，而非一种思想教化或者说审美沉醉。

其次，就生产逻辑来说，网络文艺作为新兴的媒介艺术样态，具有很强的虚拟性，同时又与现实世界互为对照，因其符号既来自对现实世界的真实再现，也有以现实为想象的摹本以及在想象互动中的拟像生成。网络文艺创作便是"基于媒介与数据库，用媒介经验去解码艺术经验"，"游走于网络虚拟与现实真实之间"②。其中有两种主要的生产方式，一种是基于 IP 类的符号循环生产，一般将某一 IP 符号作为基础性的生产要素，在此基础上不

① 参见张晓红、丁婕《感觉结构与虚拟生存：中国网络文学"情感共同体"建构》，《现代传播（中国传媒大学学报）》2022 年第 11 期。

② 参见禹建湘、傅开《网络文艺：虚拟与真实博弈下的符号世界》，《湖南大学学报》（社会科学版）2022 年第 6 期。

断扩大再生产，这些“新的符号”与原生符号一起构成网络文艺的符号链；另一种则是基于流量，流量所内含的“注意力经济”成为网络文艺符号循环生产的内在推动力之一，流量大小与之后所发生的符号循环生产的次数与频率成正比。无论是基于 IP 还是流量，二者的生产机制都在于通过艺术创作、传播，将一种能指游移到另一种能指中来，实现所指的扩容，从而完成网络文艺领域的建构。

最后，就审美特性来说，尽管网络文艺是一个复杂的艺术门类，关联内容较广，有学者称其为“总体社会事实……它是一种涉及许多方面的整体”①，但“审美原则”仍是其作为新兴艺术门类的基本面向。互联网、VR（虚拟现实）、AR（增强现实）以及 AI（人工智能）等技术是网络文艺创作时的支撑，但同时构成网络文艺的审美环境。从审美体验角度来说，交互是审美主体最主要的体验范式，包括创作者与审美主体、审美主体与审美对象、不同审美主体之间的多向交互。在这个过程中审美主体不再只是被动的接收者，而是可以通过网络平台积极参与到文艺创作当中，比如评论、点赞、分享等行为，甚至影响剧情走向。这种交互性使得每一个符号都可能成为创新和创造的源泉，赋予网络文艺更丰富的内涵。同时，网络文艺不再仅限于文字，还包括音频、视频、图像，甚至虚拟现实等元素，媒介的综合性以及多模态的方式使得网络文艺任何一个门类都有机会呈现传统文艺很少兼有的跨界性，从而使主体的全感官化与沉浸性体验成为可能。

整体来说，通过对网络文艺的发生场域、生产逻辑以及审美特性等进行多维审视后，我们可以概括出网络文艺以下四个特点：其一，易于传播，由于互联网的广泛性和即时性，网络文艺能够迅速地在广大网民间传播，吸引大量的观众参与；其二，互动性强，在创作过程中，作者和观众可以实现即时的互动交流，观众反馈可以直接影响作品的发展；其三，强烈的创新性与多样性，网络提供了一个自由度极高的创作空间，作者们可以在这里尝试各

---

① 参见彭文祥《媒介：作为艺术研究解释范型中的“第五要素”——基于媒介文化新生态语境的美学思考》，《现代传播（中国传媒大学学报）》2016 年第 6 期。

种创新的文艺形式和风格；其四，边缘化和大众化并存，网络文艺既有大量的草根作者参与，呈现出一种边缘化的特点，也因为其易于传播、受众广大，具有明显的大众化特点。这些特点揭示了网络文艺的特性并不局限在网络这个媒介，而是涉及创作方式、内容形式、生产消费模式等多个方面的变化。但我们同时也应意识到，网络文艺仍然在不断的发展和变化中，单一的定义并不能全面地反映其丰富性和多样性，而是要综合性地从“技术”与“艺术”角度来看待。所以，我们可以采取概念聚合的方式来探析网络文艺的内涵，从媒介角度来说，网络文艺是通过互联网进行创作、传播、反馈和交互的新型文艺形式，具有传统文艺不具备的新媒体特性；从内容形态角度来说，网络文艺具有网络文学、网络剧、网络电影、网络综艺、网络音乐、网络动漫等类别；从创作方式来说，网络文艺的创作方式往往是开放的、参与的、大众的，在很大程度上打破了传统的“作者-读者”模式。

（二）网络文艺的形态与类别

1. 网络文艺的形态样貌

形态，指事物存在的样貌，或在一定条件下的表现形式。我们所说的文艺的体式形态指的是作品的内容，通过与体裁、结构、材料、表现手法等艺术手段结合呈现出的艺术样貌。对于网络文艺形态的理解，第一层意义就是站在技术形态的视角上将网络文艺置于多种技术交织而成的新型创作语境中产生的艺术形态的变革；第二层就是站在文化形态的角度对网络文艺形态变化的认知，毕竟文化技术、文化习俗、文化形式和文化概念的开放，是计算机、互联网等带来的影响最为深远的文化效应，进一步带来重新了解世界和人类的机会；第三层则是站在审美形态的角度展开，或者说基于技术和文化变革而诞生的艺术创作的诗意认识。

就技术形态来说，信息革命带来的媒介迭变不断重塑着艺术的边界，扩张着艺术的外围，从而诞生了新的艺术形态；但与此同时为既有艺术提供了修正的条件，促使新的艺术类型与原有艺术门类进行渗透、融合，实现内部的调整。与传统文艺对照来看，多数网络文艺的类型都可以在传统文艺或者现实中找到孕育的温床，但又明显呈现出信息超限化、载体全球化乃至艺术创作自动化的特点，这些生产范式也不断地渗透到传统文艺创作中，二者呈现双向的互动关系。就文化形态来说，网络亚文化现象的兴起，形成了一套独特的话语及符号表征系统，而这些内容恰是网络文艺重要的语料库，基奠着网络文艺的叙事形态、艺术风格以及接受特征。诸如历史穿越、玄幻修仙、宫斗等类型，在受到二次元文化影响的同时也推动着动漫、网络文学、网络游戏发展，并在这一过程中满足个体的“爽感”，乃至形成粉丝社群，呈现社交属性的接受形态。此外，近年来受政策引导、成功作品激励、品味变化等影响，一些立足生活、反映时代的现实题材创作蓬勃发展，也由此形成了网络文艺文化形态的另一面。就艺术的审美形态来说，强调的是内容、形式以及作为统一体的艺术这三个方面。于此，网络文艺也就是互联网技术呈现“美”的可能方式与网络亚文化所表征的独特话语及叙事体系形成的统一体。在这一重意义上，网络文艺的审美形态一类表现为对“宏大叙事”的祛魅，集中于“虚幻”“怪诞”“通俗”“惊奇”的大众情感表达；另一类则是通过想象、憧憬、创造等营造一个幻象空间，在虚拟空间创造“乌托邦”。

2. 网络文艺的类别划分

就网络文艺的具体实践来说，参照传统文艺门类而言，可以划分为网络文学、网络剧、网络综艺、网络电影、网络音乐、网络动漫、网络游戏以及网络演出如直播、短视频等泛网络文艺这八类典型形态。这是比较直观的分类方式，也是目前学界比较通行与认可的方式之一。随着技术的进步，5G以及人工智能生成内容（AI-Generated Content，AIGC）的兴起，网络文艺又发展出了一些前沿形态，如生成艺术、交互艺术、AI 艺术等，其所蕴含的算法美学与具身认知带来的新叙事方式给予了观众更丰富的审美体验。尤其人工智能正逐渐运用于各种艺术领域创作的不同环节，包括音乐、舞蹈、戏剧、广播影视、美术与书法等，几乎所有的艺术学科都受到了人工智能的影响。

此外，根据艺术语言或者载体的不同，网络文艺又可划分为语言类、图片类、游戏类以及网络视听类等。其中，网络视听类一般指管理意义上的各类网络原创节目，已经发展成为囊括了网络剧、网络电影、网络音乐、网络综艺、网络纪录片、网络动画等在内的重要艺术领域，无论是行业管理、制度规定、学术研究还是平台自治等都发展出了一套相对成熟的模式；语言类则包含了网络小说、网络诗歌、网络散文等；图片类则包括了网络绘画、图片编辑以及网络漫画等。当然也有一些作品杂糅了多种网络文艺的创作方式，如网络综艺等。

（三）网络文艺的历史演进

网络文艺是指通过互联网媒介传播和创作的文艺形式，这也是其与传统文艺相较而言的本质不同。在过去将近 30 年的时间里，经历了互联网到移动互联网再到后移动互联网的迭代，网络文艺的演化轨迹以及发展脉络也随着技术的革新而呈现运用新技术的样貌，经历了萌芽期、探索期以及当下的火热发展期。

概观而言，在 Web1.0 时代，互联网主要是静态页面的展示和信息检索，网络文艺的形式相对有限，一般为网页上的文字、插图、个人博客等。随着 Web2.0 的发展，用户创作的自由度得到提升，伴随着如博客、社区论坛、视频分享网站、微博、图片社交平台等媒介的兴起，网络文艺的形式与类别更加丰富，网络小说、网络漫画、网络剧、网络音乐等逐渐兴盛。到了移动互联网时代，随着智能手机以及网络的普及，网络文艺迎来了爆炸式的增长。尤其 2018 年以后网络平台发展逐步成熟，泛娱乐化平台与垂直类平台纵横交错，呈现构建全产业生态的特质，从而催生了更多网络文艺类型，例如短视频创作、网络直播、游戏直播、网络音频等。

1. 萌芽期（1990年代末至2000年代初）

首先，这一时期文字创作是网络文艺最主要的表现形式，也就是后来称之为网络文学的内容。创作者在早期的网络社区和 BBS 论坛中发布以及分享小说、散文、诗歌等，一般依靠论坛帖子、网页和电子邮件进行传播。几个关键性的事件分别是：1991 年全球第一份华文电子刊物《华夏文摘》诞生、1998 年蔡智恒（痞子蔡）在 BBS 上连载小说并引发社会反响以及 1999

年7月“金庸客栈”正式建站，这三个事件也象征着对网络文学起点的三类认知，即“网生起源说”、“现象说”以及“论坛起源说”。其次，网络音乐得益于音频压缩技术的诞生，一些音乐人开始尝试将歌曲上传到互联网，2001年Flash版的《东北人都是活雷锋》于互联网走红，是第一首广为熟知的网络音乐。同时，基于Flash技术制作的网络动漫也开始崭露头角，“闪客帝国”就是中国第一个专业的Flash动画网站，激励了一大批爱好者使用Flash进行动画创作，但这股热潮仅仅是用户的兴趣，激情过后，Flash动画也归于平静。另一个不容忽视的重点就是网络游戏的诞生，尽管1992年张英豪制作的MUD游戏还是基于文字和画符，但2002年网易就根据周星驰的同名电影推出了《大话西游Online》以及2003年的《梦幻西游》，成为中国网游的经典之作。

但这一阶段，网络文艺的发展受制于互联网技术以及用户规模。根据第4次《中国互联网络发展状况统计报告》，截至1999年7月，我国上网用户人数仅400万，上网计算机数仅146万台，多为商用以及企事业单位所有，受众也主要集中在高校以及科研机构。此外，网络传输速度较慢以及容量有限（如我国国际线路的总容量为241M），进一步限制了网络文艺作品的展示与传播。在某种程度上可以说，这一阶段的网络文艺属于少数人的体验。

2. 探索期（2000年代中期至2010年代初）

随着互联网技术的进步和用户规模的扩大，网络文艺进入了探索期。首先，创作与传播平台开始完善，社交媒体、博客、在线论坛以及各门类软件成为创作者发布和分享作品的重要场所，甚至一些平台还鼓励用户参与创作，例如开拓作品投稿渠道、举办写作比赛等，激发更多人的创作热情。网络文学、网络音乐、网络游戏以及网络动漫开始脱离早期小众圈层，逐渐渗透到互联网用户的日常，甚至多方机构开始关注用户的消费习惯以及网络文艺各子门类的市场规模。在这一阶段，网络综艺作为新的艺术门类开始出现，并以新奇、真实、有趣等特点，获得大众认可。如网易旗下频道社区联合相关机构推出“2002年虚拟春节联欢晚会”、“2006年全球华人春节网络联欢晚会”以及自制综艺等均取得不错成绩。同时，网络剧也开始试水，尽管水平参差不齐，影响力有限，但也对视听类内容的生产产生了强烈的刺激。

其次，用户或者说受众数量增多以及话语权增重。第 26 次《中国互联网络发展状况统计报告》表明，我国 2010 年的网民规模已经突破 4 亿人大关，互联网普及率持续上升增至 31.8%，其中网络视频用户规模达到 2.65 亿人，使用率为 63.2%，网络文学用户规模达 1.88 亿人，使用率为 44.8%。可以说，用户参与度成为网络文艺发展的重要驱动力，在推动网络文艺创作与传播的同时也为创作者提供了更多的创作动力和机会。

最后，网络文艺逐渐走向商业化。平台通过广告、付费订阅、版权运营等方式实现盈利，同时一些网络艺术家开始走上职业创作的道路，通过网络文艺获得了相当的知名度和收入。其中，起点中文网于 2003 年首创 VIP 付费制度并推广成功；2006 年巨人网络推出《征途》，依靠先服务后消费、透明消费的设计理念，推动了国内网络游戏实行“游戏免费与道具收费”的运行模式。各门类网络文艺开始探索支持自身行业可持续发展的生产机制和盈利模式。这大大促进了网络文艺进入发展的快车道。

3. 高速发展期（2010年代中期至今）

在智能手机普及、移动网络技术加速变革，网络环境和条件的改变以及人们生活节奏变快，碎片化时间增多、新型社交形态转变等背景下，网络文艺迎来发展的新机遇。这一时期的生产创作有四个突出特点。

一是网络文艺数量增多、质量提升，精品化趋势增强。对于创作者或者制作方来说越来越注重品位、格调，良莠不齐的现象得以改善，并通过积极探索主旨、题材、形式等来进一步提升网络文艺的精神内涵；在创作内容方面，随着类型化经验的积累，网络文艺所踏足的领域与话题也有进一步拓展，并且得到进一步细分，如网络综艺已涉及文化、科技、艺术、生活、婚恋、儿童等方面；而制作机构则通过深耕主流类型与垂直领域、技术革新等多方面的努力，来促进网络文艺走出“野蛮”生长状态，朝着精品化迈进。

二是多媒体深度融合以及跨平台合作，呈现更加多元化和更具创新性的发展趋势。2020 年 9 月《关于加快推进媒体深度融合发展的意见》出台，从重要意义、目标任务、工作原则三个方面明确了媒体深度融合发展的总体要求，全媒体时代的媒体融合进入发展新阶段。一方面，短视频、网络直播异军突起，“短视频+”“直播+”成为网络文艺融合发展的新模式。如“短视频+网络音乐”使网络音乐得到更广泛、有效的传播，也进一步促进了网络音乐的创作、制作以及产业化的成熟；另一方面，平台之间实现联动，打造互动新文艺。视听平台入局以后，网络游戏、网络综艺、网络剧、网络音乐等开始探索线上、线下的合作模式，不同平台也可开启联合制作模式。

三是商业化加剧，产业升级趋势凸显。其一，以 IP 为支点，撬动泛娱乐生态新布局。无论网络文学、网络剧还是网络综艺都紧紧围绕 IP 搭建内容矩阵，吸引投资者的同时，也带动产业链上下游的协同发展。其二，会员付费、版权交易以及直播带货等多种商业模式并存，并在销售收入、盈利模式、运营机制以及发展策略等方面推陈出新，使得社会效益和经济效益相得益彰。其中网络游戏表现最为强劲，2022 年中国游戏市场实际销售收入为 2658.84 亿元，移动游戏实际收入占比为 72.61%，自主研发游戏海外市场实际销售收入为 173.46 亿元。

四是网络治理与文艺体制同频共建，构建发展新生态。在这一阶段，越来越多的研究者就网络平台商业化运作的模式、版权保护以及作者收益等问题，探讨如何在商业化的同时保障创作者权益和作品质量。而针对网络乱象，政府出台了一系列政策来优化数字社会环境，推动网络空间文明创建，如 2020 年《中共中央关于制定国民经济和社会发展第十四个五年规划和二〇三五年远景目标的建议》明确提出要“加强网络文明建设，发展积极健康的网络文化”，2020 年《网络信息内容生态治理规定》正式实施，此外还于 2021 年开展了“清朗·‘饭圈’乱象整治”专项行动等。

二　网络文艺的性质与特征

数字技术和信息技术重新配置了生产资源和要素，网络文艺作为全新的文艺媒介形态，以新型创意共同体的面貌反映了文化商业的生机活力，同时也推动着相关法律制度的完善和优化，有效地加强了网络文艺作者的权益保障，使其主体性特征日益突出，即从数字打工者向数字生产者（digital producers）阶层进化。

每一轮新技术浪潮影响下的媒介革命，都极大地推动着文艺生产力的解放，互联网媒介科技的发展更是如此。网络文艺生产者对受众需求的把握精准高效，跨门类、跨媒介创作越来越普遍，文艺产业链正在不断延伸和优化。网络新媒介在开拓创作视域、突破传播壁垒的同时，也促进了艺术与技术的深度交融、美学与科学的深度交互，深刻地影响着文艺生产理论与实践。当下的 Web3.0 已初步呈现全要素聚合样态，而尚在酝酿中的 Web4.0 将实现无时无限的元宇宙态，未来媒介必定会在既有的互联网技术基础上，全面整合多元感官体验，深入拓展人类的自由度。元宇宙为未来媒介提供了可能的发展方向，但其真正实现仍需接受长期的社会选择。传统互联网阶段的虚拟环境限制、用户能动性限制随着 Web3.0 时代的演进而逐渐弱化，中国网络文艺产业持续蓬勃发展，并成为面向海外书写和传播中国故事的重要载体。当然，网络文艺的生成衍变注定无法超越互联网的媒介属性与传播特性，因此它又是一个不断被形塑的动态概念，其游移的边界、广袤的视域以及无法预估的技术逻辑，均显示出强大的流动性、可塑性和创造性，并形成了一种韧性结构（ductile structure）。

（一）网络文艺的媒介话语

互联网的不断进阶正在改变当代中国的社会结构，媒介技术创新已经深度嵌入社会生活的各个层面，它使得话语概念及内涵发生极大变化，并推动着话语表达形态朝向更新、更高的维度跃迁，营造出一个超越以往任何传统话语的媒介语境。在互联网、大数据、云计算、区块链、人工智能等的持续赋能下，中国网络文艺涌动着创新创造活力，它基于媒介特性的探索从未止步，通过不断迭代的内容与形式，为受众提供多样选择与舒适体验，比如普通用户可以通过参与区块链社区及项目，把握时代机遇，深挖网络红利，创造个体价值。高度开放的网络平台极大地促进了多元主体合作，网络文艺生产的热情被全面激发，广大业余创作者以及素人艺术家长期被悬置的知识、技能、素质、经验、才华、风格、个性等沉睡资本（hibernating capital）被充分地挖掘和展示，通过互联网传播变身为网络达人，并被赋予显著的公共价值（common value）。网络文艺的媒介话语表达在新时代数字文化语境中，体现出高融合性、跨媒介性、可编程性、不确定性等发展趋势。

1. 高融合性

数字媒介的发展推动网络文艺的媒介话语表达创新。随着互联网传播的大规模跃进，新兴媒体与传统媒体的融合发展趋势越来越明显，网络文艺的高度繁荣为公众分享媒介话语权提供了更大的可能性与更多的便捷性，文艺产品传播的时空极大拓展，网民获取资讯和享受感官娱乐的方式日趋多元化，不再受限于既定的空间场域。同时，正面引导与全新眼光的融合则是网络文艺发展的批评定位，由此导向艺术性和商业性、思想性和娱乐性的辩证融合，不断攀高峰、创精品。网络文艺的主体分化、模式建构、内容生成、形式创造、场景交互、产品传播、价值辐射等，都在结构性融合方面显示出全面深刻的变动与革新，融合性态势持续加强。

2. 跨媒介性

随着社会化媒体及网络技术的发展，虚拟空间的应用越来越便捷。网络文艺作品通过各种智能屏性媒介，将媒介话语权转移到大众群体，也为后者的话语表达提供更广阔的时空场域。依托互联网媒介科技的巨大传播优势，网络文艺作品突破了以往单一文本阅读的消费模式，实体书、在线阅读、离线阅读、有声读物、解读视频、改编影视剧、动漫绘本、游戏场景等跨媒介传播载体丰富多样。比如新浪微博上的超话流量极其庞大，B 站同人作品更是卷帙浩繁，网易乐乎的交互文本亦广受欢迎。网络文艺的媒介话语拥有更多可选项，越来越具有开放性，传统媒介的单一思维不再应景，主体表达的自由度更高、创造性更强，也更贴合当代大众的审美体验。

3. 可编程性

数字化应用促进媒介话语表达的自主性与多样性，以及表达过程中网络文艺语体的转型创新。用户可以在参与媒介话语表达时充分实现语言、声音、图像、视频以及其他审美感官的交融，而基于跨媒介资源的数据库写作（database writing）也在人工智能语境下兴起。网络游戏公司则鼓励玩家改造游戏场景甚至设计游戏，比如制作地图或攻略，玩家摆脱被动消费的状态，成为主动的生产者，在游戏设计中定制个人学习体验。而关注、点赞、评论、弹幕、转发、分享、直播等互联网社交也成为网络文艺批评的新常态，这些都加强了文艺作品在生产过程中的交互性与可编程性，更加直观生动地实现表意功能，更好地契合当代人的生活方式与需求模式。

4. 不确定性

互联网平台注重社群关系的培养，即重视聚合不同层次和向度的文化趣缘群体，网民俗称的饭圈、某控等圈层文化都是趣缘的具体表现。媒介话语表达的碎片化往往隐匿于整体性的共识机制中，所谓静水流深的意义，就在这种部落化、圈层化的开放式结构里鲜明地体现出来。在高度开放、深度互动的网络语境下，媒介话语呈现出较强的感性化、碎片化倾向。网络用户评价文艺作品的方式日趋多元，各种鲜活生动的批评文本异常活跃，包括以夸张吐槽式的视频对网络文艺作品进行评价和解读。不同立场和出发点的言论共享与交流，也会促使某些网站上的言论对立，形成撕裂的话语空间，去中心化与不确定性日益凸显，真正的共识与以往相比更难以达成。

由上可见，人类社会的媒介演化机制是应然与实然、理想与现实、审美与逻辑、艺术与科技交互共生的文明成果。一切新媒介都在传承旧媒介的基础上延伸发展，最终形成有利于社会改造的动态发展环境。媒介话语表达范式也在与社会环境的相互博弈之中稳定前行，它不仅关乎仪式、记忆、历史、认同、秩序，也关乎自由、创造、时代、超越、无界。在这个意义上，网络文艺生产就是一种交织着理性与感性，既能实现逻辑自洽又充满不确定性的创意劳动。21 世纪初，第三代媒介环境学派大师约书亚·梅罗维茨（Joshua Meyrowitz）就指出，过去相对散落的传统媒介的个体赋权形式是单一感官体验，受众在媒介环境中无法获得总体感觉。而在全要素整合的移动互联网中，我们将获得高真度的全感官体验，沉浸于镜像般映射的数孪世界。

如今，各大平台上发表的网络原创文艺作品，往往以留言跟帖交流、收藏订阅量分成、打赏订月票互动以及组织各种粉丝活动来获取收益，而它背后的推手就是多元主体的矛盾性，换句话说即对立性与统一性、固定性与流动性以及形式逻辑与辩证逻辑的和谐共生。正因如此，网络文艺生产成为一种以知识交流为中心、以智慧创造为目标的经典创意劳动。美国城市理论家理查德·佛罗里达（Richard Florida）认为，创意劳动者拥有弹性工作时间和空间，网络使得他们可以打破传统组织的束缚，尽情发挥自己的文艺特长。当然，我们应当注意避免共鸣极化、媒介审判、无序狂欢、群体盲思等可能出现的负效应，有效提升话语表达魅力，增强主流话语表达的时效性、包容性、正义性与合法性。政府文化部门要加强对媒介话语表达的治理，注重规范与引导，积极回应大众的各种利益诉求包括审美消费诉求，而网络文艺生产就是对此最直接、最有效的回应，它需要建立一种完善的机制来加以规范有序的推动。网络文艺生产场域有着一整套依据媒介属性与传播形态搭建起的组织运行逻辑，不过作为聚集了各种生产实践、商业资本、治理权力的动态化、关系化空间，它也是一个各方力量相互博弈争取话语权的空间。如今，互联网上有数亿创作者和活跃用户，尤其是青年群体对网络文艺有着天然的亲近和认同，但是网上的内容生产良莠不齐，治理难度很大。从长远来看，我们必须尽快将网络文艺确定为专门的文艺类别并进行有效治理，而这也会强化网络文艺作者的归属感，激发其主体性，激活其创造力。

哈佛大学尼曼学者、新媒体研究专家杰夫·豪（Jeff Howe）对当今社会的数字化特征做过阐述，自出生开始就在互联网环境中生长的网络原住民，与在成长过程中才开始接触互联网的网络移民，共同感知媒体、消费媒体、体验媒体、创造媒体①。在 Web3.0 的媒介环境下，杰夫·豪所提出的众包（Crowdsourcing）概念已经延伸到了文艺创作领域。在人工智能、大数据等所推动的媒体深度融合语境下，我们可以通过优秀的网络文艺作品来提

① ［美］杰夫·豪：《众包：群体力量驱动商业未来》，牛文静译，中信出版社，2011，第207~210页。

升媒介话语治理能力，统筹整合各种优质的媒介资源，积极建构各类跨媒介话语平台，完善和优化主流话语权结构，充分发挥其审美引导功能，因时、因地制宜地遵循当代媒体传播规律，创新媒介话语引导方式，在各类文艺创作中鼓励具有高渗透性、强务实性、深度感召性的媒介语体。同时，不断领悟与适应新时代的大众话语表达偏好，有效提高媒介话术水平，增强文艺作品的价值公信力、内容影响力、审美感染力、精神辐射力。在浩瀚无边的网络空间中，文艺产品的内涵和外延都在不断地拓展，不同类型的文本均始终处于被阐释、解构与重组之中，符号生产（semiotic productivity）的特权已经被让渡给了每一位网络用户，文艺产品不再是审美自足的作品，而是高度开放的超级文本（super texts）。挪用、拼贴、戏仿、杂糅、颠覆、解构等手法打破了传统封闭的意义结构，实现了多用户整体创作以及作者与受众互动创作的新趋向。比如，同人文艺作品即基于原创作品的二次创作，包括同人文学、动漫、影视、游戏、音乐等形式。

2022 年度中国网络文艺生产保持着直面困境的稳健姿态，网络文学成果斐然，势头强劲；网络影视创作破圈出海，类型多样；网络动漫激活传统，弘扬国粹；网络视频持续火热，内容丰富。在网文生产领域，现实、科幻、玄幻、历史、古言成为五大标杆题材，除了现实题材跨越十年迈入黄金时代，科幻题材更呈现超高速增长，第 33 届中国科幻银河奖上，共有 13 部网络文学作品入围并最终收获四项大奖，入围数量和获奖数量都创历史新高。远瞳的《深海余烬》获得最佳科幻网络小说，天瑞说符的《泰坦无人声》获得最佳原创图书奖，卖报小郎君的《灵境行者》、会说话的肘子的《夜的命名术》获得最具改编潜力奖。大众评论中更因此掀起科普潮，数十万网络作家在作品中运用非遗元素和传统文化内容，引发各类国风热潮。网络文学付费内容质量、收入实现双增长，腾讯视频、优酷、爱奇艺等主流平台当年 TOP10 热门剧集中，付费网文改编作品占比接近 50%。据易观数据统计，2022 年中国网络文学 IP 全版权运营市场——包括出版、游戏、影视、动漫、音乐、音视频等在内——的整体影响规模超过 2520 亿元。互联网空间就是一个高度开放的互动生产系统，不计其数的文艺产品在其中不断解体、重构和增殖，多元生产力量渐趋形成产业主体，并对传统生产机制的上游利益产生巨大冲击。假如创造性的再生产超出非营利的界限，总会受到商业资本的收编。某些二创作品的过度娱乐化倾向，比如对传统文化的低俗恶搞，也必须进行有效规约和有力监管。

（二）网络文艺的生产模式

随着互联网在2021年迈入元宇宙时代，科技的迭代更新推动着媒介融合进程不断加速，社会的媒介化程度日益提升，去中心化发展趋势越来越显著，平权语境下的内容生产成为新常态，开放、协作、共享、互利促使网络文艺的生产模式由传统封闭型转向现代开放型，而即时性、便捷性、伴随性、交互性就是其最明显的特征。网络文艺作品中的劲爆题材和流行角色往往以粉丝群体和大众阶层所制造的热点为核心，也确证了广大互联网用户已经主导内容生产。他们依托网络平台以自由灵活的方式工作，创造优质内容，获得丰厚收益，实现自我赋值（self-valorization）。互联网赋予社会任意个体以发声权利与表达通道，最大限度地激发用户的创造力与传播力，改变着传统思维方式与人际交往模式，并且触发当代文艺生产模式与审美结构的嬗变，文艺生产与文艺消费的界限逐渐模糊，传受主体的一体化趋势日益明显。可以说，中国式现代化视域下的审美嬗变，鲜明地反映在数字文化范式的转换上，它深刻改变了文艺市场格局，重塑了文艺生产机制。而贯彻精品化路线和推出高质量作品，就是网络文艺把握时代脉搏、引领社会风尚、弘扬传统美学、传播主流价值的最优路径。

中国网络文艺要实现高质量发展，还必须运用好系统观，从社会层面、产品层面、运营层面进行整体把握。从网络文艺的行业发展环境、上下游产业链、市场运行态势（细分市场、区域市场）、产业竞争格局等方面着眼，网络文艺的主流类型包括网络音乐、网络文学、网络影视、网络综艺、网络游戏、网络视频、网络直播等。近年来，“互联网+”所赋能的资源配置模式和价值形成机制转型，推动网民在新时代接受美学视域下更方便地转变为信息传播者、意见分享者、内容生产者、价值创造者，进而有效汲取广大用户所回馈的创新活力，实现全链路网络文艺生产。2022 年 11 月腾讯首播的电视剧《爱的二八定律》，创造平台弹幕互动量最快破百万网剧纪录。而当年 B 站播出的现象级动漫《间谍过家家》，播放量超过 5. 6 亿次，弹幕评论 253 万条，显示出网络文艺生产模式的巨大动势，以及传播路径的天然优势。网络文艺作为当下审美现代性的最重要载体，必将在进一步的创新性融合之中，充分释放其生产要素的巨大潜能，各种类型的创意生产也因此生机勃勃、欣欣向荣。

1. 网络音乐

很多用户在各类网站制作、上传视频作品时喜欢配乐，这极大地促进了原创和改编作品的生产和传播。2022 年，中国网络音乐平台的技术应用水平持续提升，国内网络音乐用户规模超过 6. 84 亿人。2022 腾讯音乐人年度报告显示，腾讯音乐开放平台总入驻人数超过 38 万人，音乐作品总量超过 230 万首，全年达到 1000 亿次以上的播放量。在多项针对校园音乐人的扶持计划推动下，富有才华的年轻创作者在华语乐坛崭露头角，潘韵淇的《见字如面》、王以诺的《红头船》、窦佳嫄的《Treasure》、陈童言的《空城》等，都在平台助力下获得更多关注。截至 2022 年底，波多黎各歌手路易斯·丰西（Luis Fonsi）、扬基老爹（Daddy Yankee）合唱的西班牙语神曲《慢慢来》（*Despacito*），在 YouTube 上的播放量超过 60 亿次，名列欧美网络榜单第一，但中国的网络歌曲《少年》仅在快手平台上的播放量就突破 130 亿次，可见我们的网络文艺生产和传播的超强动能，在全世界都可以说首屈一指。近两年，国际互联网技术的迭代创新，大大提升了用户的网络音乐体验，推动着中国音乐产业的数字化转型升级。

2. 网络文学

国内网络文学生产因其深厚的文化底蕴、新颖的美学风格，通过跨国和跨地区互联网区际传播不断引发热潮，不同国家和地区的创作者也能利用网络展开互动。网络文学的章节较短，方便读者随时跳读，以评论、点赞等形式进行线上互动，甚至参与共创情节，决定角色的命运走向，深度参与感又造成独特的粉丝黏性，使作品呈现出精彩的多轮反转，大大迥异于传统的文学生产模式，带有更强的共同性人际关系，其叙事架构也更符合跨文化传播特性。尤其是西方奇幻传说和中国神话故事具有逻辑同构关系，而且中国网络文学具有更瑰丽的想象和更生动的情节线，易于让国际受众所接受，语言上也便于翻译和理解，更适宜进行全球传播，目前不少经典产品还形成了大IP 产业链，成功地拓展了东南亚、东亚、欧洲和北美市场，成为讲好中国故事、传播中国声音、展示中国形象的重要力量。

中国社会科学院发布的《2023 中国网络文学发展研究报告》显示，截至 2022 年底，我国网络文学作家数量超过 2278 万人，用户规模为 4.92 亿人，市场规模达 389.3 亿元人民币。2022 年输出网文作品 1.6 万余部，受众群体遍及 200 多个国家和地区，访问用户规模达 9.01 亿人。《赘婿》《大讼师》《地球纪元》《大国重工》等 16 部中国网络文学作品被英国国家图书馆收录，囊括历史、现实、科幻、都市、言情、玄幻等热门题材。网文 IP 改编影视剧则带来更广泛的文化影响，2023 年 6 月发布的《中国网络文学在亚洲地区传播发展报告》显示，中国网络文学出海模式从单一作品授权的内容输出模式，转型升级为整体性的产业输出模式。在网络读者的相关讨论中，被提及最多的中国元素是道家、禅宗、美食、武侠、茶艺等，提及率排名前五的中国城市分别为北京、上海、香港、澳门和杭州。2022 年，仅亚洲市场上出版的中国网文实体书就超过 6000 部，翻译作品数量超过 9000 部。在国外电视台和视频网站上，《庆余年》《锦心似玉》《斗罗大陆》《风起陇西》等热门网文 IP 改编剧集受到追捧，全方位、立体化、多维度地展示兼具历史性、时代性的艺术中国形象。[①]

3. 网络直播

作为向用户提供信息和服务的重要传播形式，视频直播已经与更多的生活场景融合在一起。2021 年 4 月，国家互联网信息办公室、文化和旅游部、国家广播电视总局等七部门联合发布《网络直播营销管理办法（试行）》。截至 2022 年底，我国网络直播用户规模已达 7.51 亿，占网民整体的

① 张富丽：《网络文学在亚洲地区传播势头强劲》，《光明日报》2023 年 10 月 4 日，第 8 版。

70.3%。2022 年，中国网络直播领域市场规模达到 1249.6 亿元人民币。中国演出行业协会、抖音直播共同发布的《2022 年度网络直播文艺生态报告》显示，全年文化类直播同比增长超过百万场。2023 年 7 月，中国新媒体大会在湖南长沙举行，新技术、新应用受到广泛关注，直播平台的社会责任、直播带货的有益经验等问题引发热议。视频直播成为大众生活中消遣娱乐的重要渠道。作为一种新兴的传播形式，网络直播原本是一种有趣的互动方式，但在某些平台和主播的操作下，也可能变成一种低俗甚至弊端明显的竞争手段。对于直播中存在的乱象，必须给予高度重视，采取有效措施进行治理。国家及地方相继出台一系列政策法规，规范网络直播行业发展。2022 年 3 月，国家互联网信息办公室等部门联合印发《关于进一步规范网络直播营利行为促进行业健康发展的意见》。同年 6 月，国家广播电视总局、国家文化和旅游部《关于印发〈网络主播行为规范〉的通知》等专项管理文件陆续出台。国家网信办更启动 2023 年“清朗”系列专项行动，旨在整治直播环境问题，铲除直播乱象的生存土壤，形成风清气正的网络直播生态。

4. 网络综艺

2022 年上线的外景纪实类综艺节目《我在岛屿读书》累计展现量 17.1 亿次，累计播放量 1.4 亿次，相关话题累计阅读量 47 亿次，全网短视频播放量超过 5 亿次，豆瓣评分 9.1 分。[①] 自制网络综艺节目利用大数据精准定位受众，深度挖掘当代人的审美需求，创建丰富多元的互动平台，它不再依赖电视台或大制作公司，而由民营公司团队或个人广泛参与节目生产。网络视听产品多采取用户生产内容（UGC）模式，包括其下延的专业生产内容（PGC）和职业生产内容（OGC）等“去中心化”生产模式。腾讯视频、爱奇艺、优酷等平台，均面向视频用户、名人、机构、工作室、媒体、企业等，全面拓展内容合作渠道，从创意萌生、联合开发、共同生产等环节，体现专业的综艺理念、规范的操作流程。《侣行》《奇葩说》《再见爱人》《我

① 《“时代旋律 家国情怀” 年度优选发布!》，百家号，https://baijiahao.baidu.com/s?id=1766602588209846136&wfr=spider&for=pc，最后访问日期：2023 年 5 月 10 日。

们长大了》《很高兴认识你》等网综节目舞台上涌现的平民偶像，使得自制网综节目有了更高品质的保障，且更契合网生代受众的审美取向和表达方式，与各大卫视的传统综艺节目展开直接竞争。2022 年初，快手连续推出《时空店铺》《11 点睡吧》等关于即兴喜剧、睡眠健康的全新综艺类型。抖音综艺 2022 引擎大会正式开启新制作体系和试行控量投放，从内容层面布局迈向更深层次的模式探索；2023 引擎大会则进一步聚焦综艺性直播、沉浸式直播、场景化直播、展示型直播的交互融合，让用户充分体验即看即得的尊享服务，内容消费与商业增值实现无缝对接。各种网络文艺新样式的出现，都源于“互联网+”赋能下的用户红利攀升及其背后的流量密码。

5. 网络游戏

网络游戏在数字文化产业中具有重要地位。尚普咨询集团（S&P Consulting）最新数据显示，2022 年全球网络游戏用户规模为 28.7 亿人。中国是全球最大的网络游戏用户市场，2022 年中国网络游戏用户规模为 6.64 亿人，占全球网络游戏用户规模的 23.1%。全球网络游戏市场收入为 1326 亿美元，在全球游戏市场总收入中占 71.9%。中国是全球最大的网络游戏市场，2022 年国内网络游戏市场实际销售收入为 2658.84 亿元人民币，占全球网络游戏市场收入的 20.1%。[①] 根据产品形态和运营方式的不同，网络游戏可分为客户端游戏、网页游戏、移动游戏、主机游戏等类型。根据产品内容和风格的不同，网络游戏可分为角色扮演、策略、射击、卡牌、竞速、体育、休闲益智、模拟经营、冒险解谜等类型，角色扮演游戏（RPG）仍然是中国网络游戏市场的主流类型。网游企业应当注重不断提高产品创新能力，即根据产品特性、用户特征进行动态调整优化，提升用户体验和用户价值，与之形成良性互动。加强 IP 运营和内容建设，挖掘中华优秀传统文化内涵和社会价值，主动推进产品出海战略，拓展海外市场与新兴市场。利用社区圈层传播、二次元联合运营等渠道进行垂直化延伸和精准触达。注重通

---

① 方蔓桃：《2023 年中国网页游戏行业市场发展现状》，中研网，https：//www.chinairn.com/scfx/20231016/155437620.shtml，最后访问日期：2023 年 6 月 8 日。

过集体管理制度与互联网版权服务第三方监管平台，探索网络游戏授权和使用的新模式，合理分配版权上下游主体间的利益。运用数字与信息技术提高营销效率和效果，重视与网络影视、网络音乐、网络动漫等文艺形态的跨界合作，提升对用户需求和市场变化的敏感度、响应度，加强对 IP 资源的开发利用，并与其他文化产业领域形成深度融合发展态势。

6. 网络动画

网络动画借助新媒体平台逐步形成了庞大的产业，《2022 年全国广播电视行业统计公报》显示获得上线备案号的重点网络动画 330 部。根据国家广播电视总局网络剧片发行许可管理通告，2023 年上半年全国广播电视主管部门发行许可网络动画片共计 151 部，分别为都市题材 12 部，青少年题材 15 部，科幻题材 6 部，武打题材 6 部，其他题材 42 部，传奇题材是主流内容，为 70 部[①]。除数量丰富以外，网络动画比传统动画的用户群体更为多样，题材内容也呈现多元样貌。为提升创作能力以及推动优秀创意落地，政府相关部门以及运行平台逐渐完善人才资助机制，包括资金扶持、能力培训以及资源共享等。2022 年 11 月“首届中国动漫青年圆桌论坛”以“新时代・新青年・新力量”为主题，在中国动漫博物馆举行，旨在扶持青年人才成长、探讨未来发展方向，从而开创更加辉煌的中国动漫“新百年”。一些主流的视频平台，如腾讯视频、爱奇艺、搜狐视频等立足平台优势，在给予优秀动漫创作者资金扶持的基础上提供创意展示的空间，以更开放的姿态开拓国产动漫的边界。在多方的努力下，网络动画已经整体呈现出良好的运行生态，呈现了与国家和社会发展同步共振，不断释放出具有文化自信和产业自信的传播影响力。

7. 网络剧

2022 年 2 月，国家广播电视总局发布了《“十四五”中国电视剧发展规

---

① 国家广播电视总局：《国家广播电视总局办公厅关于 2023 年 1 月至 3 月全国国产网络剧片发行许可情况的通告》，http：//www. nrta. gov. cn/art/2023/4/24/art_ 113_ 64078. html，最后访问日期：2023 年 5 月 7 日；《国家广播电视总局办公厅关于 2023 年 4 月至 6 月全国国产网络剧片发行许可情况的通告》，http：//www. nrta. gov. cn/art/2023/4/24/art_ 113_ 64078. html，最后访问日期：2023 年 5 月 7 日。

划》，这为今后的剧集发展提供了指导思想与前进方向。而该规划提出的规范市场秩序，优化市场环境，健全管理制度，将促使电视剧朝着精品化方向发展。于此“东风”下的网络剧也涌现了大量优秀作品，得到市场和大众的双重认可。2022 年获得上线备案号的重点网络剧有 251 部，网络微短剧有 336 部①。而 2023 年 9 月国务院新闻办举行“权威部门话开局”系列主题新闻发布会，指出我国已成为广播电视和网络视频文艺创作生产大国，上半年发行网络剧 112 部②。备案剧集虽然较往年有所减少，但已进入“减量增质”阶段，呈现现实主义精神与浪漫主义情怀结合、传递积极向上的精神力量的特质。内容创作亦逐步走上正轨，摸索出多种道路，如严肃文学、大 IP 改编、优秀中华传统文化的创造性转化和创新性发展赢得大众青睐。与此同时，产业制播迎来新形态，一是网络剧与电视剧壁垒开始打破，促使产业整合转型；二是参与式文化背景下，网络剧的生产、传播逐渐融合，用户在剧本创作、拍摄以及传播中发挥作用；三是技术赋能引领创新，影视公司开始将新技术引入创作、传播等。如虚拟现实、增强现实（AR）、混合现实（MR）、交互影像等技术正在重塑媒介的发展，从而也带来了新的感知比率，在对传统影视视觉进行重组的同时，也对人类的感知系统进行再造，使得影视创作呈现新面貌。

8. 网络电影

网络电影一般由网络视频平台自己制作，不同于一般的院线电影，网络电影的制作门槛、成本相对较低，但由于制作周期短、传播速度快，可以在短时间内迅速占领市场，成为近年来重要的视听内容。国家广播电视总局发布《“十四五”中国电视剧发展规划》以后，鼓励网络视听行业高质量创作，优秀的网络视听节目示范引领作用持续加强。2022 年获得上线备案号的重点网络电影有 426 部，2023 年上半年国家广播电视总局发行许可网络

---

① 国家广播电视总局：《2022 年全国广播电视行业统计公报》，http://www.nrta.gov.cn/art/2023/4/27/art_113_64140.html，最后访问日期：2023 年 5 月 10 日。

② 国家广播电视总局：《国家广电总局：分 3 阶段全力治理电视“套娃”收费》，http://www.nrta.gov.cn/art/2023/10/2/art_3927_65950.html，最后访问日期：2023 年 10 月 16 日。

电影共124部，较去年数量明显减少，开始自觉深耕内容，追求质量提升。其中都市题材的有25部，公安题材的有7部，科幻题材的有11部，传奇题材的有25部，武打题材的有10部，农村题材的有7部，青少题材的有5部，革命题材的有1部，其他题材的有33部[①]。网络电影正努力抓住互联网迅猛发展的时代机遇，调整自己的产业结构、行业水准以及提升品质和口碑，从一个新生事物向成熟的文化产业转变，来满足人们日益增长的审美需求。同时，2022年6月1日起，网络剧片发行许可证开始使用，标志着网络电影进一步规范化发展。平台分账策略、核心供给力量、商业匹配模式以及用户消费习惯都在发生变化，网络电影行业自律性开始显现，从而给予创作者动力和信心，开启新的发展征程。

9. 短视频

截至2023年6月，我国短视频用户规模为10.26亿人，较2022年12月增长1450万人，占网民整体的95.2%[②]。根据《2022年全国广播电视行业统计公报》统计，2022年网络视听收入为4419.80亿元，而短视频和电商直播等其他收入增长迅速，达3210.42亿元，同比增长22.51%[③]。短视频目前涵盖了社会生活的方方面面，并依靠生产和传播的全民性、即时性、社交性、互动性、分享性以及内容生产的便捷性、丰富性与当下性，与现实生活日益成为“一体化”的空间。短视频缩短了现实与网络的距离，带来现实生活的“媒介化”，也成为趋向主流化的视听新形态。这促使短视频平台开始探索高品质内容创作，通过优化内容供给来构建良好生态。如抖音、

---

① 国家广播电视总局：《国家广播电视总局办公厅关于2023年1月至3月全国国产网络剧片发行许可情况的通告》，http：//www.nrta.gov.cn/art/2023/4/24/art_113_64078.html，最后访问日期：2023年5月7日；《国家广播电视总局办公厅关于2023年4月至6月全国国产网络剧片发行许可情况的通告》，http：//www.nrta.gov.cn/art/2023/4/24/art_113_64078.html，最后访问日期：2023年5月7日。

② 中国互联网络信息中心（CNNIC）：第52次《中国互联网络发展状况调查统计报告》，https：//www.cnnic.net.cn/NMediaFile/2023/0908/MAIN1694151810549M3LV0UWOAV.pdf，最后访问日期：2023年9月13日。

③ 国家广播电视总局：《2022年全国广播电视行业统计公报》，http：//www.nrta.gov.cn/art/2023/4/27/art_113_64140.html，最后访问日期：2023年5月9日。

快手两大短视频平台开始不断延伸新的业务，通过与搜狐视频、爱奇艺以及腾讯视频等平台合作，围绕长视频的二次创作、传播展开讨论，以期实现长短互促、产业共荣。目前来说，这种二次创作具有三种模式：一是基于大众碎片化、快节奏的生活惯习，优先剪切长视频亮点内容进行传播；二是对长视频亮点内容再创作，通过加入字幕、背景音乐等来适应短视频用户的审美、消费习惯；三是不同长视频的整合混剪，形成“你中有我，我中有你”的融合视频，从而满足用户多样化、差异化的需求。

（三）网络文艺的审美特征

网络文艺作为新时代最生动、最丰富、最精彩的数字文化产业类型，随着互联网媒介科技的极速发展，在数量上呈现爆发式增长，并且通过多渠道传输、多平台展示、多模态体验、多终端推送，充分实现了裂变式传播（fissure propagation）。《2022 中国网络文学蓝皮书》显示，网络文学已经成为网络影视、网络游戏、网络动漫等创意产品最重要的内容源头，大约60%的热播网剧、50%的线上动漫都由其改编而成，2022 年网络文学 IP 有声授权达 10 万部，占到总授权量的 80%以上。在年度播放量排名前 10 位的国产剧中，网文改编剧有 7 部，在豆瓣口碑排名前 10 位的国产剧中，网文改编剧有 5 部。诸如《开端》《苍兰诀》《风吹半夏》《卿卿日常》等代表性作品，在这方面表现尤其突出。[①] 总体而言，这两年国内网络文艺的媒介话语表达与传统话语表达相比较，呈现出多元化、地域化等鲜明的审美特征。

智能屏性媒介在互联网和大数据支持下使用越来越普遍，操作越来越方便，网民数量也因此趋于极度饱和状态。网络文艺生产主体实现了最大程度的多元化，网络文艺产品也在题材、风格、形式上变得日益新颖丰富，去中心化倾向尤其明显。在互联网海量内容的长尾曲线（The Long Tail Curve）上，各种亚文化、小众文化、非主流文化得以聚集起来，在获得特定网络人

---

① 中国作家协会网络文学中心：《〈2022 中国网络文学蓝皮书〉发布》，《文艺报》2023 年 4 月 12 日，第 2 版。

群的认同之后，在一定程度上开始张扬个性、彰显新意。以最具代表性的网络文学为例，今天网络文学已发展为成熟的文化经济业态，从最初偏重玄幻题材作品，到如今更多重视现实题材作品，在制度设计、平台加持、群体共创等多方力量的推动下，日益显示出非凡活力和巨大影响力。即便如此，其在文化产业市场上仍然保持小幅稳步上升的趋势，发展前景良好。近两年，网络文学的内容愈加多元化，形成玄幻、奇幻、武侠、都市、现实、科幻、历史等 20 余个大类型、200 多种内容品类，满足不同圈层读者的消费需求。特别是各种现实题材征文大赛评选出一系列高质量作品，在记录伟大时代、传递主流价值、讲好中国故事等方面卓有成绩，被看见、被传播、被扶持，并走上产出优质内容的快车道。

网络时空中的每个用户既是生产者又是传播者，并且延伸出无穷的连接，在极大地提升文化产品传播效能和影响力的同时，也使得分散于不同地理空间中的趣缘群体实现密切的联系，彼此通过高参与度、强互动性的共享行为，建立起具有相似审美风格的社群。所有的网民都是潜在的网络文艺作者，都可能以用户生成内容的方式进行具有鲜明个性的文艺生产实践。在互联网群体传播形态下，包括网络文学、网络视频、网络游戏等样式在内的网络文艺作品，构筑起一个追求个性化、时尚化、潮流化的新型审美空间，其对当代文艺生产格局的影响、对当代大众文化结构的渗透、对当代创意产业形态的重塑，正在不断引发学界和业界的普遍关注。在整体多元化态势下显示出包括主流化、经典化、精品化在内的风格化倾向，一大批现实题材网络文学作品产生了更为广泛的影响力，而科幻题材网络文学也从小众走向大众，呈现出极强的生产力、影响力、辐射力，其整体性崛起进一步推动了网络文艺产业的发展壮大。

在成本低廉的超时空场域中，网络文艺产品的流通非常便捷，与受众紧密贴合，互动连接轻快流畅，各大互联网平台还迎合大众观看习惯，推出单手持机观看、时长 3 分钟左右的竖屏微网剧。在当下碎片化的移动互联时代，网络文艺的轻量化生产成为流行趋势。中国网络文学发展依次走过早期文本表达、中期视觉呈现两个阶段，目前已进入沉浸体验的第三阶段。影视剧微型化浪潮助推网络文学作品被更广泛人群接纳，凭借云技术、大数据和人工智能产业的成果支撑，科技赋能下的网文阅读进入沉浸式体验的新阶段。同时，网文产业也面临着如何融合新科技、新媒介突破转型升级瓶颈。网络文学生产近年来逐步与在线剧本杀、元宇宙等新领域联动，实现内容共创。跨领域 IP 运营正在成为网络文艺产业各平台争相发力的赛道，不断拓展原创 IP 以不同载体向外拓圈的可能。比如咪咕数媒的有声读物、视听小说、互动绘本、微短剧等内容形态，已然形成一套相当成熟的 IP 孵化体系，充分实现网文 IP 的价值倍增，让网文轻松可阅却不止于“读”。

虽然网络文艺的跨地域即时传送优势，使得网络文学、影视剧、综艺节目、长短视频等各种形式，都反映出强烈的超空间、共感觉情境，但是具体作品中体现了鲜明的地域化特色，而且这种特色越独特、越显著，受众群体就越多，反响也越好。比如知名网络作家吴半仙的三部网文代表作《月满长街》《守鹤人》《丰碑》，分别入选 2020、2021、2022 年度中国作协网络文学作品重点扶持项目，采取网络现实主义和爽文写作模式，在注重故事线展开的同时，有着强烈的地域文化传承与展示，极大地提升了原创作品的思想性和艺术高度。尤其是《守鹤人》讲述扎龙自然保护区三代丹顶鹤守护人的故事；《丰碑》讲述为东北抗联烈士寻亲的感人故事，独特的地方性与人情味共同造就了优秀作品；《月满长街》也在城市老街区保护的故事情境里体现着鲜明的地域特色，乡愁是许多网络作品内涵的表达重点，特色地域文化也因此得以生动彰显。而精品古装网络剧融入经典的地域文化元素，比如民艺、节庆、坊巷、园林等在影视剧本中的植入，使秦声汉调、唐风宋韵的传统场景叙事，凸显平民史诗的温暖质感，许多作者运用民间话语体系建构中国人的自我体认与文化自信，以高品质创作讲好中国故事，而人的艺术天性也在互联网迭代跃升与新科技变革创新中被持续不断地激活，融入全新的网络生态之中。

随着网络文艺实践的丰富和网络文艺观念的更新，网络文艺范畴逐渐清晰化、体系化。对新文艺现象的理论研究也日益活跃，特别是从传播媒介层面来理解网络文艺生产，尝试构建起崭新的思考维度。从理论新视角对网络

文艺产品进行叙事分析、审美探索与价值评判，并从创意产业层面对 IP 生成转化、跨媒介改编、粉丝经济等问题展开讨论，总结实践经验与提出发展路径，或者考察网络空间亚文化群体的身份认同与文化自觉。互联网技术以自由、开放、共享的激进姿态，构筑起创造力、创新力无与伦比，但规则与秩序尚未形成的崭新场域。媒介的去中心化并不必然导向人人都是艺术家的愿景，科技民主观念也不会自动生成人民性立场，互联网场域决不能被简单理解为平权主义的渊薮。比如在商业资本“看不见的手”（an invisible hand）的操控下，网民的主体性、能动性、多面性往往被遮蔽，有感而发的原创表达极有可能沦为生产线式的类型化创作。各种网络文艺产品需要依托平台方强大的融资、策划、制作与运营来崭露头角，因此会面临同质化和路径依赖的危机，唯有实现自主创新才是突围之道。新时代的中国网络文艺应当凭借科技之力更好地推动高质量生产，因为只有提供给受众以丰富的具身经验性、情感体验性、精神审美性和智慧启迪性，才能在数字时代的新蓝海中脱颖而出。网络文艺生产绝不是对传统模式的简单拒斥即放弃理论化和思想性，否则后果便是意义有效性、历史合法性将失去必要的逻辑支点；而是要熟练应用互联网思维，以深入浅出、雅俗共赏的言说方式阐述自己的深刻洞察与精准研判。

在互联网媒介科技的强力加持下，商业资本可能通过大数据分析与算法设计来提供智能化服务，让用户渐渐养成被动受传而放弃主动思考的媒介使用习惯，个性化定制看似将欣赏文艺作品的选择权、自主权赋予用户，但实则由算法编织起来的信息茧房（information cocoons），阻断了用户与外部世界的真实链接。比起过去文化霸权（cultural hegemony）的粗暴操控，这种技术化的隐性操控更不易察觉。同质化网络作品的不间断推送，使得用户在舒适区中逐渐弱化自我主体性，难以主动抵抗或参与协商。而随着信息技术的迭代跃升，智能化、精准化、个性化的服务使用户产生高度依赖感，同时也增强着平台的用户黏性，更隐蔽地达到限制个体思考、攫取超额利润的唯商业目的。因此，在技术主导的泛媒介化社会（Pan-Media society）中，“媒介是人的延伸”很可能反转为“人是媒介的延伸”。在高技主义借数字经济之名再度风行的当下，网络文艺产业如江海奔腾却又鱼龙混杂，对其的有效治理方式应该是去伪存真、激浊扬清。这就要求我们必须坚守价值底线，平衡好商业利益与社会效益，充分发扬互联网场域中的文艺民主精神，尊重个体记录时代变迁、反映现实生活、表达内心情感的创作诉求，利用便捷高效的信息技术与立体多元的传播载体，在百花齐放的争鸣与百川汇海的交融中，重构中国网络文艺的主体意识与丰富面相。唯其如此，才能使网络文艺生产不因认知粗浅、审美匮乏以及资本挟持、制度缺失，而被遮蔽其鲜活的生命力，履行好举精神旗帜、立精神支柱、建精神家园的时代使命。从而充分释放出独特的美学价值与巨大的文化潜能。

三　网络文艺的时代价值与批评范式

2022 年，我国数字经济规模达到 50.2 万亿元，GDP 占比 41.5%，彰显出巨大的发展潜力和无穷的创新活力，数字文化产业也正在为中国经济社会发展注入新动能。2022 年 7 月，世界互联网大会国际组织在北京成立，旨在搭建全球互联网共商共建共享平台，推动国际社会顺应数字化、信息化、网络化、智能化趋势，共迎安全挑战，共谋发展福祉，携手构建网络空间命运共同体。2023 年 6 月，世界互联网大会国际组织首个代表机构浙江办事处正式设立。而众所周知，中国网络文坛的浙江现象早已成为业内典范案例，《芈月传》《斗破苍穹》《大江大河》《雪中悍刀行》《知否知否应是绿肥红瘦》等网文代表作风靡全网，跨媒介改编和海外传播热度居高不下。如今，我国已经形成全球最大的数字社会，明年又将迎来全功能接入国际互联网 30 周年。我们站在全新的历史起点上昂首出发，阔步迈向网络强国的新征程。在如此宏伟浩瀚的新时代大背景下，更要深刻地把握住时代主题，不断拓宽拓新文艺生产的空间与形态，推动中国网络文艺展现蓬勃的生机活力。

（一）网络文艺的价值表征

互联网媒介科技的迅捷更迭，对文艺创作与消费的思维模式和审美习惯产生了深入而持久的影响，其超时空特性大大降低了文艺创作门槛，网络作家、网红歌手、网剧明星、网综偶像以及视频博主、数字画师、自媒体主播等网生艺术家群体强势崛起。网络文艺因网而生、向网而盛，它全面释放大众的文艺生产潜能，网络平台建设不仅优化了文艺创作者生存发展的环境，也拓宽了文艺产品实现社会价值的通道。当然，新时代网络文艺创作主体的多元化，也在一定程度上造成某些网络文艺产品的方向迷失、观念模糊、内涵不足、意义稀缺。尤其是现代商业资本对网络空间文化生产模式的隐性操控，使得原本旨在促进平等公正的开放式创作，反而造成纯粹消费导向的大规模和标准化生产。在这个嬗变过程中，有些网络作者放弃了持正守德的基本立场，创作内容上出现三俗乃至反美学、反人性、反文明倾向，一定程度上损害了网络文艺的道德感召力、价值创造力、文化凝聚力，甚至刻意歪曲崇高、丑化经典、颠覆历史，背离注重人民性的社会主义文艺创作立场，也偏离了世界文明史的观念框架和范式体系。因此，我们亟待进一步规范文艺评价标准，注重引导网络文艺主动传达时代精神，积极弘扬核心价值观，提升全民族的文化归属感与价值认同感。在这个大时代充满正气、朝气、锐气的恢宏语境之中，中国网络文艺的价值表征更加鲜明地反映在以下五个方面。

1. 开放化

互联网与信息科技的加速发展，使得文艺生产的自由度大大增强，生产主体的身份、地位、阶层等差异逐渐弱化，文化自觉性、自信心不断提升，在开放的内容生产环境中，充分实现了主体的自我塑造、自我赋值。主体性的崛起带来的是表达权的开放、传播权的分化，受众摆脱了以往单向传播中沉默的大多数的地位，被压抑的审美表达欲望和文化创造力，获得了在网络时空中充分释放的可能。网络文艺生产打破了大众传媒对文化的垄断，实现了表达权、话语权的再分配，使普通网民在文艺创作中的主体性得到极大提升，用户生产内容创造出迥异于传统文艺作品的表达方式和审美价值，这种颠覆性的模式以鲜活生动的草根特质体现着互联网世界的开放、平权、共享和附着其上的去中心化精神。各行各业的一线工作者正在源源不断地加入网络文艺生产大军，他们在互联网上尽情描绘和展现当代中国的科技进步、经济腾飞与社会繁荣。何常在的《奔涌》聚焦人工智能技术，观照现实、聚焦时代，从基层工程师的视角记录社会变迁和城市发展。匪迦的《关键路径》倾情描写国产大飞机研发领域的生动故事，展现几代航空人砥砺奋进的整体风貌。而人人都是艺术家的愿景，只有在互联网媒介科技极大发展的今天，才拥有了无限的可能，专业生产内容、职业生产内容、用户生产内容逐渐成为网络文艺生产的主要方式。

2. 社交化

随着移动互联网与智能终端的大规模普及，网络文艺生产体现出超越既定时空的特质，可以随时随地进行即刻表达，并满足大众的社交需求，它相比传统文艺创作更能抒发自我情感和表达独特感悟，实时互动所形成的现场感和共情氛围，更令用户体认到强烈的社群归属感，继而形成牢固的消费者群体。如第四届七猫中文网现实题材征文大赛以“中国密码——光荣与梦想”为主题，与爱奇艺平台合作，从评审阶段便对参赛作品进行 IP 影视化、动漫化、游戏化等跨域开发的溢价估值，并将此作为获奖的评定指标之一，充分体现了当代网络文艺与社会大众的互动感，这也是社交媒介影响文艺生产模式的一个重要表征。人气网文作家圆月四九的《哈啰，熊猫饭店》聚焦中华美食与烹饪智慧，在书写百年来欧洲华商心血传承之中，贯穿始终的家国情怀缱绻感人，与海外华人群体互动性强、代入感高，社交型传播效果非常显著。可以说，当代互联网社交媒体深度融入日常生活，极大地改变了社会大众的思维、工作、生活、学习、交流和娱乐方式等，社交媒体的虚拟性、即时性、个性化特征，也对大众文艺形态产生了深远影响，催生出各种网络时代独有的文艺现象。当然，网络社交泛化也会造成一些文艺创作格局小、形式糙、内容浅、意蕴少等不足。

3. 情感化

新时代网络文艺生产的繁荣，也在提醒我们只有具备打动人心的燃点、笑点、泪点和痛点，才能收获更多流量，赢得更高知名度。情绪价值（emotional value）在网络文艺产品流通过程中，往往能够展示出更广泛的辐射力。有故事、有美感、有温情、有震撼力的网络文艺作品，构筑起引发巨大时代共鸣的情感共同体。当然，过于强烈的煽情手段，刻意放大作品的娱乐属性，戏剧性表达方式的过度使用，很多时候成为吸引用户关注、获取经济收益的功利化手段，有些网络作者因此专注于制造快感而非探寻意义。这就要求我们一方面要加强引导，一方面要锤炼品质，以优秀作品为标杆，激励广大作者以家国情怀投入书写历史、书写时代的创作实践，做到情节、情感双向铺展，体现出满满的正能量。比如黑白狐狸的《我为中华修古籍》关注传统古籍修复与保护的文化心灵，白马出凉州的《漠上青梭绿》谱写三代人治沙致富的西北乡村变迁之歌，竹正江南的《天年有颐》展示上海新时代养老体系建设中攻坚克难的改革成果。奇树有鱼出品的网络电影《穷兄富弟》以温暖的目光观照面临生离死别的普通民众，芒果 TV 网综节目《声生不息·宝岛季》以两岸金曲共唱连缀起全体中国人的文化记忆和民族情感。国家广电总局、文物局联合推出的网络音频节目《见证新时代·新物心声》，让当下的新物件表露心声，以真人、真事、真情讲述我们正在经历的丰富多彩的新时代故事。

4. 主流化

《2022 中国网络文学蓝皮书》显示，当前网络文学已经成为文化创意产业的重要源头，在海外传播中展示出强劲态势。近两年更凸显现实与科幻两极领跑的创作格局，2022 年现实题材作品强势发展，新作达到 20 余万部，以小故事折射大时代，开拓出主流化的新天地，实现网文的经济效益和社会价值的同频共振。知名新主流网文作家银月光华（李遨）的《大国蓝途》讲述一代代科技工作者毅然奔向深海，带领中国水下机器人取得突破性进展。匪迦的《北斗星辰》入选 2021 年中国作家协会重点作品扶持项目、建党 100 周年光辉历程优秀网络文学作品名单。胡说的《扎西德勒》入选中国作家协会网络文学中心“喜迎二十大”优秀网络文学联展作品。银月光华的《先河一号》入选 2021 年度中国网络文学影响力榜之网络小说榜，并以《大国盾构梦》为名称实体出版。冰可人的《女检察官》入选 2022 年中国作家协会网络文学重点作品扶持项目，成为中华民族复兴主题 8 部入围作品之一。在内容精品化趋势的推动下，2022 年网络文学海内外主流化程度显著提升，144 部网文作品入藏国家图书馆，10 部网文作品的数字版本入藏中国国家版本馆，16 部网文作品被英国国家图书馆收录。爱奇艺的网络剧《球状闪电》弘扬科研人员的大爱精神，芒果 TV 的网络剧《江河日上》聚焦生态环境的治理事业，腾讯视频的网综节目《当燃青春》探访各行各业为国奋发的青年群体。当今时代，人民呼唤更多更好的文艺作品，网络文艺生产应主动扣紧时代脉搏，努力讲好中国故事。

5. 精品化

近年来，国内网络文艺生产方式开始出现明显转变，网络电视剧的短剧化趋势日益凸显，爱奇艺的《隐秘的角落》、快手的《长公主在上》、抖音的《柳夜熙：地支迷阵》、芒果 TV 的《轰炸天团》等均因精练的题旨、清晰的结构、简洁的内容、紧凑的情节、流畅的叙事赢得良好口碑。网络电影的创新探索则带来可观的市场收益，《硬汉枪神》《藏草青青》《目中无人》《三线轮洄》等不同类型作品均获得广泛认可。自制网综节目普遍注重品牌化效应，爱奇艺的《乐队的夏天》、腾讯视频的《创造营》、优酷的《这！就是街舞》、搜狐视频的《抱走吧！大明星》、知乎的《我的高考笑忘书》等均体现出制作系列化、审美生活化、内容垂直化、种类多样化等鲜明特色。优秀的网络动漫产品也是佳作频现，网络动画《雾山五行》以其经典的水墨画风营造出极致的视觉情境。在网络游戏领域，动作角色扮演游戏《黑神话：悟空》以《西游记》为故事蓝本构建起逼真的东方奇幻世界，开放世界冒险游戏《原神》更是成为中华美学全球传播的经典案例。网络纪录片则以现实主义视角与人文情怀而引人瞩目，如爱奇艺的《离不开你》、腾讯视频的《风味人间 3 · 大海小鲜》、优酷的《重返狼群》、西瓜视频的《你好，儿科医生》等。中国网络文艺发展方向已从早期的简单粗放、以量取胜，转变为稳量提质、增效扩容，今后将更加注重精品化生产的有效组织和高效管理，最大限度地避免内容同质、类型跟风、模式复制、流量至上等问题的出现。

近两年，现实题材和言情题材成为网络文学改编的主力赛道，而悬疑、

科幻、玄幻则为IP改编的潜力赛道。爱奇艺等平台以一流的IP价值开发能力，累积起大量超级IP、系列IP，许多IP已经实现影视化、动漫化、游戏化、有声化开发。比如爱奇艺出品的现实题材网剧《狂飙》《人世间》广受观众好评，豆瓣评分均超过8.0分。各大平台的优秀作品通过在线播放、实体出版、动漫改编、影视授权、游戏设计等创意方式不断打开局面和提升规模，取得良好收益与反响。比如腾讯视频、七猫影业联合出品的自制网络微短剧《我的医妃不好惹》。改编自2023年第三届"金七猫奖"获奖作品，姑苏小七的《神医毒妃不好惹》，2023年4月底在腾讯视频正式上线并三季连播。我吃面包的《九阳武神》由万物有光影视公司改编为网络动画，在爱奇艺平台播出。由网络作家二月春小说改编的同名网剧《登雀枝》已在爱奇艺平台备案开发。网文IP有声化开发也在持续推进，比如改编自北川的《寒门枭士》的同名有声剧，目前在喜马拉雅平台上的播放量已经突破2亿次。在市场环境和相关政策的激励下，各类优质IP层出不穷，腾讯视频出品的网剧《赘婿无双》改编自凉拌毛豆的《第一狂婿》，另一部腾讯视频的热门网剧《我是旺夫命》则改编自五贯钱的同名小说。2023年6月腾讯视频发布2023大剧片单，共有超过170部剧集在列，其中超过90部已在筹备，聚焦共创和向上的时代主题，并且与新丽、阅文、柠萌、中文在线、华策影视、银河酷娱、恒星引力、耀客传媒等制作机构展开多题材、多通道、多向度的多元化合作。

在以规模化智能媒介为主导的移动互联网时代，受众对网络文艺的根本需求已不再局限于单纯的文本，实体书、有声读物、影视剧、动漫产品等多样态的呈现形式和各种周边产品单独或系列化地构成爆款网文IP的标配与高配。在当今智能新媒体繁荣的大背景下，网络文学的创新更多地体现在多题材创作、广渠道传播、全链路开发三大生产特色。从网络小说连载到电影、电视、戏剧、动漫、游戏、有声剧等多种形式的改编产品，中国网络文学的价值热点被持续放大。网络文学不仅是起步最早、持续性最高、影响力最广的网络文艺类型，也是中国互联网创新发展30年的经典缩影。进入21世纪以来，网络文艺的魅力和价值鲜明地反映在从产品内容到营销模式的整体产业形态上，已经成为当代中国文化产业的重要组成部分之一。

综上所述，各领域专家和基层工作者，包括科学家、工程师、艺术家、设计师、体育从业者以及学者、教师、医生、警察、打工者等，纷纷在互联网空间化身为自由码字人，丰富的角色赋予网络文艺作品以更高的社会贴合度，创作水平不断提升，描绘的广度和深度不断扩展。中国科幻大师刘慈欣的本职工作就是水电计算机工程师，而他的《三体》系列已经成为中国科幻文艺创作的里程碑。随着“互联网+”时代进阶到元宇宙，将会继续推动现实题材、科幻题材、都市题材网文创作良性发展，探索优质 IP 的深度开发和价值最大化。而作为几乎所有类型跨媒介改编源头的原创 IP，网络文学对下游行业的辐射带动作用日益凸显，已经成为探索网络文艺多元化发展，丰富文化产业生态的核心力量之一。未来中国网络文艺生产应当进一步加大对原创精品的扶持力度，坚守政治立场，把握好发展方向，深入生活锐意创新，讲好中国故事，传播好中国声音。

互联网空间成为文艺灵感、创意内容等酝酿生成的最主要场域，为中国文化产业的高质量发展提供新生产动能、新传播手段、新消费活力。快手、抖音、腾讯微视、土豆、西瓜、秒拍等短视频平台，大大拓展了优质文艺产品的消费形式和消费渠道。网络直播、长短视频以及网络游戏、动漫、文学、音乐等各种网络文艺形态呈现无比强大的想象力、创造力、影响力、辐射力，许多优秀作品成为主流文化建设工作中的新生力量。新冠疫情虽然给文化产业发展带来负效应，但是各种形式的“云演出”频频火爆出圈，也为网络文艺生产带来巨大机遇。比如互联网展演展播为地方戏曲、小众文艺提供了广阔的发展空间，推动传统文化艺术破圈、出圈，屡屡成为文化新闻头条。2022 年，北京人民艺术剧院在 70 周年院庆之际，推出剧本朗读、经典剧目放送与导赏等线上活动，引来 1.4 亿次的流量，仅话剧《茶馆》6 月 12 日的晚间直播，全网观看人次高达 5000 万。当年抖音上举办京剧表演艺术家史依弘个唱、长沙市花鼓戏保护传承中心进驻抖音等事件，也有力推动了传统戏曲的破圈传播。

互联网平台极大地拓宽了文艺活动的参与度，专业生产内容、用户生产内容等融合发展。广大文艺爱好者借助网络直播尽情展现才艺，与专业文艺工作者共同推动文化产业高质量发展。《2022 抖音数据报告》显示，2022 年全年抖音演艺类直播超过 3200 万场，同比上涨 95%。根据 2022 年《抖音非遗数据报告》，1557 个国家级非遗项目中，抖音覆盖率达 99.74%，国家级非遗项目视频播放量总数超 3726 亿。《2022 抖音戏曲直播数据报告》显示，共有 231 种戏曲在平台上开通直播，全年播出超过 80 万场，累计观看人次 25 亿。热度攀升最快的五类演艺直播是音乐剧、中国舞、话剧、喜剧、杂剧，最受欢迎的地方剧团怀宁县黄梅戏剧团共获点赞量 3.6 亿次，中央美术学院入列最受欢迎十大高校直播平台。在助力社会价值传递一栏，网络平台的表现尤其亮眼，比如潮流抖音传播民族音乐、传统戏曲、国潮手艺火爆全网。全年抖音用户打卡 6.6 亿次，遍及世界 233 个国家和地区，其中西安大唐不夜城不倒翁小姐姐视频，以播放量超过 23 亿次高居榜首。网络直播平台成为艺术教育最便捷、最高效的实施场所，中国舞蹈家协会主导的舞蹈传承计划，在抖音云上舞台项目中取得极佳的社会美育效果。可见，作为网络文艺新类型的视频直播已经实现了与多种艺术的深度融合，完成了从最初作为辅助性、补充性的单一传播形态，到成为复杂多元的跨媒介传播形态的阶梯式发展。

《中国未成年人互联网运用报告（2022）》显示，未成年人上网率达 99.9%，使用短视频软件的未成年人比例超过六成。更深更广地运用好互联网平台，推动高质量文艺创作与网络空间建设的双向奔赴，才能真正发挥文艺立心铸魂、成风化人的重要作用，才能不断满足人民群众多样化、多层次、多方面的精神文化需求，才能更好地促进人的全面发展，培养担当民族复兴重任的时代新人，才能源源不断地为中华民族伟大复兴注入强劲的精神动力。2021 年，“实施文化产业数字化战略”被写入“十四五”规划和 2035 年远景目标纲要；2022 年，《关于推进实施国家文化数字化战略的意见》将加快文化产业数字化布局作为推进战略实施的八大重点任务之一。自“十四五”规划出台以来，数字产业化和产业数字化发展趋势不断增速，国家持续加强数字文化产业顶层设计，新业态蓬勃发展，新活力持续迸发。

近两年的网络文艺生产在当代中国发展进程中，充分发挥了传播主流价值、引领时代风尚、激发文化活力、展现中国面貌的重大作用。它极大地改变了传统文艺作品创作与接受的刻板模式，借助互联网平台不断创新其表达方式和传播手段，有力地推动了中国特色社会主义文化的繁荣发展。根据《2022 年度中国数字阅读报告》，目前国内数字阅读用户已达到 5.3 亿，涵盖网络阅读、移动终端阅读、声画阅读、虚拟阅读等领域。这些网生代人群日常使用的文本阅读方式，实现了受众从静态接受到动态参与的转变。因此，我们需要注重对网络文艺产业发展模式的动态研究，不断探索和总结其生产经验与实践智慧。

2023 年 6 月，世界互联网大会数字文明尼山对话在山东曲阜举办，主题为“人工智能时代：构建交流、互鉴、包容的数字世界”。此次对话旨在探索人工智能对人类文明可能带来的机遇与挑战，未来我们将以何种形式促进人类社会发展，并在数字时代更好地挖掘历史文化的新价值，加强国际艺术人文交流合作，为数字技术发展开辟新路，探索全球互联网与数字治理的可行范式，共同推动人类文明进步，以互鉴与包容的姿态携手构建网络空间命运共同体。而在同年 7 月播出的高端访谈节目《看见 2033》中，中兴通讯王翔、英特尔市场营销集团庄秉翰两位业界精英，共同探讨数字世界的加速成型，而高能算力变革所推动的通用 AI，也将在更大的范畴中为互联网文艺生产赋能。可以说，网络文艺产品既满足了当代大众在新时代背景下进行主体表达展示与多边互动交流的愿望，也正在在多个层面创造无限的延伸可能性，为人类命运共同体和人类文明新形态的构建发挥重要作用。

（二）网络文艺的批评范式

最近十年来，国家层面上对中国网络文艺发展的价值引领表述，深刻反映在有关文化艺术发展的顶层设计及其话语文本中。目前，国内网络文艺制度建设正在稳步推进，为跨媒介叙事景观塑造以及一体多元、互动共创的生产模式提供强有力的保障。中国网络文艺批评范式在坚持传统中又有新变化，它进一步超越了以往由专业人士、媒体人士、民间人士构成的批评矩阵，逐渐汇聚起多元主体的磅礴力量。

《2022中国网络文学蓝皮书》将近年来中国网络文学发展的基本成就和基本经验，精辟地概括为五个主要方面：一是网生原创作品量巨大且类型丰富；二是形成文化产业重要的内容源头；三是升格为中华文化走出去的亮丽名片；四是相关评论研究不断加强；五是作者队伍迭代发展不断壮大。[①] 蓝皮书首次将批评范式的建构、完善与优化，上升到基本经验和基本成就的高度。新时代中国文化发展环境的巨大变迁，促使中国文艺创作与批评面貌也发生重大改变，鲜明地呈现出理论转向、观念嬗变、话语细分等复杂的发展态势。由此，各类网络文艺批评实践时常出圈越界，并且产生广泛而深刻的社会影响。随着网络文艺批评成为独特的文化景观，各类数量庞大的泛文艺批评群体，集结在各大网络社区和文艺类网站，成为不容忽视的重要力量。"互联网+"赋能的最显著现象，就是推动自媒体平台极速扩张，网络文艺批评日益展现出强大活力，从早期的网络论坛、博客到微博、微信公众号，再到短视频，弹幕、直播等，丰富鲜活的评论形态使得用户强化了身份认同和文化归属感。其中，弹幕评论（bullet comments）作为一种网络文艺评论的新形式，以轻松灵活的姿态呈现印象式感悟，通过快速发布、即刻分享引发网友的情绪共振，增强用户黏性。文本、图表、音视频等不同的评论形式，借助论坛、贴吧、博客、微博、微信、视频号等各类载体，凸显出数字形态的网络文艺评论生动活跃、简洁直观的特点，使之成为社会公众日常谈资或者再批评、反批评的重要参考指标。但是鉴于互联网空间用户群体太过庞杂，网络文艺批评生态的有序建设仍非常必要，不能让量的泛滥与质的稀缺成为不可调和的矛盾体。2023年1月，国家文旅部就发布《文化和旅游部关于规范网络演出剧（节）目经营活动 推动行业健康有序发展的通知》，指出网络演出剧（节）目经营单位应当建立健全内容管理制度，加强对图片、视频、评论、弹幕等用户生成内容的在线实时监控。

纵观近年来中国网络文艺批评的整体状况，可以说基本上不设门槛地向

① 《〈2022中国网络文学蓝皮书〉发布》，《光明日报》2023年4月9日，第4版。

社会大众开放，因此各类评论作品极其活跃，但也要注重规范引导使之达到媒体性、艺术性、思想性的高度统一。从意义生成的角度来看，互联网空间中的批评话语体系主要遵循形式逻辑、复杂系统、混沌理论的原则进行构建，并形成树状、根茎状、珠网状三种基本形态，其各自所体现的分级细化、多元连接、异质互通的审美评价标准，又共同构成了网络文艺批评的全息性特色。由此，网络文艺批评语体以其新颖的形式、生动的内容、开放的场域，展现出覆盖面宽、交互度高、针对性强的基本特征，其文风简约、语体精练，体悟直接、话术灵活，美感丰富、价值多元，无论评价、交流、反馈等均非常轻松便捷。虽然相比传统文艺批评来说，学术性、思想性可能略显单薄，但表露出更多样、更生动的时代趣味，也更易于汇聚众生智慧，催发趣缘连接，而且往往犀利睿智、轻盈迅捷，深入浅出、雅俗共赏，可以最大限度地激发个体的想象力、创造力、共情力。但是，网络文艺批评也会因缺乏学术视野和思考深度，流于表面或失之偏颇，因为网络平台上自发形成的许多观点，都尚未经过深思熟虑和辩证分析。不过也正因如此，它才能展现出传统批评所难以企及的高敏性、灵活度和幽默感。这种兼具多元主体性、交互主体性、共情主体性的新批评范式，促使平台用户融合了原著者、传播者、再创者的身份，可以与网民建立亲密的互通共生关系或者说生产-消费共同体，从而显得生机勃勃、活力无限。新时代网络文艺批评生态的营造，需要我们运用好观念创新、法制保障、学术支持、市场激励等手段，坚守批评立场、协调批评观点、凝聚批评队伍、整合批评资源、激发批评活力，将网生原创文艺批评群体锻造成为新时代文艺批评事业的有生力量。而网络文艺批评家也必须注重以新表征重塑人民性、以新语境强化实践性、以新利器彰显时代性，积极回应新时代的新批评究竟是为谁建构、建构什么、怎样建构的重大命题。

当然，就像任何事物都有其无可避免的两面性，网络文艺批评与创作一样，都存在不少杂音和乱象。尤其要警惕网络文艺批评因为相对缺乏实体监管，可能更易于沦为资本附庸。某些评论区出现唯点击量、唯流量倾向，准入门槛和评价标准降低，有些更是偏离正常路径。出于纯商业目的的不良话语也会混淆视听，比如单方面吹捧式或者谩骂式的批评，以及随意性甚至恶搞性的批评。原本应该坚守严肃客观、理性公正立场的艺术和审美批评，许多时候让位于单纯消遣娱乐导向甚至是有三俗倾向的网红快评。有些批评家自甘沦为商业鼓手，以个人名声严重误导大众审美，在缺乏有效监管的网络社区，甚至出现资本裹挟、情绪泛滥之下恶意嘲讽、攻讦竞争对手的失德和违法行为。一些正常的文艺批评话题，因为夹杂恶搞、无厘头等不良风气，客观上助推了三俗作品的流行。某些网络空间因为过度圈层化的格局，较难形成共识，更遑论深度言说，观念引导、价值引领的正向审美功能难以发挥。因此，如何在中国文化产业迎来大发展契机的当下，以当代美学导向建构优质的网络文艺批评生态，是我们亟待解决的重要问题。健康的批评环境有赖于多元主体的良性竞争与合作博弈，因此我们既应当坚持独立批评的自主性，也要适度包容他者而体现反思性，进而实现批评的有效性和高价值性。网络文艺批评家更应重视守护文化品位，以大爱真情抵达受众心灵，运用好短评、微评、段评（章评）、弹幕、跟帖、打榜、直播、短视频等不同体裁的网络批评，并且注重拓展批评视域，学会解码破壁技巧，提升解构重塑能力，坚持文化自信，创新表达语体，开掘审美潜能，在锻造自身的传统功底并积极提升创造力的前提下，凸显中国文艺批评的整体性优势。

总体而言，在新时代网络文艺批评环境不断净化和提升的当下，许多新鲜生动的互联网批评话语越来越接地气、聚人气。而随着网络用户审美涵养的持续提高，加上专家学者也更多地参与网络批评实践，它与传统文艺批评之间的分野也没有原来那么明显了，活泼健康、清新明朗的网络文艺批评秩序正在加速构建。当然，我们深知当前网络文艺批评仍是整体批评形态中的薄弱环节，尚未受到社会和业界两方面的足够重视。网络文艺的创造者、受传者基本上是主体为青年人群的数字原住民，但大多数网络评论家只是数字移民（digital immigrants），并不具备对网生语体的熟悉度和敏感性，沿袭传统、复制标准的做法，使得批评文本往往只是看似针对网络作品，但发出的声音离题万里，基本沦为自说自话，落入无人喝彩的窘境。线上线下二元网络文艺批评结构需要更好地互动融通，相互取长补短，增强整体的战斗力、说服力和影响力。此外，不少新文艺批评的版权意识淡薄，内容输出存在侵权行为，部分用户热衷于对元素材的加工再造，产品的原创性较低，却能获取高额的不当利益，这在图文类、视频类批评中最为常见。在构建新时代文艺批评理论与实践体系的进程中，文艺批评必须跟上全媒体语境下网络文艺生产的步伐，进一步建设和利用好网络文艺批评阵地，引领全社会形成文化共识，打通文艺走进生活、走向大众的最后一公里，充分彰显百年来艺术人民性的积极功用，发挥扮美生活、点亮人生的积极作用。

四　网络文艺的生态建构

网络文艺主要依托互联网进行生产、传播、接受与再生产，目前已经涵盖网络文学、网络音乐、网络游戏、网络影视、网络动漫、网络直播以及数字出版物等新文艺类型，有着鲜明的媒介指向性，在审美风格上体现了特定时代的亚文化特征，表达语体高度契合网生代的传播特点。而网络文艺除了诞生于互联网空间中的原生文艺作品，也包括经过数字转换与网络传播的传统文艺作品，它只是借助互联网科技实现了跨时空呈现、跨媒介流通，其审美内涵和叙事手法仍属于传统模式。现阶段，我们应当高度重视网络文艺在弘扬时代主旋律、传播社会正能量方面所起的重要作用，融汇历史肌理与时代脉搏、自然景观与社会风貌、主流思想与个性观念，将丰富的资源汇聚成繁荣社会主义文艺的重要力量。近年来，网络文艺逐渐深入现实生活，满蕴家国情怀、传递精神力量、反映城乡变迁的网络文艺作品不断涌现，满足了人民群众对未来美好生活的期盼。互联网空间激发了众创活力，凝聚不同个体的知识技艺、经验智慧，与传统文化建立起高效的互动连接，并与文化旅游产业深度融合，将中华优秀文化内容转化为新媒体视听产品，比如云演出、数字藏品、网络扶贫直播、地方宣传短视频等艺术形态，以跨媒介表达来展现丰富多彩、立体多元的中国形象，有效提升了中华文化与美学的全球影响力。网络文艺生产的优质生态建构，是其可持续发展的稳定保障。

（一）网络文艺的发展趋向

1. 用户规模持续扩大，文化身份日趋主流化

根据第52次《中国互联网络发展状况统计报告》，我国互联网基础建设全面覆盖，用户规模稳步增加，截至2023年6月，网民规模为10.79亿，互联网普及率达到76.4%，较2022年12月提升0.8个百分点。与此同时网络文艺迅猛发展，用户市场逐渐扩大。用户数量/规模的持续扩张一方面让网络文艺的重要性与关注度得以进一步凸显，另一方面也培育了文艺生产的环境、条件，在为网络文艺带来坚实发展基础的同时，也促使网络文艺越来越朝着主流化的方向迈进。

纵观各门类网络文艺作品，无论是积极吸纳传统文化元素的网络文学，还是以"水墨动画"形式推动"国漫"发展的网络动漫，以及不断推出高质量节目，努力讲好时代故事的网络视听类文艺，都不乏各种现象级的作品，产生了"破圈"效应，重新塑造了网络文艺的新形象。网络文艺"跨界"的作品越来越多，像网络综艺《这！就是街舞》越南版落地播出成功，便是融合中国原创节目模式与越南本地文化特色，通过"跨界"来吸引当地观众。此外，一些公司开启了更多元的"共创"活动，如B站宣布《三体》动画全球共创计划，邀请世界各地的优秀创作者参与到内容拓展中来。但对于网络文艺来说，若想实现从"非主流"到"主流"，从"边缘"到"中心"的这一地位转变，成为叫好又叫座的优秀作品，核心在于"精品化"生产，既要有思想深度、文化厚度，也要有精神高度乃至审美独特性。实现这一目标的关键在于关注现实生活、把握时代主题、回应人民需要，在守正创新中坚定前行。

2. 技术赋能新形态，多媒体深度融合发展

网络文艺诞生之初就内置了互联网技术的基因，创作、传播、接受以及再创作的每一步都与技术休戚相关，因此，数智赋能、技术赋能是网络文艺发展的必然趋势。一方面，5G、人工智能、裸眼3D、大数据、数字影像等数字技术，从创作、传播、体验等多个阶段赋能传统文艺价值链条，催生新

的文艺类型，开启了艺术与科技融合发展的新篇章。尤其 AI 艺术正展现全新面貌，新的应用与场景不断出现，如基于歌声转换模型的“AI 孙燕姿”、歌曲《我们的 AI》以及微电影《姑苏琐记 · 懒画眉》等都是基于 AI 技术进行的艺术创作。另一方面，以 ChatGPT 为代表的 AIGC 正在潜移默化地改变文化内容生态，从而进一步改变着网络文艺的格局与形态。如游戏设计师杰森 · 艾伦（Jason Allen）使用 AI 绘图工具 Midjourney 模型生成，并用 Photoshop 调色的作品《太空歌剧院》（*Théâtre D′opéra Spatial*）获得 2022 年美国科罗拉多州举办的艺术博览会数字艺术类别冠军。

计算机与互联网技术的持续迭代及多种媒介在同一场景中不断交融，使得媒介融合成为当下媒介实践的重要路径，网络文艺创作也开始尝试将各种媒介呈现多功能一体化的趋势，或者说多媒介互动与整合。首先，大量文学作品被制作成音频、视频等进行传播，在扩大受众接受场域的同时，也使文本更为具象化、通俗化。其次，影视作品的视频化改造，粉丝利用具体统一的原始影视文本如电视剧、电影、综艺等进行二度创作，一般发布在短视频或者社交媒体平台上，以短视频和中视频为主。通过创作与传播平台的媒介转换，提升了传播效率以及扩大了传播范围。最后，文艺作品的游戏化重塑。越来越多的网络游戏直接采用文艺作品中的叙事、人物和场景，其界面和画质也呈现与电影高度融合的趋势。同时，文艺作品也在尝试利用新的创意技术的转换能力将自己重塑为网络游戏。这种再创意化的手段为文艺作品保持 IP 生命力并不断扩大自身影响力提供了重要途径。

3. 内容创新是网络文艺发展的关键

网生内容的核心是网生代文化，构成为“互联网+青年亚文化”。青年亚文化是被年轻人的经验所统治的文化空间，与父辈文化以及主导文化处于复杂的关系之中。网生内容现已在青年群体以及网络空间中获得“霸权”地位，相继成为网络文艺创作的主要内容，外化为网络文学、网络剧、网络综艺、网络电影、网络动画片等形态。当然，在当下提质减量、降本增效的大环境下，网生内容也面临诸多挑战，在第 28 届上海电视节期间举办的“《中国视听新媒体发展报告》发布暨网生内容趋势洞察”大会，便围绕

"网生内容创作"展开讨论。

"内容为王"，网络文艺创作走向数字化、精品化早已成为行业共识。就内容策略来说，实现这一目标需要三个维度的递进与跃升，即脚踏实地的创作，回归艺术创作本质，而非一味追求"流量"与商业变现，摆脱粗制滥造，实现"网感"与"质感"的均衡统一；实现内容创新多元，在挖掘传统文化故事时，要注重精神内涵的提炼，实现传统文化的创造性转化，与时俱进，而非表面符号化的运用，同时要进一步开拓题材内容，多元思维，消弭不同文艺的壁垒；尊重与崇尚知识，以高质量的内容来提升观众的文化获得感。近年来，各种视频、短视频以及社交媒体平台有越来越多的专家、学者入驻，各种科普、讲座、测评层出不穷，以 B 站为例，截至 2023 年 3 月份，知识区的内容已占全站内容的 41%，从而构成一个泛文化知识平台。

4. 商业模式与文化价值的平衡

以数字化、网络化以及智能化为主要特征的新型文化产业目前正成为我国文化产业高质量发展的主要赛道，网络文艺作为其中的重要内容，越来越成为驱动文化产业发展的主力军之一。一方面网络文艺的收益主要来自广告收入与用户付费，表现为 IP 产业链与粉丝经济的捆绑；广告赞助方式的多样，内容更具后工业文化特征——个性化定制；电商模式的开发。另一方面 AIGC 的兴起带来了新的流量入口、交互方式以及内容创作方式，将用户、媒体、商品以及服务等多种生产要素重新组合，拓展了新的应用场景，并重塑了消费模式，如虚拟主播、互动电影等新业态。然而，网络文艺强大的吸金能力也带来了市场的无序竞争，追逐热点、题材重复等问题越发严重，商业性大于艺术性导致很多人对网络文艺的创新性产生怀疑，甚至引发各种版权纠纷。目前，互联网技术仍处于高速发展阶段，在互联网环境下孕育的网络文艺，同样处于发展与变革期，内容、形式、发展与商业模式仍有很多不确定的因素。未来 AIGC 会更加广泛地应用于网络文艺领域，尤其是网络视听行业，对于创作者、平台以及运营方来说，如何与数字技术共舞，实现"生成内容"与"创造内容"和谐统一也是不得不面对的难题。

与此同时，随着网络文艺影响力的进一步增大，其社会责任也相应地进一步增强。特别是随着受众的增加，网络文艺从亚文化现象加速向大众文化形态发展，对我国当下社会文化生态产生了越来越重要的影响，波及政治、经济、文化、社会等各个方面。2022 年《“十四五”文化发展规划》也明确提出，“文化是重要内容，必须把文化建设放在全局工作的突出位置，更加自觉地用文化引领风尚、教育人民、服务社会、推动发展。贯彻新发展理念，构建新发展格局，推动高质量发展”。因此，网络文艺探索商业模式与文化价值的平衡，既是实现自身可持续发展的有效方式，也是肩负起时代的使命，达至“文-艺-娱-产”高效联动。如《“十四五”文化发展规划》所言，“文化是重要支点，必须进一步发展壮大文化产业，强化文化赋能，充分发挥文化在激活发展动能、提升发展品质、促进经济结构优化升级中的作用”。

（二）网络文艺的理论研究状况

网络文艺学作为文艺学的分支，是文艺学在互联网技术迅猛发展的背景下出现的新现象与新走向。二十多年来，学界围绕此展开了热烈的讨论，通过对这些研究热点的粗略回顾，我们可以从另一个层面管窥网络文艺的发展脉络，也可据此分析得失、指出优劣，对当前以及之后的研究具有理论与现实意义。整体来说，这些研究可以分为三个方面，分别是有关网络文艺自身性或者本体的研究、网络文艺德性与法性的研究以及网络文艺的价值导向等的研究。

具体来说，网络文艺自身性的研究即本体性的认知，这一研究始于 1999 年，当时大陆出版了风靡一时的网络言情小说《第一次亲密接触》，如安妮宝贝、宁财神、邢育森等网络作家开始崭露头角，优秀的网络文艺网站也开始脱颖而出。彼时研究者注意到该领域以及“网络文艺”概念的模糊、混乱以及不确定性，因此有必要对相关概念、内涵进行明辨，也由此引起了对“网络文艺”本体定位的研究，事实上，这是网络文艺走进学术视野的起点，“概念、内涵”成为讨论的原点，不仅关乎实践发展，也是学理研究的内在要求。就现实研究情况来看，网络文艺的认知大概可以划分为三种情形。第一种是从媒介与互联网技术的角度来谈，认为这是一种通过网络技术语言，将多媒介艺术因素互渗而成的新型艺术门类，包含了以网络为载体而产生的文艺形式，也包括数字化转换后的传统文艺形式。重要的是必须依据网络而存在，不能脱离了技术特性的根基。第二种从是否体现了网络精神或者具有互联网艺术思维的角度来谈，在此影响下采用“新的艺术生产方式来表征时代生活、表达现代性体验和思想感情”。第三种则采取综合的归纳的方式或者说“种差+所属”的方式来谈，囊括了网络文艺的内涵、外延以及质的规定性。从发展的角度来看，这三种认知揭示了不同时期网络文艺呈现的内容，但随着科技的进步其定义会愈加丰富，这一切也会随着网络文艺进一步发展而得到答案。

从德性与法性来说，网络文艺的概念在研究中有不同侧重点，但对于其是基于互联网而诞生的新型艺术形态早已达成共识，并且随着技术的革新以令人眼花缭乱的态势和日新月异的速度迅猛发展并迭代。与传统艺术相较而言，网络文艺的生产机制、传播机制、接受机制以及监管机制等都有所不同，一方面呈现网络技术的自由、互动、拟人、沉浸等特点，由此引发了诸多学者对网络文艺的审美导向、体验范式以及传播接受的研究。另一方面网络文艺也表现出了这些审美范式和审美景观的另一极，低俗化、虚假性、侵权问题、致瘾性等，故而，伦理学、版权维权、文艺批评、产业化等内容成为学界探索与忧心之处。尤其致瘾性这一点在网络游戏中格外重要，特别是对于未成年人来说，沉迷网络游戏危害极大，成瘾机制与成瘾心理研究近年来引起了越来越多学者的注意。除了对这些现象的研究，越来越多的学者由表及里地进行学理化的探讨，在积极拓展网络文艺实证研究的时候，开始探索以一种“中国化”的理论视角来反思研究的合法性与合理性，将西方理论研究的范式与中国的本土经验相结合来及时、有效地回应网络文艺的若干现象。另外，还有部分学者尝试用跨学科视野与网络文艺自律性立场相结合的方式来研究该话题，消解学科边界，倡导各学科之间相互渗透融合与借鉴。因此，后现代主义以来的结构主义、后结构主义、接受主义、符号学、叙事学等研究理论都成为促进网络文艺健康良性发展的重要指引。

就网络文艺的价值导向来说，在上述叙事学、修辞学、符号学以及媒介批判等多种理论工具的介入下，越来越多的学者认为网络文艺的崛起并非一个简单的艺术现象，而更多意味着一种文化现象，它的“文艺性”已经不局限于艺术这一层面，相关研究的文化语境正在不断扩张。随着影响范围增大与受众数量增加，网络文艺在人们的日常生活与审美、娱乐活动中具有重要影响，以优秀作品传递正能量、弘扬时代精神、引领时代风尚，是必须自觉承担起的社会责任，如大众传播学所言，大众传播媒介承担着政治功能、经济功能和社会功能。作为社会公器，一方面需要通过内容创新、现实题材创作、精品化意识，由“新民间”到“新现实”迈进；另一方面还需要在“别现代”的当下中国社会中凝聚集体感性的文化力量，构建“情感共同体”，成为推动社会革新和社会进步的力量。与此同时，随着交往全球化、信息时效化以及文化多样化的时代变革，网络文艺作为当下发展的“重要一员”，其“出海”问题也是研究的重点之一。立足中国文化，优化国际表达，加强对外文化交流以及多层次文明对话是时代对网络文艺的期待和要求。

（三）网络文艺的综合治理体系建设

大力发展网络文艺已经成为当前社会基本共识，在过去十多年中，随着相关部门着力倡导网络文艺生产的精品化与主流化和接踵而至的各种文娱生态治理与现实主义创作的导向，网络文艺经历了自发、自由到“艺术自觉”的生长过程，其性质、地位、功能、作用、趋势等基本问题也随着相关研究与管理得以明确，一个综合管理体系已经基本形成。以此为新的起点，网络文艺面对新目标与新要求，在蓄力走向新阶段时，过去的研究与管理经验提供了丰富的认知，而如何在互联网时代浪潮中书写“网络文明”的篇章，也是我们需要面对的新的时代课题。

我国关于网络规范的规定，最早是2000年颁布的《互联网信息服务管理办法》，这部管理办法诞生于互联网的起步阶段，但为以后的法律政策、行政法规以及行业规范的制定奠定了基础。2014年10月，习近平总书记在文艺工作座谈会上指出：“要适应形势发展，抓好网络文艺创作生产，加强正面引导力度。”2015 年 10 月颁布的《中共中央关于繁荣发展社会主义文艺的意见》强调，“要大力发展网络文艺”“让正能量引领网络文艺发展”。党的十九大报告明确提出，2035 年基本实现国家治理能力和治理体系的现代化，现代社会治理格局基本形成。网络治理作为其中的重要一环，报告要求“加强互联网内容建设，建立网络综合治理体系，营造清朗的网络空间”。网络文艺是网络治理的重要组成部分，2017 年以来相关部门在这一精神指引下出台了一系列的方针、政策、法规和措施等来加强对网络文艺行业的管理和监督。2019 年 10 月，党的十九届四中全会通过《中共中央关于坚持和完善中国特色社会主义制度、推进国家治理体系和治理能力现代化若干重大问题的决定》，明确指出“建立健全网络综合治理体系”。2021 年文娱领域展开了全面的综合治理，中宣部、中央网信办出台了《关于开展文娱领域综合治理工作的通知》《关于进一步加强“饭圈”乱象治理的通知》等，针对流量至上、“饭圈”乱象、违法失德等文娱领域突出问题部署综合治理工作。2022 年 10 月，习近平总书记在二十大报告中强调“健全网络综合治理体系，推动形成良好网络生态”。与此同时，网络文艺监管的政策法规纷纷出台并不断升级，对导向错误、价值混乱、道德失范、格调低下的网生内容及时叫停下架，从价值取向、内容监管、制度建设、版权保护等层面进行全面整治的法治体系和治理结构已经基本形成。

2023 年中央网信办继续部署开展“清朗·2023 年春节网络环境整治”，持续巩固“饭圈”治理成果；切实维护良好的网络文娱生态，严肃查处网络炫富、宣扬暴饮暴食等问题，避免不良风气反弹回潮；集中查处组织实施网络赌博、网络诈骗等违法违规行为；加大对封建迷信和不良现象的整治力度；严管网络欺凌、网络沉迷等问题，加大未成年人保护力度；深入整治虚假信息等问题，防止渲染灰暗情绪等。同年继续开展“清朗·优化营商网络环境，保护企业合法权益”专项行动，着力维护企业和企业家的网络合法权益以及治理编造传播虚假不实信息的网络乱象。此外，重点整治“自媒体”乱象，仅 2022 年国家网信办就组织开展了 13 项“清朗”专项行动，清理违法和不良信息 5430 余万条，处置账号 680 余万个，下架 App、小程序2890余款，解散关闭群组、贴吧26万个，关闭网站7300多家，有力维护网民合法权益。① 这些举措包含制度环境、法治环境和市场环境三部分，并从政策法规、版权保护、创作规范、商业模式、平台监管几个层面，有效遏制了网络文艺的不良风气，保障了网络文艺的发展和健康运行。

互联网上用户生产内容潮流的蓬勃兴起，使得文艺创作门槛大大降低，传播途径日益便捷，大众文化创意被深度激发，基于现成素材的改编和再创作也越来越普遍。网络文艺生产模式的这些新变化，给相关著作权保护提出了新课题。比如现在网络用户使用平台音乐大多基于个性化需求，或截取某首歌曲的片段，或与其他音乐组合使用，或对原曲进行创意改编和再加工。但是，许多用户即兴自创的内容产品因并未具名，无法确认权利归属和许可信息，被其他用户出于喜爱而进行传播、应用和改编，给著作权认定带来极大困难。不少网络文学、网络影视、网络音乐、网络游戏等创意产品，经常共用比较流行的主题、角色、故事和情感设定，这些要素由多元主体在在线互动时共同创造、动态累积，往往难以判定具体作者。互联网平台上的集体创作原本仅限于群体内部，但其衍生产品成为影视改编、商业传播、利益变现的重要源头，因而频繁造成著作权纠纷。有些IP开发甚至在尚无完整的原创作品时，就围绕某个主题、人物和故事梗概，以多平台、跨媒介与联合主创的方式，快速聚合项目团队同步交互进行内容生产，令著作权归属和确权难度大大增加。面对“互联网+”语境下文化生产模式的迭代变迁，著作权制度的完善势在必行。我们既要保护和鼓励原创，也要兼顾促进网络文艺多样性和激发创新活力的需求，加强著作权治理的科学化、规范化、精细化。

尊重创意劳动，保护网络著作权，是推动网络文艺产业高质量发展的根本基础，近年来不断繁荣的网络文坛，同人和融梗创作日益流行，但频现洗稿、搬运等恶意剽窃和搭便车行为，而网络共创成果的界定仍然不甚明确，尤其是转换性合理使用的认定难度很大。2020年10月，《中华人民共和国

① 《今年“清朗”系列专项行动聚焦九方面》，《人民日报》2023年3月29日，第2版。

著作权法》第三次修订，完善了网络空间著作权保护的有关规定。例如，它将过去“电影作品和以类似摄制电影的方法创作的作品”的模糊表述，精确修正为“视听作品”（audiovisual works），意味着该项著作权的保护范围进一步扩大，网络游戏、网络短视频、网络直播等新类型产品也将获得有力的法律保护。可以说，网络文艺创作成果与实践行为的背后，潜藏着更深层次的媒介科技、商业资本、治理政策的三方角力，在冲突与妥协、竞争与并购中维持着一种动态平衡。

网络文艺依托计算机与互联网，基因中内置了“去中心化”和“分布式”的特点，具有互联网的开放性、虚拟性、不确定性、去时间性和空间性等特点，由此带来了海量的传播内容。因此，网络文艺综合治理体系的建设除了政府、公共机构的主导作用外，还需要企业、社会以及网民等多主体的参与，通过多方协同来凝聚网络诚信之力。在“2023 年中国网络文明大会”上发布的《互联网平台企业履行社会责任评估报告 2023》指出，近年来互联网平台企业努力完善平台治理规则，履行社会责任情况不断向好，企业治理、劳动者权益保护、消费者权益保护、平台治理、公平运营、环境保护、社会促进七项指标与上年度相比均有提升。作为网络综合治理的另一主体——网民，则需要强化其自律意识，如果网民能够控制好自己的行为，网络治理的难度则会大大降低。对此，该报告指出，努力提升公众素养，“深入开展争做中国好网民工程，推动群众性精神文明创建活动向网上延伸”，基层网络文明创建已取得丰硕成果。

目前，全社会共建共享网络文明的工作格局正在形成，网络文艺领域正在确立严格、规范、明晰的行业标准与健康、平稳、良性的生态环境。但在这一过程中，我们需要牢记主线，即网络文艺繁荣的原因在于“用户生成内容”，在防止其野蛮生长的同时，更要保护原创的积极性，寻找到符合发展规律和发展趋向的最优方案。

（四）网络文艺话语范式与学科体系建设

网络文艺发展至今已有 20 多年的历史，伴之而生的网络文艺研究也已成果卓著，从中折射出我国网络文艺学已现成熟与理论化的趋势。2021 年，中宣部、文旅部、国家广电总局、中国文联、中国作协等五部门联合印发了《关于加强新时代文艺评论工作的指导意见》。《意见》指出要构建中国特色评论话语，继承创新中国古代文艺批评理论优秀遗产，批判借鉴现代西方文艺理论，建设具有中国特色的文艺理论与评论学科体系、学术体系和话语体系。同时，还要加强中华美育教育和文艺评论人才梯队建设，重视网络文艺评论队伍建设，培养新时代文艺评论新力量。2022 年，全国人大代表蒋胜男在两会期间提出“将网络文艺确定为专门文艺类别，来加快发展”，并建议相关部门牵头，设立网络文艺的专门联系服务机构，来进一步加强精品化生产的组织和引导力度。[①] 这一系列动作表明，加快推进网络文艺学建设，深化参与网络文艺行业建设和基础理论建设，加强网络文艺的科技、教育、人才支撑和培养体系来促进网络文艺不断向更高处攀登，在某种程度上成为当下的重要任务。

当前各高校以及学术机构相继建立网络文艺或网络文学研究中心，如北京大学网络文学研究中心、山东大学网络文学研究中心、江南大学人文学院网络文艺研究中心、中南大学网络文学研究院、安徽大学网络文学研究中心、首都师范大学网络文艺研究中心、杭州师范大学国际网络文艺研究中心等。通过建立专门的研究中心，一方面搭建研究平台，组建研究团队，对网络文艺相关问题进行系统的研究，实现创作与研究的良性互动，提升研究的整体水平；另一方面将学科教育与产业建设融合，通过与不同部门、企业等合作，形成放大资源效应，从而提高成果转化率。与此同时，网络文艺相关研究课题近年来得到各部门大力资助。以国家艺术基金为例，在“十三五规划”时期就提出“对网络文艺等新的艺术类型和新的文艺群体，深入研究政策和方法，提出切实可行的方案，力争找到合适的资助方式，进一步壮大繁荣社会主义文艺的有生力量”，从而“发展网络文艺，促进优秀作品多

---

① 《两会专访/蒋胜男代表：确定网络文艺为专门文艺类别，完善中国文艺发展格局》，光明网，https：//m. gmw. cn/baijia/2022-03/07/35567621，html，最后访问日期：2023 年 6 月 1 日。

渠道传输、多平台展示、多终端推送”。[①] 多次赞助网络文艺类人才培养项目，如网络音乐、网络演出等创作人才相关的活动，以及网络文艺批评人才培养项目。

就学科体系与话语范式来说，网络文艺是一个宽泛的学术概念或者说跨学科的概念。有学者指出，网络文艺的研究范围为“网络媒体或者更宽泛意义上的新媒体语境之下的文艺理论和文艺评论问题，涉及网络文艺的创作、传播、文本、阅读及其跨媒介、跨学科、跨专业与跨文化的意义生成语境等研究内容共同构成的‘泛问题域’”。而这一研究范式，在本体论层面即对基本概念的辨析、研究范围的界定、理论方法的创新以及批评话语的阐释等；在实践层面则是通过网络、新媒体等对网络文艺理论研究成果的传播以及再生产等。这意味着，网络文艺学话语以及学科体系的建设需要返回文艺的发生场所以及推动媒介转型的文化场域来层层推进，通过理论性的思辨与专业批评的建构来聚焦当下尖端、前沿的科技、媒介以及理论动向带来的社会变革，并对新媒体语境下的网络文艺的发展趋势、存在问题等作出理论反思和审美自省。

---

① 中共中央办公厅、国务院办公厅：《国家“十三五”时期文化发展改革规划纲要》，中国政府网，https：//www. gov. cn/zhengce/2017－05/07/content－5191604. htm？ eqid = a4e287cb000/4a190000006648e9e9b，最后访问日期：2023 年 6 月 1 日。

B.12
网络文艺主要传播形态研究

李道新*

摘　要： 网络文艺作为互联网媒介催生下的新文艺形态，因技术的快速迭代以及生产和消费的蓬勃发展，其传播形态呈现更为动态性、多样性和复杂性的特征。网络文艺遵循互联网的传播逻辑，以算法革命为代表的技术“双刃剑”效应，要求网络文艺各相关方只有依靠协同创新，才能规避算法陷阱，不断提升艺术品质和服务水平。同时，平台赋能与国际化战略不断推动网络文艺的跨媒介与跨国传播，进一步凸显了依靠多元主体合作创新提升经济、社会和文化价值以及国际影响力的重要性。

关键词： 新文艺形态　算法革命　平台赋能　互动传播

近年来，网络文艺深入现实生活，一批厚植家国情怀、书写凡人心性、反映时代变迁的网络文学、视听作品不断涌现，在与时代同频共振中唱响“共筑中国梦、奋进新征程”的主旋律；网络文艺走进历史深处，将物质遗存、文化遗产、传说故事等转化为可互动、可体验的现代视听产品，推出兼具传统内涵与当下审美的剧（节）目、动（漫）画等，成为新时代文化“两创”的重要落点。同时，网络文艺以广泛的受众参与度点燃“众创”热情，挖掘散落在个体身上的知识、技艺、经验、能量，展现充溢在日常生活

* 李道新，北京大学艺术学院教授、副院长，博士生导师，教育部“长江学者”特聘教授，主要研究领域为中国电影史、影视文化批评。

中的精神力量。[1] 因此，从技术、平台、共创、文明互鉴等多维度对网络文艺的传播形态、传播生态加以研究，是推动网络文艺繁荣发展的一个重要课题。

一 网络文艺的传播特征与创新模式

网络文艺作为互联网媒介催生下的新文艺形态，因技术的快速迭代以及生产和消费的蓬勃发展，其传播形态呈现更具动态性、多样性和复杂性的特征。网络文艺遵循互联网的传播逻辑，以算法革命为代表的技术“双刃剑”效应，要求网络文艺各相关方依靠协同创新，才能规避算法陷阱，不断提升艺术品质和服务水平。同时，平台赋能与国际化战略不断推动网络文艺的跨媒介与国际传播，进一步凸显了依靠精益经营以及多元主体合作创新提升经济、社会和文化价值以及国际影响力的重要性。

（一）算法革命与协同创新

1.算法革命的机遇与挑战

算法的概念也经历了一个发展演变的过程，从“数学算法”到“计算机算法”，再发展到“智能算法”，前两种算法主要从科学或技术的视角去界定算法，被称为狭义的算法，第三种算法可称为广义的算法，即通过计算机视觉、机器学习、自然语言识别、智能芯片等技术领域的爆发式增长，“算法”在技术互促中实现了迭代和演进，不再局限于数学与计算科学领域，而是应用于社会科学领域的各个方面，这时“算法”被宽泛地定义为“所有决策程序”，或者是“为实现某一目标而明确设定的一系列步骤”，甚至被视为一种建构社会秩序的特殊理性形式。[2]

---

① 本报评论员：《活力涌动的网络文艺要高扬主流价值》，《中国文化报》2023 年 3 月 12 日，第 3 版。

② 马艳、陈尧：《“算法革命”的政治经济学分析》，《学术月刊》2023 年第 6 期，第 66～74 页。

早在2006年，John Zysman等就曾提出了“算法革命”的概念，并指出“算法革命”的意义就像工业革命中制造业的革命一样，推动着经济社会第四次服务业转型。[①] 孙萍和刘瑞生指出，从互联网到社交媒体、从网络金融到平台经济、从数字劳动到企业管理，这些依托智能推算和深度学习的技术传播框架不仅正日益嵌入我们的日常社会生活，更是在“重塑世界”。一方面，算法的发展的确给我们带来了诸多便利，如搜索推荐、智能程序等帮助我们节省了大量时间和精力，互联网算法和机器深度学习也为诸多行业带来了增长点，刺激了创新和产业革新。另一方面，算法的兴起也带来了很大挑战。自主选择、个人隐私和道德评价中立是值得担忧的问题。[②]

随着算法在网络文艺的创作、传播和接受中的运用日益广泛，算法被应用于个性化信息推荐，在海量信息中提高内容与用户需求匹配度，的确能够大大降低用户获取信息的成本。例如，网络纪录片凭借算法和大数据等技术完善各自平台的用户画像，不仅竭力满足不同圈层的受众需求，也从纪录片生产的各个环节填补传统纪录片的短板。一些曾被视为小众题材的作品由此也能够获得相对稳定的生存空间，比如自然生态与科技类题材曾一度因创作门槛过高而成为中国纪录片的短板，但是近年来这类作品在网络平台屡出佳作，甚至成为网络平台加强对外合作、提升中国纪录片国际话语权的突破口。[③]

Galloway比较分析了亚马逊、苹果、Facebook和谷歌对待用户数据的方式。Facebook和谷歌围绕汇总数据构建，然后将这些数据商品化并销售给广告商、赞助商或其他第三方买家。这些平台提供表面上的“免费服务”，生成内容和数据，然后利用这些内容和数据向外部买家推销广告。苹果和亚马逊则在内部整合用户信息，以定制个性化体验。苹果尤其能够利用自己的能力，利用Galloway所称的俘获渠道（Captive Channels），围绕自己的品牌打

---

① John Zysman et al., *How Revolutionary Was the Digital Revolution?: National Responses, Market Transitions, and Global Technology* (New York: Stanford University Press, 2006).

② 孙萍、刘瑞生：《算法革命：传播空间与话语关系的重构》，《社会科学战线》2018年第10期，第183~190页。

③ 张延利、王滋：《使命·情感·边界：2022年中国网络纪录片创作观察》，《影视制作》2023年第3期，第35~38页。

造一种身临其境的文化体验。与亚马逊和苹果类似，Netflix 处理用户数据的方法在很大程度上是内部化的，因为该公司利用用户数据来构建自己的推荐算法。无论是通过商品化外部使用还是在平台内部使用，正是基于众多用户及其数据的持续整合，这些网络平台才得以获得持续的增长源泉。[①]

“个性化推荐”作为大数据商业创新的重要形式，通过捕捉用户兴趣特点，为其推荐可能感兴趣的内容，算法技术越精准，用户停留在信息内容的时间越长，流量转化效率也就越高，这也是抖音、快手等平台能够迅速实现用户增长的原因之一。“个性化推荐”设置的初衷在于为用户获取信息提供便利，但如果过于迎合用户喜好，长此以往势必将用户置入自己编织的“信息茧房”。网络信息茧房一旦形成，具有相似观点的群体的内部声音就会不断扩大，甚至排斥其他合理性观点的侵入，形成“群体极化”的现象。[②] 刘皓琰在研究数据霸权问题时指出，发达资本主义国家在解决了数据量化和处理所需要的基础设施问题后，另一个重点领域就是如何获取更加成熟的数据源，为此，必须解决两个关键问题：一是数据的“量”，这依赖于用户入网率的提高和上网时间的延长；二是数据的“质”，即数据的准确性和即时性，这要求正确规避数据上传时的一些人为错误，同时保证数据的及时更新。而发达资本主义国家解决这两个问题的“良药”正是“算法”。真正意义上的算法革命还要到 2010 年前后，图像分类、语音识别、人机对弈等多领域跨越了科学与应用间的“技术鸿沟”，人工智能、云计算等技术领域出现了爆发式增长，并迅速带动了相关科技产品发展。[③]

美国流媒体平台奈飞公司的快速发展与其算法密不可分，Ortega 指出，奈飞通过系统收集用户数据，运用算法为用户定制个性化体验，并用一系列相互关联的功能来管理用户体验，创造出一种新型的媒体用户，达成用户

---

① Scott Galloway, *The Four: The hidden DNA of Amazon, Apple, Facebook, and Google* (2nd Ed) (New York: Portfolio, 2018), p. 77.

② 张智华、吴云涛：《2022 年中国网络短视频发展现状及热点述评》，《艺术广角》2023 年第 1 期，第 43~52 页。

③ 刘皓琰：《数据霸权与数字帝国主义的新型掠夺》，《当代经济研究》2021 年第 2 期，第 25~32 页。

“付费购买自己”，使得当前流媒体服务与用户关系呈现欺骗性、无限性、定制化以及内容流的自动化和无处不在等特征，从而部分甚至完全征服了我们的日常生活。①

由此可见，算法作用机制下网络文艺作品的推荐，限制了消费者对更为丰富多样性的文艺作品的需求，有可能导致用户消费的同质化以及自主选择能力的丧失。因此，基于大数据算法的网络文艺的创作、传播与接受，如果忽视了自身所承担的社会、文化和艺术使命，不仅会影响网络文艺作品的原创性和多样性，而且将影响整个网络文艺行业的健康可持续发展。

算法革命对于网络文艺而言到底是福是祸，似乎莫衷一是，正如“祸兮福所倚，福兮祸所伏”，算法作为工具，能否对其有效驾驭和利用，才是权衡利弊的根本，这就需要来自网络文艺创作方、网络文艺运营平台以及网络文艺监管部门乃至整个社会的相关群体通力合作，抓住算法革命带来的重大机遇，同时有效规避其潜在的风险。

2. 协同创新提升算法服务力

随着算法应用的日益普及，“算法合谋”“算法陷阱”“算法困局”“算法霸权”“算法价格歧视”等一系列概念层出不穷，凸显出人们对算法的警惕和批判。例如，高源指出了平台根据算法制定的绩效机制与网络作者之间的不平等和矛盾关系。矛盾的背后，是平台对利润的攫取和对责任的回避，平台借由算法，以流量倾斜规训作者，以偏好推荐分割读者，又以数据表现为标尺衡量内容的产出，这种行为也暴露了平台“技术中心主义”以及只注重当下利润的增长，缺乏长远发展思考的短视问题。因此，当下网络文学面临的危机，归根结底不是写手的危机，也不是文学的危机，而是头部平台所面临的经营危机，需要平台重新认识人与技术的关系，以免在企图困住他人之时，也被算法困住。②

① Vicente Rodríguez Ortega, “‘We Pay to Buy Ourselves’: Netflix, Spectators & Streaming”, *Journal of Communication Inquiry* 47 (2) (2023): 126–144.

② 高源：《“被困在算法里”的写手、读者与网络文学平台——对网络文学平台与用户之间结构性矛盾的反思》，《媒介批评》2022 年第 2 期，第 158~174 页。

蒋晓丽和杨钊的研究表明，网络文学平台化生产的可见性背后，隐藏着流量分成、虚拟货币交易、知识产权（Intellectual Property，IP）转化等商业逻辑。网文平台充当了作者与读者间的中介，掌握了组织、管理与分配可见性的权力。这一权力使网文作者与读者都成为数字劳工，受到以文学网站为代表的平台资本的剥削与控制。在万物互联的时代，互联网平台提供了前所未有的可见性，大众也在上演平台化生存，人们不应忽视可见性商品化的本质，即平台资本的隐形剥削。然而，掌握了权力与资本的平台不仅可以获得更多的可见性，还可通过操纵和影响边缘群体的可见性来维持优势地位。要真正实现对创作者权益的保障，健全的法律制度、行业的自律规约、社会的舆论监督等要素必不可少。①

因此，为了规范互联网信息服务算法推荐活动，《互联网信息服务算法推荐管理规定》于 2022 年 3 月 1 日正式施行。例如，在内容信息服务规范方面，第 8 条提到“算法推荐服务提供者应当定期审核、评估、验证算法机制机理、模型、数据和应用结果等，不得设置诱导用户沉迷、过度消费等违反法律法规或者违背伦理道德的算法模型”。在用户权益保护方面，第 17 条提到“算法推荐服务提供者应当向用户提供不针对其个人特征的选项，或者向用户提供便捷的关闭算法推荐服务的选项”、“算法推荐服务提供者应当向用户提供选择或者删除用于算法推荐服务的针对其个人特征的用户标签的功能”。这一规定的出台，无疑对于保障算法推荐服务促进网络文艺传播的健康有序发展发挥重要的作用。

除了依靠相关法律法规政策体系的完善加以保障，算法革命对网络文艺生态的积极影响还需要以正确的价值观为导向。正如高山冰和陈俊池所言，在大数据算法流行的时代，我们更需要坚守自己的价值。人机博弈中，也始终要把人文观照放在首位。作为人工智能的内核，不同算法实则暗含不一样的价值选择。算法本身应该是中立的，然而现实中所谓“算法中立”不过

① 蒋晓丽、杨钊：《“可见即收益”：网络文学平台化生产的可见性研究》，《编辑之友》2023 年第 2 期，第 46~53 页。

是人们对新技术的一种理想化、乌托邦式的想象。算法本身不具备人类所拥有的“经验性常识”，也不具备足够的自主决策能力，因此，需要专业文艺评论家的辅助决策或算法工程师编写出更科学的程序，需要用社会主义核心价值观来引导算法的逻辑。①

算法革命对网络文艺发展的影响也有赖于相关技术本身的协同发展。算法、数据和算力被视为 AI 的三大核心要素或三大基石，它们相互影响，相互支撑，在不同行业中形成了不一样的产业形态，随着算法的创新、算力的增强、数据资源的累积，传统基础设施将借此东风实现智能化升级，并有望推动经济发展全要素的智能化革新，让人类社会从信息化时代进入智能化时代。

同时，鉴于深度学习所需的大规模样本数据对算力产生巨大需求，国际研究表明，深度学习正在逼近算力极限，而提升算力所需的硬件、成本和对环境的影响正变得越来越难以满足和承受，因此，深度学习急需革命性算法才能让 AI 更有效地学习。OpenAI 的一项研究表明，自 2012 年以来，每 16 个月将 AI 模型训练到 ImageNet（一个用于视觉对象识别软件研究的大型可视化数据库）图像分类中，相同性能模型所需的计算量就减少了一半；谷歌的 Transformer 架构超越了其之前开发的 Seq2 架构，计算量减少了 61 倍；DeepMind 的 AlphaZero 与该系统的前身 AlphaGoZero 的改进版本相匹配，其计算量也减少了 8 倍。谭茗洲认为，革命性算法的标准首先是在不同场景中具有高适应度，可以形成知识记忆和经验记忆的算法，并且低耗能低成本。未来革命性算法有可能基于三点提升。一是基于常识推理。由于我们面对的大量场景不是通过大量数据训练而来，人类大脑面对这些场景往往是通过常识推理运算而得出结论，而深度学习并没有建立这套体系。另外，常识和常识之间的关联性，加快了人类对结果的推理速度。二是基于负性小样本的学习。深度学习模型往往很少去学习什么是错误的，而汲取负面行为及教训性

① 高山冰、陈俊池：《别让文艺评论困在算法里》，《新华日报》，https://baijiahao.baidu.com/s?id=1709740778443699168&wfr=spider&for=pc，最后访问日期：2022 年 9 月 2 日。

质类型的小样本是有学习意义的。三是基于交流、沟通的学习，人与人的交流在学习中分几个层次，看、听、模仿等，AI 也应多从这几个方面入手，建立以交流、沟通为目的的学习，而不是单单通过大数据训练模仿人类智能。①

颇有意味的是，年轻一代的网络迷群为了逃避算法的精准推送和全景监视，共识性地展开了一系列“游戏”平台和算法的媒介实践，如降低平台参与度，主动与算法断联；创造性使用新空间，规避算法追踪；玩转话语话术，减少算法搜索；改变平台系统设置，突破算法“封锁”等。马中红和柳集文的研究表明，青年亚文化社群通过从战术性抵抗策略到主体性创造的媒介实践，挑战平台算法和技术霸权，从而获得了文化意义和价值，为打破技术和算法迷思提供了新的思考。②

因此，中国网络文艺的生产、传播和接受为了充分发挥算法带来的机遇，既需要对算法本身进行创新，也需要发挥人的主体性和创造性，考虑网络文艺自身的特点，考虑所涉及的各种基本常识及其相互关系以及不同传播和接受场景的特征，并加强样本遴选机制以及开放性沟通机制的建立。由此看来，网络文艺健康发展所需要的革命性算法的创造，并非算法专家自身所能胜任，还需要来自不同专业领域的人才进行跨学科合作，才能不断提升算法服务网络文艺发展的能力。

3. 创新计划提升内容竞争力

网络文艺的健康发展不能仅仅依靠算法，更需要企业持之以恒地创新探索。以网络电影为例，优酷在“网络电影精品化”实施的早期阶段就开始布局，从 2017 年的“开放平台计划”，到 2021 年的“扶摇计划”和“制宣一体化”服务，不断提升优酷在网络电影内容领域的竞争力。2022 年 8 月，优酷发布网络电影优质 IP 系列内容和营销奖励计划，鼓励优质 IP 内容持续生产，

① 《防止被算力“锁死” AI 进化急需革命性算法》，环球网，https：//baijiahao. baidu. com/s? id=1674143004276037789&wfr=spider&for=pc，最后访问日期：2023 年 8 月 5 日。

② 马中红、柳集文：《“游戏”算法：网络迷群媒介实践的主体性及文化愉悦》，《广东青年研究》2023 年第 3 期，第 71~85 页。

通过 IP 系列化内容奖励计划，鼓励优质 IP 内容持续生产；通过营销有效性奖励计划，激励营销专业性、有效性的加强。这一系列分账、奖励计划，为网络电影提升品质、保障内容创作提供了较强力度的扶持。

网络电影从诞生之初就依赖 IP 改编，源自经典著作、历史故事和民间传说的改编占据网络电影创作的很大一部分。但这类影片不需要高额版权费用，因而大量改编同质化现象严重，影响到质量和口碑。而网络电影原创 IP 创作发展较为稳定。《陈翔六点半》系列（2017~2022）、《二龙湖浩哥》系列（2018~2022）、《暴走财神》系列（2019~2022）、“酒神”系列（2020~2022）影片都是网络电影原创 IP 的代表作，具有较好的口碑和用户影响力。再者，网络剧的衍生网络电影也成为原创 IP 系列化的新生力量。

2021 年 11 月 1 日至 2022 年 12 月 31 日，腾讯视频对其平台上的分账网络电影进行激励，对动作、喜剧、东方幻想和创新四个赛道的 15 类题材的作品以票房和口碑为考核标准，对第一名和第二名分别给予 200 万元和 100 万元的奖励。同时，腾讯视频与中国首个科幻电影节合作推出以科幻为主题的电影展映活动，并打造了以“探见未来的光”为主题的电影科幻季，将经典院线电影和网络电影同台展映，同时公布“创新赛道扶持计划”，进一步推动科幻、女性等创新类型影片的发展。①

与此同时，爱奇艺发布了一系列针对网络电影的扶植计划。第一，持续推动青年电影人扶持计划，从早期的“青年电影人计划”“比翼新电影计划”到 2022 年推出的“网络电影战略合作计划”“青创 · 电影计划”，致力于为青年电影人提供多项支持，鼓励其不断创新出更加丰富多元的作品，提升网络电影的品质。第二，推动网络电影产业化进程，启动云影院项目，将片方分账比例提升到 90%，对潜力项目进行覆盖项目评审、专业投资、宣发推广等阶段的扶持，并在放映阶段保证点播分账

① 类成云：《当下网络电影产业发展及问题探析》，《影视文化》2022 年第 2 期，第 188~196 页。

期票房的真实性，对片方让利、放权，推动制片方提升网络电影质量。通过一系列网络电影扶持计划，爱奇艺网络电影已经成功在此赛道上形成了自己的特色。

同时，政策机制也是推动网络文艺创新的重要动力。2022 年，国家广电总局以精品国产动画推荐、优质动画项目扶持、创新动画人褒奖等机制，全力推进动画人才和动画产业的系统工程建设。相应地，各地在国家政策引导下，纷纷推出发展网络动画的相关政策，从资金、人才、技术等方面为网络动画发展保驾护航。

2022 年 8 月，国家广电总局在针对上一年度优秀创作人才扶持项目的评审中评出陈家奇等 3 名优秀导演、董奕琦等 3 名优秀编剧、邵建明等 3 名优秀美术、央视动漫集团有限公司等 3 家优秀制作机构，并对每名优秀人才给予 5 万元扶持资金，鼓励动画制作机构向优秀人才学习。① 2022 年 9 月，由中国国际动漫节执委会办公室指导、中国动漫博物馆主办的第二届《中国青年动漫家成长计划》正式发布，着力搭建人才培育平台、品牌推介平台、活动展示平台、交流研讨平台、IP 征藏平台、行业共享平台等六大平台。最终入选的青年动漫家将获得荣誉证书、作品展陈、产业对接等多方位的扶持与帮助。② 作为成长计划的重要环节，首届中国（国际）动漫青年圆桌论坛于 2022 年 11 月在中国动漫博物馆举行。论坛以“新时代·新青年·新力量”为主题，旨在扶持青年人才成长、探讨未来发展方向，从而开创更加辉煌的中国动漫“新百年”。③

（二）平台赋能与价值共创

平台在网络文艺传播中无疑发挥着至关重要的作用。目前，我国网络文

① 《国家广播电视总局办公厅关于公布 2021 年度优秀国产电视动画片及创作人才扶持项目评审结果的通知》，http：//www. nrta. gov. cn/art/2022/8/1/art_ 113_ 61126. html，最后访问日期：2022 年 8 月 1 日。

② 李洁：《第二届中国青年动漫家成长计划启动》，人民网，http：//zj. people. com. cn/n2/2022/0914/c186327-40124456. html，最后访问日期：2022 年 9 月 14 日。

③ 吴慧中、白力民：《首届中国（国际）动漫青年圆桌论坛举办》，人民网，http：//zj. people. com. cn/n2/2022/1128/c370990-40213029. html，最后访问日期：2022 年 11 月 28 日。

艺平台主要有以下几种类型：一是以“快手”“抖音”为代表的各类短视频平台；二是微博、微信等社交传播平台；三是 BBS、论坛等在线社区。这些平台均吸引着大量用户，实现不同兴趣层次用户之间的互动沟通。网络文艺通过这些平台在传播速度、浏览量等方面展现出明显优势，为网络文艺快速发展提供了有力支撑。便捷高效的技术实现内容的有效衔接，不仅使网络文艺创作者生产出更多优质内容，而且在满足受众多元化需求方面发挥了积极作用。《2022 抖音演艺直播数据报告》显示，抖音平台在 2021 年就开播包括戏曲、乐器、舞蹈、话剧等艺术门类在内的演艺类直播约 3200 万场。网络文艺借助于平台，实现了多元化、多层次发展，为传统文化传承带来了更多增量。①

1. 差异化的定位策略

网络文艺平台在传播中为了避免陷入同质化竞争，力图通过差异化的产品定位和顾客定位，更好满足差异化的市场需求。

在网络动画领域，腾讯视频、B 站、央视频等国内主流视频播放平台纷纷开辟专属国产动画专栏与板块。由于各平台的特性与受众群体的差异，其动画板块也逐渐在摸索中形成了自己的定位。平台间既相互竞争又互相补充，共同构成繁荣而多元的网络动画业态。②

腾讯视频通过持续深化与阅文集团等企业的合作，打造面向全年龄段、品类繁多、大 IP 丰富的网络动画生态链。2022 年 8 月，腾讯视频举办动画节，发布“青春心”“好奇心”“侠义心”等九大板块共 100 部国产动画作品，其中“续作更新”板块有 26 部，年播动画有 6 部。截至 2022 年 11 月底，腾讯视频本年度热度最高的 10 部国产网络动画均为全年龄向且均为小说改编，展现出其对文学类 IP 改编的强大力度与卓越成效。

---

① 禹建湘：《网络文艺新形态的精神价值与创新发展》，人民论坛网，http：//www. rmlt. com. cn/2023/0731/679135. shtml，最后访问日期：2023 年 7 月 31 日。

② 吴炜华、张方媛：《赓续传承　继往开来　文化融合——2022 年中国电视和网络动画发展综述》，《当代动画》2023 年第 1 期，第 23~34 页。

与腾讯视频相比，B 站的受众定位更偏向于青少年群体，其国创区头部动画作品的来源也更加丰富。2022 年 10 月，B 站召开国创动画作品发布会，公布 49 部新内容，涉及“续作”“改编”“原创”等多种类型。截至 2022 年 11 月，B 站本年度评分最高的 20 部国产网络动画中，4 部带有“漫画改”标签，“游戏改”、“小说改”和“动态漫”各 2 部；其中仅 7 部需要购买平台会员观看，剩余 13 部可免费观看。从风格来看，带有“搞笑”“日常”“萌系”等标签，单集时长较短，适合在吃饭等轻松情境下观看的“泡面番”动漫在这 20 部高分动画中占比达 70%。与腾讯视频头部动漫的大 IP 相比，“泡面番”成本相对较低，剧情与画面更加简单，但同样能够获得观众的认可，成为国产网络动画中不可或缺的品类。

央视频作为中央广播电视总台的新媒体端，其定位更加严肃。该平台上的国产动画多依托于台网联播的电视动画作品，主要面向低幼观众人群，题材也多为科普、教育类。在央视频 2022 年度热度最高的 10 部国产动画中，有 5 部含有“益智”标签。如动画《奶泡泡学成语》是以动物拟人的卡通形象来进行成语教学。这些鲜明的风格差异使得各视频平台特征更加突出，同时在一定程度上避免了网络动画创作的盲目跟风与题材雷同。

有研究分析了社交媒体数据，以调查音乐流媒体服务中客户满意度的决定因素。研究结果表明，消费者对使用环境、价格计划和内容相关的因素进行了评论。所有与环境有关的因素、部分与价格和内容有关的因素对顾客满意度都有显著的影响。[①] 这说明提高网络文艺消费者的满意度，不能仅仅从内容和价格入手进行考虑，还需要从环境等方面进行综合考虑。

Hracs 和 Webster 通过研究 Spotify 和 Apple Music 等音乐平台因价格和内容的相似性而面临的激烈竞争问题，发现竞争的基础已从内容和价格，转变为利用平台独特和相互关联的功能来设计引人入胜的体验，操纵空间和时间

① Jaemin Chung et al.，“Understanding Music Streaming Services via Text Mining of Online Customer Reviews”，*Electronic Commerce Research and Applications* 53（2022）：1-11.

的变化来增强用户体验，并施加技术限制和锁定，保持消费者的使用和付费行为。①

2. 降本增效推动模式创新

降本增效成为 2022 年网络文艺平台的重要生存法则。以网络综艺为例，虽然整体数量和声量在减少，但市场、平台、内容团队都处于正确的前进轨道，回归创作的本质和初心，持续产出优质节目内容，并主动赋能拓新，将综艺的赛道边界进行无限延展。例如，相较于以往主打的推理解密和情感观察两大标签化内容布局，芒果 TV 积极尝试了多样态的内容创作，几乎涵盖全品类节目，涉足不同的主题形式与内容领域，同时也让此次的综一代们更具创新锐度和勇气，当然其大都以中小型节目为主，成本可控，且可探索未来节目发展的新方向和趋势。尤其以《快乐再出发》为例，着实给 2022 年降本增效的网综创作提供了全新的路径和思考。由此不难发现，一方面，背靠双打（打击侵犯知识产权和打击制售假冒伪劣商品）平台的新创作体系和合作生态，让芒果 TV 更具底气去进行全品类内容的创新和拓展；另一方面，新老综艺的组合打法潜移默化地增强了用户对平台的关注和认可，《乘风破浪 3》的热播直接带动后续《披荆斩棘 2》节目播出，其中王心凌和苏有朋通过这两档节目 C 位再出道，实现了热度持续。与此同时，基于《明星大侦探》的迷综赛道，依旧是其重要内容品类。②

彭侃和陈楠楠分析了 2022 年网络电影市场的整体表现，指出在“降本增效”的影视行业大环境影响下，网络电影市场整体发展速度放缓，但在管理模式、商业模式、营销模式等方面实现了升级，整体内容质量以及观众认可度也都有显著提升。③

---

① Brian J. Hracs, Jack Webster, "From Selling Songs to Engineering Experiences: Exploring the Competitive Strategies of Music Streaming Platforms", *Journal of Cultural Economy* 14 (2) (2021): 240–257.

② 林夕：《解读 2022 年网络综艺!》，搜狐网-广电头条，https://www.sohu.com/a/634821083_697084，最后访问日期：2024 年 1 月 31 日。

③ 彭侃、陈楠楠：《2022 年网络电影发展趋势分析》，《现代视听》2023 年第 1 期，第 33~38 页。

2022 年网络电影在片量减少的情况下，观影人次却得到了稳步提升。以票房冠军《阴阳镇怪谈》为例，累计观影人次达到了 1675 万。即便是以单片付费模式刚刚起步的云影院，付费点播购票人次也超过了 1220 万。在 2022 年的 394 部新片中，票房分账破千万元的影片有 48 部，占比 12.2%，基本与 2021 年持平。其中，爱奇艺和腾讯视频播出的《阴阳镇怪谈》以 4096 万元票房分账位列年度票房冠军，而云影院首发的《盲战》以 3937 万元票房分账成为单平台票房冠军。2022 年爱奇艺、优酷、腾讯视频上新的网络电影公开分账票房总规模为 19.8 亿元，在片量锐减的情况下，市场规模稳中有升。其中，爱奇艺推出的云影院首发模式功不可没。值得一提的是，《倚天屠龙记之九阳神功》仅爱奇艺一家平台票房分账就高达 2717 万元（点播期票房 1422 万元+会员期票房 1295 万元），如果加上优酷和腾讯视频的票房，总票房或已打破网络电影此前 5683 万元的票房天花板，刷新了网络电影的最高票房纪录。2022 年 4 月，爱奇艺率先取消平台定级，升级平台推广资源，更为重要的是，将之前“前 6 分钟决定命运”的分账模式改为“让每一分钟都创造价值”的按时长分账的模式，进一步推动网络电影向精品内容制作、吸引目标观众方向发展。2022 年 9 月，爱奇艺宣布正式将云影院首映模式点播分账期的片方比例从 60%提升至 90%，不遗余力地扶持云影院影片，助力片方收益更高。2023 年 1 月 1 日，爱奇艺云影院首映电影票房查询系统正式上线，在爱奇艺网络电影榜单查询系统内，片方不仅可以查看日榜、年榜，还可以实时查询影片全生命周期的数据明细、内容热度、用户画像等多个细分维度数据。无疑，爱奇艺关于云影院模式的一系列举措，不仅与片方息息相关，也深刻地影响着行业生态，极大地增强了产业的核心带动作用和扩大了未来发展空间。目前的网络电影，处于 SVOD（会员观看分账）和 PVOD（付费点播分账）发行模式并行的阶段。而在云影院首映模式下，片方可获得付费点播和会员观看双窗口期分账，网络电影发行收益模式明显更加完整清晰。当年爱奇艺推出会员点播模式，才成就了网络电影的今天，如今爱奇艺力推云影院首发模式，或许将进一步成

就网络电影的明天。[①]

3. 跨界融合促进价值共创

网络文艺借助平台赋能，能够整合不同利益相关者的参与力量，通过多样化的文艺类型的创作与传播，实现多方利益的价值共创。

网络文艺的发展，离不开 IP 创作和改编的活力。深入挖掘历史上的经典并将其打造为 IP，已经成为网络文艺生产的重要途径，也为网络文艺的跨界传播打下了强有力的资源基础。泛娱乐时代各娱乐业态以知识产权为核心和纽带，相互交织渗透，依托粉丝效应和市场热度，形成了一条成熟的产业链。在这条产业链中，文学、动漫为培养层和孵化层；影视、音乐为变现层；游戏、演出、衍生品为主要变现层。[②] 有学者研究了创作于 1930 年代的《蜀山剑侠传》在中国网络文艺生产中的源头性地位以及对当下网络文艺创作产生的深远影响，这部作品一方面继承了中华文化传统，另一方面与数字媒介时代的生产特征不谋而合，不但多次被改编为电子游戏作品，而且影响了之后在中国网络文艺中占据主流地位的玄幻小说创作及其影视改编，同时也影响了短视频的创作。[③]

网络文艺借助 IP 的跨界融合，离不开一批具有跨界能力的网络文艺创作者，他们往往兼具编剧、游戏策划、剧本杀和网文作者等多重身份。以 2022 年网络文学榜作家为例，作家“出走八万里”是一位编剧，“南腔北调”曾是游戏文案策划、剧本杀作者。同时，2022 年上半年阅文平台新增约 30 万名作家，中国网文作家数量累计已超 2000 万人。大部分兼职作家来自教育、卫生、互联网和相关服务等 57 个国民经济行业大类。

王鹏涛和朱赫男讨论了网络对话体小说 IP 价值链的构建路径，遵循“文本—媒介赋能—IP 生成—IP 价值增值”的过程，基于读者参与的重要

---

① 《2022 网络电影年度盘点：394 部新片 48 部破千万，市场总规模 19.8 亿》，网视互联，https：//baijiahao. baidu. com/s？ id=1754155483309328848&wfr=spider&for=pc，最后访问日期：2023 年 1 月 5 日。

② 刘婷婷：《智能文娱：泛娱乐思维与变革》，电子工业出版社，2021，第 4 页。

③ 邓韵娜：《论〈蜀山剑侠传〉在中国网络文艺生产中的源头性地位》，《当代文坛》2023 年第 3 期，第 129~135 页。

性，提出了价值链上游要基于用户双重身份优化服务和阅读体验以促进用户留存，价值链中游要打造文本与版权共享生态平台以实现多方共赢，价值链下游要多形式开发 IP，吸引跨媒介粉丝转化为网络对话体小说平台的新用户的相关建议，从而构建“用户需求—优质文本内容/服务—IP 生成—多媒介 IP 开发”的价值链良性循环。①

以爱奇艺为例，其九大工作室之间既相互独立，又能实现协作共享，相互交流、资源共享、互相学习。除此之外，爱奇艺综艺营销中心承担了整个综艺线的“大中台”功能，从内容研发、立项、招商到采购发行，在各个工作室之间起到了连接与枢纽的作用，营销中心通过对综艺项目进行投资回报率实时测算以实现精准决策，试图为客户提供更聚合的服务。

在网络音乐平台上，从古典到流行、从国风到欧美风、从纯音乐到说唱，音乐类型丰富多样，甚至还有一些相对冷门的音乐类型，为音乐爱好者提供了交流平台。丰富而优质的内容是用户产生付费意愿的前提，也是网络音乐产业得以发展的基础。为了进一步满足用户日趋多元化的需求，腾讯音乐娱乐集团近年来更加关注优质音乐内容的提供，不断加强与时代峰峻、大象音乐等国内外业内知名公司的合作；根据不同受众的欣赏喜好深耕市场，与国家大剧院建立合作，推出“金曲发展计划”“伯乐计划金曲创作营”等项目……通过引入与深耕并举，腾讯音乐娱乐集团用内容吸引了大量用户。②

纵观 2022 年四大视频网站之间的竞争与合作，相较于以往暗自较劲的竞争，大家更愿意把主要精力放在如何让自己更好地活下来。因而，长短视频平台之间，也具备了更多的合作空间和可能。2022 年各视频网站之间呈现新的合作态度，从竞争排斥到和谐共处，共同助力网生内容的丰富与多样，加速行业健康有序新格局的塑造。2022 年 3 月，抖音就已宣布与搜狐视频达成二创版权合作，成为首个长短视频平台之间达成的版权

① 王鹏涛、朱赫男：《文本与媒介融合共生：网络对话体小说 IP 价值链构建路径研究》，《编辑之友》2022 年第 10 期。

② 黄敬惟：《在“云”上感受音乐魅力》，《人民日报海外版》2023 年 4 月 12 日，第 8 版。

合作。6 月 30 日，快手宣布与乐视视频就乐视独家自制内容达成二创相关授权合作，快手创作者可以对乐视视频独家自制版权作品进行剪辑及二次创作，并发布在快手平台内。7 月 19 日，爱奇艺成为“爱优腾”中首个与短视频平台达成合作的长视频平台。抖音发布的相关说明表示：抖音和爱奇艺达成了合作，将围绕长视频内容的二创与推广展开探索；爱奇艺将向抖音集团授权其内容资产中拥有信息网络传播权及转授权的长视频内容，包括“迷雾剧场”在内的诸多优质剧目，进行短视频创作；未来，抖音集团旗下抖音、西瓜视频、今日头条等平台的用户都可以对这些作品进行二次创作。

在“爱优腾”三大平台的推动下，网络电影站外营销渠道也日益多元化，短视频成为网络电影营销主阵地。例如，2022 年初上线的民俗惊悚网络电影《阴阳镇怪谈》不仅将“三鬼赌命”“肉案蜈蚣”“纸人索命”等单个极具话题性的故事片段制作成短视频在抖音、快手等平台传播，还在微博、小红书、知乎、豆瓣等社区建立了相关话题，与多平台用户进行互动。与此同时，该片还在全国上百块广告屏进行线下宣传推广，有效提升了电影热度，最终助力影片获得 4096 万元的票房成绩。此外，网络电影近两年开启了档期化营销，在营销方式上进一步向院线电影靠拢。2021 年 2 月，在国家广播电视总局网络视听节目管理司的指导下，中国电影家协会网络电影工作委员会联合爱奇艺、腾讯视频、优酷共同发起“2021 年网络电影春节档”，三家平台上线的网络电影数量达到 20 部，相比往年同期大幅增加，依托春节档节日氛围以及三大平台联合营销，产生了共振效应。2022 年，各大平台也继续推出了第二届网络电影春节档。经过多年发展，网络电影营销实现了从无到有、从粗放式到精细化的转变，并且通过行业协同加强了对档期机制的探索，进一步推动了行业的发展。①

价值共创还体现在通过平台赋能推动地区经济和传统文化的发展。

① 《2022 年网络电影：民俗惊悚题材表现突出、平台力推单片付账模式、短视频营销成为主要营销方式》，第一制片人官方账号，https：//baijiahao. baidu. com/s？ id=1753623851163408744&wfr=spider&for=pc，最后访问日期：2022 年 12 月 30 日。

2022年出台的《关于推进实施国家文化数字化战略的意见》提出："培育以文化体验为主要特征的文化新业态，创新呈现方式，推动中华文化瑰宝活起来。"数字音乐是文化数字化趋势下的重要成果，且随着产业的发展及从业者的持续创新，数字音乐在不断满足听众多元听歌需求的基础上，也在以数字化的手段，将音乐与传统文化相结合，让那些文化瑰宝焕发出新的活力。

首先，以数字音乐讲述传统文化，并融入新的元素和表达，能够为传统文化注入活力。例如，腾讯音乐娱乐集团携手"一键游广西"正式发起"中国韵·广西风"原创音乐征集大赛，邀请青年歌手刘雨昕、胡夏担任文化传播大使，号召腾讯音乐人以广西民歌文化为出发点，让年轻的音乐人唱出广西的自然景观与人文风貌，让广西民族文化与时代同频。腾讯音乐不断发展"音乐+公益"的模式，创新性地将音乐的情感表达和影响力紧密融合，以数字音乐传承中华文明，通过科技拓展音乐的情感表达以治愈更多人，以及助力中国音乐文化在国际上的影响力提升，传递更多正能量。其次，以数字手段创新文化传承，不仅能够推动音乐与传统文化的新碰撞，还可以将这些文化永久留存，丰富中华文明这一文化宝库。2022年底，腾讯音乐公益专辑《中国韵2020》入藏中国国家版本馆，《中国韵2020》立足于广袤的中国传统文化，激励音乐人将潮流音乐与传统文化进行融合碰撞。该专辑最终选出十一首音乐作品，包含了京剧、昆曲、沪剧等多种传统曲艺，还结合了爵士、放克、说唱等多元音乐元素。以音乐记录中华文明，创新传统文化的表达。这是腾讯音乐一直以来在公益领域的坚持，也是其未来持续努力的方向，期待有更多优秀传统文化迸发出新的活力。①

网络文艺通过平台战略定位与协同创新，力图实现经济、社会和文化的协调发展。然而需要注意的是，平台力量的增强也有可能影响网络文艺

① 《腾讯音乐2022年年报：创新音乐的情感表达，创造更大的社会价值》，中国日报中文网，https：//news. tom. com/202303/4183589578. html，最后访问日期：2023年3月22日。

传播的多样性和创新性。正如桫椤所言，媒介技术迭代对作为网络文艺基础性、源头性的网络文学的价值生产、传播和表达带来了挑战：一是平台的“再中心化”与互联网“去中心化”追求背道而驰；二是进入 Web 3.0 时代，技术迭代催动网络文学内容发生变化；三是技术的决定性作用和大众文化的消遣娱乐挑战文艺的价值坚守，网络文学要防止“技术至死”和“娱乐至死”。①

（三）国际传播与文明互鉴

1. 形式和渠道日益多样

增强文化的自信自强，不断提升中华文化的影响力，一直以来都是国家发展的重要部分，在科技进一步缩小全球距离的今天，文化的自信自强和传播力显得更为重要。郝向宏表示，网络文艺要担负起为人类命运共同体搭建互鉴共享平台的使命。目前，网络文艺在展示全球绚丽风采、人类奋斗状态和文明交融进步方面取得了丰硕成果。例如，2022 年中国网络文学海外用户超 1.5 亿人，遍及全球 200 多个国家和地区，“出海”市值超过 30 亿元。② 另一方面，网络文学也为中国文化进一步传播插上了翅膀，中国功夫、文学、书法、美食、中医等成为海外最受欢迎的题材。从文本出海、IP 出海、模式出海到文化出海，网络文学将中国故事传播到世界各地，日益成为世界级文化现象。③

网络文学“出海”传播方式继续保持多样化，包括实体书传播、在线翻译传播、投资海外平台传播和海外本土化传播、IP 传播。其中，IP 改编“出海”成绩亮眼。由中文在线平台的《混沌剑神》和《穿越女遇到重生男》改编的动漫分别在日本的 Piccoma 和韩国的 Naver Series 上线，均取得

① 桫椤：《媒介技术迭代与网络文学的价值取向》，《网络文学研究》2022 年第 1 期，第 25~33 页。

② 刘芳：《中国网络文艺如何实现高质量发展?》，https：//www.sohu.com/a/689944890_121687424，最后访问日期：2023 年 6 月 9 日。

③ 《2022 中国网络文学蓝皮书发布：网文日益成为世界级文化现象》，澎湃新闻，https：//baijiahao.baidu.com/s? id=1762592221334796419&wfr=spider&for=pc，最后访问日期：2023 年 4 月 8 日。

不错的反响，而晋江文学城的 IP 改编则更偏向于影视剧。[①] 2022 年，16 部中国网络文学作品首次被收录至世界最大的学术图书馆之一——大英图书馆的中文馆藏书目之中，包括《赘婿》《地球纪元》《大国重工》《大医凌然》《画春光》《大宋的智慧》《复兴之路》《穹顶之上》《大讼师》等，囊括了科幻、历史、现实、奇幻等多个网络文学题材。[②]

2022 年网络剧的海外传播形式呈现日益多样化的特征。一方面，以往国内播放完毕再进入国外市场的滞后性传播日渐变成更加同时性的传播。例如，“出海”网剧中的现象级作品——仙侠剧《苍兰诀》于 2022 年 8 月 7 日于爱奇艺进行首播，开播一小时后，韩国电视台便购买了版权，计划台网双播，采用国内原版原音+韩语字幕的形式播出。8 月 28 日上线奈飞，并在全球同步发行。《苍兰诀》的海外传播，不仅在于它跳出了传统的仙侠主题模式，还在于它用中国人独有的叙事审美讲述了符合东方价值观的动人故事，同时剧中囊括了苏绣、团扇、绒花、夏布等独具东方韵味的非遗文化，蕴含着中国传统文化的神韵，在带给观众新奇唯美的“东方幻想”的视觉体验的同时，也为中国传统文化走向世界作出了贡献。

在微短剧领域，优酷播出的民国爱情剧《千金丫环》（*Tag*）截至 2022 年 10 月上旬，在 TikTok 中合计播放超 2.3 亿次，在 YouTube、Facebook、Instagram、Twitter 等社交媒体合计播放超 5000 万次，互动数达 140 万次，曝光量接近 3 亿次，最高播放峰值比肩头部大古装剧。[③]

另一方面，国内商业机构纷纷在境外建立海外制作传播平台，实现国产电视剧从“借船出海”到“造船出海”的转变。如：腾讯视频面向海外推出专门提供华语内容的流媒体平台 WeTV，迅速落地泰国、菲律宾、马来西亚等国家，为中国故事精准传播开辟新路径。海外传播平台搭建是中国文化

---

① 胡疆锋、刘佳：《2022 网络文艺：凿开通路，点亮星空》，《中国文艺评论》2023 年第 2 期，第 38~50 页。

② 赖睿：《网络文学主流化精品化加快》，《人民日报海外版》2023 年 4 月 17 日，第 7 版。

③ 胡疆锋、刘佳：《2022 网络文艺：凿开通路，点亮星空》，《中国文艺评论》2023 年第 2 期，第 38~50 页。

走向国际的重要一步，流媒体不仅助推电视剧国内外宣发同步上线，避免传播滞后性割裂海内外观众，还助推其实现从售卖播出权到售卖改编权的新型升级出海模式。①

腾讯音乐也在不断努力为中国原创音乐构建更加完善的国际文化传播渠道和平台，推动音乐文化出海，为中国音乐产业的人才与作品带来更多新机遇。首先，将优秀的年轻音乐人推向了国际舞台，2022 年，腾讯音乐与 Billboard 达成合作，为王嘉尔、袁娅维、INTO1 等中国歌手创造更多国际化影响力，还通过 Billboard 的全球网络助力优质新星潘韵淇被更多人看到。其次，将优质的音乐内容推向世界，2023 年初，腾讯音乐旗下腾讯音乐由你榜英文版正式登录 Billboard 公告牌全球官网，海外用户可以一览华语乐坛最具热度的音乐内容，让世界听到中国的好声音。②

目前，出海平台覆盖的国家和地区广泛，既有全球性覆盖，也有区域覆盖及国别覆盖。主要平台基本实现全球覆盖，芒果 TV、腾讯视频、爱奇艺等平台的国际版均已覆盖全球大多数国家和地区。其中，芒果 TV 海外版已覆盖 195 个国家和地区；腾讯视频 WeTV 已覆盖 110 多个国家和地区；爱奇艺海外版已覆盖 191 个国家和地区；华为视频通过华为云的德国、俄罗斯、新加坡三个节点覆盖 186 个国家和地区；Castbox 覆盖 175 个国家和地区；咪咕产品海外版覆盖 174 个国家和地区。尽管如此，出海平台的市场仍相对局限，尤其是发达国家主流市场的巨大潜力有待开发。但面对奈飞、Youtube 等强大的国外竞争对手，需要依托内容、产品、技术、渠道、人才、运营等提升综合竞争力。③

2. 因地制宜的精细化运营

文艺作品的国际化传播一直受到政治、经济和社会文化差异的影响，因

---

① 刘佳佳：《简论媒介融合视域下中国电视剧生产传播新态势》，《当代电视》2023 年第 1 期，第 66~72 页。

② 《腾讯音乐 2022 年年报：创新音乐的情感表达，创造更大的社会价值》，中国日报中文网，http：//ex. chinadaily. com. cn/exchange/partners/82/rss/channel/cn/columns/sz8srm/stories/WS641ac8e0a3102ada8b234ce4. html，最后访问日期：2023 年 3 月 22 日。

③ 杨明品、周述雅：《网络视听海外平台建设的基本情况及对策建议》，《中国广播电视学刊》2023 年第 4 期，第 19~21 页。

此，网络文艺的国际传播也需要因地制宜制定精准的传播策略。以网络游戏为例，完美世界明确地域侧重，多款在研游戏产品在类型、题材等方面更适合全球发行。《幻塔》手游于 2022 年 8 月 11 日在欧美、日韩、东南亚等全球多地正式上线，在近 40 个国家和地区位列 ios 游戏免费榜第一名，市场表现突出。①

在 2022 年度中国游戏产业年会上，“游戏出海”是与会嘉宾讨论的关键词。针对市场上优质产品稀缺的情况，星辉游戏副总经理仲昆杰表示，随着市场竞争的加剧，游戏产品长线运营的重要性陡增。要实现这一点，需要从内容迭代、本土文化、持续布局、交叉推广四个方面深入开展工作。“保持较高的频率、契合本地文化、针对细分市场深入开展、寻找用户共情等等，都是拉长产品生命周期的重要方式。”三七互娱产品副总裁殷天明认为，在新的阶段，游戏厂商应修炼企业“韧性”，在“深入、创新、精细”这三个方面下功夫，实现长远发展。其中，“深入”即加大植根本地的运营投入，提升“洞察力”；“创新”是指游戏厂商要通过玩法、内容及画面等创新及持续更迭，提升产品的“续航力”；“精细”即通过“因地制宜”的精细化发行和运营，提升“运营力”。②

三七互娱在海外的探索时间已超过 10 年。2022 年 10 月，三七互娱跃居中国出海厂商收入排行榜第一名。财报显示，2022 年上半年，三七互娱的海外营收达 30.33 亿元，同比增长 48.33%。③ 在各厂争相“出海”、产品同质化日渐严重、用户红利见顶的当下，“出海”产品如何破局？三七互娱的答案是：于 2018 年正式将“出海”策略定为“产品多元化”，探索并初步形成“因地制宜”的策略。比如在欧美市场深耕 SLG 品类，在日韩市场

---

① 胡疆锋、刘佳：《2022 网络文艺：凿开通路，点亮星空》，《中国文艺评论》2023 年第 2 期，第 38~50 页。

② 王磊：《我国游戏产业公布 2022 年成绩单：销售收入 2658 亿、用户 6.64 亿》，https://baijiahao.baidu.com/s?id=1757885427318615263&wfr=spider&for=pc，最后访问日期：2023 年 5 月 10 日。

③ 《三七互娱突围海外市场“精品化、多元化、全球化”》，《21 世纪经济报道》2022 年 9 月 2 日，第 12 版。

主打 MMORPG 品类，以打破市场壁垒。2022 年 8 月 29 日，三七互娱副总裁彭美在 2022 中国游戏开发者大会（CGDC）上介绍，目前三七互娱的"出海"已不局限于限定品类、题材的游戏，而是用适合当地玩家的多元品类冲击全球各大市场。"与当下话题结合，结合玩家受众兴趣关注点，与产品特性相结合，实现代言人营销游戏上的实际加成效果。"即便是同一款游戏，针对不同的游戏市场，团队也会定制不一样的传播素材，力求击中不同地区用户痛点，这是发行层面上的因地制宜。以爆款游戏《Puzzles & Survival》为例，"出海"团队在向欧美和日韩玩家发行游戏时采取不同的发行策略。吸引美国玩家，是通过解密玩法和写实美术风格的推广素材；面向日本玩家时，注重配音演员的选择以及融入二次元特色；而向韩国玩家推广时，则加大对代言人的投入以迎合韩国的追星文化。针对不同地区用户，游戏联动方式也不同。例如，在欧美与 Discovery 合作，在日本与哥斯拉联名。三七互娱通过和当地知名动漫、电视剧、游戏的联动，将产品本地化和推广本地化做得更细致，从而拓展用户群体。三七互娱近年来新品全球化特征明显，多款产品立足于全球市场进行研发，并融入各地用户普遍偏好的元素，例如消除、魔幻，进而有助于提升产品的海外竞争力。三七互娱财报显示，公司深度挖掘细分赛道，洞察用户需求，通过探索融合"独特的题材+合理的玩法"寻求破圈，2022 年另一款新上线的 SLG 手游《Ant Legion》也崭露头角，独特写实类蚂蚁题材受到欧美玩家好评，成功跻身 Sensor Tower 2022 年 5 月中国手游海外收入增长榜第 11 名。①

Schell 提出的游戏理论"四元素框架"，将构成游戏的元素划分为四种类型：美学、故事、机制和技术。② 邱野借鉴已有研究中的 IP 构建框架和游戏设计方法，从跨媒介融合视角提出了以数字游戏为载体的非遗 IP 传播路径模型，提出了非遗 IP 构成要素提取、非遗 IP 游戏化转换、非遗 IP 游戏化呈现三个阶段的 IP 转换路径，即以中国传统文化内涵为核心，筛选优

---

① 《三七互娱突围海外市场 "精品化、多元化、全球化"》，《21 世纪经济报道》2022 年 9 月 2 日，第 12 版。

② ［美］杰西·谢尔：《游戏设计艺术》，刘嘉俊等译，电子工业出版社，2016，第 53 页。

质非遗 IP 构成要素；以互动沟通为基础，在游戏设计框架中融入中国美学，进行游戏化路径转换；通过非遗 IP 游戏化，推动中国故事对外传播。①

总之，无论是网络游戏还是其他网络文艺类型，首先需要保证产品质量，同时还需要借助独特的传播手段将高水平的产品与不同国家的独特市场需求结合起来，才能实现网络文艺国际传播效果的最大化。

3. 拓展合作共赢的新空间

建立广泛的国际合作网络是推动网络文艺“走出去”的重要保障。在 2022 年上线的网络纪录片中，中外合作纪录片占 19 部，海外传播纪录片占 13 部。如优酷、五洲传播中心、逆光映像与英国子午线影视制作公司共同摄制的《最美中国：四季如歌》，以国际化视角讲述各民族文化传承创新与互鉴融通的新时代中国故事；B 站出品、BBC 承制的《未来漫游指南》由科幻作家刘慈欣联合全球顶尖的科学家，共同解读其科幻作品中提及的情节、科技与假想；B 站与美国探索频道联合出品、新加坡 Beach House Pictures 制作的《决胜荒野 3》继续展示生存专家们面对险境时的求生技能。这些作品大都在海外平台实现同步播出，可见 2022 年互联网视频平台与海内外机构的合作更加深入，网络纪录片在“借船出海”实现海外传播方面已经取得显著效果，而且中方在合作过程中的话语权稳步提升。除上述几部作品外，历史纪录片《史诗女武将妇好》在美国史密森尼电视台、德法公共电视台、奥地利广播电视台完成播出，自然题材纪录片《众神之地》等通过 CGTN 旗下的俄语、阿拉伯语和西班牙语三个频道走向全球，显示出网络纪录片在讲述中国故事、诠释中国价值、传播中华文化方面的独特功能。②

中国网络文艺国际传播秉持的开放合作与互利共赢原则，与世界范围内网络文艺发展的大趋势相一致。例如，2006 年创办于加拿大的在线阅读与

① 邱野：《以数字游戏为载体的非遗 IP 对外传播路径研究》，《新媒体研究》2022 年第 23 期，第 89~92 页。

② 张延利、王滋：《使命 · 情感 · 边界：2022 年中国网络纪录片创作观察》，《影视制作》2023 年第 3 期，第 35~38 页。

写作平台 Wattpad，通过国际传播与跨行业拓展，已经成为一家拥有线上阅读社区、线下书籍出版和电影制作等多业务协同发展的国际化平台。2017年，Wattpad 获得来自腾讯的 4000 万美元投资，估值达到 4 亿美元。亚太地区也成为 Wattpad 增长最迅速的市场，根据平台内容改编的电影在亚太地区的票房已经达到 160 亿美元。2018 年 8 月，Wattpad 与有“东南亚版 Netflix”之称的流媒体服务公司 Iflix 签署了一份原创内容协议，将制作几十部基于印尼本土故事的原创电影。①

2021 年，Wattpad 被韩国互联网平台 Naver 以 6 亿美元价格收购，Naver 旗下拥有网络漫画平台 Webtoon，新成立的 Wattpad Webtoon 书籍集团快速发展，于 2022 年成立了一家以爱情故事为重点的出版社，其第一份出版清单上就有青春小说《亲吻亭》（*The Kissing Booth*）。该书曾于 2011 年被企鹅兰登书屋签约，2018 年由其改编的电影在 Netflix 网站首发，获得夏季收视冠军。2022 年 Wattpad Webtoon 书籍集团出版了 30 本新书，增加了 3 个子品牌。尽管书籍集团的作者受益于 1.79 亿 Wattpad 和 Webtoon 平台的用户，但他们中的多数在大众或书商以及图书馆管理员中仍旧不太知名。因此，公司创建了一个雄心勃勃的项目，让作者尽可能多地参与各类线下活动，如 2022 年的纽约漫展和世界各地书商协会的贸易展，或经常到各类独立书店和图书馆参加各类活动或进行签售，这些活动的开展促使其 2022 年销售额飙升至 2021 年的 468%。同时，由于公司的优势体现在商业小说和围绕 DEI（Diversity，Equity and Inclusion，即多样性、平等和包容）的角色故事，与目前的阅读趋势非常契合，这使公司呈现十分乐观的发展前景。

网络文艺以其开放包容、合作共赢的互联网基因融合丰富多样的文艺类型，呈现不可限量的跨界传播潜力，对于文明互鉴与人类文明进步具有重大推动作用。郝向宏指出，随着跨文化交流与传播的日益频繁，鲜活、新颖的网络文艺日益展现出新兴文艺形态的优势和新锐力量，以独特的“网生”

---

① 王睿：《国外的网络文学网站活得如何?》，《出版人杂志》，https：//www.epuber.com/2019/10/23/9262/，最后访问日期：2022 年 10 月 23 日。

气质、旺盛的市场活力，闯出一条守正创新的大道，让中华文化深层韵味触及更多人的内心。如纪录片《风味人间》、动画片《雾山五行》等，向海外观众传递出中华民族天人合一、物我同在、崇尚自然、和谐共生的价值理念。网络文艺的发展要进一步弘扬人民精神和时代价值，在高扬奋斗之志、激发创造之力、共享发展之果方面进一步提质增效，为强国建设和民族复兴的伟大征程贡献更大力量。①

二　网络文艺传播形态的未来展望

（一）促进原创与改编的互动传播

原创与改编对于网络文艺的健康发展缺一不可。人们在强调原创性的同时，也看到原创作品被不同媒介相继改编，得到了更为广泛的传播，也实现了更多的价值。然而，当大量 IP 改编作品或产品轮番上市，观众或消费者也会出现审美疲劳。出现这种情形并非否定改编的作用，而是需要考虑原创与改编的关系处理，尤其要考虑不同媒介的消费者需求特征，认识到改编不是简单的复制，也不是随意的修改，而需要重视改编的再创造。

尽管目前 IP 改编剧占据了主流市场，也拓展了影视题材，但网剧的质量依旧参差不齐，观众期待原创剧的出现。但即便如此，影视产业依旧热衷于 IP 改编。究其原因，是由网络文学 IP 自身所带有的经济价值属性所决定的。很多 IP 改编正是基于其背后数量巨大的“原著粉”，“原著粉”会为改编剧带来巨大流量，让网剧在开播之前便有较高的关注度和话题讨论度。与其去投资一个没有热度的原创剧，不如去投资 IP 改编剧，至少是经过市场检验的，这对于投资方来说是最好的选择，既保证了利益最大化，还将风险降到了最小，这也是 IP 改编剧会如此盛行的原因之一。然而，正如陈立强所言，“不管是 IP 改编还是原创，都是创作，只是创作方

① 郝向宏：《网络文艺为文明互鉴贡献新锐力量》，《光明日报》2023 年 8 月 5 日，第 9 版。

式上的不同，并不存在难易之分，改编剧本是在用创作技巧体现思想，而原创剧本是在用生活感悟体现思想。但如今的 IP 改编已变得过于形式化，真正意义上的 IP 改编并不是为了讨好观众，而是尊重观众。编剧创作要以观众为本，始终站在受众的立场上进行改编，过分地迁就迎合，只会让作品丧失它原本该有的意义。研究观众与研究创作本身并不矛盾，重要的是如何让影视行业得到良性发展，引导和提升观众的审美水平是影视行业所要担负起的责任”。①

诚然，以观众为导向的创新定位决不是一味迎合观众口味，而是需要承担起提升观众品位和文化精神的责任。对于网络文艺创作者和传播者而言，需要明确的理念是无论原创还是改编，都是一样需要投入创造力的，都是一样需要提升文化内涵和创意价值的，而且二者之间应该形成良性的互动机制，以原创为核心增长极，推动改编的创意升级，并不断为改编赋予新的内核，推动新的原创作品不断出现，在满足消费者需求的同时，也不断提升消费者的知识水平和创新能力。

（二）推进多元主体参与传播治理体系

网络文艺以互联网为传播途径，具备互联网“去中心化”和“分布式”的主要技术属性，以及开放性、虚拟性、异质性、不确定性和无国界性的基本特征。网络文艺传播内容海量、传播时间即时、传播空间无限，原本“单中心”主导的“分级管理、分类管理、内容管理和属地管理”的文艺管理体制，已无法适应时代需要与发展。在互联网开放平等的空间中，公共部门、私人企业、个体公民等都可作为网络文艺的创作者、参与者、管理者及利益相关者，基于平等地位，通过合作、协商方式，实现上下互动、共管共治。网络文艺发展需要依靠“治理”而非“管理”，推动政府与多元主体在网络文艺生态领域合作共赢，达成公共利益最大化。网络文艺治理，既要保

① 参见徐雪菲《IP 改编剧大行其道　影视原创是否真的丧失活力?》，《天津日报》2022 年 5 月 17 日，第 10 版。

护创作者、享有者、享受者的合法权利，又要以完善的立法体系、清晰的监管体系和多元的参与体系，引领网络文艺创作方向，推进网络文艺治理现代化，营造清朗的网络空间。①

Seaman 和 Tran 通过对电子游戏产业的研究发现，IP 权利及其局限性在促进当前桌面游戏领域的强劲创新方面发挥着重要作用，这个领域也成为 IP 法律能够有效平衡创造者、发行商和消费者利益的典型领域。尽管知识产权法在某些方面的确为游戏发行商提供了有意义的保护，但版权和商标法的限制以及专利保护的实际缺失意味着游戏设计师有足够的继续自由创造和创新的空间。也就是非 IP 激励机制，如创造和分享新游戏的内在价值可能比正式的 IP 法律更能推动游戏创造者的创新。②

Ard 的研究同样说明了这一问题。其指出，审视电子游戏行业迫使我们认识到并应对一些复杂的现实，包括部分法律权利、重叠的法律和非法律保护以及相对于消费者而言存在的截然不同的监管机制。只有面对这些挑战，我们才能增进对法律如何与创造性生产相交叉的理解，并使我们的法律改革方案与 21 世纪文化和娱乐的现实保持一致。在一些像电子游戏一样的网络文艺空间里，创造力在没有知识产权的情况下蓬勃发展，正是由于电子游戏突破了传统的范式，即那些以 20 世纪好莱坞和唱片业等传统行业运作为蓝本的范式。每个行业都有自己的知识产权和非知识产权保护配置，而技术、市场和作品本身的变化影响着一种特定的制度是否可行。Ard 作为法律工作者也呼吁同行对相关制度创新进行探索。③

由此可见，网络文艺作为新兴的文艺形态，其治理体系更需要一种动态的创新的范式，需要多元主体参与共同推进治理体系的不断提升。

---

① 王琳琳：《完善网络文艺治理体系 营造清朗网络发展空间》，《中国社会科学报》2017 年 12 月 1 日，第 1343 期。

② Christopher B. Seaman, Thuan Tran, "Intellectual Property and Tabletop Games", *Iowa Law Review* 107 (2022): 1615-1683.

③ B. J. Ard, "Creativity Without IP? Vindication and Challenges in the Video Game Industry", *Washington & Lee Law Review* 79 (2022): 1285-1375.

（三）建立交互融合与开放多元的传播生态

党的二十大报告提出，“健全网络综合治理体系，推动形成良好网络生态”。随着“电视观众”向“网络用户”转变，用户拥有了更突出的主体性和更强的互动性，通过以交互融合为中心，借助开放多元的平台，利用全新的技术手段，中国电视文艺传播出现了一些新特征，突出表现为跨平台融合、新技术赋能和强交互体验。[①]

“未来电视”的“大视听”格局构建，将在电视、网络、长视频、短视频、沉浸、互动乃至元宇宙等各种形式、形态、类型的创新和组合中，不断带来剧集创作的新领域、新元素；将改变剧集播出原来的渠道、窗口、介质的界限，并根据用户消费需求变得更加细分化、精准化、智能化；同时会改变中国剧集国际传播的渠道和方式；从行业管理到剧集创作，直到播出和上线，剧集的规划、策划、创作、生产、传播和推广，电视、流媒体平台、短视频平台和直播平台，都呈现越来越紧密的内在联系，联合出品、联合播映、联合推广已经成为常态。[②]

多平台的深度融合存在多种组合方式，首先是台网融合，其次是国内不同网络平台之间的融合，再就是国内外平台的融合。目前国内台网合作以及不同平台之间的合作已经初见成效，未来面对国外强大的竞争对手如何开展有效合作是需要解决的问题。

国际网络视听平台之间的竞争，是内容、产品、技术、渠道、人才、运营管理等多方面的综合竞争。目前，美国的网络视听平台在国际市场拥有绝对优势，YouTube、Netflix、Amazon Primevideo 的用户数分别达 23 亿、2.2 亿、2 亿，付费会员数分别达 0.2 亿、2.2 亿、1.5 亿。HBO Max、Apple TV+是六大国际流媒体平台中用户和付费规模较小的，但也分别达到了 7680

① 胡智锋、胡雨晨：《五年来中国电视文艺发展述评》，《当代电视》2022 年第 2 期，第 13~19 页。

② 尹鸿、张维肖：《减量提质 降本增效——2022 中国电视剧、网络剧发展趋势》，《传媒》2023 年第 1 期（下），第 16~20 页。

万和 740 万、4000 万和 2000 万，均远远超过我国“出海”平台中排在前两位的腾讯视频 WeTV 和爱奇艺国际版。①

因此，在较长一段时间内，我国网络文艺平台采取目标集中的差异化竞争定位，从自己的优势出发，选择有利的目标市场，基于特定顾客群体的独特需求进行内容创作和传播，逐渐提升自己在某一方面的品牌认知度。同时，我国的平台和网络文艺公司还可以积极参与到跨国公司的全球产业链分工中，进行学习并逐渐提升自己搭建国际网络文艺产业链的组织能力。

网络文艺作为互联网技术和真善美艺术相结合的最新文艺形态，不只是硬件和软件的结合，更是情怀和创意的共生。要在互联网、大数据、云计算的基础上，深度对接生成式人工智能模型，始终站在艺术形态创新的制高点上，以网络最新技术和时代新文化形态为提领，创设网络文艺高质量发展的融合路径。同时，网络文艺要在以文明交流超越文明隔阂、以文明互鉴超越文明冲突、以文明包容超越文明优越等方面凝聚共识，担负起为人类命运共同体搭建互鉴共享平台的使命。②

---

① 杨明品、周述雅：《网络视听海外平台建设的基本情况及对策建议》，《中国广播电视学刊》2023 年第 4 期，第 18~21 页。

② 郝向宏：《绽放建设中华民族现代文明的网络文艺绚丽光彩》，中国文艺评论网，http：//2022. zgwypl. com/content/details53_ 439951. html，最后访问日期：2023 年 6 月 14 日。

B.13

网络文艺审美形态研究

范玉刚　张　骅　姜欣言*

摘　要： 网络文艺的内涵可以从创新表达与审美体验、社交性与协同创作、虚拟与现实的交错以及数字化与版权保护等多视角阐释，由此构成网络文艺内涵的丰富性和审美形态的独特性。网络文艺是一个富有创造力和无限可能性的舞台，它以数字技术和多媒体元素为媒介，挑战传统艺术形式的束缚，开辟了全新的艺术领域，形成了多元化的美学特征。在如何促进人的全面发展特别是精神自由方面，为我们打开了一道新的文化视域和审美空间。网络文艺扩大了文艺的传播面和对文艺消费人群的有效覆盖，增加了个体自主表达的机会，其发展中存在的问题同样影响着审美形态的健康与否，需要加强对网络文艺审美形态的治理问题研究——法律规制（版权）、审美规制、伦理审查等。

关键词： 网络文艺　审美形态　媒介融合　艺术审美　美学特征

一　网络文艺的审美形态

网络文艺以数字技术和多媒体元素为媒介，打破传统艺术形式的束缚，

* 范玉刚，山东大学文艺美学研究中心特聘教授，山东省文艺评论家协会主席，中央党校文史部教授、博士生导师，主要研究领域为文艺美学、马克思主义文艺理论、文化战略和文化产业；张骅，山东大学文艺美学研究中心博士研究生，研究方向为文艺美学；姜欣言，山东大学文艺美学研究中心博士研究生，研究方向为文艺美学。

开辟了全新的艺术领域。通过创新的艺术表达形式和多样化的创作方式，网络文艺为受众提供了独特的多样化的审美体验，超越了时间和空间限制。以网络文学为例，结合网络文学创作的破局与嬗变的相关研究来看，网络文学采用非线性叙事结构、超链接和互动元素，使读者能够以非传统的方式参与故事的发展和解读。非线性叙事结构是网络文学的特点之一。相比传统线性叙事，网络文学可以通过分支结构、多线索和时空跳跃等手法，让读者在故事中选择不同的路径和触发事件，从而形成多线索情节发展。读者每一次阅读都可以根据自己的兴趣和偏好，选择不同的路径和决策，参与到故事创作中去，实现个性化的阅读体验。超链接是网络文学叙事的重要特征。通过超链接，作品中的文字、图片、音频和视频等多种媒体元素可以相互关联，形成丰富的链接网络。读者可以通过点击超链接跳转到其他页面或内容，深入了解故事中的背景信息、剧情细节或作者的解读。这种互动性阅读方式使得读者可以跳跃式地获取信息和知识，从而打破了传统线性阅读的限制。互动元素是网络文学的重要特征之一。网络文学作品通常都会提供与读者互动的机会，例如评论区、投票、角色扮演等，读者可以通过评论等互动功能与作者和其他读者交流、讨论作品的内容和意义。这种互动性为读者提供了参与创作和共同探讨的平台，拓展了网文的社交性和开放性。通过对非线性叙事结构、超链接和互动元素的运用，网络文学将读者从被动的阅读者转变为积极的参与者，赋予他们主动创作和解读的权利。这种参与性的特点不仅提升了读者的阅读乐趣，也促进了文学表达形式的创新和多样化的审美体验方式。

此外，多媒体融合也为网络文艺带来了丰富的表现形式。网络文艺的媒体多样性运用主要表现为网络艺术家通过数字技术和多媒体元素的结合，创造出结构开放和多视角解读的艺术作品，从而超越了传统艺术形式的限制。多媒体元素在网络文艺生成中发挥了关键作用，网络文艺作品不仅可以包含文字、图像和音频等传统媒体元素，还可以融合视频、动画、实时互动等多种媒体形式。这种多媒体的表现形式为艺术家提供了更加丰富多样的创作语言，使艺术作品能够以更具冲击力和感染力的方式与受众互动。网络艺术家在创作中常常突破传统艺术形式的边界，探索虚拟与真实的交织。通过数字技术和虚拟现实技术，艺术家可以打破时间和空间的限制，创造出与现实世界不同的艺术体验。观众可以通过虚拟现实设备，沉浸于艺术作品创造的虚拟环境中，与作品进行互动和体验。这种虚拟与真实的交织使艺术作品具有了更加深刻和细腻的表达方式，让观众能够以全新的视角感知和体验艺术。网络文艺的数字化和多媒体融合特性不仅拓展了艺术表现形式，也带来了艺术作品的保藏和传播的便利性。数字化使得网络文艺作品能够以电子形式存在，并通过互联网进行广泛传播，观众可以通过在线平台和社交媒体等渠道接触和分享网络艺术作品。然而，数字化也带来了版权保护与侵权的问题，网络文艺需要探索如何在数字化时代有效保护艺术家的权益，确保艺术作品的创作价值和审美独特性获得认可和尊重。

网络文艺通过虚拟现实和增强现实技术的应用，创造了与传统艺术形式不同的身临其境的艺术体验。虚拟现实技术可以让观众沉浸在一个虚拟的艺术世界中，与作品中的角色互动或参与艺术创作全过程。增强现实技术则将虚拟元素叠加在现实世界中，使受众可以与现实环境产生交互，生成数字孪生的审美效果。这种虚拟与现实的交错为受众提供了全新的艺术体验，拓展了艺术的边界，使受众可以超越现实条件的限制，进入一个有独特体验感的艺术境界。传统的艺术形式通常依赖于受众的身体存在和现实环境的限制。网络文艺则可让受众通过虚拟现实设备或者增强现实应用程序，进入一个与现实世界截然不同的艺术空间，与艺术作品进行互动和体验。虚拟与现实的交错使受众可以超越时间和空间限制，沉浸在艺术作品所创造的虚拟环境中。受众可以亲身参与艺术作品的情节、角色和场景，在整个创作过程中进行互动，探索多样化的表达方式。这种全身心的参与和体验为受众带来了前所未有的艺术感知和情感共鸣。通过虚拟与现实的交错，网络文艺还创造出更具创新性和实验性的艺术形式，从而突破了传统艺术形式的时间和空间束缚。这种创新实践不仅为艺术家提供了广阔的表达空间，也为受众带来了丰富多样的艺术体验。虚拟与现实的交错还启发了受众对现实世界的重新思考。通过与虚拟环境对比，受众可以审视现实世界中的价值观、生活方式和

社会问题。这种反思进一步激发了受众的思考和创造力，使他们对现实世界有了新的认知和理解。

艺术审美是感受和理解美的一种最有典范性的审美形态。不同于自然审美的重心落在对自然的感知上，技术审美的重心落在对技术性的领会、对技术异化的遏制以及人类创造性力量外显的张扬上，日常生活审美的重心落在对“生活”的把握上，艺术审美的重心必然落在艺术何为与对艺术品的感知体验所获得的精神愉悦上，它更多的是对人的艺术想象力、审美创造力和时代精神的价值肯定与审美理想的追求，从而形成有别于其他审美形态的独特体验、审美方式和审美追求。艺术审美的对象是艺术活动及其成果即拟态化符号化的精神产品，通过对艺术活动及其成果如舞蹈艺术审美中跳舞、观舞以及舞蹈题材的鉴赏和把握，获得一种身心合一的情感愉悦和心理满足。网络文艺审美不仅有其自身的形态特征，更是生成了别有意味的话语表达、独特性体验方式、价值追求和大众审美经验。正如艺术审美不是对艺术作品的理论阐释和艺术批评，也就是说，它是一种有别于艺术学理论，也不同于艺术评论的艺术把握方式，其重心落在审美过程及其审美主体的心理情感反应上。网络文艺审美形态关注的同样是人和艺术之间经由建构审美关系而展开的一系列审美实践活动，其面对的对象是多样化的网络文艺作品，网络文艺审美的重心是艺术如何向人敞开并使人身心愉悦。

数字化时代，随着网络文艺成为大众日常消费的主流文化产品，网络文艺的审美意味，引发了学界和社会的广泛关注，如何理解和思考网络文艺审美形态成为一个绕不过去的话题。正是对网络文艺生成的机缘、独特性和边界探究与价值重心的分析阐释，为领会和把握网络文艺审美形态提供了分析框架。网络文艺以图像、视频、音频和文字等多种形式在网络上流动，呈现多样化的艺术表达和审美风格。在开放、多元的数字化时代，探讨网络文艺审美形态的特征与价值诉求，不仅能够促使我们更好地理解和欣赏网络文艺作品，还能够推动审美理论和审美实践在网络领域的发展，有利于深化对美的认知和拓展审美体验感的深度和广度，从而更好地把握时代的审美情趣、审美话语、独特的审美体验与大众审美经验。

不同于传统艺术审美形态，网络文艺审美形态对载体和质料的依赖度更高，同时其主观感受和体验的自由度更强，在审美体验和审美经验上达到了新的高度，在时空维度上都极大地拓展了人的审美体验和审美经验，不同程度地提升了大众的审美感知力，并呈现鲜明的数字化时代特征。譬如，虚拟与现实的交融是网络文艺审美的一个重要特征。通过虚拟现实技术和增强现实技术等手段，网络文艺作品可以创造出强烈的沉浸感审美体验。这种虚拟与现实的交融使观众的审美体验更加丰富多样，并且挑战了传统艺术形式的边界和观念。网络文艺审美形态经常包含对社会、文化现象的反思和批判。通过幽默、讽刺等手法，网络文艺作品揭示了社会问题、权力关系、价值观念等方面的弊端和矛盾。这种批判性的审美形态反映了网络文艺作品对社会现实的关注和回应。再如，网络文艺的开放性和用户生成内容的参与性，使得网络文艺审美形态包含各种风格、主题和话语表达方式，生成了更多具有个性化的审美体验。网络文艺的多媒体和跨界表达，生成了文字、图片、音频、视频等多媒介形式的创作和传播方式，使得网络文艺能够通过多种艺术形式的跨界融合来表达创作者的想法和情感，使其网络文艺审美形态呈现更多的审美经验的杂糅性，也进一步拓展了大众审美的领域。参与性和互动性是网络文艺审美形态的重要特点。受众不再是被动接受作品的消费者，而是可以通过评论、点赞、分享等方式与创作互动、影响作品传播和消费的主导性力量之一。这种参与性和互动性影响了网络文艺审美关系的建构，使得受众成为审美形态生成的参与者和创造者。此外，网络文艺在其生产中存在原创性和模因文化的相互作用。原创性作品展示了创作者的个性和创造力，模因文化则通过互联网的迅速传播和二次创作，形成了一种流行的文化符号和审美趣味。这种二重性因素的相互作用影响网络文艺审美形态，共同构建了独特的原创作品和模因文化相互交织的审美体系。

再有，共享和开放性也是网络文艺审美形态的重要特点。通过创意共享、开源文化等方式，网络文艺作品可以迅速在网络上传播和分享。这种共享和开放性促进了多样性的审美体验和创意的流动，使得网络文艺审美形态更加开放和多元化，更具受众导向和个性化。网络平台提供了个性化推荐、兴趣社区等功能，使观众能够根据兴趣和偏好选择性体验文艺作品。网络文艺的受众导向和个性化表达，能够促使观众深度参与和体验网络文艺审美形态建构。

此外，融合与跨界的特性也深刻影响到网络文艺审美形态的建构。艺术、科技、社会等领域的元素可以在网络文艺作品中相互交织和融合呈现，这种融合与跨界推动了艺术创新和跨学科交流与合作，共同塑造了网络文艺审美形态，形成了具有独特意味的审美体验和审美话语表达形式。

除此之外，抽象的具象性也是一种理解和探索网络文艺审美形态的重要视角。它强调了在网络文艺作品中抽象与具象之间的交织和互动，以及这种互动所带来的审美体验。在网络文艺审美形态建构中，抽象性和具象性相辅相成、相互作用。抽象性指的是通过简化、变形、符号化等手法，将事物的特征和概念抽离出来，使其脱离具体的形态和表象，具象性则强调作品中具体的形象、细节和情节的展现。首先，抽象性在网络文艺审美形态建构中扮演着重要角色。网络媒介的特性赋予艺术家和创作者更大的自由度来进行抽象表达。通过对图形、符号、色彩、声音等元素的抽象处理，艺术家可以突破现实世界的限制，创造出超越常规认知的形式和意义。这种抽象性的表达方式使得作品具有了一种独特的韵味和深度，能够引发观众的思考、联想和情感共鸣。其次，具象性也是网络文艺审美形态建构中不可或缺的部分。具象性通过展现具体的形象、细节和情节，使作品更加贴近观众的生活经验和情感体验。通过具象表达，观众可以更直观地理解和感知作品所传递的信息和意义。具象性表达方式使得观众能够更容易地与作品产生情感共鸣，增强其对作品的参与和沉浸感。艺术家可以通过抽象性的表达来突破常规的视觉和感知框架，挑战受众的认知和想象力。受众在面对抽象性作品时，被激发出对美的独特感受和思考。具象性表达则为观众提供了一种更直接、更容易理解的接入点，使其能够更深入地体验作品所传递的情感和意义。

意象性角度是一扇富有魅力的窗户，让我们透过它深入探索网络文艺审美形态的奥秘。在这个视角下，作品中的心理、内心、泛化和观念意象如同绚丽的花朵，绽放出令人心醉的美感。具体而言：

心理意象如细腻的画笔，将作品中人物的情绪、心理变化和内心世界绘制得栩栩如生。从那无声的眼神交流中，我们感受到他们内心深处的波澜起伏；从那抚摸琴弦的手指间，我们领略到他们灵魂的共鸣。这些心理意象触动着我们内心深处的琴弦，荡漾出情感的涟漪，让我们为之动容。

内心意象像一面魔镜，透视出作品中个体的内心世界和主观体验。在那些展现人性复杂性的艺术作品中，我们感受到角色内心的挣扎、矛盾和迷茫。这些内心意象将我们带入一个真实而深刻的境地，让我们与作品中的人物产生共鸣，仿佛看到了自己内心的一面镜子。

泛化意象则将具体的事物升华为抽象的符号，为作品赋予了更广阔的意义和思考空间。它们穿越时间和空间的界限，超越个体的限制，传递出更深层次的哲学和象征意义。这些泛化意象如同精妙的密码，唤醒着我们内心的智慧，激发出对生命、存在和宇宙的思考。

而观念意象则是作品中的思想和观点的映射，它们是艺术家对社会、文化和人性的独特思考和表达。这些观念意象如同思想的火花，点燃了观众内心的思考和反思。它们引导着我们深入思索现实与虚构之间的关系，重新审视自我和世界。

在意象性角度的引导下，网络文艺作品展现出令人惊叹的审美形态。它将心理、内心、泛化和观念意象融合于一体，创造出丰富多彩、引人入胜的艺术之境。每一幅画作、每一段文字、每一段音乐，都是一幅意象的绘画，一首灵魂的交响乐，一段思想的诗歌。在这个意象的世界里，我们感受到了艺术的魔力和无限可能。它们唤醒了我们沉睡的感官，点燃了我们内心的激情，让我们重新审视世界、感知生命的奇妙之美。通过意象性的探索，网络文艺作品引领我们踏入一片奇幻的境地，让我们沉浸在无边的美感之中，与艺术共舞，与灵魂对话。

最后，网络文艺的多样性和碎片化特点影响网络文艺审美形态在经验生成上的连续性和断裂性；同时，网络文艺在内容表达上的反传统和亚文化元素，突破了传统审美形态的界限和审美规范，又展现了一种追求个性、叛逆、先锋、反传统的审美观。

二　网络文艺审美形态的生成方式、美学特征与发展趋势

近年来，随着文艺新业态的不断涌现，以及文艺“两新”现象的蓬勃发展，网络文艺越来越成为大众文化消费的主导产品形态，在满足大众的身心娱乐和精神需求中占据着重要份额，其有别于传统文艺审美形态的特点及价值诉求也成为学界的关注点。网络文艺的出现和发展，得益于现代文化市场的建立，以及数字技术、互联网和社交媒体等新兴平台的快速普及和广泛应用，这些平台为人们创造了更多的艺术表现和娱乐消费的机会，也推动着文化的转型和艺术发展。网络文艺审美作为一种艺术审美形态，更是除了体现艺术审美的基本特征外，还带有强烈的自身形态特征，从而生成了别有意味的话语表达，独特的体验方式、价值追求和大众审美经验。在此语境之下，对网络文艺审美形态的生成方式、美学特征与发展趋势的探究，是本研究报告关注的焦点。

（一）网络文艺审美形态的生成方式

学界普遍将“网络文艺”界定为以互联网为依托，运用网络、新媒体、人工智能等数字技术进行创作、传播、展示和交流、消费的文艺作品。“网络文艺审美形态”则是对各种网络文艺作品或文化现象所呈现的形式、结构、意义与价值诉求等方面进行审美评价的活动，旨在就网络文艺作品或文化现象在视觉、听觉、身体感官等方面所呈现的诸多特征和表现方式，以及这些特征如何影响人们的感受和理解进行审美观照。

1. 网络文艺审美形态生成的时代语境

习近平总书记《在中国文联十一大、中国作协十大开幕式上的讲话》中指出：“今天，各种艺术门类互融互通，各种表现形式交叉融合，互联

网、大数据、人工智能等催生了文艺形式创新，拓宽了文艺空间。”习近平总书记的这一重要论断阐明了网络文艺生成的时代背景和存在特点。透过各种纷繁复杂的网络文艺现象，习近平总书记强调：“我们必须明白一个道理，一切创作技巧和手段都是为内容服务的。科技发展、技术革新可以带来新的艺术表达和渲染方式，但艺术的丰盈始终有赖于生活。要正确运用新的技术、新的手段，激发创意灵感、丰富文化内涵、表达思想情感，使文艺创作呈现更有内涵、更有潜力的新境界。”[①] 正是在全面学习贯彻和落实习近平总书记关于文艺工作重要论述的过程中，中央和相关部委出台一系列重要政策文件（如，2022 年 8 月，中办、国公印发《“十四五”文化发展规划》；2022 年 5 月，中办、国办《关于推进实施国家文化数字化战略的意见》；2020 年 11 月，《文化和旅游部关于推动数字文化产业高质量发展的意见》；2019 年 8 月，国家广播电视总局《关于推动广播电视和网络视听产业高质量发展的意见》等），对数字文化、网络文化包括网络文艺的健康发展做出了规范引导和积极促进，形成了有中国特色的网络文化和数字文化蓬勃发展的新格局与新气象。

网络文艺作为“时代语境下生产力解放和人的文化自主表达能力与文化权益意识提升的产物，它契合了人类文明秩序跃升的趋势。21 世纪的迥异之处是以文化为开端的时代，显现为新一轮全球化运动的深入，是文化创意与信息文明条件下数字化互联网技术广泛应用‘互为表里’的过程。文化创意、文化价值是信息技术之‘里’，网络数字化技术应用是文化创意、文化价值之‘表’，在两者的相互促进中，人类社会发展进入新的历史阶段”。[②] 网络文艺以其消费的大众化、草根性、接地气的狂欢式娱乐受到广大网民的青睐，在网络虚拟空间的沉浸式审美体验中形成了有独特意味和价值追求的网络文艺审美形态。

---

① 习近平：《在中国文联十一大、中国作协十大开幕式上的讲话》，人民出版社，2021，第 12 页。

② 范玉刚：《“两新”文艺生成的时代语境与创新价值阐释》，《文艺争鸣》2021 年第 8 期，第 96~100 页。

2. 网络文艺审美形态生成的动力机制

一方面，追求个性化色彩与自主表达是人的天性和本能，是一种确认自我的人生实践活动。审美活动就包含了主体对个性追求与表达的强烈欲望。故而，审美活动本身就是人生而为人的一种本质性力量的对象化呈现。另一方面，现代社会普遍存在的异化与非理性主义思潮，加剧了人与人之间的疏离感与焦虑感。同时，个人主义观念的过度发展，让自恋情结破土而出，出现了一些原子化的个体与小圈子认同的现象。人们开始迫切渴望引发别人的关注、羡慕和情感认同。网络的互动性、开放性、技术低门槛、即时性等特点，使得所有人都得以参与到网络文艺的创作与审美活动中，使每一个人的文化权益都能得到保障，大众的文化权益意识空前高涨。网络文艺的生成方式包括审美形态的建构，无疑是一种人们为自己虚无而疏离的精神世界找到的合适的归属与寄托，并希望通过网络文艺的形式获得共情、认同与关注，即“被更多人看到与理解”。

网络文艺审美形态，主要是艺术审美与技术审美相互支撑与相互融合的结果。目前，一些研究文献立足文本和艺术实践对网络文艺审美形态特征做出阐释分析，认为网络文艺所包含的艺术形态具有多媒体、互动性、实验性、开放性、虚拟性、动态性、交互性、兼性、视像的、流动的、实时生成的、全球性、体系性、泛在性以及人机共在、人机协作等特点。这些特征正是针对网络文艺进行审美关系建构时，艺术与技术相互促进的审美特征概括。

随着网络数字技术的普及与应用，媒介限制被不断突破，艺术审美体验遭遇挑战，审美观念受到冲击，网络艺术因为“意义文本再生产”而被重新定义，越来越多的人参与到网络文艺的创作、审美和评价中，创作者和审美者的身份逐渐跨越了国界、种族、文化、阶层和趣味区隔。网络文艺作为新场景塑造下沟通交流的文本，必然要求其在内容上尽可能使有着个体性差异的人们产生共情，即对普遍抽象的理念，如爱、正义、永恒、自由、死亡等产生认同感。在形式上，为了尽可能让拥有不同背景的更广泛的人群能够理解和感知到意义的传达，又必然表现出具象性特征。比如声音的具象、形象的具象、体验的具象（沉浸、虚拟现实）等。若仔细观察，我们还能发现，这种形式上的“具象”往往表现出的是一种“抽象”的具象，即观念性的具象形象。这正是因为网络文艺所依托的数字技术和“被更多人看到与理解”的内在要求，让其生成的底层逻辑呈现出“为一般而找特殊”。原则上，特殊只能表现这个一般，而无言外之意，即无法实现有限寓于无限之中。正是因为网络文艺所依托的数字技术（互联网、大数据、AI 等），让原本封闭的艺术作品被打开，艺术作品可以永远处于被创作的过程中，意义文本可以始终处于生产与再生产的无限中。由此正好弥补了其“为一般而找特殊”在意义上的“有限”。

所以，网络文艺审美形态作为信息文明的产物，信息技术和文化创意互为表里重构了现代化肌理，特别是“国家文化数字化战略”的实施，促使艺术创作体系、文化产业体系和现代文化市场体系不断健全。伴随网络数字技术的发展、普及与广泛应用，以及媒介融合的深入推动和市场灵验机制的充分发挥，文艺观念、文艺形态、文艺实践发生了深刻变化，这些共同构成了网络文艺审美形态生成的时代语境。而艺术表达与审美的自主性、大众文化权益的高涨促使人们产生“被更多人看到与理解”的强烈诉求，日益成为网络文艺审美形态生成的动力机制，“为一般而找特殊”是其生成的底层逻辑；从抽象的理念出发，以具象化形式呈现，打开艺术创作与审美的空间，始终以半开放状态进行创作即审美再生产是网络文艺审美形态生成的路径。

（二）网络文艺审美形态的美学特征

网络文艺审美形态的建构除了依托信息化技术支撑，更多的是因技术特性而获得蕴含人文价值理念的艺术性促进，主要体现在艺术想象力、审美理念追求和审美价值评判等诸多美学特征上。

1. 多元性

网络文艺审美形态的第一美学特征是样态的多元性，具体体现在以下五个方面。

（1）艺术形态的多元性

网络文艺的艺术形态多种多样，呈现明显的样态多元性美学特征。如表现为网络小说、网络电影、网络音乐、网络绘画与插画、网络舞蹈与音乐视频、网络游戏、网络综艺、网络剧等丰富样态。可以说，网络文艺的艺术形态是各种各样艺术形态的综合体，其艺术形态多元性的美学特征，是显而易见的。

（2）构成要素的多元性

网络文艺是以综合性视听感官以及凭借身体感等手段，来达到审美效果的一种艺术审美形态。网络文艺由艺术性元素与科技性元素共同构成。它的艺术性元素主要指的是尊重艺术规律创作的部分，如网络电影中艺术的形象性、创造性、思想性等特征。科技性要素则主要指的是遵循市场规律的再生产部分，如网络文艺的制作、传播、消费等环节。网络文艺审美形态的建构往往融合了不同领域的艺术元素和技术手段，如音乐、影像、文字、动画等艺术形态实现了不同领域和媒介之间的跨越和融合；同时，网络文艺作品还呈现混合性的艺术表现形式，如音乐视频、网络电影、数字图像等审美形态实现了不同媒介之间的混合和叠加；网络文艺作品在数字技术和网络平台的支持下，创造出一些新的艺术形式和媒介语言，如虚拟现实、增强现实、交互式艺术等新兴表达方式。这种综合性构成要素是一种更为直观的形象语言，这种语言能够直接创造审美意向，直接传达意义。

（3）创作主体的多元性

网络数字技术的发展、普及与广泛应用，推动了网络平台“低门槛、易传播、易发表、网民广泛”的文化自主表达的网络文艺的涌现，打破了传统文艺创作、制作机制与审美观念中专家和大众之间的界限以及高门槛的限制，让每个人都可以成为网络文艺的创作者、审美活动的参与者和贡献者。与此同时，人工智能在文艺领域的介入，形成了高效的人机协作模式，更是让网络文艺审美形态越发多元化和分散化，从而为更多人提供了自主表达和亚文化认同的空间。

（4）主题内容的多元性

随着全球化运动的深入，政治、经济、文化日益呈现相互交融态势，“后现代主义”日趋成为世界性话语，传统的话语体系、思想观念、人文情怀逐渐被一种更开放、包容的大众文化所消解。在审美泛娱乐化浪潮下，主流意识形态受到强烈冲击，去中心化、碎片化、商业化、边缘性的文艺作品随处可见。这种对传统审美观念的彻底性反叛与颠覆，“营造出一种‘巴赫金式狂欢化’的宽松文化氛围。在这样的气氛下，人与人之间的等级制度、高雅文化与大众文化之间的界限，以及优美的语言与粗俗的话语之间的界限统统以一种游戏和戏仿的方式消解了”。[①] 网络文艺的发展、传播越来越快，大众追求感官刺激，快餐式文化消费的诉求越来越强烈。技术支撑条件、创作准入门槛的降低使内容的生产者与消费者趋于同一。大众日常生活内容成为网络文艺主题内容的重要构成。同时，“Z 世代”、网生代作为网络文艺生产与消费的主力军，造成了“网络亚文化奠基着网络文艺的符号表征”[②] 的局面。他们用自己的表演方式展示出当代青年表达个性的态度，促使网络文艺主题内容呈现“萌”“梗”“新感性化”“戏仿与模仿”“酷”“囧”“赛博朋克”“怼”“丑”“土”“宅”“崩”“爽”等新美学特征。

（5）审美体验的多元性

基于网络数字技术应用的网络文艺，其作品往往是融合了视觉、听觉甚或触觉等多维度的身体感官体验。如以费俊的《九九艳阳天》为例，该作品以虚拟现实技术为基础，融合了游戏、动画、互动装置等多种数字媒体形式，创造出一个集中国古代传说、历史事件和当代网络文化于一体的特色世界。观者宛如穿梭、探索于一个充满神秘、奇异的虚拟与现实交织的异空间之中。其带给观者的审美体验，远超传统艺术审美所带来的单一的静态的体验，而是多维的、动态的、交互的、多感官的、虚拟现实的多元化审美体验。

---

① 王宁：《超越后现代主义》，人民文学出版社，2002，第 213 页。

② 郑焕钊：《网络文艺的形态及其批评介入》，《中国文艺评论》2017 年第 2 期，第 79～83 页。

2. 人文性

“以人为本”是当下的时代主题之一。所谓“人文性”的价值追求，主要体现在两个方面：一是“人本观念”；二是“个人观念”。在“人本观念”方面，网络文艺赋予了受众更为自由的权利，也赋予了受众更多的选择。受众观看的动机完全取决于自身的喜好。在“个人观念”方面，个人表达的自由权、话语权在网络时代得到了充分的尊重。弹幕、评论等无时无刻不体现着言论自由的“个人观念”。在这样的时代语境下，尊重受众的审美需求、审美心理及其趣味习惯已然成为网络文艺生产者创作时的重要考量。

3. 抽象的具象

网络文艺审美形态体现出一种“虚构”的美学特质，被称为一种美学意义上的“抽象的具象”。这种“抽象的具象”主要表现在某种假定性上。如演员在某种假定性的时空环境中，可随心所欲地在所处虚拟环境中从容表演。从演员表演上来说，因为实际所处环境只是一个绿幕空间，其根据对文本上下文的理解所进行的表演其实是主观概念性的表现，因缺乏真实情境对其表演情绪与心理上的加持，也很难自如地与虚拟环境发生互动。所以，这种假定时空环境中的表演，总是因为其“抽象的具象”表演而显滞涩。从虚拟环境的呈现上来说，虚拟环境的布景没有现实世界的限制，可以凭借虚拟数字技术显现任何主观的想象。这种呈现看上去是具象的。因为房子像房子，水也像水，但他们实际又是抽象的。因为他们是从主观的“房子”和“水”的概念出发的，数字技术对“房子”和“水”的呈现也只是固有概念中的呈现。这样的“房子”和“水”即便再精妙，也缺少真实情境细节的润色，就像无风自动、有光无影之物。这也是我们看到所谓的“特效”，总是觉得“假”的原因所在。

但是，这种看起来滞涩与假的“抽象的具象”是网络文艺审美形态的一个重要美学特征。上线了18年的《劲舞团》次世代音舞游戏中虚拟人物的舞蹈就展现出了明显的“抽象的具象”之感。2023年“浪姐4”中美依礼芽凭借一首《极乐净土》火上热搜，这不仅仅是因为《极乐净土》二次元歌曲本身，还因为其舞蹈正是极具辨识度的“劲舞团”风格（动作僵硬，不自然）。这种只在虚拟世界出现的舞风突然出现在现实世界的比赛舞台上，强烈的反差与回忆里的亲切，再加上二次元的装扮与歌曲加持，很好地表现出网络文艺分支二次元文艺之美。这也是二次元文化在国内主流舞台上首次成功亮相，二次元粉丝霸榜事件也标志着原本非主流的二次元文化呈现主流化趋势。

4. 意象性

通常，“意象”主要有四种：一是心理意象，即心理学上的意象，它是指在知觉基础上所形成的呈现于脑际的感性形象；二是内心意象，即人类为实现某种目的而构想的、新生的、超前的意象性设计图像；三是泛化意象，是文艺作品中出现的一切“艺术形象”或“文学形象”的泛称，简称“形象”；四是观念意象及其高级形态的审美意象，简称意象或文学意象。[①] 网络文艺是一种意象化的审美创造，从中构造出某种社会共同的想象性关系。在实践中，文艺的接受是一个综合性过程，是从生理感官到精神愉悦的综合性过程，相比较传统文艺形态，网络文艺往往使受众的审美意象更为鲜明、更为强烈。

网络文艺比较常见的是在戏谑中显现出对社会热点、现实问题的深刻反思。比如网络综艺《奇葩说》节目组会通过百度知道、知乎、新浪微问数据后台，在民生、情感、生活、创业等领域，选取网友关注最多的问题发动网友参与调查投票。网友参与最多的题目，才能进入节目选题。网络文艺的这种深层次的意蕴，既能让受众感到愉悦，又能启迪人、教育人，达到了悦情悦性、悦志悦神的审美效果。

其实，审美意象的本质特征是哲理性。[②] 许多网络文艺的构成要素，包括科技性要素和艺术性要素两个主体部分，本身便具有哲学的象征意味。如画面构成，在一幅看似简单的画面中，灯光、色彩、影调等分工布置就可能

① 童庆炳：《文学理论教程》，高等教育出版社，2015，第245~246页。

② 童庆炳：《文学理论教程》，高等教育出版社，2015，第247页。

体现出一种哲理，从而传达出某种意义，或是通过声音在空间中的分布，结合光影，营造出某个抽象的意象空间。当然，优秀的网络文艺作品不会止步于搞笑，而是引导受众通过审美感知来探索深层意蕴，引发深思，从而进入一种抽象的哲思境界。

5. 游戏感

在网络文艺审美形态建构中，游戏思维有着深刻影响。“游戏感”美学特征体现在主题内容上的架空感、人物设定上的代入感、场景上的沉浸感和叙事上的优越感与成就感等诸多方面。以架空历史的网络文艺作品为例，为了让大众能够自由享受轻松感，该类作品普遍消解了历史的沉重感和真实感，极力强化娱乐效果，使大众摆脱现实生活的压力，获得精神抚慰上的“爽”感。如《赘婿》《庆余年》等作品，其通过穿越背景突破了历史真实界限，将现代社会的思维理念、生活场景、科技产品等融合进再造的历史空间，使消费者不再执着于有深度的意义追问，而是在“游戏”状态中得到精神的抚慰与身心愉悦。当下所流行的以密室逃脱、剧本杀、真人秀为主题的网络综艺所遵循的就是游戏、娱乐、消费逻辑。

6. 不完全的人民性

在互联网时代，网络文艺审美形态重构了审美主体与审美对象之间的审美关系。正如上文中提到的，网络文艺创作的主题内容的多元性，几乎使所有网民既是作者也是受众，从而极大地满足了人民群众的文化自主表达需求。网络文艺较为彻底地把文艺还给了人民。一方面，网络文艺丰富多样的图像符号以及动态、多维而直观的呈现方式降低了阅读与审美体验的门槛，最广泛地兼容了人民群众的审美需求。另一方面，人民既可以自由地创造和分享美，也可以自由地发表评论，抒发己见。网络创作的动机大多源于人民群众的表达愿望，其内容大多数是反映人民自身的情感与生存状态，是民众自我激情和想象力的释放，直接满足了民众文化自主表达的诉求，符合马克思主义文艺理论中追求人自由自觉生命本质的价值取向。可以说，网络文艺作为一种大众文化市场孕育出的新型文艺审美形态，其消费主体正是人民自身。“真正的艺术活动本质上都属于一种基于创作者与接受者之间相互理解之上的意向性的对话与交流。”① 网络文艺的交流是双向乃至多向的过程。从接受美学的立场来看，网络文艺的受众不仅是信息的接收者，更是网络艺术作品的完成者和艺术价值的实现者。从网络文艺的传播和交流来看，网络虽是传播渠道，但网络文艺是一种艺术形式，只是以网络为传播介质，必然有着相应的审美对象，即受众。网络文艺需要在现实的审美接受中具体化，通过受众之间切实的审美交流实现网络文艺的艺术价值。网络文艺如果没有受众或者未经受众接受，那么它就是一个未完成的半成品。从这个意义上来讲，受众扮演着实现和检验网络文艺艺术本质的重要角色。故而，网络批评所开创的大众参与、实时评论的话语空间，正是为其通过人民群众的鉴赏和评判完成自身意义的闭环。

但是，网络毕竟只是新技术营造出的适合人民自主创作与自由评论的平台，并不是人民本身，所谓的“网络意见”并非“公意”，充其量只是某一部分人的“众意”。也就是说，网络上的人民性是一种不完全意义上的人民性。网络凭借技术优势所放大的个体声音、扩展的群体意见、再造的创作与评论场话语，虽然总体上来自人民的呼声，但并不能简单地等于“人民性”。网络数字技术影响下的媒介“去中心化”带来了一系列诸如“人人都是艺术家”“人人都是评论家”的现象，这或多或少造成了对“文艺的人民性”概念的误判，不自觉地将媒介的话语权、“技术民主”的观念和马克思主义文艺理论中“人民性”概念进行了置换。实际上，网络中依然存在“沉默的大多数”，依然存在“劣币驱逐良币”的创作和意见市场，依然存在资本影响流量的话语操作，依然存在“话语极化”的认知偏激。一般性的大众表达与评论并不能代表真正意义上的“人民”的表达与评论。所以，网络文艺审美形态的“人民性”美学特征是不完全的。

（三）网络文艺审美形态的发展趋势

随着数字技术的日新月异和互联网技术的迭代升级，网络文艺消费的市

① 张凤铸：《中国当代广播电视文艺学》，中国传媒大学出版社，2010，第372页。

场规模越来越大。网络文艺对市场逻辑的遵循促进了网络文化产业的发展，日益融入健全的文化产业体系中。网络文艺作品已经成为发展数字文化产业的创意源头，对数字文化产业发展发挥着重要推动作用。反观之，数字文化产业的繁荣发展也影响着网络文艺审美形态的趋势。

1.数字人虚拟角色的主流化、多元交融化

数字生产力作为科技生产力的重要构成部分，日益成为各国经济增长的新引擎。中国信息通信研究院在《全球数字经济白皮书——疫情冲击下的复苏新曙光》中就写道："2020年，测算的47个国家数字经济增加值规模达到32.6万亿美元，同比名义增长3.0%，占GDP比重为43.7%。"① 在数字生产力涌动的大浪潮中，数字人、虚拟人角色应运而生，创造出不菲的业绩。如《全职高手》中"叶修"通过动漫、虚拟直播、网剧等形式一跃成为虚拟网红，之后又参与麦当劳、美年达、美特斯邦威等多个品牌的代言，横跨了食品、快消品、金融等多个领域，有效地推动了数字人、虚拟人角色的数字价值生产能力的提升。

在网络时代，"流量"成为明星商业价值的直接体现，洛天依、岭、AYAYI、井小一JING等数字人、虚拟人角色用极短的时间就吸粉百万，进一步验证了数字人、虚拟人角色主流化的趋势。事实上，数字人、虚拟人角色活动范围已不局限在综艺节目互动中，更是拓展到生活的方方面面，如洛天依的演唱会、AYAYI的Bose产品代言、哔哩哔哩的网络直播等。

爱奇艺早在《2019虚拟偶像观察报告》中就披露"在直播业务上……虚拟直播营收占直播及增值服务收入的40%"，由此可见，媒介作为人的延伸，已不再受制于作为人体器官的物质的局限，而是已然趋向于数字化、虚拟化的精神层面的延伸。回顾数字人、虚拟人角色的发展可以发现，早期的数字人、虚拟人角色主要是依靠"IP+技术"模式进行发展，产业仅以技术为亮点，以IP为卖点，模式较为单一。如虚拟偶像林明美、初音未来的横

① 中国信息通信研究院：《全球数字经济白皮书——疫情冲击下的复苏新曙光》，中国信息通信研究院官网，http://www.caict.ac.cn/kxyj/qwfb/bps/202108/t20210802_381484.htm2021，最后访问日期：2022年3月22日。

空出世，以及对已故名人（邓丽君等）的数字展示和形象延伸。目前，随着市场消费需求的多元化，数字人、虚拟人角色已经摆脱了单一化面相，分别和直播、影视、游戏等多个领域进行交叉融合，文化特征日益凸显。如aespa先后担任纪梵希（Givenchy）和CILO品牌大使，进一步实现了跨多元化领域的发展。再如易烊千玺用虚拟形象为“双十一”代言。随着“元宇宙”时代的到来，数字人、虚拟人角色不仅是多艺术领域的跨界融合，还在促使现实世界和虚拟世界交融中实现数字孪生，其未来多元化的发展将更加丰富。现实生活中的人可以跟虚拟网络中的角色进行互动，同时，数字人、虚拟人角色也可以通过人工智能机器人跟生活中的人进行互动，由此构建了一个多元交融的共在世界。从造型设计方面来看，其外形与性格都无限接近于真实角色，如超写实风格虚拟网红 Lil Miquela 在 Instagram 等各大社交平台上吸粉数百万。再如，人工智能机器人索菲亚（Sophia）已经真实地具有了公民身份，并进一步跨界进军艺术圈，其创造的一件名为 *Sophia Instantiation* 的作品引发社会强烈反响。[①] 还有，在波士顿动力学工程公司（Boston Dynamics）开发大狗（Bigdog）机器人之后，中国的小米、宇树科技、南京蔚蓝等公司也相继开发出了人工智能狗，这些角色已初步具备真实角色的特性。

2. 重塑文化消费场景

《中华人民共和国国民经济和社会发展第十四个五年规划和2035年远景目标纲要》明确提出“营造现代时尚的消费场景，提升城市生活品质”，这是“消费场景”概念在国家战略文件中首次出现。文化消费场景作为消费场景在文化维度的聚焦，是基于消费场景的文化属性、文化特质和文化功能而细分出来的更为细微的消费空间。2022年5月22日，中共中央办公厅、国务院办公厅印发《关于推进实施国家文化数字化战略的意见》，明确提出发展数字化文化消费新场景的任务，要求大力发展线上线下一体化、在线在

① Cnbeta：《机器人索菲亚共同创作的数字 NFT 艺术品以近 70 万美元的价格拍出》，https://baijiahao.baidu.com/s?id=1695635643597175324&wfr=spider&for=pc，最后访问日期：2022年4月20日。

场相结合的数字化文化新体验，这为消费场景的文化转场和数字化转型提供了发展契机。

实践中，消费者的现实需求和潜在需求是数字化文化消费场景重塑的依据。一方面，消费者对文化消费场景体验形式的多元化需求是推进数字化文化消费新场景迭代发展的重要因素。消费者对于个性化、沉浸式、多感官的体验需求，倒逼数字化文化消费新场景的呈现形式不断创新，如中国大运河博物馆打造了500平方米的环形数字展馆和360°多媒体循环剧场，采用了全息投影、互动投影、虚拟现实、三维立体等多种方式，让观众置身于虚拟的“真实场景”中，通过“三维版画”数字媒体技术复原古代城市场景，以多视角递进的方式营造出“人在画中游”的沉浸式体验。[①] 另一方面，消费者对文化消费场景中优质内容的需求，促使数字化文化消费新场景更加注重对文化底蕴的追求，如强势出圈的“只有河南，戏剧幻城”，借助外围100亩的麦田，以及15米高的夯土墙构建出56个格子的场景体验空间——21个剧场幻城，其通过讲述“土地、粮食、历史、传承”的5000年历史文化，营造技术与文化涵养的双重冲击。[②]

数字技术是文化消费场景得以重塑的支撑力量。随着物联网、云计算、大数据、人工智能、元宇宙等数字技术的发展，文化消费场景正在迈入万物互联、万物感知、万物智能的阶段，其场景形态正通过真实存在与虚拟呈现甚或是虚拟世界的交互和联动进行不断叠加、更新和重塑。“腾讯视频好时光”作为腾讯与创梦天地合作开设的泛娱乐产业线下品牌，在全国已开店16家。门店中有索尼游戏GAME BOX的官方线下体验空间，玩家可以在此体验和感受高品质的主机游戏。除了主机游戏以外，腾讯视频好时光还集合了同步影厅、私人影院、电竞、PC和餐饮等多种业态，打造全新升级的线下娱乐体验，首创了线上线下融合的商业模式。其不仅有利于提升用户黏性

---

① 《沉浸式、数字化、元宇宙：文旅演艺产业发展新趋势》，https：//mp. weixin. qq. com/s/uH8tO3M_ 4XzFb_ 1xmOxaPg，最后访问日期：2022年6月6日。

② 《沉浸式、数字化、元宇宙：文旅演艺产业发展新趋势》，https：//mp. weixin. qq. com/s/uH8tO3M_ 4XzFb_ 1xmOxaPg，最后访问日期：2022年6月6日。

和参与度，成为线上娱乐的流量入口，也会通过线上线下娱乐融合发展，打造高水平娱乐体验。运用优质 IP，连接科技助推高沉浸式和高互动的娱乐体验。与此同时，“文化场景”作为一种新的消费景观和复合型文化空间，也成为很多城市的经营策略。伦敦、东京、上海等国际化城市都通过场景来提升地方品质，打造城市 IP。比如，成都从“城市-产业-企业”三个能级层次重构原有的城市生产、流通、消费活动，从宏观、中观、微观 3 个层次形成整座城市的场景矩阵，并于 2021 年首次发布了成都“城市消费场景地图”，公布了成都八大示范性消费场景与十大特色消费新场景，其不再只是传统消费空间的升级，而是全新的、复合的、虚实相生的文化生态系统。

在 Web3.0 支持的低代码开发环境和元宇宙平台智能互动引擎技术赋能之下，在基于非同质化代币（NFT）的元宇宙文化消费场景中，人们可以根据自己的需求和偏好拥有和使用其数字资产，而企业可以构建新型商业模式，并通过各种数字广告、策划举办虚拟活动为产品营造浪漫和新奇的光环，给用户以视觉化、狂欢化观感，产生元宇宙时代文化消费奇观。而这种超真实的文化消费是消费的升维，也预示着传统的文化价值体系正因为数字实践而在虚拟世界中逐渐被解构，一个基于新价值观念的文化消费场景正在重塑中。

总体而言，《中华人民共和国国民经济和社会发展第十四个五年规划和 2035 年远景目标纲要》和《关于推进实施国家文化数字化战略的意见》为文化消费场景的重塑提供了时代机缘；消费者的现实需求和潜在需求是文化消费场景重塑的依据；依托 5G 基站、大数据中心、人工智能、元宇宙等技术，“新基建”是文化消费场景重塑的坚实根基；国家文化大数据体系的建设是文化消费场景重塑的重要支撑。我国的文化消费场景正在“现实空间—虚拟空间—虚实融合”三个维度发生着深刻的变革。

3. 虚拟社交性消费是文化消费场景人群聚集的主要动力因素

如上文所说，文化消费场景在物联网、云计算、大数据、人工智能、元宇宙等数字技术的发展与广泛应用和国家相关政策的双重加持下，正在“现实空间—虚拟空间—虚实融合”三个维度发生着重塑。与之相对应的主要文化消费自然突出为虚拟的社交性消费。其消耗的不仅是金钱，更重要的是基于对某一类文化形态的认同形成虚拟的、精神的聚集交互，从而共同对闲暇时间进行消耗。这样的虚拟社交性消费往往是先借由网络形成虚拟的、精神的聚集，而后或是直接在虚拟的文化消费场景中进行社交性消费，或是转至线下，在进行虚拟社交性消费的同时，获得体验式消费（身体的或虚拟的）。如网络游戏在操作与社交中的“氪金”又“氪时”；网红直播时的购物与社交；线上种草—线下打卡—线上发圈的消费行为等。这些恰恰反映着消费者开始越来越看重在时间的消耗中构建与他人之间的和谐关系，越来越注重自身欲望得到满足的过程。这也让消费体现出除了具有以“竞争”“效率”为特征的“符号消费”的生产性外，同时还具有社交性消费所体现的以“融合”“分享”“虚拟”等为特征的非生产性，且在当下的互联网时代，消费的非生产性、虚拟的社交性越来越突出，已有逐渐成为文化消费新场景人群聚集的主要动力因素的趋势。

4.“出圈”“破圈”常态化

“圈”即圈层，是大众基于共同的趣味爱好和对某一类文化形态的认同聚集而成的粉丝群体，如古风圈、二次元圈，主要流行于互联网文化中各种细分的亚文化群体。网络圈层具有较强的文化认同感，维护着共同的审美趣味和审美标准，塑造审美共识，操持共同的审美话语，并以此为基础进行文化再生产，扩大文化影响力。应网络时代而生的“圈层”自带虚拟特质，使其不论出身、年龄、财富或性别，是年轻群体追逐并聚集的虚拟空间，也代表了当下年轻人对历史、现实和未来的某种认知与追求。

随着网络文化的发展、成熟和壮大，原本被边缘化的亚文化形态逐渐破圈，具有极强包容性的网络文化展现出愈发丰富的文化层次、文化精神和文化力量，成为顶层文化设计的重要组成部分。主流文化用互联网思维、时尚化表达，借助“网感”元素话语，运用亚文化符号等方式更新了文化表现形式，在审美品位、文化体验和情感认同等方面拉近了与年轻人的距离。如央视等主流媒体开通微博、短视频号评说热点新闻，主持人玩起“梗”来得心应手；《人民日报》新媒体推出建党百年主题 MV《少年》，歌词中“我还是从前那个少年”来源于同名网红歌曲，后者在年轻网友中传唱度居高不下；动画片《领风者》用年轻人乐于接受的动漫方式讲述马克思的故事，在 B 站播放量高达 1000 多万次；纪录片《舌尖上的中国》《我在故宫修文物》，综艺节目《国家宝藏》《中国诗词大会》《朗读者》《典籍里的中国》这些充满深厚文化韵味的“大制作”皆凭借匠心创意、数字技术赋能、多元传播，深受年轻网友追捧；《建国大业》《建党伟业》《大江大河》《山海情》《在一起》《觉醒年代》等作品开启了国产影视剧新的艺术美学风向，赢得了口碑与市场双丰收。

青年亚文化则借助以社交媒体为代表的新媒体，提升自身群体的可见性，链接其他亚文化，由此产生亚文化叠加式效应；并与大众文化、主流文化在价值的同频共振上产生链接，形成颇具吸附力的“文化实用性”，再凭借商业平台的中介作用，逐渐构建出多元化的联合发展形态。如《剑网 3》的武侠类游戏，其同人古风音乐一直在被不断地创作，获得了新的受众群。在上海虹馆上演、由米漫传媒与酷狗音乐主办的《国风音乐盛典》，二次元、三次元歌手云集，成为一场打破次元壁的音乐盛典。在现场，不少获得圈内认可的高质量作品通过核心种子用户分享传播①，成功实现了“破壁出圈”。再如太合音乐集团在北京举行“年度新赏”，以“内容生产+版权发行+音乐演出”垂直一体化全产业链运作，寻求在亚文化中的专业生态发展空间。一些大型音乐平台（腾讯音乐、酷狗、酷我、网易云音乐等）也开始通过举办竞赛或推广活动，在小众音乐创作者中挖掘人才，为亚文化细分领域相对中下游的歌手提供曝光渠道，将优秀创作者链接给专业音乐公司，催化亚文化音乐“专业化出圈”。

数字网络技术搭建的“出圈”平台，促使主流文化、亚文化、商业文化等在跨界交融中以新兴网络文艺审美形态频繁“出圈”。随着数字技术的

---

① 罗瑞红：《古风音乐出圈记》，https：//www. sohu. com/a/343123814_ 509883，最后访问日期：2022 年 3 月 12 日。

更新迭代，圈层壁垒将在商业运作和国家文化强国战略等多种力量推动下变得越来越模糊。网络文艺审美形态将在经过多种文化融合的文艺形态“出圈”常态化中融合发展。

5. 中国审美形态主流化

“民族审美形态的出现，是该民族审美文化发达的标志。”[①] 中华民族的审美思想和审美形态一直非常丰富，有着西方所不具有的独特范畴，如壮美、柔美、雄浑等。网络文艺审美形态正在创造出契合时代需求的新感知、新的美感范畴，以有中国特色的文艺美学理论和大众审美经验为基础，以创造出中国气象的网络文艺审美形态为中国式现代化注入强大的精神文化动能，最终以中国网络文艺美学理论阐释中国的审美现象，成为增强当代中国人文化自信的重要支撑力量。

一方面，数字技术的发展日新月异，随着数字技术在文艺领域的广泛应用，网络文艺的虚拟性、动态性、跨界交融性、沉浸感等审美特征日趋鲜明。在俘获中国大众及在其全球互动的对外跨文化传播中，网络文艺对传达中国审美思想、增强中华文明的影响力发挥了重要作用。另一方面，中央和相关部委出台一系列重要政策文件，对数字文化、网络文化包括网络文艺的健康发展做出了规范引导和积极促进，为形成有中国特色的网络文化和数字文化蓬勃发展的新格局与新气象提供了基本遵循，也为中国网络文艺审美形态推动当代美学范式转换、建构有中国特色的美学学术话语体系提供了政策支持和实践支撑。中和、神妙、意境、飘逸等独具中华文化神韵和中国美学气象的审美追求，日益显现于网络文艺审美形态的建构中，成为吸引广大年轻人追捧的创意之源。

近年来，体现中国审美形态的“国风”在网络文艺作品中屡屡出圈。如纪录片《我在故宫修文物》，综艺《国家宝藏》《中国诗词大会》《典籍里的中国》等，已成为引领中国时尚的一股清风。2019 年底的 B 站跨年演

① 王建疆：《主义与形态张力中的世界美学多样性》，《贵州社会科学》2016 年第 11 期，第 19 页。

唱会上，国乐大师、琵琶演奏家方锦龙的节目《韵·界》，通过切换多种乐器，与交响乐团合作，先后演奏《十面埋伏》《沧海一声笑》《火影忍者主题曲》等风格迥异的音乐，引发了弹幕中充满“神仙打架”“热泪盈眶”等真情实感的赞美。2019 年，B 站国风爱好者人数达 8347 万人；2020 年第一季度，B 站国风视频投稿数同比增长 124%，国风 UP 主人数同比增长 110%。[①] 国产动画电影《大鱼海棠》《大圣归来》《白蛇：缘起》等更是引发一轮轮“国漫崛起”的热议。

简言之，伴随网络文艺成为大众消费的主流文化产品，网络文艺审美形态问题引发学界和社会关注。网络文艺审美形态旨在从理论创新和实践创新，特别是引导大众审美趣味、树立正确的审美观，不断满足人民美好生活与追求精神生活共同富裕方面，体现其不可小觑的重要价值，尤其是在坚持以人民为中心的创作导向、不断提高全社会文明程度方面，有其不容忽视的现实意义。

三　网络文艺审美形态的问题与挑战

通过对网络文艺何为的梳理与网络文艺审美形态的阐释，我们深刻意识到，在如何促进人的全面发展特别是精神自由方面，网络文艺为我们打开了一个新的文化视域和审美空间。一般意义上讲，网络文艺扩大了文艺的传播面和对文艺消费人群的有效覆盖，增强了个体自主表达的机会。我们要以网络文艺的高质量发展，推动文化治理迈向善治的境界，尊重文艺发展的多元化主体，更好地保障大众的文化权益，促进文艺生态更加健全，不断丰富人们的审美体验，在跨界融合与艺术创新中实现审美观念更新。

对网络文艺审美形态及其审美特征的理解和定位要放在国家战略层面，即在“十四五”国家文化发展规划、国家文化数字化战略、文化产业重大

---

① 吕源：《国风综艺、国潮产品屡屡“出圈”看文化中国独特魅力》，http：//www. dzwww. com/xinwen/guoneixinwen/202106/t20210616_ 8642772. htm，最后访问日期：2021 年 6 月 16 日。

项目带动战略等视野中进行充分把握，深刻理解网络文艺审美形态以其优质内容的有效供给，在丰富人民大众的美好生活、引导社会风尚和实现人民精神生活共同富裕方面发挥重要作用。要以网络文艺审美形态的健康发展，引导大众特别是青少年群体树立正确的审美观，摒弃畸形的审美观，在大美育工作格局中培养社会主义新人。当然，网络文艺审美形态仍然存在某些值得关注和必须正视的问题，随着网络文艺日益成为大众文化消费的主流产品，网络文艺的高速扩张与审美形态的高质量追求之间的矛盾日益突出。这深刻影响着网络文艺审美形态建构，应当做出梳理并加以解决。

一是关于网络文艺发展中存在的原创性、跟风和版权保护问题，这是当下文化生产和传播领域亟须解决的重要议题。首先，原创性是网络文艺发展中不可或缺的核心价值。在网络时代，文艺创作者可以通过互联网平台展示自己的作品，这些作品的独特性和创造力成为吸引观众的关键因素。然而，网络环境的开放性和信息共享的特点使得原创作品易于被模仿和复制。因此，保护原创作品的权益成为一项紧迫任务。为此，应当加强版权的法律保护，鼓励创作者进行版权注册，并通过技术手段防止盗版和侵权行为。同时，公众也应该提高版权意识，尊重和支持原创作品，以促进网络文艺的健康发展。

其次，跟风模仿现象在网络文艺中普遍存在。由于网络的高速传播和社交媒体广泛的影响力，一些成功的网络文艺作品往往会引起大量模仿和跟风。这种跟风现象使网络文艺作品呈现大量雷同和缺乏创新，不利于文化艺术创作的多元化和独特性发展。为了应对这一问题，网络文艺从业者应注重独立思考和坚持个性化创作，培养个人独特的艺术表达风格。同时，受众也应该有独立的审美观，不盲目跟风追捧，而是理性辨别作品的独特之处，助力网络文艺的创新和多样化。

最后，版权保护是网络文艺高质量发展的重要保障。互联网的开放性和信息自由传播的特点使得作品的版权保护面临诸多挑战。未经授权的复制、传播和修改行为频繁发生，侵犯了创作者的权益。为了保护网络文艺作品的版权，需要建立健全的法律制度和技术手段，应加强对侵权行为的打击力度，并为受侵权的创作者提供维权途径和补偿机制。同时，技术手段如数字水印、区块链等可以成为版权保护的有效手段，从根本上减少盗版和侵权现象的发生。

简言之，网络文艺中的原创性、跟风和版权保护等问题需要引起足够重视。保护原创作品的权益就是鼓励艺术创新和审美独特性的展示，加强版权保护和对侵权行为的打击都是网络文艺健康发展的重要保障。只有通过全社会共同努力，网络文艺才能真正成为一个充满创造力和审美活力的领域，网络文艺审美形态才会更富有吸引力。

二是网络文艺中存在的畸形审美观问题。畸形审美观是指在审美价值取向、审美行为和审美观念上出现偏差、失衡或失范的现象，本质上是在审美领域背离或偏离社会主流价值观的显现。这种现象在网络文艺审美形态的理解与展示中尤为突出，主要体现在以下三个方面。

首先，网络文艺中存在某些陈腐落后的审美观念和套路化的审美现象。由于网络文艺的大规模传播和可以直接触达消费者，一些内容创作者为了迎合部分消费者的“低俗”口味和“另类化”需求，倾向于使用陈旧的表现方式、情节套路和表达形式，从而沦为市场的奴隶。这种向下的迎合导致了网络文艺作品的同质化和缺乏创新性，使得网络文艺审美体验呈现一种重复、乏味的状态。

其次，网络文艺中存在某些浅薄化、粗鄙化和肤浅性的审美观念。由于网络文艺的大众娱乐性和迅捷传播特点，一些作品追求短期效应和瞬时的吸引力，而忽视了对艺术品质和深度思考的追求，在人文取向上缺乏对复杂情感、社会问题和人类精神世界的探索。

再次，网络文艺中还存在审美标准失衡和审美行为失调的情况。由于网络文艺的开放性和多元化表达，人们的审美趣味和审美观念呈现多样化特点，很大程度上导致了审美标准的多元化和碎片化。在这种情况下，一些低质量、低层次的作品反而可能获得较高的关注度和认可度，而一些优秀的文艺作品则可能被忽视或流失。

三是从网络文艺审美形态的公共性和普惠性视角看，需要高度重视网络文艺审美中存在的“不完全的人民性”现象。

首先，降低文艺自主表达、文化消费和审美门槛是网络文艺审美体验存在的一个普遍问题。由于网络的开放性和自由性，大众可以轻易地发布作品，这导致了大量低质量、浅薄的作品充斥其中。为了迎合广大受众的口味和追求高点击率，一些作品还缺乏思想深度和审美形态的独特性，从而降低了网络文艺的整体艺术水准。这不仅对人民大众的审美素养形成挑战，也抑制了文学艺术的创新和艺术产业的健康发展。

其次，网络中存在沉默的大多数现象。虽然网络为每个人提供了表达意见和观点的平台，但由于存在数字鸿沟、信息过载和注意力分散等问题，并非每个个体的意见都能得到充分表达和关注。同时，某些声音由于有争议性和娱乐性，更容易引起关注和广泛传播，导致网络上存在话语权不均衡的现象。这使得一些真实、有价值的声音无法得到应有的关注和传播，从而限制了人民群众真实参与文艺审美实践和文化自主表达的权利。

再次，资本的操控也是网络文艺发展中存在“不完全的人民性”现象的原因之一。在网络平台上，流量和点击量是衡量作品价值和影响力的重要标准，这导致一些商业化、市场化的作品受到更多的推崇和宣传，一些有深度和独立思考的作品往往被边缘化。资本的干预使得网络文艺发展趋向商业化，缺乏艺术创新冲动和高尚的审美价值追求，从而削弱了艺术创作的多样化表达和思想的独立性。

最后，网络文艺审美还存在话语极化问题。由于网络表达的匿名性和社交媒体的特性，人们更容易形成互相对立的小圈子，很容易导致对立性言论和偏见的传播，缺乏理性思考和多元化观点的交流。话语极化现象也会使网络文艺的表达方式出现偏激化和极端化，从而加剧了社会圈层的撕裂。

四是当下大众网络文艺消费的主流化趋势，以及网络文艺审美形态的强势冲击，有力地推动了美学范式的转换，导致出现了传统审美价值观解构和新的审美价值观（标准）建构相交织的现象。在社会转型期，传统文化价值观通常受到历史、宗教、社会习俗等因素的影响，对艺术创作和表达方式存在一定的伦理规范和审美规制。然而，网络文艺通过突破传统文艺的边界和审美评价标准，引入了新的审美观念和艺术表达方式，不断挑战着传统的文化治理模式。

首先，网络文艺打破了传统文艺美学对艺术品质的评判标准。传统的文化治理机构通常依据专家评审、传统美学观念等来评判艺术作品的质量。然而，在网络文艺的世界中，某些个人和小团体的作品有可能得到更大程度与范围的传播和关注，使得传统的专家评审标准不再是唯一的评判依据。因着网络文艺提倡多样性和包容性，接纳各种不同的审美观和艺术表达方式，事实上重新定义了艺术作品的审美标准。

其次，网络文艺引入了新的审美观念和文艺自主表达方式。传统文化治理模式往往固守传统的审美观念和艺术形式，对于新兴的、非传统的艺术形式持保留态度。然而，网络文艺通过数字媒体、互动性、参与性等特点，推动了艺术形式的多样化表达和美学观念创新。如网络文学、游戏文化、动画、虚拟现实等形式的出现，不断打破传统文化艺术的边界，带来了新的审美体验和艺术表达方式。

此外，网络文艺促使文化治理机构重新审视和调整对文化价值观的认知。传统文化治理模式通常将重点放在保护和传承传统文化的核心价值观上，强调文化艺术的连续性和审美价值的稳定性。然而，网络文艺的流行引入了多样性和包容性的文化观念，不断挑战着传统的文化认知和审美评判标准，使得文化治理机构不得不面对不同文化价值观的碰撞和审美观念的冲突，重新思考如何平衡传统与创新、稳定与变革之间的关系。

五是在网络文艺与构建丰富多元的融媒体生态系统相互影响相互促进的语境下，生态系统中的各元素相互渗透、互为补充，共同推动了网络文艺新业态的不断涌现和艺术表达形式的创新。

媒体融合趋势对网络文艺审美形态的影响不可小觑。传统媒体与新兴媒体相互融合促进，通过在线视频、社交媒体等渠道扩充了艺术受众，并融入了互动性更强的元素，使网络文艺新业态不断涌现。网络媒体吸纳了传统媒体的创作和制作技巧，也提升了作品的质量和艺术性。这种媒体融合促进了网络文艺表达形式的多样化，推动了跨界创作和艺术审美实践创新。

在媒体生态体系建构中，网络文艺与其他媒体形式相互竞争和协作，共同构建了多样化的文化生态系统。网络文艺作品的多样性反映了不同创作者的声音和观点，丰富了整个媒体生态。当然，传统媒体和大型平台拥有更多资源和社会影响力，“资本会说话”导致某些创作者和作品难以被大众广泛关注。因此，为确保网络文艺的展示、推广和传播的公平性，建立公平公正的竞争机制和合作机制显得尤为重要。

新媒体技术应用对网络文艺新业态产生深刻影响。高清视频、虚拟现实、云计算等技术应用改变了网络文艺审美形态的表现形式和体验感。高清视频提供了更精细、逼真的视觉效果，增强了作品的艺术感染力。虚拟现实技术使受众可以身临其境地参与到作品中，从而增强了受众的沉浸感和参与性。而云计算技术应用则为艺术家提供了更便捷、高效的创作和生产制作工具，极大地推动了作品创作的技术含量和传播速度的提升。

良好媒体生态的可持续性对网络文艺繁荣发展至关重要。在商业化运作和艺术创作之间保持平衡，有利于保护艺术家的权益和作品的创造力。建立良性的媒体生态环境，需要政府、平台、创作者和受众等多方力量共同努力。政府应加强相关法律法规的制定和执行，保护艺术创作的权益。平台要积极引导艺术家追求艺术的卓越性，为创作者提供良好的创作环境和公正的利益分成机制。创作者应注重作品的艺术性和艺术的创新表达，保持独立思考和创作激情。受众也应积极参与和支持网络文艺，为优秀网络文艺作品的不断涌现培育多层次的消费者。

事实上，融媒体语境中的网络文艺不仅反映了多元化的社会和文化价值观，也在塑造和引导着公众对艺术和创意表达的认知，是社会和文化变革的催化剂。网络文艺作品通过表达多元化观点、传播社会主流价值观和先进文化理念，激发公众对热点话题的关注并追求社会正义。同时，网络文艺也受到多元文化价值观影响，不同的价值观在作品中有不同的体现，满足了消费者多样化的精神需求。一定程度上，这种相互作用促进了社会和文化变革，推动社会文明程度得到新提高，从而不同程度地影响了社会舆论和政策决策。概言之，网络文艺与传统媒体和新兴媒体相互作用构建了一个丰富多元的媒体生态系统。媒体融合、社交媒体、数字内容平台、媒体技术、可持续发展、文化价值观和公共参与等方面的互动与影响共同推动着网络文艺的发展，并影响着网络文艺审美形态的建构。

六是网络文艺在探索历史记忆和讲述个人故事方面有着独特价值，可以发挥一定的史志功能。通过个性化创作和多元化呈现，网络文艺从多维度和多角度展现别样化视角的历史事件和社会进程，丰富了历史的叙述方式，同时在叙述中广泛运用数字化技术，因其艺术平权使普通受众得以亲身体验并参与其中。

首先，网络文艺利用虚拟现实、互动式叙事和多媒体表达等手段，通过数字化技术让受众身临其境般地感受历史的重要时刻和转折点，在沉浸式体验中增强了审美感知力。互动式叙事则赋予受众主动探索和自主选择的能力，使他们能够以别样化的视角深入了解历史事件的不同维度和社会影响力。多媒体表达则通过图像、音频、视频等形式，丰富了大众历史记忆的呈现方式，使受众能够多角度地理解和感知历史。

其次，网络文艺通过讲述个人的故事和生活经历，使个体叙述进入公共话语空间，成为反映或展示历史进程的一个独特视角。网络文艺的包容性和多元化表达可以更好地展现真实的个人故事、口述历史和家族传承，可以从一个独特的视角揭示历史事件对个人命运和身份认同的影响。通过个人的视角和经历，受众能够更加深入地理解历史事件的影响和意义，从而使叙述更有思想的共鸣力和艺术的感染力。同时，网络文艺还在个性化创作的自主表达中，诉求历史事实和艺术想象的平衡。通过艺术手法和叙事策略，网络文艺把历史记忆与创造性的艺术表达相结合，呈现独特的记录方式，丰富了受众对历史事件的思考和理解。

再次，网络文艺在数字时代还承担着保留、传承和再现历史文化遗产的重要功能。通过数字化手段，观众可以更加便捷地访问和体验历史文化遗产，重新发现和认识历史的价值和意义。此外，网络文艺还通过艺术创作和审美表达，重新诠释和再现了被边缘化或被忽视的历史事件和社会群体。这种重新诠释和再现让受众重新审视和思考历史事件和社会进程，不期然地会

引发受众对历史事件和社会进程的再思考和新讨论，通过积极参与网络文艺作品的创作和讨论，得以与历史产生更加深入的链接和对话。

最后，网络文艺通过用户生成的内容和社群共创，促进受众参与分享个人故事与历史记忆，丰富了历史记忆的多样性表达和内容的复杂性，为应对历史虚无主义和记忆消退提供了新的路径与方式。受众既可以分享自己的历史体验，也可以与他人进行交流互动，从而形成一个多声音、多层次的历史记忆生态系统。通过艺术创作和审美表达，网络文艺唤起了受众对历史的关注，并对历史产生情感共鸣，意识到历史对个人和社会的影响，有利于防止历史遗忘和记忆断层的发生。可以说，网络文艺通过艺术作品，推动了历史文化的流动和交流，促进了不同文化之间的对话和理解，使受众重新认识自己的历史文化身份，增进了文化认同感和社会凝聚力。

总体上看，基于网络文艺的弥散性（泛在性）、市场基因、技术基因、非地域性的全球化基因（全球化舞台上的大众互动）特点，我们要在全方位和多角度的理解与阐释中，积极提炼网络文艺审美形态的中国经验，旨在为建构有中国特色的文艺美学理论体系提供新的支撑点，诉求以中国理论有效阐释中国文艺现象和大众审美经验。当前，尤其要关注和重视网络文艺审美形态的社会功能（大众价值观的引领和树立正确的审美观），着力思考以网络文艺生态与传统文艺形态共在来构建文艺生态问题，从而推动审美观念更新和艺术表达形式创新，并以此来推动文艺管理方式创新，旨在实现对网络文艺发展的引领工作更加有效有力。

附　录　网络文艺发展大事记（2022年1月至2023年12月）

赵丽瑾　王文娟*

2022 年 2 月 8 日　国家广播电视总局《关于印发〈“十四五”中国电视剧发展规划〉的通知》提出认真落实“找准选题、讲好故事、拍出精品”重要要求，引导重点网络视听平台积极创作主题电视剧，精心做好展播编排，通过播出调控拉动主题电视剧创作生产。

2022 年 2 月 15 日　阅文集团网络文学联动哔哩哔哩元宵国风晚会。网络文学首次跨界哔哩哔哩元宵晚会《上元千灯会》，作为独家合作阅读平台共同点亮年轻人最喜爱的元宵盛会。

2022 年 3 月 3 日　爱奇艺宣布自 2022 年 4 月 1 日起，实行网络电影“云影院首映”和“会员首播”两种发行模式。取消前六分钟“有效付费点击”，调整为“按时长分账”；取消平台定级，把定价权交给片方，把投票权交给观众。

2022 年 4 月 12 日　国家广播电视总局网络视听节目管理司、中共中央宣传部出版局发布《关于加强网络视听节目平台游戏直播管理的通知》，采取有力措施严格规范网络直播乱象、青少年沉迷游戏等问题。

2022 年 4 月 15 日　网信办开展“清朗·整治网络直播、短视频领域乱象”专项行动。按照 2022 年“清朗”专项行动安排，中央网信办、国家税

* 赵丽瑾，西北师范大学传媒学院教授、博士生导师，电影学博士，主要研究领域为电影理论与批评、网络文艺；王文娟，西北师范大学传媒学院 2020 级戏剧与影视专业硕士研究生。

务总局、国家市场监督管理总局自即日起，开展为期两个月的“清朗·整治网络直播、短视频领域乱象”专项行动。聚焦各类网络直播、短视频行业乱象，分析背后深层次原因，着力破解平台信息内容呈现不良、功能运行失范、充值打赏失度等突出问题。

2022 年 4 月 29 日　国家广播电视总局办公厅发布《关于国产网络剧片发行许可服务管理有关事项的通知》，通知表明自 2022 年 6 月 1 日起，国家对国产网络剧片发行实行许可制度，这标志着网络剧、网络电影、网络动画片、网络微短剧等以“网标”的规范化制度升级，健全制作标准，有利于网络影视作品向优质化方向迈进，也有助于网络剧片获得更广阔的发展空间。

2022 年 5 月 22 日　中共中央办公厅、国务院办公厅印发《关于推进实施国家文化数字化战略的意见》，《意见》提到“支持数字艺术、云展览和沉浸体验等新型业态发展，积极培育网络文学、网络视听、网络音乐、网络表演、网络游戏、数字电影、数字动漫、数字出版、线上演播、电子竞技等领域出口竞争优势，提升文化价值，打造具有国际影响力的中华文化符号”。

2022 年 6 月 22 日　国家广播电视总局、文化和旅游部印发《网络主播行为规范》，进一步规范网络主播从业行为，加强职业道德建设，促进行业健康有序发展。

2022 年 7 月 6 日　中国作家协会在北京召开全国重点网络文学网站联席会议，近 50 家重点网络文学平台负责人、全国省级网络文学组织负责人、知名网络作家和评论家共同发起《网络文学行业文明公约》，呼吁加强网络文明建设，优化网络文学行业生态，推动网络文学高质量发展。

2022 年 7 月 15 日　2022 年全国广播电视和网络视听工作年中推进会在京召开。会议指出，2022 年下半年广播电视和网络视听工作要坚持突出学习宣传贯彻习近平新时代中国特色社会主义思想首要政治任务，突出迎接宣传贯彻党的二十大工作主线，坚持稳中求进、守正创新、敢于斗争，进一步壮大主流舆论、繁荣精品创作、提升治理效能、推动创新发展，努力为党和国家工作大局作出积极贡献。

2022 年 7 月 19 日　爱奇艺和抖音集团宣布达成合作，将围绕长视频内容的二次创作与推广等方面展开探索。这标志着长短视频平台开启合作共赢新模式。依据合作，爱奇艺将向抖音集团授权其内容资产中拥有信息网络传播权及转授权的长视频内容，用于短视频创作。双方对解说、混剪等短视频二创形态做了具体约定，将共同推动长视频内容知识产权的规范使用。

2022 年 8 月 10 日　抖音直播联合中国演出行业协会发布《网络直播文艺生态报告》。报告显示，2021 年抖音传统文化类直播同比增长超过 100 万场，主播收入同比增长 101%，在直播间听戏曲、逛非遗、学才艺、看演出成为新潮流。

2022 年 8 月 16 日　中共中央办公厅、国务院办公厅印发《“十四五”文化发展规划》，强调文化强国建设进入关键时期。《规划》提到，要鼓励文化单位和广大网民依托网络平台依法进行文化创作表达，推出更多优秀的网络文学、综艺、影视、动漫、音乐、体育、游戏产品和数字出版产品、服务，推出更多高品质的短视频、网络剧、网络纪录片等网络视听节目，发展积极健康的网络文化。提出要推动数字版权发展和版权业态融合，鼓励有条件的机构和单位建设基于区块链技术的版权保护平台。指出加强和创新网络文艺评论，推动文艺评奖向网络文艺创作延伸。

2022 年 8 月 31 日　中国互联网络信息中心（CNNIC）发布第 50 次《中国互联网络发展状况统计报告》。《报告》显示，截至 2022 年 6 月，我国网民规模为 10.51 亿人，网民人均每周上网时长为 29.5 个小时，较 2021 年 12 月提升 1 个小时。我国短视频用户规模达 9.62 亿人，网络直播用户规模达 7.16 亿人。

2022 年 9 月 13 日　中国网络文学作品首次被收录至大英图书馆的中文馆藏书目之中。这些网络文学作品共计 16 部，包含《赘婿》《地球纪元》《大国重工》等，囊括了科幻、历史、现实、奇幻等网络文学题材。

2022 年 9 月 28 日　“中国视听”平台上线。建设“中国视听”平台是国家广播电视总局立足更好履行职责、壮大宣传文化阵地作出的新部署。“中国视听”平台是集聚全国广播电视和网络视听优秀节目、供全社会使用的公益服务平台，主要有三大功能定位，一是宣传习近平新时代中国特色社会主义思想；二是以高品质视听内容满足人民群众美好精神文化需求；三是推介优秀节目、引导精品创作生产。

2022 年 11 月 14 日 国家广播电视总局办公厅发布《关于进一步加强网络微短剧管理实施创作提升计划有关工作的通知》。广电行政管理部门不断加强对基于长视频平台点播和基于短视频平台账号推送的网络微短剧的管理和引导，推动其向专业化、精品化方向发展，总体呈现向上向好的发展态势。

2022 年 11 月 25 日 国家新闻出版署公布 2021 年“优秀现实题材和历史题材网络文学出版工程”入选作品名单。经严格评审，最终确定《蹦极》等 7 部作品入选。其中，有书写历史进程中人物命运的《重生——湘江战役失散红军记忆》《长乐里：盛世如我愿》《天圣令》，也有讴歌新时代农村青年、城市社区工作者拼搏奋斗和担当奉献的《出路》《故巷暖阳》，还有讲述外交、金融等相关领域奋斗成长故事的《蹦极》《投行之路》。

2022 年 11 月 26 日 与第六届中国主持传播论坛并行的产业活动首届“新声”大会在线上顺利举办。大会由中国网络视听节目服务协会指导，中国网络视听节目服务协会网络音频工作委员会和中国人民大学新闻学院联合主办。首届活动以“生机与困境：数字人传播迭代的关键逻辑”为主题，进行了包括报告解读、主题演讲和高峰对话等多个环节的发言探讨。

2022 年 12 月 6 日 《国家广播电视总局印发〈关于推动短剧创作繁荣发展的意见〉的通知》发布，提出要提升短剧创作水平，把握科技发展、技术变革新趋势，探索推进题材、体裁、风格、样式创新。

2023 年 1 月 6 日 2023 年全国广播电视工作会议在京召开。会议强调，广电行业要全面学习、全面把握、全面落实党的二十大精神，努力展现新气象、实现新作为。要聚焦内容、技术、安全三大重心，深耕内容建设，以优秀作品增强人民精神力量；强化技术支撑，以创新驱动构建现代化大视听格局；筑牢安全底线，以系统观念守好广播电视和网络视听阵地。

2023 年 1 月 24 日 由国家广播电视总局指导，中国网络视听节目服务协会、中国电视艺术委员会主办，18 家重点网络视听平台联合承办的 2023 中国网络视听年度盛典荟萃了一年来的网络视听优秀作品超级 IP，是行业年度成果的集体亮相。舞台场景设计和节目内容表达都大量融入了国风国潮元素符号。文艺节目借助 VR、AR、XR、AIGC、数智人等科技手段，为受众带来全新的观感和体验。

2023 年 2 月 7 日　国家广播电视总局电视剧司开展推动网络电影高质量发展调研。调研认为，推动网络电影实现高质量发展：一是要坚持以人民为中心，坚持思想性、艺术性、社会反映、市场认可相统一；二是要开拓选题视野，积极投身反映中国精神、弘扬浩然正气的现实和历史题材精品创作；三是要深化思想内涵，传承和弘扬中华优秀传统文化，传播现代文明理念；四是要坚持百花齐放，大力推动题材、体裁、内容、形式等创新，形成精品迭出、丰富多彩的生动局面。

2023 年 3 月 2 日　中国互联网络信息中心（CNNIC）在京发布第 51 次《中国互联网络发展状况统计报告》。《报告》显示，截至 2022 年 12 月，我国网民规模达 10.67 亿人，较 2021 年 12 月增长 3549 万人，互联网普及率达 75.6%。

2023 年 3 月 24 日　第六届中国“网络文学+”大会开幕式暨高峰论坛在北京亦创国际会展中心举行。中国音像与数字出版协会发布了《2021 年中国网络文学发展报告》。报告主要包括我国网络文学产业过去十年主要发展成就、2021 年度基本情况以及未来趋势与展望三个部分。

2023 年 3 月 29 日　《中国网络视听发展研究报告 2023》正式发布。截至 2022 年 12 月，我国网络视听用户规模达 10.40 亿人，超过即时通信（10.38 亿），成为第一大互联网应用。网络视听网民使用率为 97.4%，同比增长 1.4 个百分点，保持了在高位的稳定增长。

2023 年 3 月 30 日　第十届中国网络视听大会在成都召开。本次大会聚焦行业发展前沿、开展专业交流研讨，开启“视听+”系列专题论坛，围绕“短视频发展与青少年健康成长”“新时代视听传播创新”“媒体深度融合”“网络微短剧发展”等领域，分专题深入研讨行业发展问题。2022 年优秀网络视听作品推选活动优秀作品目录同步揭晓。

2023 年 4 月 微信、快手、抖音等平台针对“小程序”类网络微短剧进一步加大治理力度。微信共处置 1956 个不合规小程序，完成 139 个微短剧类小程序主体备案。快手下架不合规微短剧类小程序 82 个。抖音治理下架违规短剧小程序 300 多个。

2023 年 5 月 10 日 2023 年爱奇艺世界·大会在北京举行。本届大会主题为“高质量增长”，共设主论坛、内容创新高峰论坛、共创电影内容高峰论坛、爱奇艺 iJOY 出海会客厅等 10 场论坛。爱奇艺与来自影视行业上下游各领域的合作伙伴围绕如何打造爆款内容、科技如何赋能影视创作、优质 IP 如何助力品牌营销等行业热门话题展开了交流与合作。

2023 年 5 月 11 日 中国演出行业协会发布《中国网络表演（直播与短视频）行业发展报告（2022—2023）》。《报告》显示，2022 年网络表演（直播与短视频）行业整体市场营收达 1992. 34 亿元（不含线上营销业务），同比增长 8%，直播与短视频行业市场规模进入平稳增长阶段。

2023 年 5 月 16 日 2023 年上海国际电影电视节于北京召开新闻发布会，宣布首次将网络视听内容全板块纳入白玉兰奖评选范围，主办方希望通过对奖项作品征集范围的重大优化调整，回应行业发展潮流变化，助力构建正能量互联网文艺优质生态。

2023 年 6 月 中国移动咪咕与上海国际电影节联合发起的第 25 届上海国际电影节“短视频单元特别活动”，共收到海内外报名作品近 3900 部，最终评审遴选出 20 部作品。中国移动现场发布“短视频生态合作计划”，宣布携手行业合作伙伴，共同撬动短视频内容价值空间，进一步赋能行业数智化高质量发展。

2023 年 6 月 26 日 哔哩哔哩宣布前台显示的播放量数据从次数改为分钟数，并表示这更有利于用户选择制作精良的长视频。播放分钟数比播放次数更能体现视频的质量，但统计技术复杂度更高、成本更高。随着技术的成熟，哔哩哔哩已经有能力统计播放分钟数，以替代播放次数作为用户更好的参考。

2023 年 7 月 国家网信办联合国家发展改革委、教育部、科技部、工业和信息化部、公安部、国家广电总局公布《生成式人工智能服务管理暂行办法》，促进生成式人工智能健康发展和规范应用，维护国家安全和社会公共利益，保护公民、法人和其他组织的合法权益。

2023 年 8 月 4 日 国家广播电视总局办公厅发布《关于公布 2023 年中国经典民间故事动漫创作工程（网络动画片）重点扶持项目的通知》，引导中国经典民间故事主题网络动画片创作传播，打造广受观众认可、具有较大影响力的优秀作品。

2023 年 8 月 24～25 日 2023 年中国网络视听精品创作峰会在青岛举办。峰会以“共享大视听 · 精品赢未来”为主题，聚焦网络视听精品内容创作、生产、传播，深入探讨文化传承下创新题材、创新技术、创新表达的发展路径。

2023 年 8 月 28 日 中国互联网络信息中心（CNNIC）发布第 52 次《中国互联网络发展状况统计报告》。《报告》显示，截至 2023 年 6 月，我国网民规模达 10.79 亿人，较 2022 年 12 月增长 1109 万人，互联网普及率达 76.4%。

2023 年 9 月 9 日 中央网信办主办的 2022 中国正能量网络精品征集展播活动揭晓结果，经过初选、专家审核评议、网络展播投票、终选以及结果公示，550 件网络精品脱颖而出。

2023 年 9 月 13 日 为加强观众人数在 5000 人以上的大型营业性演出活动的规范管理，促进演出市场健康有序发展，文化和旅游部、公安部联合发布《关于进一步加强大型营业性演出活动规范管理促进演出市场健康有序发展的通知》，要求大型演出活动实行实名购票和实名入场制度，每场演出每个身份证件只能购买一张门票，购票人与入场人身份信息保持一致。演出举办单位面向市场公开销售的门票数量不得低于核准观众数量的 85%（此前是 70%）。

2023 年 10 月 8～13 日 由中宣部文艺局指导，中国文联网络文艺传播中心、江西省委宣传部主办的“感受文化遗产魅力　促进网络文艺创作”

网络文艺骨干研修采风活动在江西举办。

2023 年 11 月 15 日 针对网络微短剧内容良莠不齐、运营模式乱象频出、产业生态鱼龙混杂等现象，国家广电总局宣布将多措并举，持续开展微短剧治理工作。治理工作涉及 7 个方面，包括加快制定《网络微短剧创作生产与内容审核细则》，研究推动网络微短剧 App 和“小程序”纳入日常管理等重点举措。

2023 年 12 月 3 日 全国首家省级网络文艺家协会——内蒙古网络文艺家协会第二次代表大会在呼和浩特举行，来自内蒙古全区的 81 名网络文艺界代表参加会议。会议选举产生了内蒙古网络文艺家协会新一届领导机构，常慧渊当选为内蒙古网络文艺家协会主席。

Contents

I General Report

Abstract: Driven by the standardization and guidance of national literary policy and the iteration of intelligent technology, cyberspace literature and art continues to explore its own creation law, industry model and dissemination path, and forms a unique development landscape of Chinese cyberspace literature and art through repeated practice and critical research. Cyberspace literature and art is the most important carrier for communicating China stories well and one of the most effective means of international dissemination of Chinese culture. Since 2022, Cyberspace literature and art continue to rejuvenate traditional cultural resources. Short videos and live broadcasts not only continue to empower traditional culture creation and innovation, but also for the Internet. The content and expression forms of other forms of literature and art, industry and consumption structure have had a profound impact. Innovating and developing in the deep integration of art and technology, culture and industry, and achieving important value and influence in culture, art, industry and communication.

Keywords: Cyberspace Arts; Cost Reduction and Increased Efficiency; Technology Empowerment; Cultural Communication

Ⅱ Typical Forms

B.2 The State of Development of Cyberspace Literature

Zhao Lijin / 015

Abstract: The quality and scale of cyberspace literature have developed steadily. In 2022, cyberspace literature creation has obviously turned to care for reality, which is related to the rejuvenation and diversification of the group of online writers, and is also a sign of the increasingly mainstream development of cyberspace literature. Cyberspace literature has become an organic component in China's contemporary literary territory and an important carrier for "communicating China stories well" and spreading Chinese culture to the world. In the overall ecology of cyberspace literature and art, cyberspace literature is still an important resource for IP transformation, constantly supporting other cyberspace literature and art creation and industrial development. Many factors continue to promote the benign ecological development of cyberspace literature.

Keywords: Cyberspace Literature; Realistic Themes; IP Transformation; Internationalization of Web Lileratuге

B.3 The State of Development of the Web Series

Zhao Lijin, *Wang Wenjuan* / 028

Abstract: The Web series market is experiencing a resurgence and an elevation in reputation, exploring a trajectory of healthy development guided by cost reduction and increased efficiency within the industry. Platforms are advancing the high-quality development of Web series through concentrated production of top-tier content, upgrading member-paid viewing models, and delving into strategies like exclusive airing of major productions. Emphasis in Web series creation is on exploring real-life themes, where period series are seeing frequent successes, and suspense series blend entertainment with the expression of mainstream values. This precise targeting of segmented audience markets and cultural circles highlights distinct genre features, aesthetic interests, and values, setting these series apart from traditional television productions. Amidst the impact of short videos, short playlet have seen explosive growth, becoming the focal point of content innovation across various platforms.

Keywords: Web Series; Cost Reduction and Increased Efficiency; Short Playlet

Abstract: In 2022, Internet movies entered the era of issuing administrative licenses, Overall development is facing changes. Internet movies have achieved some results in their multi-dimensional innovation in production and marketing. The addition of new directors has injected innovative vitality into the industry. Through the integration of types and enriching production methods, the level of Internet movies production has improved, but the content is still limited. The billing model of single-chip on-demand payment breaks the scale limit of Internet movies and promotes the construction of an independent marketing system.

Keywords: Internet Movies; New Filmmakers; Account Sharing Rules

Abstract: The development of the online variety industry has slowed down, but the reputation has risen and the number of high-level programs has increased. The head advantage of the N generation is obvious, and the new variety shows are explored. Mature genres are boldly exploring vertical segmentation, love variety and fan variety are bucking the trend, audio variety is opening up a segmented track, pan-comedy programs continue to extend, and platforms are breaking down homogenized competition in content production. Cyberspace variety shows have become a refraction of young Internet users' demands for entertainment, emotion and social interaction.

Keywords: Online Variety; Variety N Generation Advantage; Micro – variety Art

Abstract: With the help of live streaming and short videos, new formats and consumption models of entertainment have developed rapidly. Short video is a pan-cyberspace literary and artistic form, and it is also the most effective means for the promotion and marketing of all kinds of literary and artistic works. Online live streaming effectively empowers literary and artistic performances and helps the innovative dissemination of traditional and local cultures. TikTok has become the most popular social application overseas, from content "internationalization" to platform "internationalization", exploring long-term models for overseas communication and creation of Chinese culture. With the rapid development of short video and live broadcast platforms, relevant government departments have issued a number of policies and regulations to standardize their governance.

Keywords: Short Videos; Live Streaming; TiKTok; Online Performance

B.7 The State of Development of Online Documentary

Zhao Lijin / 085

Abstract: In the context of the rapid development of the documentary market, the Internet new media has enhanced the dissemination power of documentaries. The participation of video platforms in the production of documentaries has promoted the distinctive development landscape of online student documentaries. The content of online documentaries pays more attention to the demands of young users. Video platforms focus on different content tracks and continue to cultivate, and create "documentary +" production methods to inject innovative elements and development momentum into documentaries.

Keywords: Online Documentary; Platform Self-production; Documentary +; Youthfulness

B.8 The State of Development of the Cyberspace Music

Zhao Lijin / 094

Abstract: The cyberspace music industry pattern is developed by the competition and development of traditional music platforms, emerging music platforms and short video platforms. Under the impact of short video platforms, the number of monthly active users of short video music users is an absolute advantage, and the competition in the online music market presents a pattern of "one super two". Generation Z music users are profoundly changing the consumption form of online music, and content, sceneization, socialization and self-expression have become the core demands. Changes in media and users drive diversified innovation in online music content production.

Keywords: Cyberspace Music; Music Consumption Pattern; Indie Music Circuit

B.9 The State of Development of the Online Animation

Zhao Lijin / 102

Abstract: The online animation content market as a whole is in a stable development state. Each platform focuses on the content layout of the track, relies on the stable production capacity of the platform and production companies, has numerical advantages of Chinese comics, and constantly explores the new ecology of IP content. Based on technological development and market demand, 3D animation dominates the domestic animation market, which is of strategic significance for China's animation industry to overtake in corners. National comics "internationalization" to play a positive role in the overseas expansion of culture and industry.

Keywords: Online Animation; Animation Platform; 3D Animation; IP New Ecology; Animation "Internationalization"

B.10 The Development of Online Games

Zhao Lijin, *Dang Wenxing* / 114

Abstract: China's online game market has experienced a process from slow development to gradually warming up. In 2022, online games rebounded under pressure under the face of declining market revenue and shrinking scale. With the restart of the game version, the output stabilized. The Internet-driven game content production and dissemination model continues to innovate, AI and other intelligent technologies empower the development of industries, and games "internationalization" to increase production capacity and export cultural influence.

Keywords: Online Games; Build Restart; Self-developed Games; The Cloud Game

Ⅲ Topical Reports

Abstract: Over the past 20 years, the academic community's attitude towards cyberspace literature and art in China has undergone the transition from questioning and denial to recognition. During this process, scholars have been continuously addressing the fundamental questions regarding the Chinese cyberspace literature and art's existence, purpose, legitimacy, and modus operandi. This, in turn, has led to adjustments in the theoretical framework, aesthetic representation, value orientation, and discourse system in relevant research. The rapid technological advancement and the transition from mobile Internet to post-mobile Internet have given birth to innovative concepts in cyberspace literature and art. New technology has been shaping the Chinese cyberspace literature and art's evolutionary path more and more decisively, calling for updated research in the field.

Keywords: Cyberspace Arts; Media Revolution; Institutional Reconstruction

Abstract: As a new form of literature and art spawned by the Internet media, online literature and art show more dynamic, diverse and complex characteristics in communication due to the rapid iteration of technology and the vigorous development of production and consumption. Following the communication logic of the Internet, the "double-edged sword" effect of technology represented by the algorithm revolution requires online literature and art to cooperate creatively to constantly improve the artistic quality and service ability in order to avoid the algorithm. Moreover, platform empowerment and internationalization strategies continue to promote the cross-media and transnational dissemination of online literature and art, further highlighting the importance of relying on multi-subject cooperation and innovation to enhance the economic, social and cultural value and international influence.

Keywords: New Literary Form; Algorithm Revolution; Platform Enabling; Interactive Communication

B. 13 Research on the Aesthetic form of Cyberspace Arts

Fan Yugang, Zhang Hua and Jiang Xinyan / 211

Abstract: The connotation of online literature and art can be analyzed from various perspectives, encompassing innovative expression and aesthetic experiences, social collaboration, the integration of virtual and real worlds, and the challenges of digitalization and copyright protection. These aspects collectively contribute to the depth and distinctiveness of online literature and art as an aesthetic form. Online literature and art serve as the fertile ground for creativity and boundless possibilities. Leveraging digital technology and multimedia components, they push the boundaries of traditional art forms, forging a new frontier for artistic expression and giving rise to diverse aesthetic qualities. In terms of fostering comprehensive human development, particularly spiritual freedom, online literature and art introduce a fresh cultural perspective and aesthetic realm. They broaden the reach of literature and art dissemination, extending the influence to a broader audience and granting individuals greater autonomy in their creative expression. Nevertheless, certain challenges within its development also impact the integrity of aesthetic forms, necessitating further exploration of online literature and art governance, which includes legal regulation (such as copyright protection), aesthetic guidelines, ethical scrutiny, etc.

Keywords: Cyberspace Arts; Aesthetic Form; Media Integration; Artistic

皮书

智库成果出版与传播平台

✥ 皮书定义 ✥

皮书是对中国与世界发展状况和热点问题进行年度监测，以专业的角度、专家的视野和实证研究方法，针对某一领域或区域现状与发展态势展开分析和预测，具备前沿性、原创性、实证性、连续性、时效性等特点的公开出版物，由一系列权威研究报告组成。

✥ 皮书作者 ✥

皮书系列报告作者以国内外一流研究机构、知名高校等重点智库的研究人员为主，多为相关领域一流专家学者，他们的观点代表了当下学界对中国与世界的现实和未来最高水平的解读与分析。

✥ 皮书荣誉 ✥

皮书作为中国社会科学院基础理论研究与应用对策研究融合发展的代表性成果，不仅是哲学社会科学工作者服务中国特色社会主义现代化建设的重要成果，更是助力中国特色新型智库建设、构建中国特色哲学社会科学“三大体系”的重要平台。皮书系列先后被列入“十二五”“十三五”“十四五”时期国家重点出版物出版专项规划项目；自 2013 年起，重点皮书被列入中国社会科学院国家哲学社会科学创新工程项目。

皮书网

（网址：www.pishu.cn）

发布皮书研创资讯，传播皮书精彩内容

引领皮书出版潮流，打造皮书服务平台

栏目设置

◆ 关于皮书

何谓皮书、皮书分类、皮书大事记、

皮书荣誉、皮书出版第一人、皮书编辑部

◆ 最新资讯

通知公告、新闻动态、媒体聚焦、

网站专题、视频直播、下载专区

◆ 皮书研创

皮书规范、皮书出版、

皮书研究、研创团队

◆ 皮书评奖评价

指标体系、皮书评价、皮书评奖

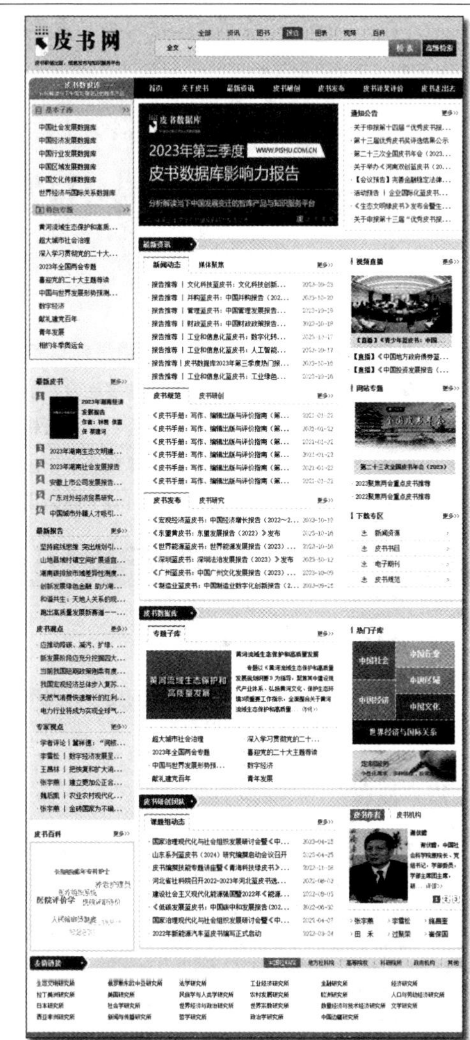

所获荣誉

◆ 2008 年、2011 年、2014 年，皮书网均在全国新闻出版业网站荣誉评选中获得“最具商业价值网站”称号；

◆ 2012 年，获得“出版业网站百强”称号。

网库合一

2014年，皮书网与皮书数据库端口合一，实现资源共享，搭建智库成果融合创新平台。

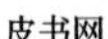

皮书网

“皮书说”
微信公众号

中国社会发展数据库（下设 12 个专题子库）

紧扣人口、政治、外交、法律、教育、医疗卫生、资源环境等 12 个社会发展领域的前沿和热点，全面整合专业著作、智库报告、学术资讯、调研数据等类型资源，帮助用户追踪中国社会发展动态、研究社会发展战略与政策、了解社会热点问题、分析社会发展趋势。

中国经济发展数据库（下设 12 专题子库）

内容涵盖宏观经济、产业经济、工业经济、农业经济、财政金融、房地产经济、城市经济、商业贸易等 12 个重点经济领域，为把握经济运行态势、洞察经济发展规律、研判经济发展趋势、进行经济调控决策提供参考和依据。

中国行业发展数据库（下设 17 个专题子库）

以中国国民经济行业分类为依据，覆盖金融业、旅游业、交通运输业、能源矿产业、制造业等 100 多个行业，跟踪分析国民经济相关行业市场运行状况和政策导向，汇集行业发展前沿资讯，为投资、从业及各种经济决策提供理论支撑和实践指导。

中国区域发展数据库（下设 4 个专题子库）

对中国特定区域内的经济、社会、文化等领域现状与发展情况进行深度分析和预测，涉及省级行政区、城市群、城市、农村等不同维度，研究层级至县及县以下行政区，为学者研究地方经济社会宏观态势、经验模式、发展案例提供支撑，为地方政府决策提供参考。

中国文化传媒数据库（下设 18 个专题子库）

内容覆盖文化产业、新闻传播、电影娱乐、文学艺术、群众文化、图书情报等 18 个重点研究领域，聚焦文化传媒领域发展前沿、热点话题、行业实践，服务用户的教学科研、文化投资、企业规划等需要。

世界经济与国际关系数据库（下设 6 个专题子库）

整合世界经济、国际政治、世界文化与科技、全球性问题、国际组织与国际法、区域研究 6 大领域研究成果，对世界经济形势、国际形势进行连续性深度分析，对年度热点问题进行专题解读，为研判全球发展趋势提供事实和数据支持。

法律声明

“皮书系列”（含蓝皮书、绿皮书、黄皮书）之品牌由社会科学文献出版社最早使用并持续至今，现已被中国图书行业所熟知。“皮书系列”的相关商标已在国家商标管理部门商标局注册，包括但不限于LOGO（）、皮书、Pishu、经济蓝皮书、社会蓝皮书等。“皮书系列”图书的注册商标专用权及封面设计、版式设计的著作权均为社会科学文献出版社所有。未经社会科学文献出版社书面授权许可，任何使用与“皮书系列”图书注册商标、封面设计、版式设计相同或者近似的文字、图形或其组合的行为均系侵权行为。

经作者授权，本书的专有出版权及信息网络传播权等为社会科学文献出版社享有。未经社会科学文献出版社书面授权许可，任何就本书内容的复制、发行或以数字形式进行网络传播的行为均系侵权行为。

社会科学文献出版社将通过法律途径追究上述侵权行为的法律责任，维护自身合法权益。

欢迎社会各界人士对侵犯社会科学文献出版社上述权利的侵权行为进行举报。电话：010-59367121，电子邮箱：fawubu@ssap.cn。

社会科学文献出版社